ポール=ヴァレリー

ヴァレリー

・人と思想

山田　直　著

99

Century Books　清水書院

はじめに

ポール＝ヴァレリーは、わが国においても、すでに第二次世界大戦前からヨーロッパ的知性の象徴として仰ぎみる存在であった。もちろん西欧社会においても彼のこのイメージは不変であり、現在でも、文学の世界ばかりでなく、社会学・政治学あるいは文化論の分野においても、ヴァレリーのことばがよく引用されるのは彼の知的権威を確認するものであろう。このようなイメージが定着したのは、ヴァレリーが優れた詩人であると同時に鋭敏な批評家、明晰《めいせき》な思想家であるという、知性と感性の調和を一身に体現した人物であったというだけでなく、知性そのものを、生涯を通じて、確固たる姿勢で、擁護しつづけたからである。

ルネサンス以来の啓蒙思想と科学技術とが人類に平和と繁栄をもたらすものと素朴に信じられていた時代に形成された、知性尊重を基盤とする教育、いわゆる良き時代の教育を受け、また個人的にも「ジェノヴァの危機」と呼ばれる感情的危機を「知性の偶像」のみをひたすら礼拝することによって克服し、自己の人格形成をなしとげたヴァレリーが、知性の人となったのは当然であろう。

しかし彼が第一次世界大戦後五〇歳になってから急に名声を得、初めから知性の擁護者という期待を寄せられながら、世に向かって自己の考え方を述べる立場に立った時点では、周囲の情勢は大いに変わっていた。フランス大革命によって万民平等な市民社会が成立するはずであったのに、現状はますますこれと遠いものになっていった。資本の集中によって都市型労働者層が形成され、貧富の差は増大する。科学の世界においても、発明・発見をなしとげた偉大な人間的創造力とは縁のないところで、末端的科学技術のみが独り歩きを始めていた。思想界においても、自然と科学、人間と神との調和を説く合理的実証主義は急速に衰退し、厭世《えんせい》思想や、「神は死んだ」と叫ぶ超人思想等、いわゆる世紀末思想が起こってくる。あるいは伝統的西欧思想にあきたらず、異質な東洋思想のなかに傷ついた魂のやすらぎを求める人も現れる。西欧社会に繁栄と覇権をもたらした知性そのものが、いまやシュペングラーの『西洋の没落』に示されるように危殆《きたい》に瀕《ひん》していたのである。

ヴァレリーは「精神の危機」のなかで、人間は他の動物と違って夢を持つ、つまりあるがままの現実には決して満足しない存在であり、環境に順応するより環境を変えようとするものである、と人間の知性そのものに内在する危険性を率直に認めている。この指摘をふまえながらもなお知性の未来を擁護するにあたって、彼は文学・思想その他あらゆる分野にわたって人間の思考メカニズムを徹底的に分析し、基本原理を明らかにし、誤れる考え方を排除することによって、できうるかぎり精密な「知性の貸借対照表」を完成しようとしたのである。彼の探究の主要目的は正しい考え方、思想の正しい在り方であった。

人類を地球の主人の地位に押しあげた科学技術がいまや人類自身を破滅の淵に導きかねない危機が今日痛切に叫ばれている。私たちは動物に比べてはるかに不完全となってしまった本能を頼りに、動物のように永遠の現在を生きることはもはや不可能である。知性を捨てることができない以上は、いまこそふたたびヴァレリーに学び、私たち各自が知性を真の英知に高める努力を真剣におこなわなければならない。

目次

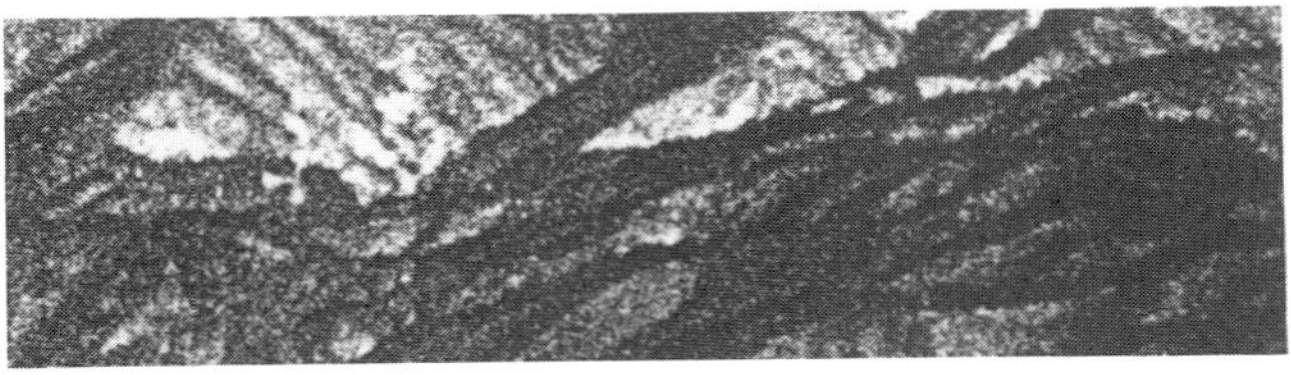

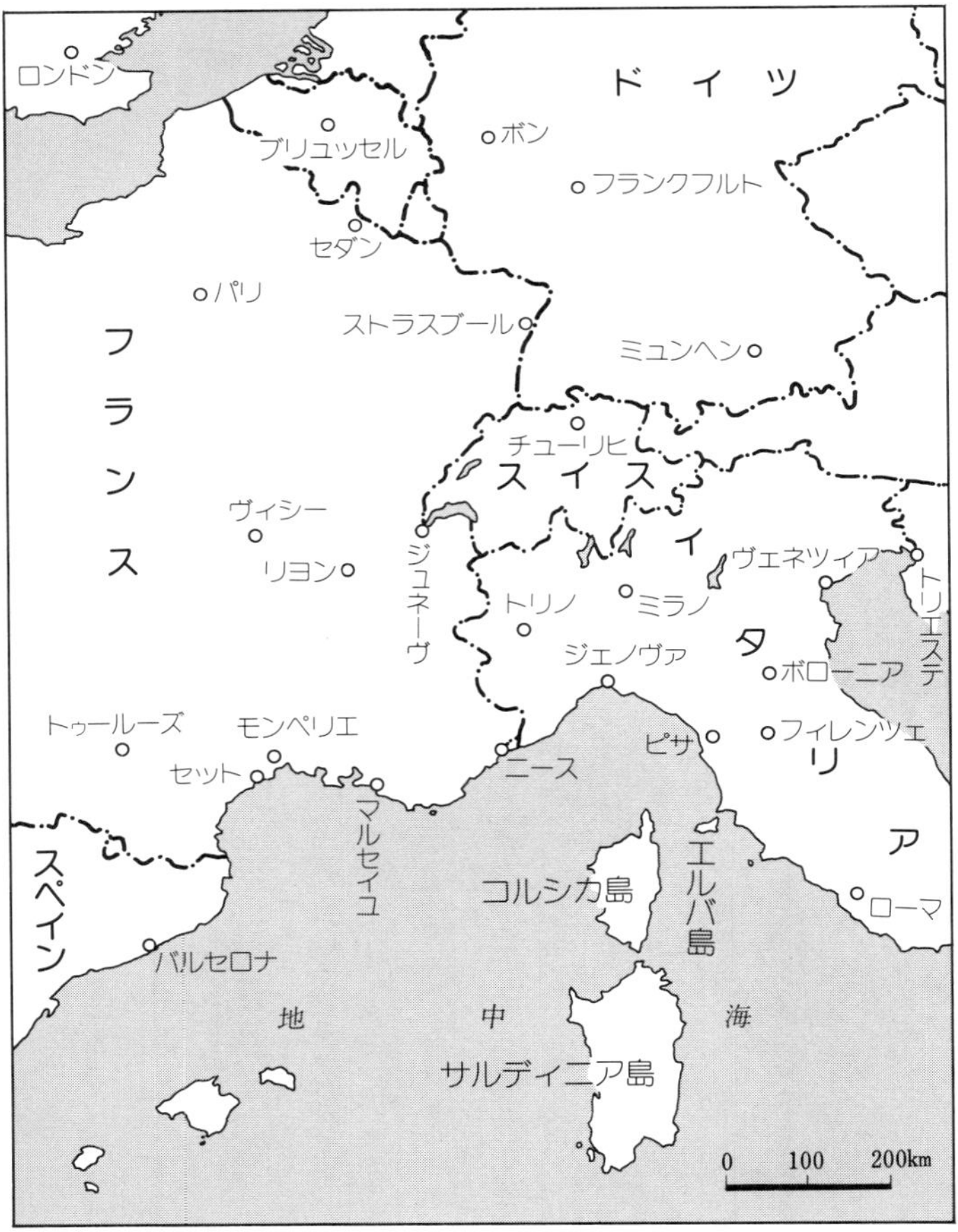

ロンドン
ドイツ
ブリュッセル
ボン
フランクフルト
セダン
パリ
ストラスブール
ミュンヘン
フランス
チューリヒ
スイス
ヴィシー
リヨン
ジュネーヴ
イ
ヴェネツィア
トリエステ
トリノ
ミラノ
タ
ジェノヴァ
ボローニア
トゥールーズ
モンペリエ
ピサ
フィレンツェ
セット
ニース
リ
マルセイユ
ア
スペイン
コルシカ島
エルバ島
ローマ
バルセロナ
地
中
海
サルディニア島
0
100
200km

ヴァレリー関係地図

序　章　栄光の実像と虚像

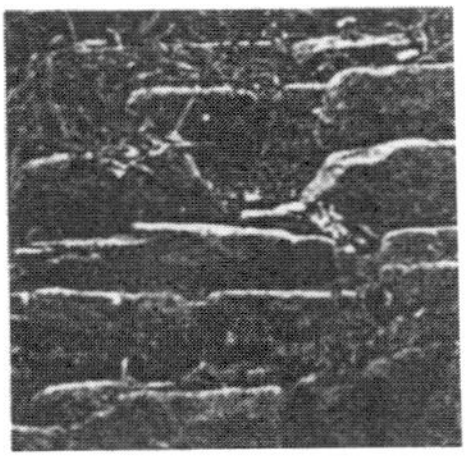

フランス第三共和国とともに

第三共和国とヴァレリーの生涯　ポール＝ヴァレリーは一八七一年に生まれ、一九四五年に死んだ。この簡単な数字は、たとえその対象が歴史に残る偉大な人物であろうと、あるいは名も無き一庶民であろうと、必ずその人だけの固有の一組みを所有しており、およそ一人の人間の生涯を語るには避けて通ることのできない絶対的な重みを持った存在である。誰もこの数字を変えることはできない。

私たち人間の一生は、その死とともに、永遠の忘却の淵に沈んでいく。このことは冷厳な事実として受けいれなければならない。しかし現在を生きる人びとがひとたび過去に生きた一人の人間の生涯に注目したとき、その人をこの数字の枠、すなわち時代のなかに置いて喚起するならば、故人の人物像はふたたび生気を取りもどし、生き生きと再現されてくるであろう。いわんや生前も、没後も、西欧的知性の象徴として定評のあるポール＝ヴァレリーを考えるばあい、この数字は大切にしていかなければならない。

ヴァレリーの生死の年月日をとくに強調したのはもう一つ他の理由がある。一八七一〜一九四五年という年号によって、もうすでにある閃《ひらめ》きを感じとられた読者がおられるであろう。日本人は無理としても、フランスの教養ある人びとにこの数字をみせればすぐに第三共和国という答えが返ってくるに違いない。

歴史の上でフランス第三共和国は一八七〇年に誕生し、一九四〇年に終焉《しゅうえん》する。両者の生涯を示す数字には若干のずれが存在するが、第三共和国の歴史を詳細に見つめてみるならば、両者の数字はなおいっそう接近する。すなわちナポレオン三世がプロシア軍に敗れ、セダンで降伏し、第二帝政が崩壊したとき、その敗戦処理政府として一八七〇年九月に第三共和国が誕生した。しかしその後も対プロシア抗戦、パリ籠城戦と普仏戦争後の混乱は継続し、パリ－コンミューンの乱を強硬に鎮圧したティエールがようやく安定政権の基礎を確立したのは七一年五月であった。ここに真の姿の第三共和国が登場したともいいうるであろう。

そして第二次世界大戦においては、フランスはヒトラー率いるドイツ軍の電撃作戦の前に脆《もろ》くも敗れ、一九四〇年六月二二日降伏する。そして同年七月一一日にペタンを国家主席とするヴィシー政府が成立する。だがヴィシー政府はなんといってもドイツ軍占領下という異常事態にのみ存続しえた傀儡《かいらい》政権であり、事実自由諸国連合軍によるフランス解放とともに消滅してしまった。フランス正史がこれを異端視するのは当然であろう。だとするならば、むしろ第三共和国はド＝ゴール将軍が一九四四年六月に第四共和国を設立するその時点まで、潜在的に存続していたといいうるのではなかろうか。

こう考えるとフランス第三共和国とポール＝ヴァレリーの生涯はほぼ完全に一致する。

第三共和国の人

私たちの日常生活のなかで一人の人物を話題にするとき、あの人は明治の人だとか、昭和人だとかいって、その人の性格付けをやることがよくある。もちろんこれはきわめて大づかみな人間の捉え方であり、ある時代の人といっても、私たちがこの人間パターンを詳細に規定し、厳密にこれを当てはめて各個人を批評しているわけではない。明治の人のすべてが明治時代の特徴的性格を持っていないのは当然だし、人間個人をじっくり眺めればそれぞれの個性はいよいよはっきりしてくるであろう。個性の差に比較したら、共通する性格の基盤などまったく軟弱なものでしかない。それが人間というものではなかろうか。

しかしまたそのいっぽうで、明治に生まれ育ち、明治の空気を吸い、明治の教育により人間形成をとげた人たちに、ある共通したものの考え方や行動パターンがあることもまた確かであり、私たちはこれを知識としてよりもむしろ体験として知っている。実生活のなかで私たちが一つの事件に遭遇したとき、明治の人はこう行動し、昭和一けたの人はこう反応するだろうと予想してその人たちに接すると、たいていはうまくいくことがよくある。人間が社会の一員として行動するばあい、個性の差より集団的性格のほうを優先させるというばあいが少なくないからである。逆に昭和一けたの人と他の世代からみなされた人は、たとえ本人のその場の意見が多少くい違っていても、当然昭和一けたらしい考え方に従って行動するものと相手が思いこんで対処してきたばあい、苦笑いしてそれを受けいれざるをえないことさえある。そういう意味合いでは、人間はすべて時代の子なのである。ポール＝ヴァレリーは強い個性の持ち主であると同時に、彼の生きた時代情況をよく反映し、まさにフランス第三共和国の人でもあったのである。

「ベル＝エポック」と激動の時代

ヴァレリーが生きた第三共和国は、前半は比較的平和で文化が爛熟《らんじゅく》した時期であり、後半の第一次世界大戦以後は激動あるいは衰退期ということができよう。

もちろん、これは一つの観点からする歴史の一解釈にすぎない、と批判されるかもしれない。平均的解釈を採るならば、第三共和政前半においては、政情は中道連立内閣の短期政権によりたえず不安定であり、対外政策にも首尾一貫性を欠いて、フランスの国際的地位はじょじょに沈下する。左右思想の対立は激化し、資本主義は行き詰り、貧富の差は増大し、人知と科学の輝かしい未来を信じるオプチミズムは色褪《あ》せ、社会に世紀末頽廃ムードが重苦しく垂れこめていた。この視座からするならば、むしろ前半紀は世紀末・変化・過度期の特異な時代ということになろう。

しかし視点を庶民の目にすえてみると、そこに映ってくる情況はもっと違ったものに見えてくる。すなわち、植民地の局地戦を除いて、一般市民を巻きこむような大戦争は一回も起こらなかった。官僚制度はいまだに効率よく働いており、通貨も比較的安定していて、少なくとも勤務者の老後の年金生活を脅かすような急激なインフレーションに見舞われるということもなかった。庶民の側からすれば「夢はないけれど、それなりに小じんまりと楽しく暮らせる時代」だったのである。庶民のフランス人はこの時代を「ベル－エポック（よき時代）」と呼んで懐かしんでいるが、このことばは一般大衆の心情を率直に表したよい証拠ということができよう。

そして私が庶民の視点に合わせて時代を眺めたのは、ポール＝ヴァレリーもまた前半期はまったく無名の人であり、庶民のなかに生きていたからである。

ところが第一次世界大戦後、ヴァレリーは長篇詩「若きパルク」の成功により一躍世の脚光を浴びる。彼は五〇歳を過ぎてから社会の有名人の仲間入りしたのである。ただしこのとき彼が得た文学上の名声は斬新な文学の先導者という意味合いからではなく、フランス文学の伝統に従い、古きよき時代の教養を生かしながら、しかもなお新時代に適応した文学の担い手としてのものであったことに注意しなければならない。彼は一九二四年から三四年までフランス－ペンクラブの会長を勤め、さらには二五年アカデミー会員となってからは、いやが上にも令名が高まり、フランスの代表的知識人として公私ともに活躍するようになった。この時点以後、ヴァレリーは庶民の視座とは違った、一段と高いところから、世の動きが見える立場に立つこととなった。

フランスは第一次世界大戦において勝利をかちえたものの、戦いの災禍をまともに蒙り、百万の壮年男子を失って国力は疲弊し、戦後しばらく社会はインフレに悩まされつづける。その間に富はヨーロッパを離れてアメリカへ移り、フランスの国際的威信は退潮する。戦後の歴代政府はあいかわらず無策であって、ヒトラーの台頭を抑えきれず、ずるずると第二次世界大戦に巻きこまれて、あっけなく負けてしまう。後半期はまさに不安と激動の時代であった。フランス第三共和国の悲惨な末期的症状を、誰よりもよく見える位置から、ヴァレリーは苦悩とともに見まもったのである。

そしてヴァレリーは自分が前半期に学びとったもの、彼に人間形成をとげさせてくれたもの、すなわちヨーロッパの長い知的伝統に培われた祖国フランスの精神文化を守りぬくことを自己に課することによって自分自身に対して責任をとり、後半期の、彼に与えられたフランス的知性と感性の象徴というイメージに答えつづけることによって社会に対して責任をとったのである。

日本人の中のヴァレリー

戦前のイメージ

わが国においても、第一次世界大戦後ヴァレリーが本国で名声を獲得すると、あまり時を置かずに彼の作品や思想が紹介されはじめ、彼が亡くなるまで途切れることがなかった。彼の生前からすでにフランスの、いや、ヨーロッパの知性と感性の象徴としてのポール＝ヴァレリーのイメージは、日本の知識人のあいだに広く浸透していたのである。

明治の文明開化期以来わが国は西欧文明の成果を、とくにその優れた科学知識を基礎とした物質文化を性急に採りいれ、富国強兵をなしとげた。いうまでもなく科学技術はその性質上本来的に普遍性に富んでいるから、一定の社会的経済的条件さえ備えれば比較的その導入は容易である。ところが精神文化となるとそうはいかない。ヨーロッパ社会の長い伝統に培われた精神文化は、同じく長い封建的日本社会に育った私たち日本人に、一気にその本質を理解できるはずはなかった。多くの滑稽《こっけい》なまでの誤解や、あるいは国粋主義の反動、あるいは和魂洋才などという御都合主義の折衷策が大まじめに論じられたのも無理からぬことであろう。

このように西欧精神文明導入の面は物質文明のようにはストレートにいかず、多くの試行錯誤や紆余曲折を体験することになる。この情況下にあって西欧的なものの考え方とはなにか、芸術上の感性とはなにか、という私たちの根源的な問いかけに明快に具体的に答えてくれたのがヴァレリーだったのである。その意味で彼の存在は今日私たちが考える以上に大きかった。

ヴァレリーの思想はその基本において知性と合理性を尊重し、人間個人の主体性確立を志向するものであった。この点はルネサンス以来の西欧近代主義思想に従うものである。だが、これもまた西欧文明の伝統に根ざしたキリスト教を含めた神秘主義的思想に深入りすることはなかったし、また西欧の精神風土に特有な体系的哲学、観念的な形而上学も嫌いだった。

このことはなにを意味するであろうか。すなわちヴァレリーの思想は、前述したように、日本人が受容を得意とした科学技術と同じような客観性と普遍性に富んでおり、逆に日本人が理解しにくいヨーロッパの個性的な思想をあまり含んでいなかった。もちろん二〇世紀前半の知的怪物《モンスター》と呼ばれたポール＝ヴァレリーの全貌を知りつくすことは私たち日本人にとって、いや、世界のいかなる人たちにとっても、非常に困難な作業であるに相違ない。しかし知性に基づいてヴァレリーの思考の根本原則をしっかりつかまえておきさえすれば、いかなる彼の思想も誰にも理解可能であり、大要において間違っていないことになる。これが戦前から日本人にヴァレリーが広く支持された最大の理由であると思う。彼らはヴァレリーに親しみ、感嘆し、彼から西欧的知性の精髄を学びとろうとした。はやくも彼の全集の翻訳が筑摩書房より出版されはじめるが、これは戦時中にやむなく中断する。彼の「純粋自我」は文芸批評のキーワードとなり、主知主義文学という一つの文学上の傾向さえ生みだしたのである。

戦時中のイメージ

太平洋戦争のあの暗い時代にもヴァレリーの姿は私たちのなかに輝きつづける。ただしこのことは、読者のなかには、ことに若い読者は、意外に思う人が多いのではなかろうか。いうまでもなく戦争期間はミリタリズムと国粋主義の全盛期である。あの閉ざされた異常状態にあって、日本にとっての西欧とは日独伊三国同盟によって公認されたドイツとイタリアであり、その他の諸国は、文化も言語もすべて敵性のレッテルが貼られ、排斥された。電車のなかで英書を読んでいた大学生が、不謹慎だ、と隣席の人にたしなめられるというぐあいで、当時旧制中学生だった私自身も、英語のリーダーにカヴァーをかけてわからないようにして持ち歩いていた記憶がある。このような社会情勢のなかで、どうしてヴァレリーの著作や言動がいぜんとして日本の知識層に伝えつづけられたのか、と疑問を感じるのも無理からぬことであろう。

戦時中に三好達治が発表した詩のなかに「起て　フランスよ」という一句がある。この詩は名作でもないし、あの時代の作品を持ちだされるのは達治ファンにとっては苦々しいことであろうから、あえてどの詩と指摘しない。戦争目的に沿わない思想はすべて弾圧され、戦争協力に価値のない文芸作品は活字になりえなかった。この情況下でなおも詩を発表するためには、どこかにそれらしきことを書きそえざるをえなかった。これもまた一つの真実である。

達治のこの作品が戦争協力詩とされていることに反発して、「起て　フランスよ」とうたっているのにどうして協力詩なのか、とまじめに反論した若い達治ファンがいた。なるほどフランスは戦前戦後を通じて自由主義国のイメージが強い。そして現実にもそういうお国柄である。したがってフランス文学を学んだ達治が自由主義国家側のフランスの決起をうながしたこの詩は、協力詩どころか、逆に反戦詩・抵抗詩になるではないか、という論法である。

しかし残念ながらこの擁護論は間違っている。なぜなら戦時中フランスは枢軸国側とみなされていたからである。ナチス＝ドイツはヴィシー政権をフランス国の代表として公認していた。独伊と同盟していた日本は当然これを承認して、枢軸側の協力的中立国として扱っていた。ドイツ軍占領下にあったバルカン諸国のハンガリーやルーマニア、北欧のノルウェー、そしてフランコ政権下のスペインも同じ扱いであった。したがって枢軸側の旗色があやしくなった時点で達治が決起せよとうたったのはヴィシー政府のフランスであり、ロンドンに本拠を置いたド＝ゴール将軍の自由フランス仮政府ではなかったのである。

だがたとえ日本の戦時政府が公認した相手がヴィシー傀儡《かいらい》政権であったとしても、そのおかげでフランス文化は敵性とはみなされず、細々とながら紹介されつづけたというメリットを私は強調したいのである。もちろん新秩序の担い手を称する独伊両国の国情紹介に比べたら量的に問題にならず、わずかに命脈を保つといった程度にすぎなかった。しかしそれでもヴァレリーの動向は断続的に日本に伝えられていた。物質的にも精神的にも抑圧されたあの陰鬱な時期に、精神的自由を奪われていたわが国の知識人たちは、かすかに望見するヴァレリーの姿に心の救いを求め、西欧世界の壮麗な落日の輝きとして振り仰いだのである。

解放後の国葬第一号

同じこの時期、ヴァレリーは苦難の情況下にありながら決して精神の自由を失うことはなかった。彼はドイツ軍占領下のパリに踏みとどまり、著述や社会的活動を継続する。一九四一年にはヴィシー政府によってニースに本拠を置く地中海センターの理事の職を罷免《ひめん》されたり、翌四二年七月にはドイツ軍検閲当局によって彼の『邪念』の出版に横槍がはいるなど、さまざまな圧迫を蒙ったが、彼は屈しなかった。『邪念』という日本語の響きはかなり強いが、原題は Mauvaises Pensées であって、直訳すれば、「悪い考え」、すなわち彼がもっとも得意とした思考プロセスの解明であり、ごく平凡な、ありきたりの思想でも、その展開によってはひどく偏向した、恐ろしい思想が生まれでること、つまり「誤った悪い考え方」という意味でしかない。これに対してドイツ軍当局は「なぜ Bonnes Pensées（よい考え）ではないのか」とクレイムを付けてきた。検閲制度の実態とはどこでも多くはこのようなものでしかない。

長かったナチス‐ドイツ支配もついに終わりに近づき、一九四四年八月二六日、ポール＝ヴァレ

ヴァレリーの国葬　パリのトロカデロ広場で催された。

リーは「フィガロ」紙本社のバルコンからド＝ゴール将軍の自由フランス軍のパレードを出迎える。それから約一年後、四五年七月二〇日、パリで七四歳の生涯を閉じた。
占領下にあっても節を曲げず、常に精神の自由を体現しつづけたポール＝ヴァレリーの死を悼《いた》んで、ド＝ゴール将軍は国葬をもって報いることを強力に主張した。そしてフランス第三共和国と運命をともにしたヴァレリーの国葬が七月二五日、パリのトロカデロ広場で盛大に挙行されたのである。

絶好の攻撃目標

戦後になると、重厚な思想性を持つ実存主義や、いっそう直接的に社会参画を志向する左翼思想がフランスを席捲《せっけん》する。大戦によって荒廃した社会を生きねばならなかった人びとにとっては、いかに現実社会をよりよい生活の場とするか、どういう思想を心の拠り所として厳しい現在を生きぬくかが焦眉《しょうび》の急であった。この情況下では、対独抵抗運動《レジスタンス》を推進してきた文学者・思想家による社会参《アンガージュ》画《マン》の文学が当時の人びとの心をとらえたのは自然であろう。そしてその反動として、実際の政治活動を好まず、純粋思考においては絶対に妥協せず、常に精神の高みからものをいうヴァレリーはオールド－リベラリストの典型とみなされ、社会参画論者たちによって絶好の攻撃目標とされてしまった。新時代の旗手たらんとするもっとも手取り早い手段は前世代の栄光の象徴を徹底的に叩くことである。その意味でヴァレリーはまことに効果的なターゲットだったのである。

そしてさらに、ヴァレリーの明晰な主知主義文学に反発して、カバラ的神秘主義の世界、ユングの深層心理の世界等、知性の光のおよばぬ人間の心の奥底を志向する文学へと、人びとの興味が移行していく。理性と節度が影をひそめ、人間の暴力と本能的情動がむきだしとなった戦争を体験した当時の人びとは、理性では律しきれない心のなかのどろどろした部分にひかれたのである。この傾向のなかにあって、フロイトの精神分析の方法を拒否し、平明な理知の世界に固執するヴァレリーは、神秘主義あるいは深層心理追求の文学にとって大きなアンチテーゼの位置を占めていたことになる。

しかし戦後も遠くなり、上述のような新文学を生みだした社会情勢が消滅するにつれて、ヴァレリーに対する評価もおのずから変わってくる。少なくとも異常に主義的で政治的な色合いの濃い批判や非難は見られなくなってくる。ヴァレリーの不当ともいえる受難の時代は終わりをつげるのである。

とはいえ、それに続くさらに新しい文芸思潮の台頭にあたっても、ヴァレリーの名は常に引用されつづける。構造主義、ポースト構造主義の流れのなかでもこの情況は変わらない。それほどポール＝ヴァレリーの名はいぜんとして大きいのである。それは彼が二〇世紀前半のフランスを代表する文学者・思想家だったという歴史的事実と、主知的文学の頂点を極めた人であったということだけでなく、彼が追求した「あくなき厳密さ」による思考法の原理はそこに不変で普遍的な真理を多く含んでいたからである。人間を人間たらしめているもの、そのなかでも最大のものの一つは思考能力であり、また正しい思考の法則はどんな時代にもそう変わるものではないし、また変わってはいけないものでもある。この人間の基本的部分を明晰し、言語化したポール＝ヴァレリーは、人間の心のなかに永遠に蘇りつづけるであろう。

以上述べてきたようなポール＝ヴァレリーのイメージ、典型的なヨーロッパ的知性、ギリシア・ラテンの伝統に基づいた、明晰で鋭敏なエスプリに富んだフランス的知性の象徴とは、いったいどのようなものなのであろうか。いっそうドラスティックにいって、はたして彼にそのようなイメージを抱くことは正しいのであろうか。この関与性を中心にして、本論においてはポール＝ヴァレリーの実像と虚像とを詳細に、具体的に追求していくことにしよう。

I　ヴァレリーの家系

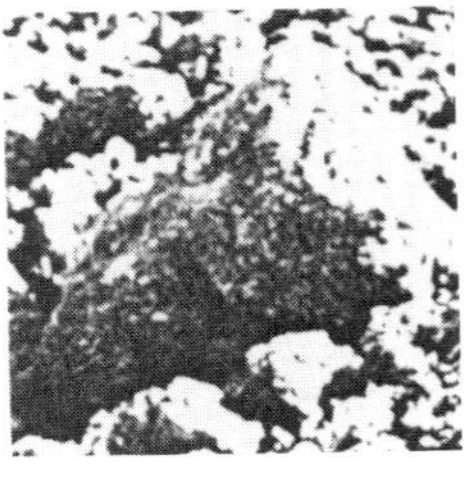

イタリア系フランス人

神々の食事アンブロワーズ　ポール＝ヴァレリーは一八七一年一〇月三〇日、南仏地中海沿岸の港町セットのグランド‐リュー六五番地に生まれた。

ヴァレリーは心に喜びを感じたとき、あるいは精神が充実しているとき、心を許した友人・知己に対して、戸籍上のポール＝ヴァレリーだけでなく、その中間にアンブロワーズを書き加えて、ポール＝アンブロワーズ＝ヴァレリーと署名した手紙を書き送っている。アンブロワーズは彼自身が気にいっていて、心に暖めていた自身の姿でもあったのだろう。

アンブロワーズ Ambroise は名詞のアンブロワジ ambroisie「神々の食事、美味な料理」や、形容詞アンブロワジャン ambroisien、アンブロワジアック ambroisiaque「かぐわしい匂いのある」に繋がることばであるからだ。

フランスはカトリックの国である。先祖伝来の習慣に従ってヴァレリーに与えられた洗礼名はポール＝アンブロワーズ＝トゥサン＝ヴァレリーと長い名まえとなり、アンブロワーズはそこから採られたものである。まさに父母によって、神によって与えられた名称であり、彼にふさわしい。

ヴァレリーは優れた詩はおいしい果物のようでなければならない、そしてこれを食べる人（読む人）においしいという感覚的喜びを与えることがまず肝要であって、あとにはわずかな後味しか残さないのがよい、といっている。主知的詩人のことばとしては意外に感じられる読者も少なくないであろう。しかしこれは意識的創作を強力に主張する彼の態度に矛盾する発言ではない。詩の製作にあたってはできうるかぎり意識的（知性的）であっても、それが感情の流れに逆行するものであってはならないのであり、できあがった作品は知性と感性のみごとな調和の上に成立するものであるからだ。思想についても同じことがいえる。ヴァレリーはみずみずしい感性を排除するような思想、ことに生硬《せいこう》な論理性のみが限りなく増殖していくような思考法を嫌悪した。知性と感性の調和のうちに成り立ってこそ、真の人間の思想といいうる。ヴァレリーが自分の名まえとしてアンブロワーズを好んだのも、彼のこの基本姿勢の顕われと解することができよう。

家系の特色

ポールが生まれたとき、父バルテルミー（一八二四〜八七）は当時四六歳、母ファニー（一八三一〜一九二七）は四〇歳、両親とも比較的晩年の、いわゆる遅い子である。男ばかりの二人兄弟で、ポールより八歳年長の兄ジュール（一八六三〜一九三八）がいた。

すでになんどか強調してきたように、ポール＝ヴァレリーはいかにもフランス的知性の象徴といったイメージがあるにもかかわらず、その血統をたどってみると、フランス人よりイタリア人とい

父バルテルミー（上）と母ファニー

う事情が浮かびあがってくる。いっそう正確にいえば、生粋のフランス人というよりイタリア系フランス人であり、特にジェノヴァ系である。このことは、ポール＝ヴァレリーに対して前述のような固定観念を持っている私たちにとっては、相当な驚きである。

　事実母ファニーは結婚前まではまぎれもないイタリア人だった。彼女の父ジュリオ＝グラッシはジェノヴァの人で、セットのイタリア領事の職にあった。父に伴われて父の赴任地セットに来ていたファニーは、この町で税関吏をしていたバルテルミーと知り合い、結婚したのである。

　ファニーは四人姉妹の末娘だった。長女のラウラは二四歳でコレラにかかって死亡したが、次女のヴィットーリアも三女のパオリーナもそれぞれイタリア国内でイタリア人と結婚し、フランス国籍にはいったのはヴァレリーの母ファニー一人だけだった。ファニーの夫となったバルテルミーもまたコルシカ出身だった。しかもバスティア生まれの、先祖代々生粋のコルシカ人である。

今日私たちの目から見ると、コルシカはまぎれもなくフランス国土の一部であり、したがってコルシカ出身のバルテルミーがフランス人であると考えるのは当然であり、また確かに彼はフランス人である。しかしフランス本土の人びとの目にはコルシカ人のイメージは一種独特のものを持っている。ことにバルテルミーが生きた時代にはなおいっそうその傾向が強かったと考えられる。

私たちが、コルシカ出身の英雄は誰か、と探してみるとき、まず第一にナポレオン＝ボナパルトを思いうかべるであろう。そのナポレオンも、陸軍幼年学校在学中は、コルシカ島出身ということで蔑視され、いわれなきさまざまな差別を受け、逆にこれによってナポレオンは大人物たらんと奮起した、という話は広く世に知られている。この挿話は当時のフランス人にとってのコルシカの情況をよく説明しているといえよう。

コルシカ島が完全にフランスに帰属したのは一七九六年の時点でしかない。ポールが生まれた一八七一年はこの時点から一世紀も経っていなかったことに注目してほしい。

ジェノヴァとコルシカ

島国をめぐる海を自然の濠《ほり》に譬《たと》えた詩人もあるが、現実には逆に海があるがゆえに島国は他民族の侵略を受けやすいという情況も生まれてくる。特にコルシカは古代から海上交通の発達した地中海に浮かぶ島であってみれば、大陸の有力民族の侵入の脅威にさらされないわけにはいかなかった。コルシカの歴史はこの侵略とそれに対する島民の抵抗運動の歴史といってよい。

ローマ帝国の衰亡とともに、コルシカはイスラム教徒の海賊の襲来をひんぱんに受け、諸村は荒廃する。そこでその侵略からの保護を代償として、一〇七八年、コルシカはピサの大司教にその統治を委ねる。しかし十字軍の輸送等により海洋都市国家としての力を伸ばしてきたジェノヴァの勢力が一一三二年ごろから除々に浸透しはじめ、ついにピサに替わってコルシカ全土を掌握する。島の実務は形式上はジェノヴァの官吏とコルシカ人相談役との合議の上で運営されることになっていたが、実質的にはジェノヴァの完全な支配下に置かれたことになる。もちろんコルシカ人の不満は絶えずくすぶりつづけ、島民独特の反抗的気質として定着するまでに至る。それに時代がくだると、アラゴン（スペイン）、フランス、イギリスの影響が及んでくるようになり、それらの国々の利権が錯綜して、コルシカ人の抵抗運動も複雑な様相を示すのである。そして少なくとも領土的にすっきりするのは、前述のように一七九六年フランス領に確定した時点以後である。

以上のように、歴史的にみればコルシカはイタリアへの帰属性が高く、コルシカ出身の父親とイタリア人の母親の家系を結ぶ連結線がジェノヴァであってみれば、先に紹介したように、ポール＝ヴァレリーはイタリア系、そのなかでも特にジェノヴァ系、という考え方を読者は受けいれてくださるのではないかと思う。

エディプス‐コンプレックスとヴァレリー‐コロニー

ポール＝ヴァレリーはそうとう強いエディプス‐コンプレックスの持ち主だった、と主張する学者たちがいる。そして事実精神分析の手法を厳密に使用した研究が数多くおこなわれ、業績をあげている。たとえばG＝エグリスの大著『ポール・ヴァレリーの精神分析』などがこれであり、著者は同書の第一章において、子供のヴァレリーが受けた幾つかの典型的なトローマティズムをあげながら、この問題を論証している。

母方への強い意識

自分の父親を否定するこのコンプレックスは多くの人びとの心の底に秘められている潜在意識ではあるし、ヴァレリーにも精神分析の方法を適用するならば、確かに彼らの主張する結果や結論が導きだされるに相違ない。しかし今ここで私がその問題を採りあげた関与性は、精神分析の方向にあるのではなく、幼いポールの精神形成にあたって特徴的に働きかけた文化的精神的環境のほうにある。どうみてもポール＝ヴァレリーは成長期にあたって父方より母方の影響が強く、またそうであってもおかしくない情況にあったのである。

彼は親友ピエル＝ルイスあての一八九〇年九月一四日付の手紙のなかでこう書いている。

「ポール＝アンブロワーズ＝ヴァレリーは一八七一年一〇月三〇日、コルシカ島出身の父とイタリア人の母とのあいだに生まれた。父方については、その一族については、なにも、あるいはほとんどなにも知っていない。母方については、ロートの裁判所によって証明された古文書によって、イタリア北部の一家族の出であり、この家系にはグラッシ枢機卿や名高いミラノ公爵ガレアス＝ヴィスコンティ、名将ベイヤールを破った人物等の著名な人びとをそのなかに数えることを知っている。」

二〇代の青年によって書かれた自負丸出しの一文ではあるが、ここに述べられている彼の家系については、すべて史実として容易に確認できる。この手紙だけでなく、彼は折に触れ、なん回となく母親の家系を友人たちに語っている。

ヴァレリーの母系はこのように確かに北イタリアの名門ではあるが、人によっては彼以上の名門の出であってもそれを強く意識しないばあいもある。逆に自分が名もない庶民の出自であっても、それを心の誇りとし、一生大切に持ち続ける人もいる。要は自己の血脈のなかのどの部分を強く意識し、これをどう考えていたかが重要なのであって、この要素が人間の精神形成にあたって大きく働くのである。したがってヴァレリーが母方の家系をこのような形で常に意識していたことは見逃しえない一つのポイントである。精神分析家の視点にかかれば、そこからエディプス－コンプレックスが導きだされてきたのもまたやむをえないであろう。

イタリア独立運動の闘士

紙数の関係で母系としては祖父ジュリオ＝グラッシだけを紹介してみることにしよう。彼は一七九三年ジェノヴァに生まれた。当時の青年の多くがそうであったように一時ナポレオン熱に浮かされ、ナポレオン軍に身を投じて戦ったが、ナポレオン没落後はトリエステへかえり、父の家業を継ぎ、やがて彼の名は海運業界に知られるようになる。そして一八二四年にジョヴァンナ＝ディ＝ルニャーニと結婚する。ルニャーニ家は一六世紀に遡る海軍軍人と学者の家柄である。

やがてイタリア統一運動の波が澎湃《ほうはい》として起こってくると、イタリア人特有の熱血児ジュリオは積極的にこの運動に参加し、トリエステにおける一方の旗頭となる。しかしたちまちオーストリア当局の強力な弾圧を受け、ジュリオは一八四八年地位と財産を失う。イタリア統一運動の盟主サルディニア王ヴィットーリオ＝エマヌエレはジュリオを支援し、彼をサルディニアのトリエステ領事に任命する。だがオーストリアはジュリオの領事認可状を拒否したので、王は彼をジェノヴァの領事館管理職にする。一八五五年にはこの職そのものが廃止されることになり、王はジュリオをセットのイタリア領事に任命することによって彼の長年の功績に報いたのである。

ジュリオ＝グラッシ
母方の祖父

ヨーロッパの町としてはセットは決して古い町ではない。ラングドック地方に一つの良港を造っておこうという発想はアンリ四世（在位一五八九〜一六一〇）によって抱かれたものだといわれる。いかにもこの明敏なフランス王（南仏出身のブルボン王朝の祖）らしい優れた着想であろう。セットが港としての機能を発揮しはじめたのは一七世紀にはいり、ルイ一四世の有能な蔵相コルベールの時代であり、その後は順調に発展していった。地中海沿岸航路の重要な基地としてセットの役割は大きく、またイタリア系移民も多かったので、小さな町（現在でも人口約三万）のわりには当時イタリア領事の職務は光った存在だったのである。

ジュリオは妻ジョヴァンナと末娘ファニーを伴ってセットに赴任した。ここで前述のようにバルテルミーと知りあって娘を結婚させたのである。

セットにおいて、バルテルミーはコルシカの親族とは切り離された生活を送っており、いわば入《いり》婿《むこ》のような立場で、グラッシ家にはいりこんで生活していた。一八七四年ジュリオが亡くなると、バルテルミーは一時領事館の管理を委任され、その功績に対してイタリア政府からイタリア十字騎士勲章を授けられている。この事実に照らしても、バルテルミーがいかに妻の実家の生活に溶けこんでいたかが理解できるであろう。

このようなわけで、ジュリオにとって最後の孫にあたるポールは、ジュリオの溺愛の対象だったことは想像に難くない。まだよちよち歩きのポールが、付添いの女中の不注意から、街の広場の泉水に落ちてあわや溺れかけたとき、誰よりもまずジュリオが烈火のごとく怒ったという話が伝えられている。

バイリンガルの環境

当然イタリアにも、特にジェノヴァには親戚知人が多く、ほとんど毎年のように家族ぐるみでイタリアへ旅している。ことに夏の船旅は幼いポールの心に強い印象を残し、ローマ人が「われらの海《マレノストルム》」と呼んだ地中海への彼の憧れを決定的にした。言語についていえば、ポールはこのようにしてバイリンガルに近い環境にあったことになり、彼にとってのイタリア語は学習によって獲得されたというより、生活のなかで身についた言語だったのである。父親のバルテルミーさえ彼をポール Paul ではなく、パオロ Paolo と呼んでいた。

母親のファニーはトリエステに生まれ、九五歳の長寿をまっとうしてモンペリエで亡くなった。晩年不幸にも失明したが、それでも天性の快活さを失わなかったという。ポールによく似た大きな生き生きとした目が特徴的な彼女は、小柄で気さくなイタリア婦人であり、しかも名門出の高貴さがおのずからにじみでてくるような女性であった。

幼年時代のヴァレリー　泉水で溺死しかけたころ。

母と息子の結びつきが親密であればあるほど、相方の情愛が深く細やかであればあるほど、逆にそこには親子のあいだの心理的な確執が生まれてくるものだ。ことに精神生活がすべてであるような文学者や哲学者のばあいにはそうである。ところがポール＝ヴァレリーにはそれらしい傾向が見あたらない。母系をあれほど語っている彼も、直接母親ファニーのこととなると、ごく普通の親子関係以外になにも語っていない。少なくとも心理的な対立を意識したようなことばを一度も口に出してはいないのである。ポール＝ヴァレリーにはランボーやショーペンハウアーに見られるようないわゆるマザー＝コンプレックスは存在しなかったと思われる。

このように考えてくると、ポール＝ヴァレリーの精神形成において母系の影響が圧倒的に大きいのはきわめて自然な現象であり、エディプス＝コンプレックスの内容は、なにかのトローマティズムによって父系を精神から排除したというのではなく、もっと単純に、父系の影響は父バルテルミー本人以外になにも存在しなかったのだ、と推論することができる。

コルシカ訪問

ポール＝ヴァレリーが初めて本格的に父親バルテルミーの故郷を訪れたのは五八歳のときである。

一九二九年八月一五日、パリを出発。バルセロナでベアーグ伯爵夫人と合流、同夫人所有の大型ヨット、トナックス号に乗船して地中海沿岸を巡遊し、その途中でコルシカ島にたち寄った。この時点で彼はようやく父親の親族の具体像を知った。

バルテルミー＝ヴァレリーはバスティアに生まれたが、ヴァレリー家の祖先はバスティアの北、島の北端に突きでたコルシカ岬にある郡の中心の町ブランドーの近くのシルガジア（あるいはシンガリア）という寒村の出である。ポール＝ヴァレリーは村の住民の3分の2がヴァレリー（ただしValéry ではなく Valerj と書く）という苗字を持ち、一つのコロニーを形成していることを発見して愕然《がくぜん》とする。

日本でも離島の住民がほとんど全員同じ苗字を持つという事例が少なくない。苗字は島民個人のアイデンティティとはなりえず、やむなく屋号で呼びあうケースも多いという。さらに島の生活の閉鎖性の故に血族結婚がおこなわれ、人類学的に互いによく似た肉体的特徴を持つことにもなる。コルシカそのものが一つの島であってみれば、コルシカ人全員が島の住民としてのこの特色を保っていたとも考えられるが、ヴァレリー家の祖先はコルシカ人のなかでももっともコルシカらしい条件を具有した人びとだったのである。

前述したように、ポールは母系の北部イタリアの上流インテリ層の文化的風土のなかにあって自己の精神形成をとげた。この環境において自己のアイデンティティをなすものは、逆に自分がフランス人であるという自覚であったことになる。このアイデンティティの意識こそ重要なのであって、人種的血脈の要因をはるかに超えて、これがフランス的知性を産みだす原動力となっていたと私は信じる。

さらにこのフランス人であるという自覚をいっそう具体的に解明すれば、フランス人でも特に南仏人であり、父系がコルシカの血脈を引くという意識であったことになる。ところがコルシカの血脈のほうは、実体がよく理解できないまま、漠然と特徴的個別的と思いこんでいたに違いない。その自己のアイデンティティなるものが、祖先の故郷に来て、ヴァレリー‐コロニーという集団のなかで一気に溶解し、吸収され、消失してしまったのである。彼の精神が衝撃を受けたのは当然であろう。

「厳しく、怒りやすい男」

ヴァレリー家の祖先については、その一人がレパントの戦いに参加したという記録が残されているだけである。

レパントはギリシアの都市名で、この町はイオニア海とコリントス湾を結ぶレパント海峡の北岸に位置する交通軍事の要衝である。そのためイスラム世界とキリスト教圏諸国の争奪戦の中心となっていた。

一五七一年一〇月七日、アリ＝パシャの率いるトルコ海軍三〇〇隻がこの町へ襲来したが、スペイン王弟ドン＝ファンが指揮する神聖同盟軍のガレー船二〇八隻、小艇六〇隻がこれを迎え撃った。アリ＝パシャは戦死し、ドン＝ファンは負傷するという大激戦の末、トルコ軍は一〇七隻を失ったのに対し、神聖同盟軍はわずか一七隻というキリスト教軍の大勝利に終わった。長いあいだイスラム側に押されつづけていたキリスト教国側にとっては久し振りの勝ち戦だった。操船術に巧みなコルシカの人びとはこの戦いに狩りだされ、ヴァレリー家の祖先も海戦に参加したものと推定される。

「厳しく、怒りやすい男」と描写されたこの祖先からはメリメの小説の主人公たちを思わせる精《せい》悍《かん》で野性的なコルシカ人、あるいは潮の香りのする荒々しい海の男のイメージが浮かびあがってくる。事実ヴァレリー家はバスティアに出てきてからも海運業に従事していた海の男たちの一族であり、税関吏をしていた父バルテルミーの質実剛健な風貌のなかにもコルシカの男の匂いがしなくもない。

ヴァレリーが一九三四年におこなった講演「地中海的霊感」に見るように、彼は地中海文化圏の伝統に育てられた自己を意識し、最高の知性と感性とを一身に具現したイタリア‐ルネサンス期の天才たちと血によって固く結ばれていることを密かに自負していたにもかかわらず、同じ地中海的ではあっても知的で典雅な伝統とはまったく対照的な野性的な熱い血にここで出会い、村の住民の誰彼のなかに父親の風貌を、ひいては自己の分身のイメージを見出したのである。しかもこの訪問はアカデミー会員、知的文化人という名声の背光を背負っての晴れの里帰りの機会でもあった。それだけに彼の精神が受けたショックは大きかったに違いない。

Ⅱ　青春時代と沈黙の二〇年

青春の迷いとよき友

入試に不向きな頭脳

一八八四年一一月、ヴァレリー家はセットからモンペリエに移り住むようになる。父のバルテルミーは六〇歳となって引退の身の上だったから、子供たちの教育のためにこの地方の文化都市モンペリエを選択したものと推定される。ポールは引越しの一か月前、コレージュ－ド－セットからモンペリエのリッセの第三学級に転校している。この高校から彼はモンペリエ大学（現在はポール＝ヴァレリー大学）の法学部へ進学する。

港町に生まれ、海への憧れが強かった彼は海軍士官たらんと志した。先祖代々海とともに生活してきたヴァレリー家の次男坊としてはまことにふさわしい人生の夢ということになろうが、残念ながら海軍兵学校入試の難関を突破するためには彼の数学の能力はあまりにも貧弱だった。ポールは涙をのんで長年の夢を放棄しなければならなかった。

最初日本へ伝えられたヴァレリーのイメージは、アインシュタインの相対性理論をいち早く理解した科学通の文学者、という形のものであった。そしてこのイメージは日本の知識人のあいだにかなり根深く定着していたと思われる。この視点からするならば、数学に通じているはずの彼がまさか、と驚くに違いない。しかし事実は事実で動かしがたい。体系化された数学を組織的に猛訓練で叩きこむ、という学校の秀才教育を、彼の柔かい頭脳は受けつけなかったのである。彼が数学に興味を持ちはじめたのはむしろ大学に入学した後の一八八九年ごろからであり、数学・物理学に通じた友人ピエル＝フェリーヌを得てからである。

　数学にかぎらず、できあがった知識の体系を博覧《はくらん》強記《きょうき》で獲得し、試験で高成績をあげるという、いわゆる中・高生の英才型の勉強は彼のもっとも苦手とするところであった。ポールが現代日本の青年であったとしたら、現行入試制度の被害を強烈に蒙ったであろう。

　後年ヴァレリーは『カイエ』のなかで次のように選抜試験制度を批判している。

「エリートについて。――選抜試験、卒業証書――そしてときには一般の投票――によってエリートを募るというナイーヴなシステムは、特に教養・価値・権威のあいだに、教えられた知識と生きた知識のあいだに――そして全体としては知識である付属品と人間である本体とのあいだに、混乱を引きおこす。

　人は《優秀な人材》を探し、教育する。確かに彼らは優秀だが……ただし三年間だけだ。」

　実に強烈な指摘である。

　当然リッセでの勉強にも身がはいらず、彼の学校ノートはデッサン（彼のクロッキーや水彩は玄人《くろうと》並のうまさを持っていた）や、詩句や、得体の知れぬ記号でいっぱいになる。学校の勉強よりも「ファンテジーへの愛」が優先するようになっては、どんな若者でもクラスのトップの座を獲得することは難しくなるであろう。

モンペリエのリッセ時代
前列左からヴァレリー、ギュスターヴ＝フールマン。

秀才ヴェルレーヌ

これと正反対な頭脳の持ち主だったのがデカダンの詩人ポール＝ヴェルレーヌである。放蕩《ほうとう》無頼《ぶらい》を自己のキャッチフレーズにしていたこの詩人は、青少年時代も学校教育の規格にわが身をあてはめることができず、いわゆる不良生徒として学業を大いに怠けていたように自己宣伝をしている。そしてこれはある面ではそのとおりなのだが、子細に眺めてくると事情は違って見えてくる。

陸軍工兵士官の一人息子として大切に育てられてきたヴェルレーヌは、パリの全寮制の補習校ランドリー学院にいれられ、そこから名門のリッセ＝ボナパルト校（現在のコンドルセ校）に通学していた。リッセから下校して寮に帰ってから、全員いっしょの予習復習の時間があり、予習教師《ピオン》が付いて勉強させられる。昔の中等教育は文科系が主で、それも古典学習がその中心だった。少年たちはギリシア・ラテンの古典、あるいはフランス古典の名詩をひたすら暗誦させられる。もともと文学的素質があった上に、記憶力が抜群であったヴェルレーヌは、他の生徒が二時間かかってやっと暗誦できるようになるところを、彼は詩句を数回読めばそれでじゅうぶんだった。好奇心旺盛な少年にとっては残り時間が退屈で退屈でたまらない。そこでついつい学校では禁書だったボードレールその他の新しい文学を密かに読みふけるということになってしまう。そのあげく、押し着せの学校古典文学よりも、同時代を呼吸する新文学のほうへ引きずりこまれていった。こうなると学業も汚染されて、彼は上級へ進むにつれて成績が落ちていく。ヴェルレーヌの成績不振の深因は皮肉にも彼の記憶能力が優秀すぎた故である。

このようにヴェルレーヌはリッセ卒業時にはすでに落ちこぼれぎみだったのだが、大学入学資格試験（バカロレア）には周囲の予想を裏切って、あっさり合格している。これに反し、西欧知性の権化たるわがヴァレリーはバカロレアを苦労して通過する。

中・高・大学を通じて、ポール＝ヴァレリーの学校成績は、決して劣等生ではなかったが、さりとて優等生ともいえなかった。よくいえば中庸、悪くいえば平凡というところであろう。

彼がモンペリエ大学の法学部を選んだのも、特別に法律・政治に興味を抱き、これを真剣に学ぶことによって将来身を立てていこう、という切実なる動機があってのこととは思われない。前述のように、不得手な数学が原因で海軍士官への夢を断たれてしまったポールは、おそらく未来の指針を失った状態にあったと思われる。そのなかで専攻を決めなければならないとすれば、兄貴が進学した法学部が一番身近で、なんとかなりそうな気がする、いざとなればいろいろ教えてもらえるだ

ヴァレリー兄弟　母校コレージュ－ド－セットの卒業式に来賓として招かれた、ポール（右）と兄のジュール。

ろう、といった程度の気持ちからではなかったろうか、と凡俗の筆者は想像する。モンペリエ大学法学部の教官にとってポールは志の高くない、好ましからざる入学動機を持って入学してきた学生ということになろう。

愚弟賢兄

ポールとは違って、兄ジュールは秀才だった。同じ法学を学んだとはいえ、ジュールの学問は本格的であり、大学教授資格《アグレジェ》を取得して、後にモンペリエ大学の法学部長を勤めている。

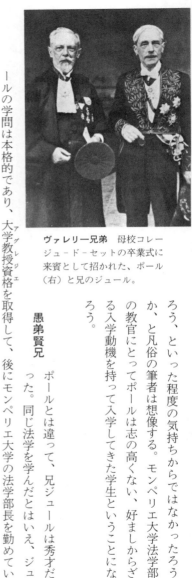

上掲の写真はヴァレリー兄弟が一九三五年に母校のセットの中学校《コレージュ》の卒業式に来賓《らいひん》として招かれたときの記念写真である。法学博士のガウンを身につけたジュールはいかにも学者らしい風貌をしていて、アカデミー会員の制服を着た弟のポールと好対照をなしている。母方の祖母ジョヴァンナの実家ディ＝ルニャーニ家は一六世紀に遡る学者と海軍軍人の家柄であり、ジュールはこの血脈に繋がるヴァレリー家のりっぱな跡取り息子だったのである。

ジュールとポールの年齢差は八歳もあった。読者のなかにも自分で体験された人がおられるであろうが、男兄弟とはいえ、これだけの年齢差があってはお互いに取っ組み合いの兄弟げんかをやれる相手ではない。少年時代のポールにとってのジュールは、兄というよりむしろ若い叔父のような立場にあった。父バルテルミーの死後ジュールはポールの後見人代理に指定され、父親代わりとして年下のポールのめんどうをよくみてやっている。

大学へはいってからも肝心の法律の勉強よりも詩作や文学を愛し、ワグナーの音楽に熱中し、また当時古建築の科学的復元の理論を唱え、それを実際に実現して有名だったヴィオレ＝ル＝デュックに興味を抱き、建築にすっかり入れこんでしまうというような弟は、エリートコースをまっすぐ歩いていたジュールにとってはさぞ扱い難い存在だったに違いない。それにもかかわらず、ジュールは弟のよき理解者でありつづけた。ここに賢兄ジュールの人柄がよく現れているように思う。ポールの詩才をいち早く認め、弟には内証で弟の詩をマルセイユの小雑誌へ送り、これがポール＝ヴァレリーの文学上の出発点ともなったのである。

学識教養に富み、謹厳ではあるが家長的暖かさを兼ね備えたジュールのような兄を持ちえたことは、ポール＝ヴァレリーにとって大きな幸運だったといわねばなるまい。

運命的な出会い

どんな人間にも一生のうち一度か二度、必ず運命的な出会いがあるものだ。たとえその人がどんなに緻密な生活設計をたて、それを強い意志をもって冷静に実行していったとしても、人の世に偶然性をまったく排除することはできない。もっともその出会いが運命的となるためには、それがその後どう発展していったか、当の本人がそれをいかによく自己の人生に活かしえたかにかかっているのではあるが。

一八八九年一一月一五日、ポール＝ヴァレリーは学業を一時中断して一年志願の兵役に服し、モンペリエのミニーム兵営、歩兵第一二二連隊に入隊する。翌九〇年、母校のモンペリエ大学では創立六〇〇年祭が催され、五月二〇日、モンペリエ近郊のパラヴァスの浜で祝宴が開かれた。ヴァレリーも休暇をとって宴に参加した。ここでまったくの偶然にピエル＝ルイス（一八七〇〜一九二五）と隣席し、たちまち意気投合したのである。

首都パリの新しい詩の動向に深い興味を持ちながらも、そこは地方在住の悲しさで、詩壇の大御《おおご》所《しょ》的大詩人の詩は目に触れることができても、時代を先取りする新風詩人たちの詩はとても手には いらない。ヴァレリーはなかでももっとも尊敬していた詩人マラルメ（一八四二〜九三）の「エロディヤード」を、わずかにユイスマンス（一八四八〜一九〇七）の小説『さかしまに』のなかに引用された断片として知るのみだった。ヴァレリーの嘆きを聞いて、パリに住むルイスは親切にも帰宅後さっそくそのコピーを送ってくれたのである。五月二六日以後、両者のあいだに活発な手紙のやりとりが開始される。

同年一二月、ルイスの紹介でアンドレ＝ジッドがモンペリエを訪れ、ヴァレリーと会う。モンペリエには有名な経済学者だった叔父のシャルル＝ジッドが大学で教鞭をとっており、アンドレにとっては親近感のある町だった。ジッドは自作の『アンドレ・ワルテルの手記』の数ページをヴァレリーに朗読してきかせ、いっしょに同市の植物園を散策する。かくして二人のあいだには生涯の友情が結ばれたのである。後にヴァレリーはこの時の出会いの記念として『旧詩帳』に収められた一篇の詩「友情の森」をジッドに献呈している。

このようにして一八九〇年はポール＝ヴァレリーの未来にとって実りの多い年であった。

青春時代からの友人 フールマン

よき友は人生の最大の宝である。ことに若い時代にしっかりと結ばれた友情はなにものにも代えがたいほど貴重なものである。たがいに年をとり、社会的地位を背景に持った上での交友は、どうしても直接的な利害関係が混りあい、心を許せぬ部分が残ってしまう。ところがそのような既成条件とは無縁な青春時代の友、そして学問についても、人生についても、腹蔵なく自由気ままに論じあえる学生時代の友人は、純粋に生涯の心の友でありつづけることができる。私たちが高校・大学で学ぶ最大のメリットの一つは、知識の習得の他にも、実にここにあるのである。

そういう意味合いからして、ポール＝ヴァレリーの親友として前述のルイス、ジッドの他にギュスターヴ＝フールマンの名を挙げることができよう。フールマンはヴァレリーのリッセ時代の同級生であり、社会へ出てからはコレージュの哲学教師を務め、晩年にはヴァル県選出の上院議員となっている。

ヴァレリーとフールマンとの友情の中身がどのようなものであったかは、オクターヴ＝ナダルによって編纂され、ガリマール社から出版された『ポール＝ヴァレリー——ギュスターヴ＝フールマン往復書簡集』によってそれをうかがい知ることができる。この書簡集は一一七通の手紙（八九通はヴァレリー、二八通はフールマン）から成り、その期間は一八八七年から一九三三年に及んでいる。

二人の友情もまた、リッセのボネル先生の教室でたまたま隣りに座るという偶然から始まった。ギュスターヴはポールより年長だった上に、性格も沈着で、態度も堂々として大人ぽかったから、才気煥発《かんぱつ》ではあっても神経質で感情的に脆いところを持ちあわせていたポールのお守り役的な立場にいたことになる。父を失って意気消沈《しょうちん》しているポールに心から同情しているくだりなどは、ギュスターヴの人情味豊かな性格がよく現れている。文学・哲学を好んだ彼はこの方面でポールと共通の興味を持っていたわけだが、彼の生まじめで保守的気質を反映して、彼が愛した文学は大筋においてクラシックだった。詩の分野ではヴィクトル＝ユゴーや高踏派の詩人たちが主であり、パリに起こった新しい波、たとえば象徴派等には及びえなかった。地方在住の教養人の卵としてはやむをえないことであろうが、時代の先端をいく詩風を貪欲に求めていたポールとはこの点ではっきりと差が出てきている。そこで文学の先導者としてのフールマンの役割は、パリの新しい文学環境を

アンドレ＝ジッド
1930年ころ

じかに呼吸していたルイスやジッドによって取って替わられていく。

要するにフールマンはヴァレリーのよき幼友達の代表的人物と位置づけることができよう。その他リッセ時代の友人たちには、ダイヤン、ボネ、エドワール＝ミシェル、ルイ＝オーバネル、パスカル、バチエ等じつに多士済済《たしさいさい》で、後年ひとかどの人物になった人が多い。

文学の場を通じて　ジッド

これに反しアンドレ＝ジッド（一八六九〜一九五一）との友情は、文学という共通の場を通じて、互いに切磋琢磨《せっさたくま》しながら築かれていったものである。二人の関係は固く結ばれたままヴァレリーの死の時点まで続く。

ジッドもまたヴァレリーより二歳年長であり、ヴァレリーに新しい文学を紹介し、パリの文学者・芸術家の環境へと導いてくれた。そればかりでなく、後に触れるように、創作活動に疑念を抱き、筆を折ってしまったヴァレリーに対して、旧詩を編《あ》んでみるように勧め、ヴァレリーの創造力にふたたび火をつけたのも彼であるし、「若きパルク」によってヴァレリーが第一次世界大戦後の大詩人として詩壇の脚光を一躍浴びるに至ったのも、これをバックアップしたジッドの「新フランス評論」誌に対する影響力があったればこそである。ヴァレリーのアカデミー会員への道はジッドによって用意されたといっても過言ではあるまい。

ジッドが尊敬し、同時にもっとも恐れていた人物の代表として、ヴァレリーとポール＝クローデル（一八六八〜一九五五）の名を挙げることができる。クローデルを恐れたのは、このカトリック詩人の厳しく揺ぎない信仰心と文学観への畏怖からきたものであることはいうまでもない。しかし親友ヴァレリーをどうしてそんなに恐れたのであろうか。

ジッドはヴァレリーと会って、共に好きな文学を語りあうことを無上の楽しみとしていた。だがそれと同時に、そのことはまたたいへんな恐怖でもあったらしい。ジッドはヴァレリーと語りあうと精神に強いショックを受け、頭が混乱して当分考えがまとまらないほどだった。二人が出会ったころはジッドも詩を書いていたが、ヴァレリーの詩作を間近に見て、自分の詩才の限界を悟り、小説に専念する。ところがその小説の分野においても、ヴァレリーに「テスト氏との一夜」を示されて衝撃を受けている。

もちろんヴァレリー側に悪意があってのことではない。彼はジッドが求める問いに率直に答えただけのことであり、むしろ善意の加害者の立場にあった。しかし被害者側のジッドの身になってみれば、相手の答えが率直なものであればあるほど、それが手痛く感じられたに違いない。しかも文学の既成観念にとらわれず、問題の本質をずばりと採りだし、これを明快に示すヴァレリーの洞察眼はジッドの繊細な精神を大きく揺さぶった。

しかし観点を換えれば、ヴァレリーのことばにこのような衝撃をおぼえたという事実そのものが、逆にジッドの芸術家としての才能と性格を示すことに他ならない。よき友人を持つメリットはその友人の社会的地位の高さや、あるいは才能のあるなしに拠るのではない。さらに極言すれば、その友人の客観的な価値の大きさに拠るのでさえもない。要はその人との実際の交友によって本人がなにを獲得し、それを自己のなかにいかに活かしえたかに拠るのである。おそらく他の文学者なら同じヴァレリーの指摘を聞いたとしても、なるほどと感心し、あるいはただおもしろがるだけですますところを、ジッドはそれを自分の問題として受けとめ、真剣に悩んだのである。そこにジッドの偉大さがある。

ジッドはヴァレリーの指摘に実作をもって答えるべく、ヴァレリーの純粋詩に対し、純粋小説を追求した。日本においては第二次世界大戦前の一時期、二人の純粋詩・純粋小説は新文学の旗手として、ちょうど戦後直後のサルトル、カミュのような地位を占めていたのである。

ジッドにとっても年少のヴァレリーはかけがえのない貴重な友だったのである。

意外な友人ルイス

ルイスもまたヴァレリーの生涯の友であった。ただしジッドとのばあいは誰しも当然と思われるであろうが、ルイスと変わらぬ友情を長く保ちえたとい

ピエル＝ルイス　ヴァレリーと最初に出会ったころ。

うことに対しては、やや意外と感じられる読者も多いのではあるまいか。

若い時代に築かれた友情にはそれなりの弱点がある。若さと体力に恵まれているときには、遊びにしろ勉強にしろ、いっしょにわいわいやればなにをやっても楽しく、あらゆることに（裏を返せば無責任に）興味を持つことができる。ところが年を重ね、社会に出ていくと、それぞれの生き方や人生観がその人に合わせて個性的に固定してくる。要するに人間は生きているかぎり年月とともに変わるものなのだ。こうなってくると、友人同士といえども昔のように心を開いて、つまり無防御の状態で語りあうことが難しくなる。いいたいことをいえば衝突が起こる。若き日の友情というものは、若いころ思っているよりはるかにその維持が困難なのである。

ピエル＝ルイスは詩集『ビリチスの歌』や小説『アフロディット』、『女と繰り人形』の作者として知られる、ギリシア的官能美の世界を再現した耽美的文学者である。彼は早くから高踏派の詩人と交遊し、エレディアの影響を強く受け、ギリシア古詩に通じ、この方面でも業績を残している。

ヴァレリーもまた地中海人としてギリシア文化を愛し、彼の文学・思想もその伝統を継ぐものではあるにせよ、彼の住むギリシア世界はあくまで知的で静謐《せいひつ》な世界である。ルイスが求めるような官能美の世界とはほど遠い視座に立つものであった。極端なイメージを対照させてみると、ヴァレリーが彼の小説のなかで創造したロボットのような株式仲買人テスト氏と、ルイスの小説のヒロイン、古代ギリシアの巫女《みこ》であり娼婦であるアフロディテットとが出会ったとしても、そこにはとうていドラマが生まれようがないほどの違和感がある。二人が追求した文学の質はまったく違ったものであった。

だが、他の作家が書いたこの種の小説、ことに読者受けを狙った興味本位の小説をあれほど辛辣《しんらつ》に批判したヴァレリーも、ルイスに対しては一度も正面から鋭い矛先を向けたことがなかった。あれはあれでよい、という姿勢をとりつづける。後に触れるように、若い時代には両者に共通するボヘミアン的なプレイボーイ－スタイルが見られるとしても、二人の友情はヴァレリーのこの節度によって保たれたのである。これに反し、ルイスとジッドの仲はその後冷却していく。このあたりはヴァレリーの人柄の一面を語るよき例証となるであろう。

「ジェノヴァの夜」と沈黙の二〇年

詩人としてのスタート　地方の文芸小雑誌への投稿に始まったヴァレリーの詩人としての経歴はその後順調に進展し、一八八九年にはパリの小雑誌「クーリエ＝リーブル」誌の一〇月一日号に「月の出」というソネットが掲載される。なによりもヴァレリーを勇気づけたのは尊敬する詩人マラルメが彼の詩を認めてくれたことである。

マラルメに対するヴァレリーの熱い思いを知った友人ピエル＝ルイスは、マラルメに会い、ヴァレリーの詩の数篇を示して批評を乞うた。マラルメはこれに答えて、パリからモンペリエにいるヴァレリーに直接手紙を書いた。手紙の内容はすこぶる好意的であり、若いヴァレリーは感激した。後にヴァレリーがパリに出てきてマラルメに面会したときも、マラルメの厚遇は変わらなかった。

このようにヴァレリーの詩人としてのスタートは、一躍世のスポットライトを浴びるというほどの際立ったものとはいえないが、まずまず好調とみてよいのではなかろうか。前途有望な青年詩人として、詩壇の識者のあいだにもちらほら彼の名が挙がるようになってきさえしていた。ところがどうしたことか、ここに至って彼はせっかくの詩を、当時の彼としては唯一の心の拠り所であり、取り得でもあった詩と文学とを、本気で放棄してしまうのである。

人生の一大転機

一八九二年九月一四日、法学部三年を修了したポールは家族とともにジェノヴァへ出発し、翌一五日、ジュリオ＝グラッシの次女、すなわちポールには伯母にあたるヴィットーリア＝カベーラの家に着く。カブリエル＝フォールの研究によれば、同家はサリタ－サン－フランチェスコというマンションのなかのアパルトマンに住んでいたといわれる。カベーラ家は開放的な雰囲気の家風で、同家のサロンには若い世代の人びとがしょっちゅう集まり、活気に満ちあふれていた。ポールが遊びにいきやすい家庭だったことは確かであろう。若い仲間の中心にいたのがカベーラ家の娘ガエタであり、ポールと仲がよかった。彼女はポールより約一〇歳年長だったが、これは後述するように、ポールの謎の恋愛事件の相手R夫人とほぼ同年輩であることは興味深い。

ヴァレリーにとって人生の一大転機となったこの夜について、ヴァレリー自身は一八九二年一一月初旬と漠然と書き残しているが、一般的な時間、すなわち歴史的日付の価値をそれほど認めない彼のことばはあまりあてにならない。この件に関しては、日記を毎日書いていた几帳面な兄ジュールの備忘録のほうがはるかに信憑《しんぴょう》性が高い。ジュールの記録によれば、この夜は一〇月四日から五日へかけての嵐の晩となっている。ジェノヴァ大学のシモーヌ教授の指導を受けた女子学生は地方新聞「カファロ」紙のなかにこの夜一晩中猛威をふるった暴風雨の被害記事を発見し、ジュールの記録の正しさを立証している。

ポールに与えられたメーゾン－サリタ－サン－フランチェスコの一室からは海も港も見えず、わずかに空の一角がのぞいているだけだった。その空も雷光に引き裂かれ、ポール青年はベッドの上でてんてんとしながら不眠の夜を耐えなければならなかった。彼はそのときの情況をこう述懐している。

「……恐ろしい夜だ――あてがわれたベッドの上で過ごす――四方八方嵐だ――私の部屋は稲妻が閃《ひらめ》くたびに明るく照らされた。――そして私の運命のすべてが私の頭のなかでもてあそばれていた。私は私と私とのあいだにいるのだ。」

この夜ポール＝ヴァレリーは、端的にいえば、このままいけば自己の性格の感情的脆さを克服できず、自分が人間としてだめになってしまうという意識を強く抱き、この窮状からはいあがるためには、どうしても自己改革を強力におこなう必要があると痛感した。ヴァレリー的ないい方で換言すれば、これまで礼拝してきた偶像のすべてを、文学の偶像をも含めて、いっさい放棄し、ひたすら知性の偶像を礼拝しよう、と悲壮な決意を固めたのである。

「ジェノヴァの危機」の意義

ポール＝ヴァレリーが人生の一大方向転換をおこなったこの「ジェノヴァの夜」は「ジェノヴァの危機」と呼ばれ、きわめて重大な意義を持つものである。ヴァレリー自身もなん回となくこの夜のことを回想し、自分の生涯を決定した重大事件としてその意義を強調している。まさに「ジェノヴァの危機」を経ずしては後年のヴァレリー、彼の文学も思想も、ヨーロッパ知性の象徴としての社会的栄光もありえなかったであろう。ヴァレリーを語る上で見逃しえない「ジェノヴァの危機」の全貌についてはこれから順次考察を加えていくことになろうが、ここではまず危機の原因を考えてみなければならない。

ポール＝ヴァレリーが「ジェノヴァの危機」においてなぜあのような劇的な諸偶像の放棄をおこなったかについては諸説がある。そしてそれらの説についてはそれにふさわしい理由付けや、説の信憑性を保証するに足りると思われる資料が存在する。しかしそのいっぽうで、ヴァレリーにそのような決断をさせたものはあくまで彼個人の心の領域に属する問題であり、他人が外側からとやかくいえない、あるいはいうべきでない部分が含まれていることもまた確かである。この留保条件を考慮にいれながら文学および諸偶像の放棄の原因を考えていくと、その理由説明はだいたい次の二説が主であるように思われる。

その一つは、放棄の原因はむしろ文学それ自体によって与えられたもの、つまり彼本人が自分の文学の質の低さを認識し、才能の不足を痛感して絶望のあまり文学を捨てた、という説である。

「劣れるマラルメ風」

ヴァレリーが詩人として成熟するために吸収していった先達詩人たちは、ヴィクトル＝ユゴーに始まり、ボードレール、ゴーティエ、ヴェルレーヌ、エレディアが数えられ、最後にマラルメがくる。ロマン派、高踏派、象徴派というコースはフランス詩壇の自然の流れに沿うものであり、ヴァレリーが置かれた文学史上の位置からいってもまた自然の展開であった。

ところがたどりついたマラルメが当時のヴァレリーにとっては絶対の壁となって立ち塞がる結果になってしまった。マラルメはヴァレリーの生涯の師であり、彼が抱いた師への敬意は神への崇拝に近い。生前はむしろ一部の識者にしかその詩を認められず、一般には晦渋《かいじゅう》難解な詩人として敬遠されていたマラルメの真価をいち早く見出したのもヴァレリーであり、『ヴァリエテ』に「マラルメ論集」としてまとめられた評論によって、マラルメの作品を一九世紀の詩の頂点に押しあげたのもヴァレリーの功績に負うところが多い。

そのようなヴァレリーであったればこそ、他の誰よりも増してマラルメの詩の質の優秀さ、知性によって統御された詩句の完璧さを痛いほど認識していたに違いない。そして自分の詩が「劣れるマラルメ風」でしかないことに絶望したのである。

文学原因説を採るモーリス＝ベモルはその著『ポール・ヴァレリー』において、「……そしてヴァレリーは、もうすでに引用したアルベール＝ティボーデへの手紙のなかで彼の近作の詩句が《非常に劣れるマラルメ風》でしかないことを認めていた」と述べ、したがって「彼はもうすでにそれほどまでに自分自身に対して要求を強く持っていたのだが、これはおそらく早急には先人たちを追い越すには至らないという感情であろう。疑いもなく、彼は自己の詩の不完全さを意識していた……」とヴァレリーが自己の詩の不完全さに絶望したことが文学放棄の最大の原因であるとしている。

しかし読者のなかにはこの問題に関して次のような素朴な疑問を持たれる人がいるのではあるまいか。すなわちヴァレリーが自己の文学に絶望したとはいっても、それは彼一人がそう思いこんだだけであり、外側から詩人としての不適格のレッテルを貼られたわけではない。前述したように、周囲の批評家たちはむしろこの青年詩人に非常に好意的であった。ヴァレリーが敬愛するマラルメ自身もヴァレリーの詩才を認め、詩作を大いに励ましていたではないか。このような情況下にあっては、マラルメの期待に答えて自ら切磋琢磨し、「劣れるマラルメ風」ではない、独創的な優れた詩人たらんことを願うのがむしろ自然な心の動きではなかろうか、と。

もっともな疑問ではある。だがマラルメの壁は通り一遍の文学的精進によって乗り越えられるような、なまやさしい障害ではなかった。ヴァレリーがそのまま文学内にとどまっていたとしたら、あるいはマラルメ亜流の群小詩人の一人に終わっていたかもしれない。巨大な壁を突破するためにはもっと過激な手段、たとえば彼が強行したような既成の偶像を一気に一掃し、すべてを白紙の状態にもどしてからまたやり直すというような非常手段に訴えなければ達成できない性質のものだったのである。むしろこの真実を彼一人自分で明晰に見抜いていたというところにヴァレリーの並々ならぬ才能があったといえるであろう。

視点を換えて極言すれば、ヴァレリーの「ジェノヴァの夜」の自己革命は、自らの文学を完成するために一時文学を捨てるといった、目的意識を心理の深層の片隅に残しながらおこなわれたにしてはあまりにも徹底しており、まさにすさまじい変革であった。したがって「劣れるマラルメ風」への絶望は文学の偶像放棄を説明できるけれども、反面文学復帰の必然性の説明としてはじゅうぶんなものとはいいえない。そこで文学原因説以外にも、青年ヴァレリーに強烈な精神的外圧を加えた原因が想定されなければならないであろう。

ささやかなR夫人事件

そこで自己革命の起爆薬として精神的な苦悩によるもの、いささか世俗的ではあるが失恋のショックによるもの、という恋愛事件説が浮上してくる。

ポール＝ヴァレリーの娘にあたるアガート＝ルアール＝ヴァレリーはプレイヤード版ヴァレリー

全集Iに「伝記的序文」を付けているが、彼女はそのなかで「ジェノヴァの危機」のこの問題に触れ、「鋭い感情の一つの危機を通過したあとで……」といった抽象的で漠然とした書き方をしている。実の娘としてはこの程度にしか書けなかったのも無理はない。そしてまた、現実的にこれを眺めれば、恋愛事件というに価しないほどささやかな恋物語であったこともまた確かである。

相手はR夫人（または Rov. 夫人）として示される女性であり、ヴァレリーより一〇歳ほど年上の、カタロニア系の既婚婦人である。カベーラ家のガエタの年齢であることにも再度読者の注意を喚起したい。ヴァレリーはモンペリエの街でこの女性をしばしば目撃する。だが目撃したのがすべてであり、近よって話しかけることもできず、直接交渉など思いもよらないという関係にあった。端的にいえばヴァレリー側の一方的片思いでしかなかった。しかしこの不器用な愛にポール青年は深刻に悩み、そして絶望したのである。

友人たちへの手紙

この時点でのヴァレリーの心の苦しみは、危機前のルイス、フールマン、ジッド宛の手紙を熟読することによってこれを推定することができる。三人の友人たちへのヴァレリーの手紙の書き方にもそれぞれニュアンスがあり、友の答え方の側にもめいめいの個性がにじみでていて興味深い。

一八九二年ごろにはフールマン宛の手紙の頻度数は減少し、これに替わってジッド宛が増大するが、これはヴァレリーの関心がパリ詩壇の動きに集中していたからであり、自然な現象とみるべきであろう。ジッドとのあいだに文学を、そして人生を論じた書簡が濃密に取り交わされ、それと混りあって恋愛論の体裁を採りながらR夫人への愛の苦悩が格調高く語られていく。

「ぼくの肉体の存在は、夢のなかでもっとも醜いものだ。だから沈黙を守っていたのだ。しかし、まだ年も若いというのにぼくはもう数年間にもわたって一人の女のことが死活問題になっている。だが彼女は通りすぎても、そういうぼくに気づかない。このぼくも、ほとんど彼女の名まえさえ知っていないのだ。たぶん彼女は美しくはないのだろう。だがその面影はぼくの身内に巣喰ってしまっている。ぼくはぼくの机のまわりに彼女の存在を感じている。彼女のためにどれほど仮説をたててみたことか。ぼくは彼女に手紙さえ出さなかった！　手紙はぼくの引出しのなかにある。」

これは一八九一年九月一一日付のジッド宛の手紙の一節だが、ヴァレリーとR夫人との事実上の関係がどのようなものであったのか、読者は一読して理解されるであろう。ヴァレリーの一人相撲《ひとりずもう》は最後まで続いた。

このようにジッドへの手紙ではひんぱんにR夫人が登場し、二人のあいだで高級な恋愛論が取り交わされたのだが、肝心の「ジェノヴァの危機」直前の出来事と、このときヴァレリーが受けた精神的打撃とは、なぜかジッドへは語りかけられないのである。

二人のパリジャンへのフールマンの嫉妬心を恐れていくぶんこの幼友達を敬遠ぎみだったヴァレリーは、ここで一転して、「ジェノヴァの危機」の直前、すなわち一八九二年九月二三日付のジェノヴァから出されたフールマン宛の手紙のなかで、事件の内容を率直に、具体的に、悲鳴に近い書き方で打ちあける。

「去年の夏、今年の冬、そしてこの夏、ぼくを襲ったある弱点を君が忘れていないことをぼくはよく知っている……」とまず前述引用のジッド宛書簡を裏書きする事実を肯定してから、この苦しい片思いも彼自身としてはようやく克服されたと思っていた、と告白している。

「これらの経緯の対象、徴候、印は消えてしまった——七月のある夜、吹き消されたろうそくのようにきっぱりと。」

消えたという動詞をヴァレリーは口語体の複合過去を使わず、手紙文のなかにわざわざそこだけ **disparut** と単純過去を用いて書いている。R夫人のことは現在とはまったく縁の切れた遠い過去になってしまった、と彼本人が認めたよい証拠である。

確かに実りのない愛の悩みからヴァレリーはいちおう脱出することに成功していたらしく、ジッド宛の手紙でもR夫人に触れた個所が少なくなっていく事実に一致する。

ところが不運にもヴァレリーはジェノヴァへ出発する前日、偶然またR夫人に出会ってしまったのである。抑圧された感情は一気に噴出し、もはやコントロール不可能な情況が現出する。

「しかし――ここにこそ独特なこと、例外的なこと、ユニークなことが結合し、計画的な関係と、期待した解決の跡を残しながら発生したのだ――ぼくは出発の前日、ぼくがしばしば彼女を見かけた街へいったときのことだ――曲り角に、彼女の小さな日傘が見えるではないか、そしてこいつはおなじみの柔らかな明るさでぼくにそれが彼女であることを証明した。ぼくはその魅力の優しさ美しさに目がくらんで、呆然としてしまった――しかもただ驚きとその驚きのなかに深くはいりこんでいきたいという欲望に気も狂わんばかりだったのだ。」

この手紙は「ジェノヴァの危機」にあたってのヴァレリーの心理状態を非常に具体的に、しかも鮮やかに表現していると思う。ヴァレリー自身、恋愛感情に振りまわされ、自己を失ってしまった自分にがまんできなかったのである。感情面の脆さが自己の最大の弱点だと痛いほど思いしらされた彼は、このままでは自分が完全にだめになってしまうことを確認した。自己コントロール能力を回復し、自我を強化し、主体性を確立するためには、それまでのもろもろの偶像を放棄し、自己を白紙の状態にもどして再検討しなければならないと決意したのである。捨てさった偶像のなかには恋愛も文学もともに含まれていたと当然考えられる。これが「ジェノヴァの危機」の内容であり、原因であった。

このような根源的で劇烈な方向転換を引きおこしたインパクトとして恋愛の破局を想定するのは上記のように有力ではあるが、しかしそのいっぽうで、失恋のショックという事実から、恋愛に初心《うぶ》で不器用な青年像をヴァレリーの実像の上に安易に重ねてしまう嫌いが生じる。そこでまず誤まれる先入主を一掃しておく必要がある。

男性の敵女性

では当時のヴァレリーは恋愛そのものをどう考えていたのだろうか。第一に、引用文によっても推定できるように、彼は恋愛を魂を清め、精神を純化するものとして神聖視してはいない。一部の純情文学青年によく見られるこのような恋愛観を少なくとも信奉してはいないのである。いわんや、現実の女性を扱いかね、女性の前に出ると手も足も出なくなり、反面空想のなかで女性をむやみに優しく、美しく、清純な理想像に仕立てあげるといったタイプではなかった。決して女性恐怖症の青年ではなく、現実の女性との交際も下手ではなかった。現実と空想の女性像の落差という視点からいえば、アンドレ＝ジッドのほうがはるかに大きい落差を持っており、彼のほうがずっと文学青年だったといえよう。

むしろ自分では女性アレルギーはないと信じていたヴァレリーが、R夫人に対してだけは手も足も出なくなり、純情青年並の応待しかできない状態におちいったからこそ、それだけヴァレリーの心の打撃は大きかったのである。

R夫人との事件に同じく意見を求められたピエル＝ルイスは、「肉体のおもむくままにさせておくのがよい、ただし肉体だけであって、魂までは奪われてはならない」と忠告している。いかにも『ビリチスの歌』の詩人らしい答えである。「本能に身を委ねることは最大限に知性を減少させることだ」とするヴァレリーの考え方に対し、ルイスは肉体と魂とは分離して考え、問題を処理すべきだ、と勧めている。ルイスは一八九九年、ヴァレリーの結婚より一年早く、ルイーズ＝ド＝エレディアと結婚して身を固めることにはなるのだが、ルイスは手紙で語ったような恋愛観を尊重し、そして自身でも信奉していた。ルイスばかりでなく、世紀末の文学ボヘミヤンの青年たちの多くはこれと似たような恋愛観を持って生きていたのだった。

女性の側からいえば、このような恋愛観は男性側の一方的なご都合主義的考え方であり、女性蔑視の現れであると、大いに憤慨するに違いない。まさにそのとおりではあるが、この思想も歴史の流れの上に浮かんだ一つの現象であることもまた確かである。

女性の内部には、当の女性本人さえそれを意識していない悪魔的な本質が内在していて、それが男性をだめにしてしまう。ことにその男性が、男性としての資質に優れていればいるほど、逆にその被害は大きい。このような論理による男性被害者意識は一九世紀前半に姿をみせ、世紀末には文学世界に定着し、文芸作品を賑やかにする。すなわち、メリメの小説『カルメン』等はその代表である。文学者たちは女性恐怖症にとりつかれ、ボードレールの女嫌い《ミソジニー》が生まれ、結婚すると自分の文学が破滅すると考えて、文学のために独身をとおすライフ－スタイルがアラモードとして受けいれられる。さらにこの情況は進行して、現実の女性を相手にすることさえできなくなり、室内に閉じこもって、街を通る女性たちを窓際から遠く見おろすだけとなる。フランシス＝ジャムの詩や小説に登場する野の花のように健康で素朴なピレネーの少女たちも、実際にはモード雑誌の挿画から採られたものだというから驚きである。

このような男性の男性性の退化、男性の女性化は一九世紀末ヨーロッパの一つの文化現象であり、文学世界にそれが反映したものとみなすことができる。現代の日本社会で、現実の女性から相手にされず、ビデオカセットを山ほど買いこんで狭いアパートの一室に閉じこもり、スクリーンに映った女性の虚像を代替えとして孤独な日々を過ごしている一部の青年たちの姿が、そこに重なってくるではないか。

ヴァレリーも時代の子として、多かれ少なかれ、このような恋愛観女性観の影響を受けないわけにはいかなかった。ただし彼の恋愛観はジッドよりもルイスに近い。彼がルイスと最後まで交友関係を維持できたのもこの辺に理由があるのではないかと思う。ルイスのほうもヴァレリーが『若きウェルテルの悩み』のような恋愛パターンに従う男ではないとよく知っていたからこそ、上記のようなアドヴァイスをしたのであろう。

このような恋愛観に育ってきたヴァレリーにとって、R夫人事件は彼の文学的ダンディズムのプライドを大いに傷つけたであろうことが想像される。青年の精神世界にあっては、恋愛もまた詩およびその他の偶像と同列の大きな地位を占めていた。そうなれば残された自己防衛策はおのずからはっきりしてくる。荒れ狂う感情と本能の嵐を乗りきり、自己の操舵能力を回復し、主体性を確立するためには、既成の偶像のいっさいを放棄しなければならない。当時こう考えたというヴァレリー本人の告白や、多くの研究者の指摘は、真実の声として傾聴しなければならないと思う。

自己改革の二〇年

「ジェノヴァの危機」以後、事実ヴァレリーの創作活動はしだいに停止していく。ただしこれは雑誌や新聞等に公表されたもの、という留保条件をつけておかなければならない。ともかく「ジェノヴァの危機」による「大勢一決」は確かに成立したと考えることができる。恋愛も克服され、ジッド宛書簡にも愛の悩みの訴えは二度と現れず、ふたたび平静さが取りもどされる。

そして時は流れ、第一次世界大戦終結後、ポール＝ヴァレリーは「若きパルク」の名作をもって詩壇にはなばなしくカムバックする。その間ほぼ二〇年というのが定説となっている。

期間を厳密に眺めてみるならば、あるいはもっと違った数字が出てくるかもしれない。人間の精神内部でおこなわれる創作活動を外側から確定することはそもそも無理な話である上に、また公表された作品を規準にするにしても、そこには本人の意志以外の、外的な社会的要因が働いてくるものだ。したがってこれらの点を考慮にいれながら、沈黙期間を特定してみるとしよう。

「ジェノヴァの危機」以後にも、一八九五年に「レオナルド・ダ・ヴィンチ方法論序説」が、翌九六年には「テスト氏との一夜」が、さらに一八九七年に「ドイツ制覇」(後に「方法論制覇」と改題)が発表されている。これら三作品はヴァレリーの著作中にも重要な位置を占めるものであり、見のがすわけにはいかない。そして九七年以後には特筆すべき公表用の作品は見あたらない。したがって「若きパルク」が書かれた一九一七年まで、その間ほぼ二〇年を沈黙期とみなすのがやはり穏当な考え方であろうか。

この沈黙期において、放棄された諸偶像に代わって彼の前に置かれた唯一の偶像は「知性の偶像」であった。彼はこの新しい偶像をひたすら礼拝することによって、徹底的な自己改革を果敢に遂行したのである。

成熟する果実

詩集『魅惑』に収められた一篇「棕櫚《しゅろ》」のなかで、ヴァレリーは次のようにうたっている。

忍耐、忍耐、
青空のなかの忍耐、
沈黙の一つ一つの原子は

成熟する果実の機会なのだ
やがて幸福な驚きがやってくるだろう。

沈黙のなかに忍耐を重ねながら成熟していく果実のイメージは、ヴァレリーの内的な生の展開とその成熟とをみごとに象徴しているかに思われる。二〇年間の沈黙は確かに「ジェノヴァの危機」以後の人間ヴァレリーの成熟期間とみなすことができよう。この詩句でうたわれているように、「やがて幸福な驚き」がほんとうにやってくるのだろうか。果たしてやってきたとしても、それがどのような形で姿をみせるであろうか。次章においてこの問題をさらに深く追究していかなければなるまい。

Ⅲ　「ジェノヴァの危機」と自己革命

自己革命とその成果

歴史のなかで革命は決して珍しい事件ではない。現在でも世界のどこかで革命が起こり、あるいは革命の芽が胎動しつつあるであろう。しかし革命それぞれの意義を論じるばあいにもっとも重要視しなければならないのは、その革命の実現がその社会を構成する人びとになにをもたらしたか、ということではなかろうか。急激な社会変革を伴い、ときには多くの人の血を流してまでも強行した革命が、それにみあった人類の幸福と福祉とを招来しなかったとすれば、それは不幸な歴史の一ページでしかない。

人間個人の革命についても同じことがいえる。現在の自分にあきたらず、自己革命を強行して人格の向上をねらったところが、かえって人間がだめになってしまったというばあいも少なくない。俗に「人が変わってしまったようだ」という現象は私たちの身辺でもときどき見聞することがある。そのようなときにも、その本人が必ずしも人間的に魅力のある、スケールの大きい人物に変貌したと感じるわけではない。いや、むしろ現実ではその逆のケースが多いのではなかろうか。

成功した自己革命

いままで恵まれた生活環境に育ってきた人が、家庭内で思わぬ大きな不幸が起き、急に世間の冷たい風に晒《さら》されたというような事例を考えてみよう。ショックに耐えきれず、そのまま環境の重圧に押し潰《つぶ》されてしまう人も多いであろう。これではいけないと発奮し、各自それなりの方法で自分を鍛え直し、世の荒波を乗り越えるだけの力を身につける人もまた当然いるはずだ。人間には必ずそれだけの強靱《きょうじん》な順応力があるものだ。しかし首尾よく外因性の困難と障害を克服できたとしても、つまり自己革命に成功して強い性格を獲得できたとしても、その超人的な強さが故に、逆に暗く冷酷な人間像を描きだす結果を招きかねない。人間は反面弱い存在でしかない。一人の人間にあまりにも多くを求めるのは酷であろう。生活上の艱難辛苦《かんなんしんく》に耐える強い意志を持ち、しかも人柄も温かく、風貌も魅力的であり、社会に対しても、学問芸術に対しても、常に生き生きとした精神の働きを示すという人物を一個人に要求するのは、現実問題として理想論に近い。

ところがヴァレリーのばあいは、「棕櫚《しゅろ》」でうたわれているように、みごとな調和のうちに人間的成熟をなしとげたのであり、人間革命がすばらしい成果を本人にもたらした希《まれ》な幸福なケースであった。

自己革命の内容はこれからヴァレリーの思想の基礎とその発展の過程として詳しく見ていくが、ここではまず手っ取り早く、革命の成功の事実を外側から客観的に証明する例をいくつか挙げてみることにしよう。

栄養剤あるいは逆にダイエット法の効果を具体的に強調するために、同一人物の写真を二枚並べて掲載した宣伝用パンフレットを、私たちは日ごろよく目にする。同じ人がこんなにも変わるものかしら、という素朴な驚きは私たちの心理に直接的に働きかけるので、その効果は決して捨てたものではない。だからこそ使用前使用後の写真はいぜんとして広告宣伝の世界に生き残り、無名の個人の肖像が縁もゆかりもない私たち他人の前に登場するのである。

使用前使用後

ここに二枚の写真がある。一枚は青年時代のヴァレリーであり、他の一枚は熟年の彼である。この二枚の写真を見て、読者は沈黙期という精神的ダイエット効果が同一人物の肖像のなかにいかによく反映しているかどうか、明らかに感じとれるであろうか。

青年ヴァレリーはいかにも才気縦横、生き生きとした好奇心に満ち、しかもそうとうなダンディでもある。当時の保守的でお固い青年の風采というよりはむしろ文学青年風エピキュリヤン、あるいはボヘミヤン的雰囲気を持っている。アンドレ＝ジッドも青年時代にはかなりおしゃれな派手な服装をしていることがあったが、ジッドのばあいは外観がモダンすぎて、逆にどこか無邪気で素朴な野暮ったさがにじみでてしまうのだが、ヴァレリーのほうはまったく板についている。ちょっとしたプレイボーイ並でさえもある。画家のドガが若いころのヴァレリーを「天使」という愛称で呼んでいたこともわかる気がする。

ヴァレリー二態　1897年（右）と晩年

もう一枚の写真の肖像には、若い時代の軽みはすっかり消えうせ、重厚にして平静、精神の果てしない広がりと深さとを感じさせる人間の顔がそこに見いだされる。ヨーロッパの知性の権化として私たちが見馴れたヴァレリーの風貌である。

筆者はこの二枚の写真に、ヴァレリーの二〇年間にわたる「知性の偶像」の礼拝の具体的効果がじゅうぶんに現れているのではないかと信じる。そう信じたが故にこれを使用前使用後の写真として掲げたのである。もちろん映像による認識は見る人の感じいかんによるので、不安定で確定しがたい性質のものではあるが、はたして諸者のご賛同を得られるであろうか。

文学への復帰

一九一四年、第一次世界大戦が勃発する。前回の普仏戦争のときと同様、緒戦ではフランス軍の旗色は悪かった。「常に右翼を強化せよ」というドイツ軍のシュリーフェン作戦はみごとに功をそうし、左翼を叩かれたフランス軍は包囲されることを避けて後退を続け、ジョッフル元帥の奮戦によってようやくマルヌ川の線でドイツ軍の進撃を喰いとめる。ここで両軍とも塹壕《ざんごう》戦の膠着《こうちゃく》状態におちいるが、フランス側にとっては敵国へ攻めこんでではなく、自領に押しこまれた上での膠着状態だった。

ドイツ軍が刻一刻パリに迫るという報を聞き、フランス人の誰もがそうだったように、ヴァレリーも危機に臨した祖国に対して愛国心が燃えあがった。前述のように学生時代に兵役をすませていた彼は予備役伍長だったが、ひそかに射撃練習などしながら召集令状がくるのを待った。しかし残念ながら四〇歳を過ぎたこの老兵には、もはや呼び出しはかからなかったのである。

武器を取って戦うこともできず、自分を育ててくれたフランスの国土と文化が日々破壊されていく現状を手をこまねいたまま見まもらなければならなかった彼は、いてもたってもいられぬ焦燥《しょうそう》感にかられた。その不安と苦悩のなかから、ついに将来の社会への遺産として一篇の詩を書き残すことを思いついたのである。フランス文化のなかでもっとも貴重なものはフランス語そのものであり、この無形文化の特質を生かしきった詩を書くことが自分の奉仕であり、義務であり、さらには自分をもっともよく生かすことでもあると考えたのである。戦時中の心の動揺を抑え、自己自身を取りもどすためにはまず詩を書こうと考えた、というところがいかにもヴァレリーらしく、このことは彼が天性の詩人だったことを雄弁に物語っているのではなかろうか。

ヴァレリーはそれまでに獲得していた自分の作詩法をここであらためて練りに練って、雄大な長篇詩を完成させる。これが「若きパルク」である。そして第一次世界大戦終結時に発表されたこの一作によってポール＝ヴァレリーは戦後最大の詩人の一人として赫々《かくかく》たる名声を得る。さらには青年時代の詩に手をいれた『旧詩帳』や『魅惑』が引き続き出版される。『魅惑』に収められた諸篇はヴァレリー詩のピークをなすものである。

ポール＝ヴァレリーの詩を論じるのは本書のメイン－テーマではないので、ここでは簡単に結論だけお伝えするが、沈黙期の後に書かれた詩はいずれも高度に完成されたものであった。『旧詩帳』の諸篇さえ、その原詩と比較すると明らかに格差が見いだされ、このことを立証する多くの詩法研究が公表されている。そこには「ジェノヴァの危機」にあたって彼を絶望させた自己の詩の脆弱《ぜいじゃく》な部分、「劣れるマラルメ風」は一掃され、マラルメの完璧な詩句の域に達している。しかもヴァレリーは師の衣鉢《いはつ》を受け継ぎ、それを二〇世紀の詩、彼独自の詩へと展開していったのである。

「ジェノヴァの危機」の文学放棄を、マラルメに追いつき、師を追いこすために、一時屈して文学を捨てたのだ、というような目的意識に沿って解釈するのは正しいとはいえないことを既に指摘した。このような下心を持った文学放棄は真の意味での放棄ではありえないし、また絶望も表面的で底の浅いものになってしまう。真実の深い絶望を味わい、そして真剣に悩んだあげくそこから蘇ってこそ、本物の自己革命がなしとげられるのである。大器晩成型の詩人と世にみなされているヴァレリーの成功は、目的意識のもとに生まれたものではなく、自己革命の結果として自然に招来した幸福な成功であったと考えたい。そしてこのことは、彼の自己革命がいかに実り多いものであったかを如実に証明する歴史的証左に他ならない。

あくなき厳密さ——「レオナルド・ダ・ヴィンチ方法論序説」

ポール＝ヴァレリーの自己革命の成果に関する前二項の証明は外側からの観察、および伝記的史実によるもの、すなわち外側から与えられたものである。したがってこんどは精神の内側からこれを試みなければなるまい。ヴァレリーの人と思想を考える上においては、こちらのほうがはるかに重要になってくることはいうまでもない。

精神内部のドラマ

しかし人間の精神の内部に分けいり、その内面のドラマに参画することはじつに難しい。たとえ対象が平凡な人であっても、他人の目にはどうしても見えてこない部分があるものだ。ことにヴァレリーのように果てしないほどの広がりを持つ精神の所有者を相手にしたとき、私たちは海辺に立って大海を眺めるような感がある。

とはいえ、海岸に立っていくら吐息ばかりしていても、海の内部はいつまでたっても秘密を明らかにしてはくれない。そこでヴァレリーが書き残した著作および草稿、そして彼の親しかった家族・友人・知己によって伝えられた彼のことばを頼りに、私たちはヴァレリーの精神の大海に分けいっていかなければならないであろう。そこから得られたいくつかの視座が人間ヴァレリーとその思想とを理解する上で読者のお役に立つならば、これ以上の幸福はない。

ポール＝ヴァレリーが果敢な自己革命を実行しはじめたころの彼の精神内部のドラマをうかがい知るためには、公表作品中もっとも示唆的なのは「レオナルド・ダ・ヴィンチ方法論序説」と「テスト氏との一夜」であると信じる。

大学は出たけれど定職はない、という身の上だったポールは、一八九四年三月三日、家族の反対を押しきってパリに出てくる。そしてゲ＝リュサック通りにあった小さなホテルの、黒板とリジェ＝リシェの骸骨模型しか置いてない一室に住みつくようになる。装飾をまったく欠いたこの伝説的な小部屋は、知性の偶像の礼拝にふさわしい、厳しくストイックな生活環境だった。

この年レオン＝ドーデの推薦によって、ジュリエット＝アダン夫人からレオナルド＝ダ＝ヴィンチについての評論を同夫人の「ヌーベル＝ルヴュ」誌に寄稿してほしいという注文がヴァレリーのところへ舞いこんでくる。そしてヴァレリーは翌九五年に「レオナルド・ダ・ヴィンチ方法論序説」を書くのである。

知識と創造の調和

この主題がヴァレリーにいかに魅力的に映ったかは容易に想像することができる。読者の多くは常識として知っておられると思うが、レオナルド＝ダ＝ヴィンチは「モナリザ」や「最後の晩餐」の画家であり、特異な文才を持った個性豊かな芸術家であると同時に、化学実験や人体解剖をおこない、飛行機を設計し、築城工学を得意とする優れた科学者でもあった。このイタリア人はまさに人間の可能性の追究とその十全な開花を実現したルネサンス時代を代表する大天才であり、この面だけでもじゅうぶんに人を引きつけずにはおかない執筆対象だったであろう。

しかしヴァレリーにとってレオナルドが他の天才たちにも増して貴重な存在だったのは、レオナルドが今日流行しているところのマルチ人間、あるいは該博《がいはく》な知識を誇る大学者であったからというのではなく、彼が強力な知性によってみずからものごとの真理を発見し、そして獲得した知識と真理を活用して新しくものを創造するというタイプの偉大なる人物であったからである。ヴァレリーの知性の礼拝は単に他から与えられた知識の蓄積のためではなく、みずから発見した知識を創造に生かすためのものであった。「霊感によって偶然傑作を作るより、たとえできあがったものが凡作であろうと、最大限に意識的に創作された作品のほうを採る」というのがヴァレリーの基本姿勢だった。彼が思索家であると同時に矛盾せず芸術家であったのは、この姿勢をつらぬきとおしたからである。

第二には、レオナルドは母の国が産んだ偉人の一人だという事実をも考えあわせることができよう。彼のイタリアに対する親近感と、ラテン文明の遺産を受け継ぐ直系の地中海人としての自意識が、すでに手に重く感じられはじめたペンを敢えて彼にとらせた原動力として働いたのであろう。

ヴァレリーの基本方針

ヴァレリーは「レオナルド・ダ・ヴィンチ方法論序説」の冒頭において、多くの伝記作家は主題となる人物に関してさまざまな挿話を寄せ集め、一個の人物像を作りあげるが、ここではそういう方法は採らないと宣言し、自己の論説の独自の視座をまず明確にしている。彼によれば、伝記的方法による「このような博識」は、彼がこれからおこなおうとしている「この試みのまったく仮説的な意図を誤った方向へ導くにすぎないであろう」からである。この視点は世に通用している歴史研究の方法論の否定に繋がるものでもあることに注意しなければならない。

彼のいう「仮説的意図」とはもっと根源的なもの、レオナルドがレオナルドたる由縁《ゆえん》のもの、すなわち天才の頭脳の働きそのものを直接的に捉えることにあった。レオナルドの思考機能こそ彼の偉大さの中核であり、これを把握することがなによりもまず優先さるべきである、というのが執筆にあたってのヴァレリーの基本方針であった。「冠をいただいた彼の頭のなかに、私はただその核を夢みていたのだ……」と彼は一九一九年に付け加えた「覚書と余談」のなかで追想している。

レオナルドの強力な思考機能の原動力となっていたのは、彼があらゆる事象へ向けた貪欲な好奇心と、既成観念にとらわれない自由な発想法であった。なにものにもとらわれない彼の目に映った対象は、凡人の私たちにはむしろ奇想天外にさえ感じられる。ヴァレリーはレオナルドのこの自由な視座を高く評価する。

ヴァレリーはレオナルド＝ダ＝ヴィンチが残した草稿やデッサン類を資料として、この精神の自由人の思考の跡をたどり、その独自な視点を再現してみせる。レオナルドが思いもよらぬ角度から描いた平凡な物体のデッサンは、今日もなおそのイメージの斬新さを失わないのである。このような発想と観察から生まれたレオナルドの構想のなかには、たとえばファラディーの電磁場理論を予知させるものがある、とヴァレリーはいっている。

このように、ヴァレリーのレオナルド＝ダ＝ヴィンチ論はレオナルドにかかわるさまざまなエピソードの集大成ではなく、レオナルドが外界の事象に対しどのような興味を持ち、どのような精神の働きによって創造に従事したか、という視座によるものであった。彼は、「あらゆるものが彼の興味を導いたことがよく理解できる。彼が常に考えていた、しかも厳密に考えていたのは世界のすべてのことである」と書き、厳密に、という個所に注をつけ、オスチナート－リゴーレ（「あくなき厳密さ」）というのはレオナルド＝ダ＝ヴィンチの金言であると解説している。

「あくなき厳密さ」

研究対象を限定することなくあらゆる事象に生き生きとした関心を向け、独創的な関与性の視座から「あくなき厳密さ」をもって真理を追究し、発見した真理を創造の面に活用する、しかも創造の実施にあたってふたたび「あくなき厳密さ」をもって最大限に意識的におこなう、というレオナルドの活発な精神の歴史こそヴァレリーが論じたかった対象であり、まさに表題どおりレオナルド=ダ=ヴィンチの「方法論序説」だったのである。

ヘラクレスは怪力を発揮して世人をあっといわせる力業を演じてみせた。しかしヘラクレスといえども筋肉の数は貧弱な肉体を持つ私たち通常人と同じである。違うのは筋肉一本一本の大きさと量でしかない。したがってヘラクレスのような巨人レオナルド=ダ=ヴィンチも人間としての構造において同じであるという点に着目すれば、私たちでさえもある程度太刀打ちができ、理解することも可能であろう。このような仮説を手掛かりとしてヴァレリーはダ=ヴィンチ論に取り組んだのだが、このヴァレリーの仮説はさらに次のようにいい換えられるのではあるまいか。すなわち天才レオナルドも私たち凡人も、人間の思考力の面では同じである。したがって「あくなき厳密さ」をもって思考力を鍛えあげれば、いつの日かレオナルドの強力な知性の能力に近づけるのではあるまいか。知性の偶像の礼拝による自己革命がみごとに成就できるのではあるまいか。このような考えが「レオナルド・ダ・ヴィンチ方法論序説」を執筆中の若いヴァレリーの頭に閃《ひら》めかなかったであろうか。事実彼は、一八九四年、寄稿の注文を受けた直後に、「これを書くためには、私がひどく気にいっているダ=ヴィンチの金言、《あくなき厳密さ》《オスチナートーリゴーレ》を私に適用しなくてはならないでしょう」と兄ジュールへの手紙のなかで書いているのである。

およそ優れた文学者の若い時代の秀作、ことにデビュー作品には、その後作者が文学的発展のなかに展開する主要テーマがほとんどすべて遺伝子のように組みこまれているものだ。「レオナルド・ダ・ヴィンチ方法論序説」もこの典型の一つといえる重要な評論であり、ヴァレリーの哲学観、歴史観、言語観、芸術観、科学観等の発芽を見ることができ、はなはだ興味深い。しかしここではまず既成の偶像のいっさいの放棄、すなわち既成観念のいっさいを疑って、すべてを白紙の状態に還元してから考えなおすこと、そのためには「あくなき厳密さ」をもって思考そのものの根源的機能を追究し、思考の表現の道具としての言語を純化すること、といったヴァレリー思想の基本姿勢がここにおいて確立したことを強調しておきたい。「レオナルド・ダ・ヴィンチ方法論序説」を書くことによって、ヴァレリーはみずからの「方法論序説」を表明しているのである。

頭脳人間テスト――「テスト氏との一夜」

二〇年の沈黙期を実り多い時間とするために「レオナルド・ダ・ヴィンチ方法論序説」と同じような重要な役割を、ただし前者とは異なった面において、作者自身に対して演じたのは「テスト氏との一夜」である。

ヴァレリーはこの小説をすでに一八九四年八月、モンペリエのオーギュスト＝コントが生まれた家で書きはじめている。そして翌々年の九六年一〇月「サントール」誌に掲載する。彼ははじめ、当時親しくそのアトリエに出入りしていた尊敬する画家エドガー＝ドガに献呈しようとしたが、ドガにことわられ、代わってロシア生まれの哲学教授コルバシンに捧げられることになった。

小説らしくない小説

この作品は小説とはいっても、いわゆる小説らしいところがなにもない小説である。冒頭で登場する私という人物は、世の中のいわゆる有名人はどこかにこけおどかしやはったりを多く所有している人間であり、自己をよく知り、自己をコントロールできない弱点を抱えこんでいるではないかと語り、このような人間的弱点から解放された人物はむしろ外見は平凡な人のなかにいるのではなかろうか、ということを思いつく。そしてそのような私の関心を満たしてくれるテスト氏に出会って、そこから物語が展開するのである。

したがって小説の主人公テストは平凡な株式仲買人であり、この主人公をもう一人の主役である私が横から眺めて書くという構成をとっている。そこには平凡な主人公の平凡な日常があるだけで、事件らしい事件はなに一つ起こらない。しかも日常性のなかに埋没した主人公の行動をそれなりに小説として読めるものにする描写や文飾をいっさい欠いているのである。一九世紀的小説の既成観念からすればひどく風変わりであり、もっと端的にいえばおもしろくもなんともない作品であった。

「テスト氏との一夜」のさし絵
ヴァレリー筆

新しい波に乗って

「テスト氏との一夜」はヴァレリーの名声が高まるにつれてその価値も高まっていくが、それはこの作品が当時の文学的環境の新しい波にうまく乗りえたからである。一九世紀後半にフランス文壇の主流であったゾラを盟主とする自然主義も絶頂を過ぎ、いっぽうフランスの伝統的サロン文学を地盤とする洗練された文学、アナトール＝フランスやポール＝ブールジェの心理小説が前者に対抗している情況にあった。しかし世紀末から第一次世界大戦にかけて、一九世紀に繁栄した小説の王国にも巨大な規模で地殻変動が発生する。比較的安定していた小説の屋台骨が大きく揺らぎ、一九世紀小説とはまったく異なった発想から生まれたヌーベル＝ヴァーグの新小説の試みが大胆になされるのである。フランス文壇ではアラン＝フールニエの『モーヌの大将』(別訳題名『さまよえる青春』)やレーモン＝ラディゲの『肉体の悪魔』のような、伝統に縛られない若い作家の若い感性による小説が書かれ、またそのいっぽうではヴァレリー＝ラルボーやマルセル＝プルーストの小説が台頭してくる。「テスト氏との一夜」もこれら一連の新小説の一つとして、二〇世紀へ向けての小説の独自の展開を求める識者たちによって迎えいれられたのである。

怪人頭氏《テスト》　一般読者の目に触れる以前に、まず誰よりも先にこの小説から強い衝撃を受けたのは、小説の公表に尽力し、校正までみずからやってくれた親友アンドレ＝ジッドだった。

ヴァレリーは小説というジャンルそのものを好まず、テスト氏系列の作品以外に小説らしいものを書いてはいない。その彼が小説から文芸として本質的でない部分、おもしろく読者に読ませる装飾の部分をすべて取り除いた小説、いい換えれば小説から温かい肉と血の部分を削《そ》ぎおとした、ちょうどゲーリュサックの彼の部屋に置かれた骸骨模型のようなものを友人に示したのである。見るも無残な小説の骸骨を目の前にして、小説をこよなく愛するジッドが烈しいショックを受けたのは当然であろう。

人間から肉を削ぎおとして骸骨にしてしまうという苛酷な行為は、ヴァレリーの若さと同時に当時の彼の厳しい精神の在り方を如実に反映する行為でもあった。テスト氏系列の作品を集めて単行本とした『テスト氏』の序文において、ヴァレリーは「彼（テスト氏）はその存在の深い変貌期にあたっていた人間の種子を受けてこの世に生まれた子供が、この自己自身の枠をはみでた父親に似ているように私に似ている」と追想している。この指摘どおり、怪人物テストはまた当時のヴァレリーの姿でもあったのである。

テスト氏は知性の偶像の熱烈な礼拝から必然的に産みだされた主人公であったがゆえに、テスト氏の動作は生きた人間の動きというより、かたかたと骨を鳴らす骸骨の動きであり、あるいは人間というよりロボットの姿に近い。「しかしながら彼は軍人のような肩をしていて、驚くほど規則正しく歩いた。彼が話すとき、決して手も指もあげなかった。彼は繰り人形を殺してしまっていたのだ。ほほえみもしなかったし、こんにちはも、こんばんはもいわなかった」とテスト氏を描写している。

ヴァレリーが主人公の名に「テスト氏」を与えたこと自体によっても、彼がこのことをじゅうぶんに意識していたことが容易に想像される。teste は現代フランス語の tête の古形であり、これは

「頭」を意味する普通名詞である。「頭氏《テスト》」、すなわち頭脳人間、頭だけで生きている人間ということになろう。名は体を表すというが、「テスト氏」はじつによく主人公の肉体と性格の特徴を捉えており、さらにはこの特異な小説を根源的に象徴しているではないか。

ホームズ――ワトスン形式

「テスト氏との一夜」はふつうの三人称小説の作者が作品の外側に位置して主人公テストの行動を客観的に描写するという形式をとらず、テスト氏の脇役として「私」という人物を登場させ、作者はこの「私」の目を通してテスト氏を描いている。名探偵シャーロック＝ホームズの胸のすくような活躍は「私」なる人物、名脇役のワトスン博士によって語られる。あのシャーロック＝ホームズ――ワトスン形式に拠っているのである。

「テスト氏との一夜」はテスト氏系列として後に書きつがれ、「エミリー・テスト氏夫人の手紙」、「テスト氏の航海日誌抜粋」、「一人の友の手紙」、「テスト氏との散歩」、「対話」、「テスト氏の肖像」、「テスト氏の省察数篇」と展開し、その終篇として「テスト氏の最後」がくる。ヴァレリーは怪人物テストと最後までつきあい、その死を見とどけなくては気がすまなかったのである。テスト氏系列が一冊の本『テスト氏』にまとめられたときには、さらにこれに「序文」がつけ加えられた。

このようにテスト氏系列の諸作品はホームズ──ワトスン形式によるものか、あるいはテスト氏夫人の想い出話、テスト氏の手紙、日記、肖像といったように、すべてが間接話法の語り方に拠っていて、純粋に三人称形式のものは一篇もないのである。

ヴァレリーが厳しい自己革命の開始期にあたってホームズ──ワトスン形式を採択したという事実に注目しなければならない。すなわちヴァレリーは自己革命をおこなって知性の快物テスト氏に変身しようと試みた。だが一気に変身しえたのではなかった。詩にうたったように、この難事業を達成するためには長い年月の「沈黙のなかの忍耐」を必要としたのはむしろ当然であろう。

換言すればヴァレリーはすでに変身を完成した自己を写したテスト氏を三人称形式で描いたのではなく、自己の変身の目標としてのテスト氏像をホームズ──ワトスン形式によって模索したというべきであろう。そしてまたテスト氏はヴァレリー本人が厳しく苦しい沈黙期を耐えぬくための具体的な知性の偶像であり、生活の指針でもあったのだろう。私たちはヴァレリーの自己革命にあたって果たしたテスト氏の大きな役割を見のがしてはならない。

しかし落差の大きい懸崖《けんがい》をよじ登るためには人間を超えた力強さを発揮しなければならない。そこで非人間的なまでの倫理的自己規制の厳しいニュアンスが生まれでているのはやむをえないことである。「完全武装して、自己の内部に踏みこんでいかなければならない」、「──よろしい（とテスト氏はいった）。本質的なものは生活に反することだ」。テスト氏の怪物的印象はそこからくる。

「レオナルド・ダ・ヴィンチ方法論序説」はヴァレリーの方法論を、「テスト氏との一夜」は彼のモラルを表す、という通説を私たちは肯定しないわけにはいかないのである。

自力本願と他力本願

自己救済の二つの道

仏教の世界には自力本願と他力本願ということばがある。要約して説明すれば、念仏宗や真宗のように、ひたすら念仏を唱え、仏の慈悲にすがることによって救いを得ようとするのが他力本願である。社会的に弱い立場にあった民衆のあいだに、この魂の救済法が広まったのは当然のことであろう。これに対し、戦場で死と直面しなければならなかった武士階級のあいだには、禅宗のように、座禅を組んで精神をコントロールし、己を無にして自己救済をはかる自力本願が好まれたのも故無きとしない。両者とも仏の道に至る手段であり、いずれの方法を採るにしても、要は真の悟りの境地に達することができればそれでよいのである。

人並外れて傷つきやすい魂を持った文学青年たちには、一生のうちなん回か自己破滅の危機が訪れるものだ。そしてこの危機を切り抜けるために他力本願を求める人と、自力本願を実行する人との両方のケースがある。

他力本願のヴェルレーヌ

他力本願の方式による自己救済の実例として、しかもいかにも文学者らしい発想と方法を示す事例として、ポール＝ヴェルレーヌのばあいを考えてみよう。

一八六九年、二〇代半ばを過ぎたヴェルレーヌは、自分があらゆる点で行き詰まりつつあると感じた。第三者の客観的な目から眺めれば、詩人としてすでに『土星の子のうた』と『あでやかな祭』という彼の代表的秀作の二詩集を出版していたし、私生活のほうも晩年の放蕩《ほうとう》無頼《ぶらい》の暮らしぶりからすれば、まだそうひどい状態ではなかった。しかし自己救済行為はあくまで人間個人の内面のドラマであり、他人の目による情況判断よりも、ヴェルレーヌ本人が行き詰まりを意識したという点がなによりも優先して重大であり、また決定的であったことはいうまでもない。

事実関係の視座から述べると、一八六二年一二月には頼りにしていた父ヴェルレーヌ大尉が亡くなり、ポールは甘えん坊の一人息子という身の上からくる気ままな生き方を捨てて、大人にふさわしい自立した生活を始めなければならない立場に追いこまれていた。しかし勤務先のパリ市役所の役人生活にうまく適応できず、職場を脱けだしては近くのカフェにいりびたり、文学者や芸術家との交遊に熱をあげるという毎日であった。酒量もふえ、常時酩酊状態が続いた。

さすがに、これではいかん、と自覚した彼の前に現れたのが一六歳の花のような少女マチルド＝モーテだった。ヴェルレーヌがいっしょに組んで仕事をしたことのある作曲家の友人シャルル＝ド＝シヴリーの家で、ヴェルレーヌはシヴリーの従妹にあたるこの少女に偶然出会い、文字どおり一目惚れしてしまう。そしてこの清純な処女の愛にふさわしい男性たらんと一念発心し、マチルドを聖母マリアのように礼拝することによって自己革命を試みた。

効果は抜群で、ヴェルレーヌから酒の匂いが消え、勤務状態も改善され、素行もおさまり、健全な一市民ポール＝ヴェルレーヌが誕生する。そして詩集『善きうた』を出版し、首尾よくマチルドと結婚できた。

自己革命は単に生活態度の面だけでなく、作品の内容にまで及んでいる。『善きうた』は前二詩集とは歌の調子が違い、前作の人生を斜めから皮肉に見すえるデカダンで虚無的姿勢から一転して、人の世を肯定的に眺め、人の心の優しさを歌う健全な詩風へと変化している。自己革命は一時的には確かに大成功だったのである。

前述のように、ひたすら自己を鞭打ち、鍛えあげることによっても、あるいはなにか大いなるものに一心にすがることによっても、とにかく自己救済が成功すればめでたく本願成就であって、手段は問うべきではない。しかしヴェルレーヌがモラルに厳しい人たちから非難されたのは、彼が性格的な弱さから、せっかくの救済の場に長く止まりえなかったからである。

いぜんとして社会への適応に不得手だったヴェルレーヌは結婚後たちまち生活に破綻をきたし、普仏戦争、パリ籠城、コミューンの乱という社会の動乱がそれを増幅して、ついに離婚へ追いこまれる。

一六歳のごく普通の少女に聖母マリアの役割を押しつけるのはしょせん無理な話だ。肖像画で見るかぎり、なるほどマチルドには一〇代の少女の無邪気さと純真さが表面に出ているけれども、その奥にはブルジョワ女性のしたたかさもうすでに垣間見ることができる。地方から出てきてパリで成功したモーテ家は典型的ブルジョワ家庭であり、そこに育ったマチルドはブルジョワ階級の視点による健全な生活倫理規範をしっかりと身につけていた。それが詩人の生活規範と衝突したのはむしろ当然であろう。

しかもヴェルレーヌはその後にも同じような自己革命とその失敗とを性懲《しょうこ》りもなくなん回も繰りかえす。あの有名なランボーとの傷害事件を起こし、そしてモンスの獄中で宗教上の劇的な回心をするが、それも長く続かなかった。社会復帰をしたヴェルレーヌはふたたびずるずると無頼の生活に逆もどりしていく。クローデルのように確固としたカトリック信仰を持った人は、ヴェルレーヌの信仰告白はすべて眉つばものだと許さなかった。そしてさらにヴェルレーヌのばあい、精神の堕落は作品の質の低下に比例してもいたのである。ここに彼の悲劇がある。

「内的な島」の創造

これに反し、ポール＝ヴァレリーは典型的な自力本願のタイプだった。少しオーヴァーないい方をすれば、面壁九年の座禅をくんで修業した達磨大師のように、あるいは剣禅一致の境地に達した剣豪のように、二〇年間ひたすら知性の偶像を前に念じることによって、精神の一段高い悟りの境地を獲得する。すなわち自分の知性を鍛練することによって強固な「内的な島」を精神内部に造りあげ、これによって感性を統御する術を身につけたのである。沈黙期が過ぎた後にも、この「内的な島」はどのような地殻変動が発生しようと、決して揺らぐことはなかった。

『テスト氏』の「序文」のなかで、ヴァレリーは次のように書く。「私は自分のために一つの内的な島を造りあげていた、そしてこの島を認識し、強化しながら、時のたつのを忘れていたのである。」

この安定した島の上に、ヴァレリーの精神活動の座標軸となる基点、絶対ゼロ基点が置かれていたのである。いかなる嵐に出会っても沈まぬ舟であるこの基点にしっかりと足をすえて、ヴァレリーは内側に向いていた視線をこんどは外界へ向け、現実世界の真実のいっさいを自分の目で捉えようと、果敢な挑戦を開始する。「一人の人間になにができるか？　私はすべてのものと戦う」とテスト氏は宣言するのである。

ただしここで誤解してほしくない。ヴァレリーの「内的な島」というのは彼の精神の座標軸の基点に位置していて、それが外界の変動にも揺がなかったという意味であり、精神が固い鎧《よろい》を着こんで外界の刺激に対して無感覚無感動になった、ということでは決してないことをことわっておかなければならない。

世間には、あまりにも大きな不幸に見舞われた故で、そのショックから立ちなおった後でも、世の中の出来事にはいっさい関心を示さず、喜怒哀楽の感情を喪失してしまう人がよくいる。このような不運な人びとにとっては、致命的な心の痛手をそれ以上受けまいとするやむをえない自衛手段でもあろうが、それでは人間精神の麻痺状態であり、一種の精神の死である。

ヴァレリーの精神の強固さはそのような鎧の厚さにあるのではない。彼の精神は反対に人並外れて外界に対して敏感であり、その柔らかい感受性は常人の目には映らない時流の動きまでキャッチして、海綿が水を吸いこむように吸収したのである。吸収の反応は早く、その量が多ければ、一時的にバランスが崩れ、動揺が起こるのも無理はない。この場面でヴァレリーが示した精神の動揺を発見して、しかも表面的現象しか見ずに、彼もこんなことをやっているではないか、というい方で批判する研究者もいる。ヴァレリーの反ドレフュス派選択、二回の世界大戦に対する反応、R夫人以後の恋愛問題等、このような観点に立てばいくつもその実例を見つけることができよう。

アカデミー会員制服事件　ここでその一つのエピソードを紹介してみよう。一九二五年一一月二九日、ヴァレリーはアナトール＝フランスの席を継いでアカデミー会員に選ばれた。この選挙にあたっては他に有力な対立候補が二名いた。フォシュ元帥はこの将軍得意の中央突破の戦術をアドヴァイスしてヴァレリーを励ましてくれたが、彼本人はまったく自信がなかった。選挙結果を待ちながらセーヌ河畔を散歩していたヴァレリーは、絶望的となり、おれはいつでも運が悪い男だった、と目に涙を浮かべていたという話が伝わっている。

首尾よくアカデミー会員に当選したとなると、会員は各自で制服を用意しなければならない。この制服というのが前時代的なファッションで、やたらと多い金モールで飾られた派手なものである。そこで新会員はたいてい先輩の古着でまにあわせるという伝統があったらしい。ところがヴァレリーは世の良識に反して、パリの有名洋服店で制服を新調し、ぴかぴかの服を着て悦にいりながらアカデミーに登院した。あの知識人のヴァレリーが、と世人の顰蹙《ひんしゅく》を買ったという事件がある。日本のヴァレリー‐ファンたちでさえ、なんたる醜態、と大いにがっかりしたものである。

これらの事件そのものは、表面的に見れば、使用前の茶目っ気の多い、悪くいえば軽佻浮薄《けいちょうふはく》な伊達男ヴァレリーに逆もどりした感があり、これでは自己革命も怪しげなものでしかなかったのではないか、という批判も出てくるであろう。しかしヴェルレーヌと決定的に違う点は、ヴァレリーのばあいこのような表層的現象がときたま噴出することはあっても、彼の精神の座標軸の原点、絶対0度点は不動のまま止まっていたことである。

その証拠に、アカデミーの良識ある慣例に反して制服を新調したヴァレリーは、その後も有名人の俗人に堕することは決してなかった。アカデミー会員となった彼は、フランスを代表す

アカデミー制服姿のヴァレリー

る知識人として、それにふさわしい活動を積極的に開始する。彼の知性はますます冴えわたり、意志の制御の力強さにおいても二度と使用前の状態には後退しなかったのである。

Ⅳ　精神の日記『カイエ』

精神活動の忠実な記録

沈黙期にあたってヴァレリーがなにを問題とし、なにを悩み、そこからどういう解答を引きだしていたのか、すなわちヴァレリー本人の精神活動の中身にこれから直接タッチしていかなければならない。彼の自己革命は知性の偶像の崇拝による自己救済を求めたものであるからには、ヴァレリーの思想ないしは思考法こそ、私たちが解明しなければならない最重要な課題となるからである。

二五七冊の個人ノート

この目的に対して信頼すべき最良の資料を提供するものは二五七冊にもおよぶ彼の私的ノート、『カイエ』Cahiers（英語の notebook、つまり日本語の帳面、ノートの意味）である。これは私たちが学校で講義のノートをとるときに用いるごく普通の帳面に、ペンまたは鉛筆で書かれた、文字どおりヴァレリー一人のための個人ノートである。「ジェノヴァの危機」後に書きはじめられた『カイエ』は、沈黙期を越えて、彼の死に至るまで書きつがれる。

二九巻の原典写真版

これら『カイエ』は、まず一九五七年から六一年にかけて、パリの国立科学研究センターによって写真版二九巻が出版された。これにはルイ＝ド＝ブログリの序文が付けられている。

この版は、ヴァレリーのハンドライティングの原ノートの紙面をそのまま写真にとり、合わせて本としたものであるだけに、各巻およそ千ページの大冊となり、『カイエ』の膨大な量を実感することができる。

ヴァレリーは雑誌等からの注文によって原稿を提出するときにはタイプライターで打った原稿をそれにあてたという。タイプ原稿を外出着のヴァレリーとすれば、ハンドライティングによる『カイエ』はまさに普段着のヴァレリー、裸のヴァレリーということができよう。私たちは写真版を読むことによって、ヴァレリーその人に身近に直接接するような親近感を覚える。

ヴァレリーの書体はあまり癖がなく、読みやすいが、それでも書かれた日の気分・体調、あるいは思考対象等によって、そうとうな変化を示している。しっかりと捉えた思想を端正な字で明確に記述した部分もある反面、ともすればペンの先から逃げさりがちな思考を大急ぎで追いかけ、なりふりかまわぬ書体となった部分もある。思考の展開が思うようにいかず、なんどもなんども斜線を引き、ついに完成できず、中途で止めてしまった個所もある。

また図表や幾何学図形、数式や計算も添えられている。ヴァレリーの画才は定評のあるところだが、ときにはみごとなスケッチに出会うこともある。あるいは無邪気な悪童のようないたずらがきなどもあって、私たちを大いに楽しませてくれる。これこそまさに草稿を読む醍醐味であろう。
『カイエ』のほとんどすべてはヴァレリー自身の手記によるものだが、そのわずかな部分には、他人の手による口述筆記と思われるものも含まれている。第二巻の一ページから六六ページまでは、一九〇〇年新婚時代のヴァレリーの妻ジャニーの手になるものである。ヴァレリーのどこか繊細な感じのする書体に比較すると、ジャニーのほうは骨太のどうどうたる筆致であり、リッセの優等生の答案のように標準型で読みやすいのもほほえましい。

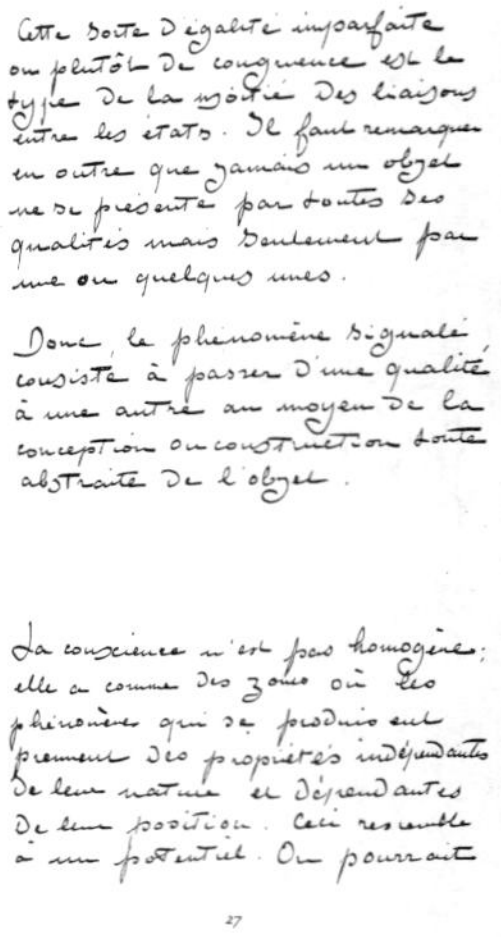
Cette sorte d'égalité imparfaite ou plutôt de congruence est le type de la moitié des liaisons entre les états. Il faut remarquer en outre que jamais un objet ne se présente par toutes ses qualités mais seulement par une ou quelques unes.

Donc, le phénomène signalé consiste à passer d'une qualité à une autre au moyen de la conception ou construction toute abstraite de l'objet.

La conscience n'est pas homogène; elle a comme des zones où les phénomènes qui se produisent premièrement des propriétés indépendantes de leur nature et dépendantes de leur position. Ceci ressemble à un potentiel. On pourrait

27

『カイエ』の口述筆記部分
新婚当時に妻ジャニーによって書かれた。

このような写真版の存在、すなわち近代科学の発達による技術革新の効果は、文学研究の方法に思わざる根深い影響を及ぼすのではあるまいか。たとえば『カイエ』に類する遺稿をまとめて定本とする従来の方法、パスカルの『パンセ』を例にとって考えてみよう。まずパスカルが書き残した草稿（複数のばあいもある）をその道の研究権威者が読みとって決定稿を作成し、それを何某版として出版する。一般のパスカル研究者はこの権威ある版の書を読んで『パンセ』を研究し、問題を生じ、疑義を感じた個所があれば、決定版に付されたヴァリアントの項を参照し、それでもなお疑問を感じれば原典の草稿にあたってみるというプロセスを採るであろう。

ところがヴァレリーの『カイエ』のばあいはその過程がまったく逆になっている。『カイエ』の草稿、もちろん完全な実物ではないにしろ、ほぼそれに近い形の原典写真版がまず一般研究者に呈示され、それから編集され、活字化された書物の『カイエ』が出版されるのである。このプロセスの差は従来とは異なるメリットとデメリットを生むのは当然であろう。さらにこのごろでは作家は多くワープロを使用するようになってきた。ワープロ使用によって手書き草稿段階はもちろん、作文実施時にあたっての初期の削除訂正部分は消えうせ、記録に残らないことになる。こうなっては草稿研究の方法自体が消滅する運命にある。これはその意味で恐ろしい事態というべきではなかろうか。

二巻のプレイヤード版

このような情況下において、写真版出版から約一〇年遅れて、ジュディズ＝ロビンソン夫人の編集による『カイエ』のプレイヤード版二巻ができあがる。

プレイヤード版というのは、この版に収められた各文学者についての、いわば文学的辞書ともいうべきものである。当該文学者の全作品が一冊に、多作の人でも数冊にまとめられているから文学研究上たいへん便利で、論文の引用なども、研究者のすべてが持っているとみなされるこの版でおこなうのが習慣である。ちなみにヴァレリーのばあいは全作品が二冊に収められ、さらにこれに『カイエ』の二冊が加えられ、全四冊である。『カイエ』の写真版二九巻をプレイヤード版二巻（各巻約一五〇〇ページ）に圧縮していれたことになる。

プレイヤード版はヴァレリーの辞書の役割を担っているわけだから、当然それだけの権威ある編集がなされ、原典としての正確さを持っていなければならないことになる。ところが前述のように両版の出版のあいだには約一〇年の年月が介在するから、世界のヴァレリヤンたちはこの期間に写真版をすでにじゅうぶん読みこなし、自分の研究発表のなかで縦横に引用し、さらにはエドメ＝ラ＝ロシュフーコー夫人等のように、数巻にわたる『カイエを読んで』のような労作を出しつつある人も出ていた。したがって安易に『カイエ』を出版すれば、権威あるプレイヤード版にふさわしくない、とたちまち批判の集中砲火を浴びることは必至だった。この情況下で『カイエ』の編集を引き受けるのは、よほどの勇気と能力と決断を必要としたに違いない。

編集責任者のロビンソン夫人は周囲の重圧を跳ねかえし、この困難な仕事をみごとに完成させたのである。早くから『カイエ』研究者として広く知られ、またヴァレリー家の縁者でもある夫人は確かに最適任者であろう。

写真版が執筆順に編年的に編集されているのに対し、プレイヤード版は「自我」、「創作自我」、

「時間」、「記憶」、「感受性」、「体物質《ソマ》とCEM」、「心理学」、「システム」、「哲学」、「言語」、「剣闘士《グラディアトール》」、「エロス」、「感情的現象」、「自我と人格」、「注意力」、「意識」、「夢」、(以上『カイエ』第Ⅰ巻)、「主体」、「詩とPPA」、「文学」、「詩」、「詩法」、「芸術と美学」、「科学」、「数学」、「生体」、「神」、「人間」、「教育」、「歴史」、「政治=歴史」、(以上第Ⅱ巻)というように、内容の主題によってグループ分けする体裁を採用している。写真版と同じものをただ活字化し、コンパクトにして二冊に収めたというだけでは芸のない話であろうし、また主題別分けしたほうが一般読者が理解しやすく、親切な編集方針であろう。筑摩書房の『カイエ』の翻訳全九巻がプレイヤード版に拠っているのも、この意味で当を得たものであろう。

『カイエ』の「序文」によれば、ヴァレリー自身が『カイエ』をいくつかの主題に分類整理しようと試みたが、ついにその作業を完成せずに終わったという。そしてこのときヴァレリーが考えていた分類項目とロビンソン女史が立案したそれとがほぼ一致することが、編集計画が進められる過程でわかったのである。このことは女史の研究者としての慧眼《けいがん》と、それと同時にプレイヤード版の優れた価値を証明するものではなかろうか。

人間精神の小宇宙

無限に広がる思考対象

前述した主題の項目の列挙を見ても読者は容易に理解されると思うが、『カイエ』のなかには、およそ人間の精神が捉えることのできる、その可能な限りの広がりがそこにこめられている。ヴァレリーの精神の容量の大きさに私たちはまず驚異を覚えないわけにはいかない。彼はまさに森羅万象《しんらばんしょう》に生き生きとした興味をそそぐのである。

文学者である彼が人文関係の事象を追求するのは当然であり、詩およびポイエン（作詩法）を中心とした文学、さらには哲学、倫理、歴史、政治、美術、教育等々を挙げることができる。だがそればかりではなく、彼の探究の対象は自然科学の分野にまでおよぶのである。ジャン＝ディユドネはゲーテ以後の文学者でこれだけのスケールの大きさを持つものはヴァレリー一人だと賞賛を惜しんでいない。ただしゲーテが博物・生物・物理等を中心としているのに対し、ヴァレリーは数学・物理を中心とした科学であると付言している。

このようにヴァレリーの精神は春の野を飛びまわる蝶のように、なにものにもとらわれることなく、自由にあらゆる対象に止まり、自由にそこから離れたのである。この自由さこそヴァレリーが精神の諸機能のなかでもっとも高く評価したものの一つであった。本能による行動は、たとえ効率がよく、また迅速であったとしても、それはある目的のために限定された機械的行動でしかない。たとえときには効率が悪く不完全であったとしても、制限されることなくあらゆる対象に関与性を作りだすことができ、合目的性そのものにさえとらわれることを拒否しうる精神の自由さと広さとを尊重するのがヴァレリーの基本姿勢であり、この考え方からすれば思考対象がほとんど無限に広がっていったのは当然であろう。まさに精神は宇宙を抱擁することもできるのである。

思考機能の解明

上記のように、ヴァレリーの精神の関心が森羅万象におよぶとしても、現象面に現れたいわゆる知識そのものの獲得を主要なターゲットとしているのではない。客観的知識をふやし、これを分類し、再組織して、百科全書的に集大成するというやり方はヴァレリーとは無縁であった。この視座からすれば専門的知識はむしろはなはだ乏しいのであって、ヴァレリーは博覧強記型の学者ではない。

そこに知識が現れるとしても、それは素材としてなのであって、この素材を使って精神がいかに考えるか、その働き具合いが重要だったのである。すなわち森羅万象に精神が生き生きとした興味を示したとき、どのような筋道をたどって、どのように考えるか、その思考機能を探究したのである。思考機能をくまなく理解し、しっかりと把握するならば、それは万事に適用でき、すべての対象はおのずから明らかになるはずだ。ヴァレリーは「テスト氏との一夜」のなかで、「もしこの男（テスト）がその閉鎖的思索の対象を変えていたならば、彼が彼の精神の規則にそくした力を外界に向けていたならば、なにものも彼に抗しえなかっただろう」と語っている。これは精神機能の研究の威力への彼の信念を表明したものと考えられる。この信念のもとに書かれた『カイエ』は「考える私＝ヴァレリー」の赤裸々な記述であり、「精神の日記」であったということができる。

ヴァレリー思想の源泉

『カイエ』のスタイルは組織化体系化された長文の論文形式で書かれてはおらず、フランス‐モラリストの伝統的スタイル、たとえばラ＝ブリュイェールの『カラクテール』やパスカルの『パンセ』のような断章形式を採っている。各断章は短い数行のものから、長くて二、三ページぐらいだから、各分野の専門的訓練を欠いた一般読者もこれに容易に親しむことができる。そして一般読者も、また専門家たちも、そこから自分なりに得るものを引きだすことができるのである。

ヴァレリーが生前公表した作品のなかで『テル‐ケル（ありのまま）』等のように『カイエ』の原文をそのままピックアップしてこれを単行本として出版した例もあるが、大部分はヴァレリー思想の源泉の役割を果たしている。彼がエッセーを書くとき、『カイエ』を彼の根本思想の辞書として使い、目下の主題に必要な事項をそこから引きだしているのである。

ゲーリュサックのヴァレリーの部屋　ヴァレリー筆

したがって『カイエ』は公表された彼の評論のなかに多かれ少なかれ非常によく反映されていることを強調しなければならない。すなわち文学関係としては『ヴァリエテ』中の、象徴主義とマラルメの名声を確立した「ボードレールの位置」や数篇のマラルメ論が、あるいはコレージュ゠ド゠フランスでおこなわれた「詩学講義」が、哲学関係では同じく『ヴァリエテ』中の数篇のデカルト論や「ユーレカについて」、「人と貝殻」が、政治思想・文化論の方面では当時の人びとに衝撃を与え、今日もなお多くの人に読みつがれている「方法論制覇」や「精神の危機」、あるいは『現代世界展望』の諸篇が、美術方面としては「ドガ・ダンス・デッサン」が収められている『美術論集』が公刊され、世の人びとの目に示されたのである。上記引用の『ヴァリエテ』は、ヴァレリーが注文に応じて各種雑誌に発表した評論を集め、ガリマール社よりシリーズとして刊行されたものであるが、題名の「ヴァリエテ」とは英語のヴァライエティーにあたり、このことばが意味する多様性は『カイエ』の多様性をみごとに代弁していることに注意してほしい。

これらの評論が世に成功をおさめたのは、時代にマッチしたその優れた内容はもちろんのこと、近代散文の模範とされる明晰にして華麗な文体、すなわちヴァレリーの文才によるところが多い。しかしそれと同時に、彼が『カイエ』によって鍛えに鍛えた厳密な思考法がその基盤に存在し、作品をしっかりと支えていたことはいうまでもないのである。

最初のさえずりとともに

日記は普通一日が終わってから、その日の出来事を振りかえりながら書かれるものであろう。したがって必然的に夜が日記の執筆時ということになる。しかしヴァレリーにとっては、前述したように、現象面での見聞知識や事件そのものの記録はたいして意味がなかった。そこで彼は逆に早朝に、しかも非常に夙《はや》い、夜と昼との接点、夜明けの時刻を執筆にあてていた。

ヴァレリーは文字どおりまだ暗いうちに起床し、独りでコーヒーをいれ、机に向かってゆっくりと待った。夜がしらじらと明けて朝日の最初の光が射し、鳥たちの最初のさえずりが聞こえたとき、自分の精神のなかに生まれてくる思想の誕生を捉え、これを記録したのである。誕生したばかりの思想がいかに生気に満ち、輝かしい未来をはらむ魅力あるものに彼自身の目に映ったかは容易に想像することができる。

『カイエ』で追求された人間の思考機能そのものの記述と分析とは厳密であり、執拗とさえいえる。「エゴ」、「システム」、「感受性」、「記憶」等々の分野では、ほとんど同じターゲットをめぐって、さまざまなヴァリエイションを含みながらも、同一内容が飽きることなく繰りかえし繰りかえし記述されている。よくまああんなに同じことばかり書いていられるものだ、と思わず本音を洩《も》らすヴァレリー研究者もいるほどだ。

ヴァレリーのこの粘り強さは彼の関心の深さと厳密さへの情熱を示すものではあるが、ただし単にそれだけではないと思う。いわんや惰性的習慣や鈍感なひとりよがりの結果ではない。彼にとって『カイエ』に記録された思想は、眠りという意識の死から、目覚めによって意識がふたたび蘇えり、そのリフレッシュされた精神が最初に捉えた思想なのである。ヴァレリーはこのことを次のように認識していた。「五時というこの時刻には、他人の意見を考えながら精神を働かせなければならないということは私に嫌悪感をもよおさせる。それはもっとも他人に似ていない、もっともユニークな時間である。」したがって第三者の目には繰りかえしと映る記述も、ヴァレリー本人にとっては常に新鮮であり、生きた興味の対象だったのである。だからこそ本人は喜びとともにあれほどなんども同じ主題と取り組みつづけられたのであろう。

一日の疲労が溜まった精神では、少なくともそのような新鮮な喜びとともに書くことはできないであろう。いや、疲労し、柔軟性を失った精神では『カイエ』をじゅうぶんに読みこなすことさえ苦痛なのである。その意味でヴァレリーは早朝の執筆というこの時間的条件を実によく活かしえた人であった。

時間的余裕の持てる職業

このようにヴァレリーが毎朝早く起床して『カイエ』を書きつづけたということ自体、作者のある種の生活態度を予想させるものがある。規則正しい日課をあれほど長時間維持することを可能にした生活、あるいは職業とは、いったいどのようなものであったのだろうか。

ヴァレリーの生家は、父バルテルミーの死亡によってたちまちポールが大学へも進学できなくなるというような貧しい家庭ではなかった。ポールはモンペリエ大学に学び、そこで普通の大学生生活を送っている。だがまたそのいっぽうで、彼が大学卒業後も定職につかず、父の遺産で優雅な文学三昧《ざんまい》の暮らしをしていられるほどの金持ちでもなかった。そうかといって文学ボヘミヤンたちの仲間入りをして、八方破れのその日暮らしを実行するというのも、これまた彼の資質にまったく合わなかった。彼が「ヴェルレーヌさまのお通り」のなかで回想しているように、偶然彼はカルチエ－ラタンの街角でヴェルレーヌの姿を望見した。背後に数名の悪童どもを従えて、杖がわりの棒にすがって足を引きずりながら、傲然《ごうぜん》と街をゆくヴェルレーヌの放蕩《ほうとう》無頼《ぶらい》な風貌に、彼は感動するどころか逆に鳥肌がたった。精神の制御力を失い、しかもそれを恥じることなく誇示するタイプの人間、これこそヴァレリーがもっともなりたくないと願っていた種族だったからである。

優雅に暮らす財産もなく、さりとて他人の財布を強引にあてにする生き方もできないとすれば、当然なにかの定職につき、周囲に迷惑をかけず自活する道を見つけなければならない。そこでJ＝K＝ユイスマンスの勧めに従って国家公務員になろうと決心し、公務員試験を受けて幸いにも合格し、一八九七年四月、陸軍省の事務官に任官することができた。

J＝K＝ユイスマンスは地味で勤勉な下級官吏の一生を送った人で、勤続表彰を受けるなど、今でいえば典型的なサラリーマン作家だった。元来はエミール＝ゾラ門下の自然主義小説家であり、『メダンの夕べ』に彼の名を見出すことができる。『さかしまに』、『彼方』という特異な作品の時期を経て、官吏生活引退後は『出発』、『ルルドの人びと』のようなカトリック作家へ転身していく。どう見てもヴァレリーとは体質的に異質な文学者であろう。しかしヴァレリーにとっては、前に触れたように、師と仰ぐマラルメの「エロディヤード」を彼が初めて目にすることができたのは、『さかしまに』に引用された断章によってであった。このことによって、ヴァレリーはユイスマンスに強い親近感を抱いていたと思われる。彼はこの小説家を主題にして評論「デュルタル」、「J＝K＝ユイスマンスの想い出」を公表している。公務員生活を選んだのもこの親近感故であろう。

確かに勤務時間が不規則で深夜にまでおよぶような職業ならば、早朝に起きて『カイエ』を書きつづけることは困難となるだろう。新聞記者や商社マンに比べたら、この点公務員はずっと規則正しい生活リズムを維持しやすい職場だったといえよう。

ところが運命のいたずらともいうべきであろうか、五月にヴァレリーが与えられた職場は砲兵課であった。この課が当時中心となって、フランス陸軍は問題の75砲の開発製造を推進しているところだった。75砲は最新鋭の兵器であり、軍の威信にかかわる最大の軍事機密であった。後にこの機密漏洩《ろうえい》に関して、フランス社会を震撼《しんかん》させた一大疑獄事件、ドレフュス事件が発生することになる。ヴァレリーはそれと知らずに、いきなり事件の渦中にとびこんでいたということになる。

結婚と転職

一九〇〇年五月二六日、ポール＝ヴァレリーはジャニー＝コビヤールと結婚する。ジャニーの母イーヴ＝モリゾーと、印象派の有名な女流画家ベルト＝モリゾーとは、姉妹の関係にあった。ドガは一八六九年ごろイーヴの肖像をなん枚か描いており、彼女の面影をしのぶことができる。ジャニーもまた芸術的環境に育てられ、音楽に通じていた。ジャニーとの縁組はマラルメの意向に沿うものでもあったことは見のがせない。彼の結婚は、日本流にいえば恋愛結婚というよりお見合い結婚のパターンに近い。理性的であり、また自然でもあって、少なくともR夫人に対したときのような制御しがたい心の嵐とは無縁であったかに思われる。一九〇二年には、ヴァレリー夫妻はかつてベルト＝モリゾーが住んでいたパリのヴィルジュスト街四〇番地のマンションの四階に住みつくことになる。このようにしてヴァレリーは新しい生活環境によってさらに文学者・芸術家との交遊を深めていくことになる。

結婚という生活の変化に伴って、ヴァレリーはなおいっそう時間的に余裕のある職業に転職する。彼は一九〇〇年七月に陸軍省をやめ、友人アンドレ＝ルベイの口ききで、アンドレの伯父にあたるアヴァス通信の社主、エドワール＝ルベイの個人秘書となる。彼はここで雇主が亡くなるまで二〇年以上も勤務する。エドワール＝ルベイは中風の麻痺によって体の自由を失い、すでに事業から引退していたが、頭ははっきりしていた。ヴァレリーは一日に三、四時間この老人の相手を勤めればよく、あとはまったく自由な時間を持つことができた。病人とはいえ世界の動向に敏であった一角《ひとかど》の人物に毎日接していたことと、またこの人を通じて経済界・政界の要人たちを身近に見る機会を得たことは、ヴァレリーにとって大きなプラスであったことが推定される。

このようにしてヴァレリーは、社会的には影の役柄であり、経済的にはつつましい生活ではあったが、精神的には自由で豊かな日々を持ちつづけることができた。そしてこの日常生活こそヴァレリーの思想と思考法の基礎を固め、あの膨大な量の『カイエ』を生みだす原動力となったのである。

ヴァレリーの言語観

精密な思考のために

『カイエ』はヴァレリー思想の源泉であると書いたが、事実そこから彼の主要な思想を抽出し、これを一つ一つ論じていくならば、それはじつに膨大な、ほとんど際限のない作業となるであろう。本書の紙数ではとうていこれをカヴァーすることはできない。そこでここではまずヴァレリーの思想のなかでももっとも特徴的なものの一つであり、またその基礎理論ともなっている彼の言語に対する見方、考え方を代表例として紹介することにしよう。

ヴァレリーは言語に対して独自の考え方を持っていた。この考え方はヴァレリーの思想を理解するためには公理のような役割を持ち、その意味で彼の言語観の本質を把握しておくことはきわめて重要だといわなければならない。

彼の言語に対する考え方は大きく二つの方向に分けられる。

第一の方向は言語の正確な使用法へ向かうものである。レオナルド＝ダ＝ヴィンチの座右の銘「あくなき厳密さ」を実行するためには、精密な思考に耐える言語を獲得する必要がある。いうまでもなく思想は言語によって伝達される。しかしその肝心の伝達の道具たる言語があいまいな部分を多くその内部に含んでいるとしたならば、そこから出てくる思想に厳密さは望むべくもない。

「私はすべての問題について、……まず手を洗って手術の場を用意する外科医のやり方で、これに対する習慣がある。私が言語情況の洗浄と呼んでいるのがこれである。」

ヴァレリーはこのように、あいまいな日常言語の使用法を洗浄し、消毒し、純化することによって、思考を純粋な形でとりだすことを可能にするような、一種の純粋言語を獲得しようと試みた。そのためにはこの純粋言語のなかに独自の数式を導入することも辞さなかった。この方向への彼のたゆまぬ努力の成果として、単純明快、明晰にして洞察に富んだ彼のさまざまな思想が生まれでたのである。

このようなヴァレリーであってみれば、限界を越えて観念的意味を増殖させていく哲学者の言語使用や、内容空虚な理想を並べたてる政治家の大言壮語に嘔吐感を覚えたのはむしろ当然であろう。

観念論哲学への批判

ヴァレリーの政治嫌いについては別の章でその実態を紹介するとして、彼の哲学嫌いは次章への導入部として、その基本的考え方をここで明らかにしておくとしよう。もちろん反哲学といっても既成の形骸化した哲学、たとえば大学で講じられる知識伝達のための体系化した観念論哲学へのアレルギーであって真の意味での哲学ではない。逆にヴァレリーは真の哲学を愛し、それを真剣に求めたからこそ、既成哲学のなかに多量に含まれるあいまいな部分が気になってしかたがなかったのである。

表面的には論理の正確さを強調しながらも、その論理の伝達の道具たる言語には根元的批判を加えることを怠っている哲学にヴァレリーは強い不信を抱いた。哲学者の使用する言語中にはいまだに日常言語が多量に含まれていて、その意味においては決して純粋とはいえないし、またそのいっぽうで現実とは遊離した抽象的な用語のみに精密さを追求する。そしてこの閉じられた観念的な言語世界のなかだけで、選ばれた思想が限りなく肥大し、組織化されていく。

「これらの言語や、意味についての探究――全命題は次の質問、それは一つの意味を持つか、によって受けいれなければならないことを現実は示している。……他のことばでいえば、与えられた言語（あるいは通常言語）探究のための道具ではなく、そして道具とはなりえないということなのだ。」

「形而上学者は常に彼らの根源のほうへ、あるいは基礎的観念のほうへ、引っかえさなければならないようになっている――そしてそこのところで迷ってしまうのだ。」

確かに哲学者たちは強力な知性の持ち主が多い。しかし彼らの知力はもっぱら彼らの特殊言語による論理的展開の面に集中している。したがって、もしもその道具のなかに不純な素材が混入されているならば、彼らの推論能力が強力であればあるほど、現実あるいは真実から大きく逸脱してしまうことになりかねない。彼らの思考の結果は平凡な常識人のそれよりも大きな被害をもたらすことになる。

「哲学者たちにおける逸脱したたわ言は《原理》なるものに適用される強力な展開力にしばしば由来している——原理（つまり個人的な頭の冴え）にであり、これは短い光のなかではじゅうぶんに正しく、明証的である。しかし通常言語を手段として広がっていくと、不純さが目立つようになり、そして最初の良識は、論理のおかげで、愚かしさに変容してしまう。」

ヴァレリーは多くの優れた哲学者が徹底的にこだわる二元論的思考法、すなわち善と悪、精神と物質、魂と肉体、存在と非在、自由と宿命、等々といった対立命題をたてて論理を反覆展開していく行き方に冷淡であった。確かにそこには頭の冴えが見られ、短い光にあてれば明証的であろう。そして人間的価値を尊重するという出発点では良識内にとどまっているであろう。しかしせっかくの人間的価値も言語の不純な使用法によって論理が人間性の限界を超えて飛躍していくにつれて、最後には愚かしいほど極端な思想になりかねない

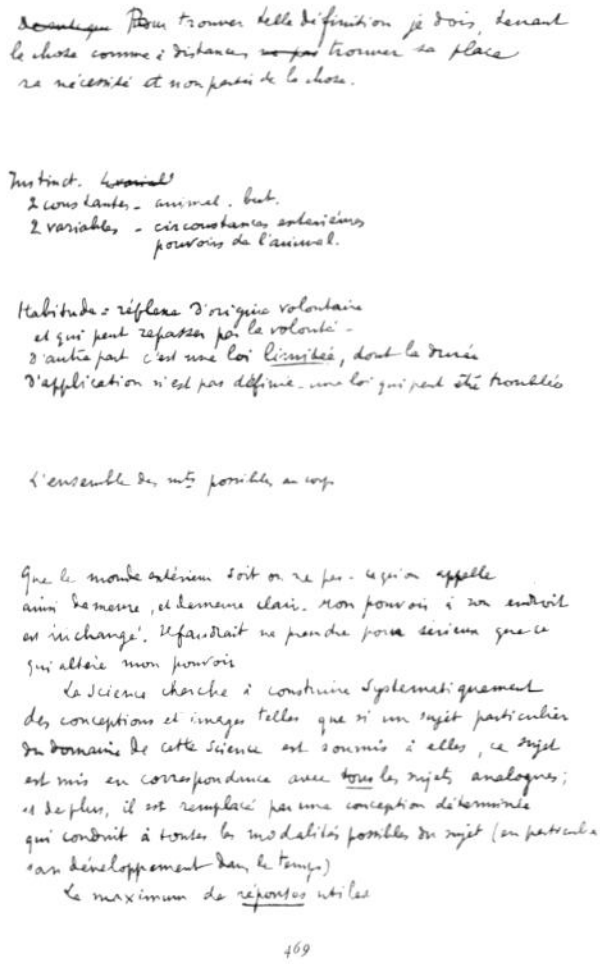

『カイエ』の一部　108ページのものと比べるとヴァレリーの文字のくせが分かる。

のである。

このようにしてヴァレリーは哲学者たちをつぎつぎと槍玉にあげていく。『カイエ』のなかでも大きな比重を占める「哲学」の項においても、その他の著作においても、批判は非常に厳しい。スピノザの「貧しさと無力さ」を、メーヌ＝ド＝ビランの「どこまで続く愚かさ」を、ニーチェの「耐えがたい誇張」を酷評し、プラトンもカントも批判をまぬかれない。観念論哲学が嫌いな読者にとっては胸のすく小気味良さであろう。

そしてついに哲学を次のように否定する。「形而上学の真の欠点――それはどれ一つとして非常に正確な質問に正確に答えていないからである。」

正確な言語の正確な使用法によるのでなければ正確な思想は獲得されえない。これがヴァレリーの不変の法則であり、残念ながら既成の多くの観念論哲学はこの法則に違反していたのである。

言語の「魅惑」効果

「ところで孤立したことばはなんら意味がない。それは一つのイメージを持つが、それはそこそこのものでしかない――そしてことばは一つの組織のなかにあってこそ初めてその意味を持つものである。」

ヴァレリーは一つのことばは他の複数のことばとの関係においてその意味と効果が決まってくることを強調している。これは前者の「正確な伝達」という方向とは異なった、第二の方向、言語の

「魅惑《シャルム》」効果を重視する視座である。

たとえ単語のみで言語が使用されることはあっても、完全に孤立した語という概念はそれ自体ナンセンスである。ことばは他のことばのなかに置かれ、他のことばと組み合わされて使用されてこそ、はじめて生きたことばとなる。そしてたとえそれが一つの単語であろうと、それがすばらしい魔力的なまでの効果を産みだすのは、そのことばがどこの位置に配置され、他のことばといかに共鳴現象を起こしたかによる。

ヴァレリーはこの関係をチェスの一手に譬《たと》えている。私たちが日ごろ楽しむことの多い囲碁・将棋で考えてみても同じことである。囲碁の一石は白黒ともに同価値で、すべてが一目の価値しかない。しかしその一目の一石が、敵味方の配石の関係で、碁盤の面のある一点に打たれると、突然なん十目の価値を産み、相手の大石をうちとって勝敗を決する一手となることもある。その逆になんの役にもたたず、0目の一手となることもある。将棋のばあいにも、飛車は強力な能力を持つ駒ではあるが、相方の駒の配置の関係によって、弱い駒の歩以下の価値になってしまうこともあることは、このゲームに親しんでいる読者なら誰でもこのことを体験し、一手の価値を実感されているに違いない。

言語芸術においても同じことがいえる。詩作品のなかには人びとの記憶に残り、愛誦される名句があるものだ。しかしそれらの名句は必ずしも人目を驚かすような表現であるとはかぎらない。むしろ平凡でわかりやすい表現であっても、その詩句が完成した芸術作品としての詩全体のなかの、まさにその位置を占めていたからこそ、すばらしい効果を発揮しえたのである。ヴァレリーはこの霊妙なる一手の価値に引きつけられた。そして言語のなかにあってその深遠で強大な「魅惑《シャルム》」効果を発生することば相互の関係を追求したのである。そこから、すなわち彼の第二の言語観から、彼の文学的創造が生まれてきたと考えられる。

ことばの自動連鎖による作詩

ヴァレリーはボードレールの流れを汲み、エドガー＝アラン＝ポーを尊敬していた。彼は『ヴァリエテ』のなかで「ユーレカについて」を書いているが、彼がいかにポーの「詩の原理」を高く評価していたかを推察することができる。ポーが「ネヴァー・モアー」という最初の一句が喚起することばの連鎖反応によって「大鳥」を書いたように、ヴァレリーも実作においてことばの自動連鎖（ただしこれはシュールリアリズムの無意識による自動筆記法ではなく、ことば相互の必然的関係による展開法である）による作詩をおこなっている。正体不明の霊感《インスピレーション》なるものによって神がかりで詩作すると自称する詩人たちを非常に嫌っていたヴァレリーが、ポーのような知的詩人の冷静で緻密《ちみつ》な作詩法、自動連鎖による作詩法を採用したというのはよくわかるし、ヴァレリーは事実彼らしい力業を発揮してそれを巧みに実行している。

だが問題は緻密な論理的作詩法と詩句の果てしない自動連鎖という表現から、私たちは実態とは違った作詩作業をイメージしてしまう危険がある。この点を強調しなければならない。すなわち非常に無味乾燥な、生硬な詩の世界を連想しがちになるということである。だがこの連想の基礎部分には大きな錯覚が含まれている。自動連鎖の必然的展開というと、私たちすぐに論理学の推論や数式の展開を頭に思い描いてしまう。ところが推論や数式において用いられる言語はヴァレリーのいう第一の系統の言語、論理的な言語である。ヴァレリーはこれを用いて作詩するとはいっていないし、また実際使用してもいない。それにもかかわらず、私たちは「展開の厳密さ」という用語にまどわされて、数式的な生硬な言語をイメージとして浮かべる誤りを犯してしまうのである。

そうではなくヴァレリーが使用するといっているのは第二の系統の言語、ことば相互の関係とそこから生まれる効果を重視する言語のほうである。たとえば一つのことばが詩句のなかのある位置に置かれたとき、このことばは詩のなかの他のことばと相互に反応して華麗な響きとイメージを生み、情動的な波動を読者の精神のなかにまき起こす。このことばの効果を「あくなき厳密さ」をもって追求するのである。この作業はヴァレリーのいうギリシア語のポイエンであり、また「魅惑《シャルム》」の作業そのものの姿を変えた表現でもあることに、すでに敏感な読者は気がつかれたことであろう。いや、詩だけでなく、この考え方は言語を用いた芸術作品すべての創造にあたってのごく基本的作業を示すものでしかない。目新しい指摘ではないが、しかしそれはまた文芸の本道を直視する姿勢でもある。

ただ他の文学者と違うところは、彼が作品創造にあたって作業の厳密さを強く求め、しかもそれをできるだけ知的に意識的におこない、作詩の全過程を意識化しようとしたところである。ヴァレリーが主知的文学者と称されたのもそこに由縁がある。

このように第一の言語は思想家ヴァレリーを産み、第二の言語は詩人ヴァレリーを産んだのである。

V

デカルトへの傾倒

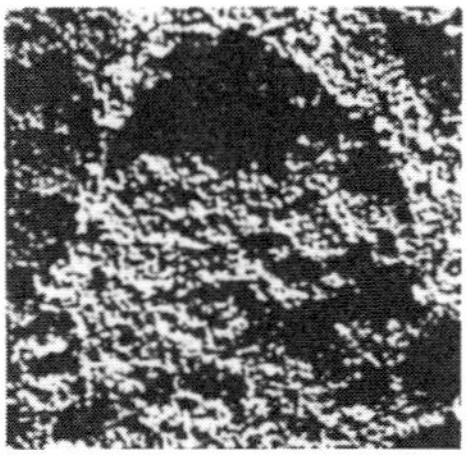

当時の思想状況

「師と模範」

ヴァレリー没後すぐの時期、一九四〇年代から五〇年代にかけて、ヴァレリー研究で定評のあったモーリス＝ベモルはその大著『ポール・ヴァレリー』の第一部第二章「師と模範」において、ヴァレリーが精神形成にあたって強い影響を受けたとする先人たちを七人、すなわちマラルメ、エドガー＝アラン＝ポー、ドガ、レオナルド＝ダ＝ヴィンチ、デカルト、ニーチェ、パスカルを挙げている。当時としては正当な考え方であり、今日もなお基本的な指摘であると思う。

このうちマラルメとポーは文学者であり、ドガは画家、すなわち美術の分野に属する。レオナルド＝ダ＝ヴィンチに関してはすでに紹介した。そこでヴァレリーの思想を考える上では残りの三人が問題となるのだが、ニーチェは後に触れるとして、本章ではデカルトとパスカルに対するヴァレリーの評価と考え方とを解明してみることにしよう。

ヴァレリーがデカルトについて公表した評論としては「デカルト断章」、「デカルト」、「デカルト展望」、「デカルト再観」、「オランダよりの帰途」等が数えられ、いずれも近代合理主義哲学の祖たるデカルトへの率直な賛辞が表明されている。『カイエ』中でデカルトを論じた個所においてもこの基本姿勢は変わらない。ところがパスカルについては公表評論は少なく、わずかに「一つの思想についてのヴァリエイション」を数えるのみであり、ここで彼はパスカルの有名な「永遠の沈黙」を烈しい語調で論難する。『カイエ』中に散見されるパスカル考もほぼこれと同調して、批判的姿勢が目立つのである。このようにベモルが師であり模範であるとした二人の偉大な先達哲学者に対して、ヴァレリーはまったく正反対な評価を示している。

ではどうしてこのような差が生じたのであろうか。「ジェノヴァの危機」によってヴァレリーが知性の偶像の礼拝を決意したとき、その具体像の一つとしてデカルトが選ばれたとしても、それは自然であり、詳しい事情を知らない読者のかたがたも、おおむねにおいて納得されるに違いない。ところがパスカル嫌いのほうは、なぜそのようなことになってしまったのか、その理由がうまくつかめない、と感じる読者が多いのではなかろうか。

パスカルといえば「幾何学の精神と繊細の精神」とが同居しえた人、科学的冷徹な頭脳と芸術家の繊細な感性という異質な特性を一身に兼ね備えた選ばれた人間の典型とされている。この世に希な天才の資質は、優れた詩人であると同時に独創的な思索家でもあったヴァレリーと、むしろ多くの点で類縁性を持っている、と一見考えられるのではないか。もしそうだとすれば、どうしてヴァレリーは自分の資質に近いパスカルを否定したのか。否定せざるをえなかったのか。私たちは大いに興味をそそられるのである。

「デカルトさんとパスカルくん」　確かにデカルトとパスカルとはともに強力な知性に恵まれた思想家でありながら、性格においても、実生活の対処においても対称的な存在であり、両者を比較対照してみるといろいろ興味深い発見が得られるのである。最近、ジャン＝クロード＝ブリスヴィル作の対話劇『デカルトさんとパスカルくん』（これは竹田篤司・石井忠厚両氏による邦訳〈工作舎〉の題名であり、原題は『デカルト氏とパスカル二世との対話』）が一九八五年一〇月にプチ－トデオン座で上演されている。このように両哲学者の人物像の差は演劇を構成するほどおもしろいのである。

この劇では、友人メルセンヌ神父によって貸し与えられたミニモ会の僧院の一室に滞在していたデカルトを、若いパスカルが先輩に敬意を表して訪問したことになっている。ヴァレリーもまた、「デカルト断章」において両哲学者の出会いがこの僧房にあったとみなして、現在憲兵隊屯所となっているこの歴史的な場所が正当に保存されず、時の破壊にまかせている情況を嘆いている。

しかしジューヌヴィエーヴ＝ロディス＝レヴィスによれば、上記の史実はバイエの『デカルト氏の生涯』に準拠したものであって（ヴァレリーの「デカルト断章」にもバイエを読んだという記述がある）、事実は逆だという。すなわちむしろデカルトのほうがパスカルに会いたがり、ブリズミッシュ通りのパスカルの家を訪れたのである。訪問は一六四七年九月二四日の一日だけでなく、二三日と二四日の二回にわたっている。対話も二人きりでおこなわれたのではなく、他の同席者がいた。デカルト五一歳、パスカル二四歳であった。

　もちろんブリスヴィルの両哲学者に対する視座はヴァレリーのそれとは一味も二味も異なっており、もっぱら演劇的効果をその中心にすえている。ブリスヴィルは両者の対立する思想、たとえば科学上では真空についての考え方、そして特に神に対する両者の姿勢を際立たせることによって、前者の老獪《ろうかい》さと後者の純情さを浮彫りにし、劇の筋をおもしろく進行させ、観客をあきさせない。この面ではみごとな腕前であり、そこには史実に反する劇作家の空想の産物が相当量織りまぜられているのも、演劇という性格からしてやむをえないことであろう。

デカルト

デカルトのイメージ

　ヴァレリーがデカルトを好んだのは誰にも容易に理解できる。デカルトはルネサンス期以来西欧の伝統となった啓蒙哲学の祖であり、また特にフランス的明晰な知性の代表的哲学者でもある。ヴァレリーが受けた教育環境からすれば、少なくともデカルトのイメージは彼にとってそのようなものであったと推定することができる。またデカルトがいっさいの既成観念を徹底的な懐疑によってタブラ－ラサ tabla rasa とし、その白紙状態からあの有名な「われ考える、故にわれ在り」という考える主体の存在に到達する方法論は、ヴァレリーが「ジェノヴァの危機」において強行したいっさいの既成偶像のタブラ－ラサを彷彿《ほうふつ》とさせるものがある。したがって、ヴァレリーが知性の偶像の礼拝を決意したとき、もうすでにデカルト礼拝が予定されていたと考えられるのである。

古典教育の場で

ヴァレリーはモンペリエの哲学学級においてオーソドックスな啓蒙哲学を教授されたに違いない。当時の人文科学は安定した古典教育の場であった。クラシックという名称がその内容をよく示しているように、教養課程のクラスで教えられる学問はその時代よりは古い時代のものであり、定評のある完成された体系を持つものであった。それは彼と同時代、一八七〇・八〇年代に誕生しつつあった新興の学問ではなかった。

現代教育においては事情が異なり、以前に比べて新興学説がいち早くカリキュラムのなかに加えられる傾向が出てきている。これは急速に変化する社会の趨勢に教育がとり残されまいとする意図からであり、ことに自然科学の分野においてはこの傾向が著しい。しかし人文科学の分野においては自然科学ほど敏速な対応はいぜんとして困難な情況にある。将来どのように評価が変化するかもわからない新哲学や新小説をテキストに選択し、これに偏りのない客観的な評価を与えながら若い世代に教授するのはたいへんな冒険であるからだ。

いわんやヴァレリーの青少年時代はフランス古典教育の全盛時代であった。一般知識人たちのあいだにも、古典教育の成果を自分たちの知的教養の源泉とみなす、というコンセンサスが厳然として存在していたのである。もっともヴァレリーは自分が受けた古典教育を全面的に肯定していたわけではなく、たとえば古典語学教育において、せっかくのギリシア語・ラテン語の優れた文学的価値を持つ原典が、生きたことばとしてではなく、死んだテキストとして与えられたことを、『カイエ』の「教育」の項で大いに嘆いてはいるのだが。

フランス大革命成功後、一九世紀にはいって、フランスには個人の自由と独立を基盤とする市民社会が成立し、これが国家の中核となっていく。市民社会の発展につれて、この政治・社会によく適合した啓蒙哲学は順調な展開をみせる。自然科学の分野でもその発達はとくに目ざましく、産業革命はこの大勢に拍車をかけ、多くの発明・発見や技術革新がなされるのである。工業生産のなかに大規模な機械力が導入され、交通機関として鉄道網が付設される等々、庶民の生活感覚のなかにも「人知の限りない進歩」という観念は体験的実感として受けとられるに至った。このような諸情況から楽天的な科学万能思想が生まれたのは自然なことであろう。

このような人間の英知とその無限な可能性を信頼するオプチミズムをバックに、当時の人びとにもっとも影響を与えた思想家としてコント、テーヌ、ルナンの三人の名を挙げておくことにしよう。

コントと実証主義

オーギュスト＝コント（一七九八〜一八五七）と彼の実証主義についてはいまさら強調するまでもなく、社会学・政治学を学ぶ上では避けて通ることのできない重要な思想家であり思想である。当時の自然科学はスコラ哲学的な先入主をいっさい排して、ひたすら現象を観察し、記述し、そこから帰納法により真理を抽出するという、基本的で素朴な科学的方法論のおおむね延長線上にあり、それがいまだに大きな効力を発揮していた。コントの実証主義は自然科学のこの情況によく対応しており、その社会学への具体的応用としての彼の主張、すなわち科学的な実証的精神を基盤とした社会を建設することが大革命の成果を結実させる最良の政策である、とするコントの思想は新しい社会を求める青年たちのバイブルであった。

ちょうど第二次世界大戦後の実存主義のように、実証主義はただ思想であるばかりでなく、それはもっと具体的な、人間の実際の生き方における一つのタイプでもあったのである。実証主義を奉じる人びとが世の中に多く現れ、オーヴァーないい方をすれば社会現象として流行したのである。文芸作品中にも風俗としてこのタイプの人間がよく登場する。ポール＝ブールジェの『弟子』の主人公の青年は、科学的冷徹さで真実を追求することを主張する大先生の思想にかぶれて、自らの恋愛においても冷静な観察者たらんとし、実験的な恋愛をおこなう。だが相手の女性は自分が実験台にされていたことを知って自殺する。女性の兄は大いに怒り、天の復讐を叫んで青年を射殺する。自然主義に反対していたブールジェは、『弟子』によって当時のこのような風俗現象を批判したのである。批判の是非はこの際他に置くとして、とにかく実証主義は社会によく浸透し、人びとの体験的現実となっていたことに注目してほしい。あの有名なキュリー夫人でさえ、母国のポーランドにいた若い日には、一時実証主義の学生運動に熱をあげていたというから、その影響力の広がりの大きさが想像されるのである。

コントはまたモンペリエ出身であるだけにヴァレリーには親近感が強かったに相違ない。前述した「テスト氏との一夜」が、コントがかつて住んでいた家のアパルトマンで書きはじめられたことにも、再度注意をうながしたい。

テーヌとゾラ　イポリット＝テーヌ（一八二八〜九三）もまた当時名声の高かった文学者・哲学者・歴史学者であった。コンディヤック、ミルらの思想の流れを汲みながら、すべての人間の社会的現象は民族（遺伝的因子）、環境（地理的社会的条件）、時（歴史的発展）という三つの因子の組み合せによって説明し、決定できる、という厳密な決定論を唱えた。彼の理論展開は緻密で実にみごとというほかはなく、たとえばごく平凡な小説の主人公の行動も、この三つの要因を巧みに組み合せて解説し、読者を納得させることができるほどの力量を示している。

民族・環境・時代といった、いわば基本法則を応用して現実の現象を説明する方法論は一種の科学的方法であって、さらにこれはゾラの自然主義や彼の文学理論『実験小説論』が拠っている生理学者クロード＝ベルナールの『実験医学研究序説』と同じ思想のもとに生まれてきた理論であった。

エミール＝ゾラ（一八四〇〜一九〇二）は自然主義の領袖《りょうしゅう》であり、ドレフュス事件に際してはドレフュス擁護のために獅子奮迅《ししふんじん》の働きをしたことで世に知られた文学者である。わが国においても彼の自然主義は文明開化後の黎明期にあった明治文壇に大きな影響を及ぼしており、日本近代文学史をひもとけば誰も必ず彼の名を目にするであろう。そのゾラは一八六九年から九三年にかけて膨大な『ルーゴン・マカール叢書』二〇巻を書いた。この叢書の女主人公アデライド＝フックは一〇五歳で精神病院で死ぬが、彼女が残した子孫たちの性格・行動を遺伝と環境という因子によって決定し、小説のなかで描きだすことによって説明し証明しようと試みたものである。彼女の夫のルーゴンは農民出身ではあるが、健全な肉体と精神の持ち主である。二人のあいだに生まれた子供たちは遺伝的に優性であり、社会においても成功し、おおむね上流階級に属している。これに反して、夫の死後同棲したマカールは密猟者・密輸者という劣性遺伝子の持ち主で、こちらの組み合せから生まれた子孫たちは『居酒屋』のジェルメーヌやその子の『女優ナナ』のように、アルコール依存症、精神病患者、性格破綻者が多く、おおむね下層社会に生きる人びとを構成している。

このようにゾラは極端に対照的な遺伝的因子をさまざまな形に組み合せることによって多種多様なタイプの人間たちを誕生させ、これをあらゆる社会層のなかで生活させることによって、第二帝政時代のフランス社会の現実全体を小説の内部に取りこもうとしたものであった。いわばゾラは今日盛んに研究されている遺伝子組みかえの実験を先取りし、小説のなかでこれを実施したといえるのであって、この点大いに興味深い。もちろん現代の科学知識からすればゾラの遺伝理論は素朴であり、粗雑であって、誰もそのまま信じるものはいないが、ゾラの小説のいくつかは今日もなおその読者を失ってはいない。私たちはむしろそこに文学作品という存在が持つ深さと秘密とを感じるのである。

ヴァレリーの家族　後はヴァレリー。前列左から長女アガート，母ファニー，妻ジャニー，長男クロード

忘れられた思想家ルナン　エルネスト＝ルナン（一八二三〜九二）は現在わが国においてはほとんど忘れられてしまった思想家である。本国フランスにおいても同じような傾向にあるという。しかし当時は前二者と比肩する大思想家として名声が高かった人である。彼の著書『イエス・キリストの生涯』や『キリスト教

起源史』は世に広く読まれた名著だったのである。

ルナンは聖職者となるために神学校に学んだが、彼生来の科学的厳密さへの性向が信仰への危惧を産むに至った。彼は伝統的なキリスト教のドグマを拒否して、宗教史のなかへ客観的な文献学的研究方法を導入した。これはいわばキリスト教内部からの宗教批判であり、フランスのようなキリスト教社会にあっては、そのこと自体が画期的なことであった。

しかし西欧社会でふつう無神論というと、神への信仰にとってかわるべきなにかの哲学思想の鎧《よろい》に身を固めて神を強く否定することを意味するが、ルナンの思想はそのような烈しさを持っていない。彼はむしろ人知の限りなき進歩の思想を拠り所としながら、宗教感情と科学的分析の融和を目ざしたものであり、この意味合いでは穏健な姿勢だった。

現代社会においてルナンが夢みたような形で宗教と科学の融和が実現されたとは思われない。したがってルナンが忘れさられたということもまた理解できる。しかしその反面、宗教と科学とはそれぞれの領域を分けあいながらそれぞれの発展をとげてきた。少なくとも宗教はかつての天動説と地動説の争いのような愚かしい論争で科学と正面衝突することは避けている。このことはルナンの思想がよく両陣営に浸透し、むしろ当然のこととして受けいれられるに至った結果と考えることができよう。わずか数世紀前、ガリレオ＝ガリレイが地動説を唱えたばかりに異端の罪で宗教裁判にかけられた歴史的事実を思い起こすとき、宗教と科学をめぐる社会情況はまさに天と地の差ができてきているのが感じられる。この意味合いからすれば、ルナンの思想は社会に大きな貢献をしたということができる。

独自の精神形成

再度断っておかなければならないのは、上記三思想家は、ヴァレリーが受けた教育において支配的だったということであり、ヴァレリーが精神の探究に従事した世紀末の思潮そのものではないということである。むしろ逆に、人類と科学の限りない進歩が人びとに必ずや幸福をもたらすであろう、というオプチミズムが大きく揺れ動きはじめた時代にあたって、ヴァレリーは自己独自の精神形成をおこなわねばならなかったのである。その時間差の影響は大きい。

大革命によって市民社会には自由と平等と個人の独立を保証するよき生活がもたらせるはずだったが、現実は他の道を歩みはじめる。革命の母胎たる市民階級の内部に貧富の差が増大し、大資本家と労働者階級が生まれ、両者間の確執が表面化し、しだいに激化していく。思想界においても一九世紀前半すでにド＝サン＝シモン、フーリエ、ルイ＝ブラン、プルードンらの初期空想社会主義思想が生まれていたが、これらはユートピア的性格が強く、階級間の融和を信じるオプチミズムに拠っていた。しかしこれらの社会主義思想が一九世紀後半いよいよ実践の場に移されてくると、理想主義的楽天主義的色彩は消えうせ、代わってマルクス主義等の階級間の対立を直視する深刻で過激な主張に移行していく。このような社会情勢を反映して、反ブルジョワ的あるいは脱ブルジョワ的な思想が発生し、市民階級のものの考え方や生活感情に不安と嫌悪感を持つ人びとが現れてくる。ショーペンハウアーやニーチェの哲学がドイツに生まれ、フランスにおいては二〇世紀に開花するベルグソンのエラン＝ヴィタルの哲学が出てくる。ベルグソンはヴァレリーより約一〇歳年長であることに注意してほしい。

文学の世界においても、社会を新しい理想的なものにしようという夢を抱いたヴィクトル＝ユゴーらのロマン派の文学者たちは積極的に政治に参画したが、一九世紀中葉の二回の革命にその夢を破られ、冷やかに現実を見つめるリアリズム、自然主義の小説、高踏派の詩へと移行する。さらに幻滅の度は深まり、もはや文学者は現実社会そのものに目を向けることさえも避けるようになり、自己自身の内面にのみ意識を集中する。そこに象徴主義の詩や演劇が生まれ、マルセル＝プルーストの小説が二〇世紀になって世に出る。プルーストはヴァレリーと同年の生まれである。

ヴァレリーが文学の分野においては高踏派的詩から出発したことはすでに第Ⅱ章で紹介した。新しい芸術の波から遠く離れた南仏の地方都市に生まれ育った彼としては当然であり、高踏派的であるということは同時代的であるということを意味していた。ところが早熟な彼の詩才は既成の詩にはあきたらず、敏感に時代の新しい波をキャッチした。これは彼の優れた文学的才能が、認識より先に感性的に、彼の時代を正確に捉えていたことを意味する。

当時サンボリスムはフランス詩壇においてはマイナーな存在でしかなかった。ボードレールもヴェルレーヌもマラルメも「呪われた詩人たち」の扱いを受けていた。しかし時代の流れは主流の高踏派を離れ、サンボリスムが追求しつつあった世界の方向へ確実に向かいつつあった。若いヴァレリーはこの流れをいち早く把握し、前述のようにマラルメの詩のなかに自己の理想とする完璧な詩句を見いだしたのである。しかし問題はマラルメのその完璧さに彼が絶望させられたという点にある。

ヴァレリーは「ジェノヴァの危機」にあたって自己のもっとも得意とする分野の文学の偶像を放棄してしまった。そして新しい偶像、知性の偶像を専一礼拝することに転向したわけだが、そこで通俗的に推定するならば、彼の受けた教育が文科系であったことから、新しい形態の礼拝にとっては哲学的素養がもっとも役立ったであろうと考えられる。ところがヴァレリーはあいにくいわゆる哲学青年ではなく、少なくとも友人フールマン以上に哲学青年時代を体験していなかった。つまり文学においてはすでに玄人《くろうと》並みだったが、哲学においてはむしろまったくの素人《しろうと》に近かったのである。

そこでヴァレリーは白紙の状態から、古典的哲学教養、同時代的というより一世代古い哲学知識を基としてこれに頼りながら、彼独自の思考法（ヴァレリーの思考法をヴァレリー哲学と呼ぶことができるならば彼の哲学を）初めから築きあげねばならなかったのである。そこに哲学者のモデルとして大きく浮かびあがったのがデカルトであった。啓蒙哲学の偉大なる先達者であり、知性への絶対的信頼に立つこの哲学者が、ヴァレリーの目に知性の礼拝のための司祭として映ったことは容易に想像されうるのである。

安全性への欲求

「その他のなにも望んでいません」 デカルトは哲学者ではあっても狭義の哲学そのもののなかに閉じこもって世事にはいっさい無関心というタイプではなく、世の中のあらゆる事象に広く興味を持ち、既成概念にとらわれずにその解明に取り組んだという姿勢においてレオナルド＝ダ＝ヴィンチに匹敵する人物である。実生活に無器用な学者タイプというより、デカルト流の合理主義で現実に適応し、たくましく生きた人でもある。また文献の多読によって自己の知識体系を作るというのではなく、良書を選択して精読し、徹底的に考える、という方式もテスト流であり、ヴァレリー流である。

「もう二〇年来私は本を持っていない。書類は焼いてしまった」とヴァレリーはテストに語らせている。小説中で「私」が訪れるテスト氏の部屋には、事実本が一冊も置かれていず、書類もまた見あたらない。

このようにデカルトはレオナルド＝ダ＝ヴィンチやテストの延長線上に、安定した地位を占めていることが認められる。

こう考えてくると、ヴァレリーがデカルト思想のなかになにを求めていたかはおのずから明らかになってくるであろう。すなわちヴァレリーはデカルト哲学のすべてをくまなく研究し、その思想体系を十全に把握し、これをカント、ライプニッツ、スピノザ、ショーペンハウアー、ニーチェ等の他の哲学体系と比較対照しながら自己の哲学体系・思想体系を築きあげるという方法を採ったのではなかった。『ヴァリエテ』に収められた「デカルト」は一九三七年七月三一日、ソルボンヌ大学で開かれた第九回国際哲学会でヴァレリーがおこなった開会演説の内容である。専門哲学者を前にしての発言だけに、多分に聴衆に遠慮したむきもあるであろうが、自分のデカルト研究はいわゆる専門的議論の対象となるような分野にあるのではない、と率直に認めている。彼のデカルトに対する主要な関心とはなんであったか。彼は「彼（デカルト）のなかで私を魅了するもの、彼を生き生きとしたものにしているもの、それは彼の自己自身への意識、彼の注意力のなかに全体を集中した彼の存在への意識であります。彼の思考機能への洞察的意識であります」と語っている。ヴァレリーはテストの金言に従ってデカルトの「急所をつく」ことを試みたのである。

ヴァレリーはデカルトの急所、デカルト流思考法の原理を他のなによりも増して高く評価し、「彼（デカルト）はあらゆる物事について彼の知的活力と欲望の宝を開発しようとしたのでありまして、彼はその他のなにものも望んでいません。そこにこそ原理があるのであり、これに対しては原典さえも優位に立ちえません。それは戦略上の要点であり、デカルトの位置の鍵であります」と解説している。端的にいえば、ヴァレリーは彼が『カイエ』のなかで実行したように、自己の思考方法にあくなき厳密さを獲得し、感性をコントロールする知性の優位を保証するものをデカルトから学びとればよかったのである。

こう考えてくると、ヴァレリーはデカルトの『方法論序説』を彼自身の「方法論序説」のモデルとしたといえるのであって、事実彼は「私の方法論序説！　そのシステムは哲学的システムではない、それは私の自我の、私の可能性の、私の往復運動のシステムなのだ」と『カイエ』に書きとめている。そしてそのキーワードとして例の「われ考える、故にわれあり」が浮かびあがってくるのである。

精神の座標軸のゼロ基点

ヴァレリー思想のなかで非常に特徴的なものの第一としてすでに彼の「言語観」を紹介したが、ここでさらに他のいくつかを、すなわち彼の安全性の欲求に答えながら独自の働きをしているものを中心として、これから考えてみたいと思う。

人間が急激な自己革命をおこなうばあい、反面「安全性への欲求」がそれだけ高まるという。ことに「ジェノヴァの危機」のような激しい転換をおこなったヴァレリーにとって、心理的に安全性の欲求が強く働いたのは自然であり、多くの精神分析学者もまたそのことを指摘している。それならヴァレリーにこの欲求を満たしてくれたものとはいったいなんであったのだろうか。それはテスト氏を論じたときすでに触れたように、いかなる思想上の、あるいは感情の上での嵐に遭遇しても、そこへもどっていけば常に安全で、自己崩壊を防ぐことのできる、揺ぎなき「内的な島」そのものだったのである。

「私は自分に一つの内的な島を造りあげていた、それを認識し、強化することに時間をかけた」とヴァレリーは『テスト氏』の序文で述懐している。この「内的な島」は姿をさまざまに変えて、ヴァレリー思想のなかに登場する。たとえば、これはすでに「テスト氏」のところで指摘したが、精神の座標軸の0《ゼロ》基点という発想がそれにあたる。ヴァレリーは思考・思想の座標を構想し、その座標軸の基点として0地点を大切にした。現在進行中の思考が乱れ、座標上の位置があいまいになりかけたばあい、その基点である0度の位置までが揺らいでしまったのでは思考体系全体が揺らいでしまう。たとえ乗っている船や航空機がどんな激しい運動をしようと、そこだけは常に静止している、いわばジャイロスコープの中心軸のようなものが思考の安全な航行には必要不可欠である。そのための0基点であった。

このジャイロスコープの不動の中心軸の働きをするものとして、ヴァレリーはまた「不変式」invariant という数学用語をよく使用している。

0度の0は零、ゼロ、無ということになろうが、このことばが喚起する消極的意味合いにヴァレリーの0基点を解釈してはならない。代数学における0の観念が数学を豊かにしたと同じように、

0は無限の数と対応して存在するものとして捉えなければならない。ヴァレリーの用いる無 néant（あるいは虚無）もまたこの文脈において積極的に解釈すべきなのであって、創造行為をこれから産みだす原状態として考えられていることを付記しておく。

ジュ je とモア moi

またヴァレリーが同じ「私」を表すジュとモアを使いわけている点も「安全性の欲求」に繋がるものと考えることができる。両方とも人称代名詞一人称単数形であるが je は主格であり、moi は強勢形であって、文法上それぞれの役割を担っている。ヴァレリーはそれら通常の文法上の機能の他に、さらに彼独特のニュアンスを付加し、思考の流れのなかにある文脈上の主語の私をジュで表し、さらにその思考の全体を外から観察している私をモアとして区別している。「若きパルク」の有名な一句、「私は私を見ている私を見ていた」はこの関係をよく示すものである。原文はジュと目的格補語人称代名詞ム me が使用されているが、「私を見ている私」はジュに相当し、「私を見ている私」を外側から冷静に観察している私はモアに相当する。また「私は存在している、しかも私を見つめながら。つまり私を見ている私を見ている、というような形で」という「テスト氏との一夜」の終わりに近い部分で見いだされるテストのことばも、詩句と同じ情況を示すものである。

さまざまな事象と取り組む「ジュ」は対象と連動して変化することがありうるし、またあってもさしつかえないが、これを観察する位置にある「モア」まで動揺に巻きこまれてしまったら客観的な真理追究は不可能となる。したがって「モア」は座標軸の基点でなければならず、絶対に沈まぬ「内的な島」でなければならない。そこから有名なヴァレリーの「純粋自我」の思想が生まれてくるのである。

ただしこの「純粋自我」については、戦前のヴァレリー観のなかでしばしば見られたような、あまりにも神秘的な威信をこの概念に与えてはならないし、また「私をみつめる私」という方法を、きわめて現実的に、ヴァレリーの超能力的な特技というふうに考えるのはよくないと思う。いわんやヴァレリーは神経病理学でいうオートオートスコピー auto-heautoscopie（自己が二つに分身し、その分身が目に見えるという一種の神経症）の持ち主ではなかったか、などと推測することは愚かであろう。自我《モア》の観念は実際的な運用面で捉えるのではなく、ヴァレリーの厳密な思考への意志と、その安全保障の指標という視座から追究すべきものと信じる。

さらにここで読者の注意をうながしたいことは、ヴァレリーがこの自我《モア》をデカルトの急所として見ているということである。彼は「デカルト」のなかでこう語っている。

「彼の生活と、彼の研究の最初の諸情況とのすばらしい叙述から、私の目を引きつけたものは、一つの哲学のこの序曲のなかに彼自身が確かに存在しているということであります。それは、あえてもうせば、この種の作品のなかでのジュとモアとの使用であり、人間の声の響きであります。そしてこれこそが、おそらく、スコラ哲学の構築物にもっとも明瞭に対立するものでありましょう。完全な一般性による思考法を私たちに導入する働きをしたジュとモア、これが私のデカルトであります。」

そしてさらにこれはスタンダールのエゴチスム égotisme（自己中心主義）に通じるものであり、このモアからデカルトの神に至る道が開かれた、と論じるのである。

壁の意識

ヴァレリー思想の特異性を示すものの一つに、彼の壁 mur に対する独自の考え方がある。壁というイメージが私たちに与える第一印象は閉鎖性である。そこから精神分析的観点からする閉鎖性→抑圧という心理的傾向が連想されてくる。独身時代のヴァレリーがテスト氏の部屋を思わせるゲ＝リュサックのアパルトマンの一室に閉じこもり、荒涼とした壁と向きあいながらひたすらに思索にふけった、その修道僧的な姿を心に描いてみると、壁のこのイメージはなおいっそう生き生きとしてくるであろう。ヴァレリーは友人アンリ＝モンドールに次のように語ったという。

「私は世の中のほうへ向いていない。私は壁のほうへ顔を向けている。私にとって知られていない壁の表面はなに一つない。」

ただしこのことばはゲ＝リュサック街の部屋で語られたのではなく、最晩年の、ほとんど死を控えた直前に、ヴィルジュスト街四〇番地の自宅でのことであった。しかもその場では最悪の事態を心配していたモンドールとのあいだに、さりげなく信心深い人たちのことが話しあわれていた。モンドールの不安に対してヴァレリーは毅然《きぜん》として答えている。

「とんでもない、彼らこそが不安なのだ。彼らは地獄や、悪魔や、死神の熊手をこわがっている！　ところが私はといえば、私の基本的態度は昔のままにとどまっている……しかも私は壁しか眺めていないのだからね。」

なるほど壁は閉鎖性に繋がる心理的要因かもしれない。しかしそれと同時にヴァレリーにとっては安全性の欲求を満たしてくれる頼もしい味方でもあった。ここにヴァレリーの壁の意識の積極的な意義がある。

壁と向きあっていたヴァレリーが後を振りむいて外界に視線を向けたとき、しかも剣を手にして現実の世界から来る敵と対峙したとき、背後は壁によってしっかりと守られている必要がある。すなわち壁は前から迫ってくる敵の動作を見すえて、思う存分剣をふるうためのバックの安全保障の役割をしていたのである。

死角の部分の安全性をいっそう確実にするためには、そこになにがあり、どういう状態になっているのかをあらかじめよく観察し、研究しておくことが大切である。安全性を高めるには「知られていない壁の表面はなにひとつない」ようにしておくことがぜひとも必要だったのである。

壁の意識は彼の「表面と深層」の考え方としても通底している。

「人間はその表面でしか人間でない。皮膚を取りさり、解剖してみよ。ここからは機械が始まる。その後は君が知っているすべてのものとは無縁な説明しがたい実質、しかしながらこれが本質的なものとされる実質のなかで迷ってしまうことになる。

君の欲望、君の感情、そして君の思想に対しても同じことだ。これらのものの人間的外観や親近性は検査によって消えてしまう。そしてもし言語を取りさることによってこの皮膚の下を見ようとするのは、そこに現れるものが私を迷わせてしまうのである。」

深層の世界はもともと明証性とは相い容れないものだ。したがってどうしてもわからぬものに心をわずらわすより、理解可能な「壁」の「表面」すべて知っていればひとまず安全。人間にはそれしかできないのだから。このように割り切るのである。この考え方にもヴァレリーの主知主義的態度がよく現れていると思う。

ヴァレリーの宗教観

パスカル批判

ヴァレリーがなぜあれほどデカルトを賞揚し、反面パスカルを嫌ったか、という疑問については、明敏な読者はもうすでにその原因を察知しているのではなかろうか。すなわちヴァレリーが最大のタブーとして自戒している思考機能の限界を超えた思想の飛躍を、パスカルは大まじめに、ヴァレリーの目から見ればきわめて安易に、これをおこなっているのである。ヴァレリーのパスカル批判はこの一点に集中する。もっと具体的にいえば、あの有名な「永遠の沈黙」silence éternel の思想に対してである。

「一つの思想についてのヴァリエイション」の冒頭で、例の「これら無限の空間の永遠の沈黙は私を恐れさす」という一文を引用し、これは「詩」であって、「思想」ではないと断定する。「なぜなら永遠のも無限のも非思考のシンボルだからだ。それらの価値はまったく感情的なものだ。ある種の感受性のみに関係する。」

この引用からもすぐ理解できるように、せっかくのパスカルの名文もヴァレリーの言語観の原則とその「厳密さ」に抵触したのである。科学上の研究にあたってはあれほど厳密に幾何学の精神を発揮し、みごとな業績を残しているパスカルが、この問題になると、思考の用具たる言語の吟味を怠り、感情的であいまいなことばを用いて安易に思考作業を進めている。それだけではなく厳密さを欠いた思考によって得た思想に溺れ酔いしれてしまった。少なくともヴァレリーの視点からすればこのように解釈しえたのである。

ヴァレリーにとって、知性はむしろこのような感情の嵐を制御する役割を持つはずであったのに、パスカルはその逆をやっている。感受性のなかに自己の弱点を見るヴァレリーには、これはとうてい許されぬ背信行為であった。「この無上の快楽の神秘的道具はいったいどういうものだろうか」とヴァレリーは設問しているが、これがこの論文を書いた彼の意図であり、彼はパスカルを借りて自己の精神の姿勢を再確認したのだといえよう。

「パスカリアナ――人はいまだにパスカルを持ちだして私を悩ましている。パスカルほどの厳格に理性によって考える人間が、文学的な、あるいは歴史心理学的な興味による以外のなにものでもない重要性をイスラエルの予言者たちに与えているのは私にはとうてい考えられないことだ。あれほどの慎重さと明敏さをもって物理学の問題を解いているのに、前述のような領域でさまざまな《証拠》を見つけるとは、私の理解を超えるものだ。

それは少なくともジャンルの混同である。」

ヴァレリーは一九四三年に『カイエ』のなかでこのように書いている。この引用文によっても、アンチ－パスカルの姿勢とその内容は終生変わらなかったことがわかるであろう。

ヴァレリーは無神論者か　ヴァレリーはいわゆる無神論者 athée ではない。

ここで日本の読者にお断りしておかなければならないのは、西欧社会でいう無神論者の概念と、私たち日本人が漠然と持っているそれとのあいだには、かなりの開きがあるということである。この点を明確にしておかないととんだ誤解を招く恐れがある。

現代の日本人は一般に宗教心が希薄であるといわれている。確かに西欧キリスト教社会、イスラム教国、あるいは東南アジアの仏教国の人びとの宗教生活に比べると、この指摘にはじゅうぶんな正当性があるように思われる。もちろん日本人のなかにも、毎朝仏壇の前で一心不乱にお題目を唱え、あるいは日曜日に教会へ熱心に通っている信者の方もいるであろう。しかし私を含めて多くの人は、正月の初詣や七五三には神社に参拝し、結婚式を教会で挙げ、死んだときには仏教の儀式に従うという、はなはだ一貫性を欠いた行動様式を採ったとしても、そのために世間から非難されるということはない。宗派の違う知人の葬式に列席しても、その家の宗教の式次第に神妙に従っており、また強要されることもまれである。日本社会は、この点よくいえば宗教上寛容であり、悪くいえば無関心、無信心ということになろう。

このような傾向からして、日本人のなかには自分が無神論者だと思いこんでいる人が多い。ある意味ではこの考え方を否定できないが、西欧社会でいう無神論者とは大きなへだたりがあることをよくわきまえておく必要があるであろう。西欧での無神論はもっと積極的で烈しい性格を持つ。すなわち神の存在そのものを否定し、宗教教義を論難する。共産主義のように社会制度のなかに宗教をいっさい認めないという姿勢もあり、また既成宗教の神は否定するが、そのいっぽうで独自の哲学に従ってまた新しい神を持ちだしてくる行き方もある。いずれにもせよ無神論の前提にはひといちばい熱心な信仰心がまず存在し、これによって従来の神を拒否することから無神論が誕生するのである。したがって逆説的にいえば無神論者は熱心な信者と同等、あるいはそれ以上の烈しさで、神にこだわりつづけているのである。日本的無神論にはその前提の段階で神へのこだわりがまるでないのだから、この点で両者の精神的環境は一八〇度異なるといってよい。

さてヴァレリーはどうだったかといえば、パスカルのように、あるいは同世代のカトリック詩人クローデルのように、熱烈なカトリック信者であったとはいえないし、また晩年のジッドのように宗教的回帰もおこなっていない。しかしそのいっぽうで、ニーチェのように「神は死んだ」というような神を否定することばを吐いてもいないし、また独自の神を創造して既成の神を拒否することもしていない。この点から考えても決して彼を無神論者の範疇《はんちゅう》に属させることはできない。

パスカル

ヴァレリーの宗教的環境はフランス社会、あるいはイタリアを含めた南欧社会の慣習に従ってカトリックであった。この先祖伝来の宗教に対する彼の肯定面と否定面とをとりあえず考えてみることにしよう。

まず審美的視座からはきわめて肯定的である。彼が学生時代にヴィオレ＝ル＝デュックに心酔したことはすでに触れた。そして彼が愛した建築美のなかには長い伝統によってはぐくまれた教会建築の美しさもまた含まれていたのである。またカトリック教会が執り行う儀式にも彼は大きな興味を示している。これは個々の詩の創造能力にもましてソネット形式の創案を詩への最大の貢献と解釈する、ヴァレリーの形式美への愛に繋がるものである。このように彼はカトリックの信仰そのものというより、信仰の周辺にあって信仰を支えているものに対しては概して肯定的である。

だがカトリックの教義や信仰に対しては積極的な肯定が見られない。というより肯定的でも否定的でもないといったほうがいっそう正確な表現であろうか。ヴァレリーにとっての信仰は人間個人の魂のなかにある神秘的な部分であり、知性のおよぶ領域を超えたところにあった。換言すれば彼が知悉《ちしつ》している壁の表面の向こう側にある世界の出来事だったのである。その意味で熱烈な信仰はヴァレリーとは無縁であった。

「怪力乱心を語らず」

ヴァレリーの知的探究の原則は知性の光がおよぶぎりぎりの線まで明らかにすることであって、その一線を超えることは厳しく自戒する。ヴァレリーの信仰に対する姿勢も同じ基本的態度に貫かれていたのであって、信仰の存在は認めるにしても、知性の光のおよばぬ魂のなかの神秘的な暗い部分へ深くはいりこむことは固く自らに禁じていたと思われる。したがって信仰が社会的動物としての人間生活におよぼす影響、歴史・社会・政治・倫理に対する働きかけの面では活発な考察が加えられるけれども、信仰そのものへは決してはいりこまなかった。『カイエ』の「神」の項でもっぱらなされている宗教への批判は、護教論のなかで展開される、前後矛盾する幼稚な論理性に向けられたものであり、信仰心の内容と質を論じたものではない。

ヴァレリーのこの姿勢は、孔子の「怪力乱心を語らず」という実践道徳的思想、良識ある社会人として宗教に接する対処法に近い。このことがヴァレリーの思想を私たち日本人にも広く受けいれやすくしていた大きな原因の一つであると思う。

信仰が実生活に浸透している西欧社会にも育ったヴァレリーの宗教心と前述のような社会環境にある私たちのそれとは、その実質的内容には大きな隔たりがあることが想定される。しかし信仰の内部にはあえて触れないヴァレリー思想は、人類共通の道具である知性によって、私たち日本人にも論理的に理解できるのである。序章で紹介したように、私たちの祖先は明治の文明開化にあたって西欧の科学技術の急速な導入には成功したが、人文科学の導入はそうスムーズにいかなかった。合理的精神が横溢《おういつ》する西欧思想は、最初のうちは知性の論理性によって容易に理解できる。しかし探究が進むにつれて、単なる論理性では超えることのできない大きな壁にぶつかるのが常である。この壁の大部分は、西欧思想家たちが生得的に所有しているキリスト教の信仰から成り立っていることはいうまでもない。しかしヴァレリー思想には幸いこの壁がない。少なくとも私たちに直面して立ち塞《ふさ》がりはしなかった。ヴァレリーが戦前から日本の知識人に親しまれ、多くの影響を与えたのはこの条件が大きく働いたからであり、単に彼の名声がヨーロッパにおいて高かったからということだけではなかったことを再度ここで強調しておきたい。

ヴァレリー思想の成熟

ヴァレリーは晩年の一九四〇年に過去を振りかえって、「私の全《哲学》は、九二年から九四年にかけて、絶望的な防御行動として、私のなかにかきたてられた極度な努力とリアクションから生まれた」と語っているが、このようにヴァレリー思想の形成期にあたっては、自己の精神の防御面が看過できず、したがって安全保障の上からも知性の力そのものを絶対視する「われ考える、故にわれ在り」の原則は不動のものである必要があった。

しかし時がたつにつれて、精神の不安も取り除かれ、自己の知性と思考の切れ味にも自信を持つようになってくると、ヴァレリーの目は広く同時代の思想・知識に向けられ、それを寛容に取りこもうとする姿勢が生まれてくる。文学において、彼の詩風が高踏派から象徴主義へ、さらには彼独自の詩へと発展していったように、初期の啓蒙主義的思想から世紀末あるいは二〇世紀の新しい思潮の波の洗礼を受けるのである。

ことに物理学の急速な発展の影響を受けて、ヴァレリー自身が不動のものと考えていた「内的な島」も、視座を変えれば必ずしも不動のものではなくなることを認識する。ちょうどユークリッド幾何学の二点間の直線が、リーマンの宇宙空間では直線ではなくなり、二点間の最短距離ではなくなるというように、ある条件下に成立した真理も、次元が変われば必ずしも真理でなくなることを許容するようになる。このことは次章「ヴァレリーの科学思想」でいっそう詳しく見ていきたい。また認識されるものの最大の明証性から、意識と無意識の境界へ、思考のスピードを極度に高めたばあいに生じる錯綜体《インプレックス》の問題へと展開していく。そしてヴァレリーの思想は成熟するにつれていっそう柔軟性を持ってくる。「われ考える、故にわれ在り」の単純形式は「人間は考える、故にわれ在り」と展開し、さらに「ときにはわれ考える、故にときにはわれ在り」の域に達するのである。

Ⅵ　ヴァレリーの科学思想

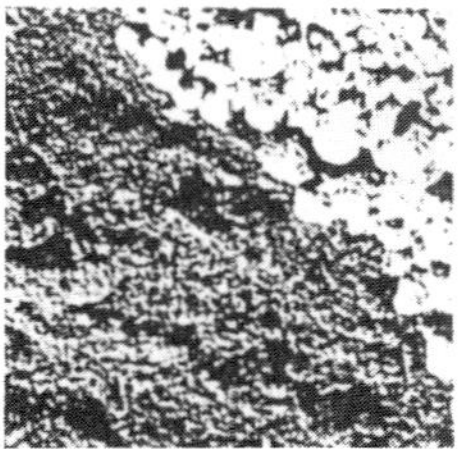

数学・物理学とヴァレリー

ヴァレリーの思考法、あるいは創造の秘密に迫る認識方法が高等数学的であり、物理学的であるといわれている。これは現実を正確に把握し、厳密な論理に従う彼の思考が私たちに与えた必然的な印象であろう。そこで本章ではヴァレリーの数学について全体的な考察を試み、この点を明らかにしておきたいと思う。

数学の実力

戦前、わが国の知識人のあいだには、ヴァレリーはアインシュタインの相対性理論を理解した人、文学者には珍しく数学に通暁《つうぎょう》した異能の天才、というイメージがあった。しかし今日では、優れた数学者としては通用しないまでも、数学の基本理念を正当に理解しえた文学者、というふうにイメージが修正され、これが定着しているかに思われる。

すでに指摘したように、ヴァレリーは青年期に数学が不得意だった故に海軍士官への夢を断念したという事実がある。このことは学校教育の場による基礎的数学教育は彼にとって効果的ではなく、巧みな運用能力が身につかなかったことを意味する。したがって彼の数学のレヴェルが向上したとすれば、それはもっぱら大学生以後の勉強の成果によるということになろう。

そうだとすれば、果たしてどの程度まで実力が向上したかを検査するのが次の段階となるが、数学に関しては中学生時代のヴァレリーの実力よりもさらに劣る実力の持ち主であるこの私にとっては、それはまったく困難な作業であり、まさにその任ではない。以下のことはこの問題についての適任者の論評の要約である。

ディユドネによれば、ヴァレリーは親しい友人で優れた数学者だったボレルやモンテルの助力を得て、数学上の高度な理念を理解する域に達していたという。彼らのヴァレリーの数学評は「もしヴァレリーが必要な訓練を受けていたならば、彼は創造的な数学者になっていたであろう」というものであった。二人とも名声ある数学者であり、さすがにヴァレリーの数学力の本質をよく捉えていると思う。「ヴァレリーはアインシュタインの相対性理論をいち早く理解した文学者である」という情報も、彼らのことばによってその実態を推察することが可能である。したがって両学者のこの評言をヴァレリーの数学の実力に対する模範解答としたい。

いっそう微妙な数N＋S

『カイエ』のなかには数式が数多く見いだされる。ことに前半の部分にはそれが多い。だがその数式の計算部分にはかなり間違いの個所が発見されている。「なんだ、彼は高校生レヴェルの数式も満足に解けないじゃないか」と、数学の天才ヴァレリーのイメージを持っていたヴァレリー・ファンはひどくがっかりし、数学者ヴァレリーは地に墜ちた偶像と

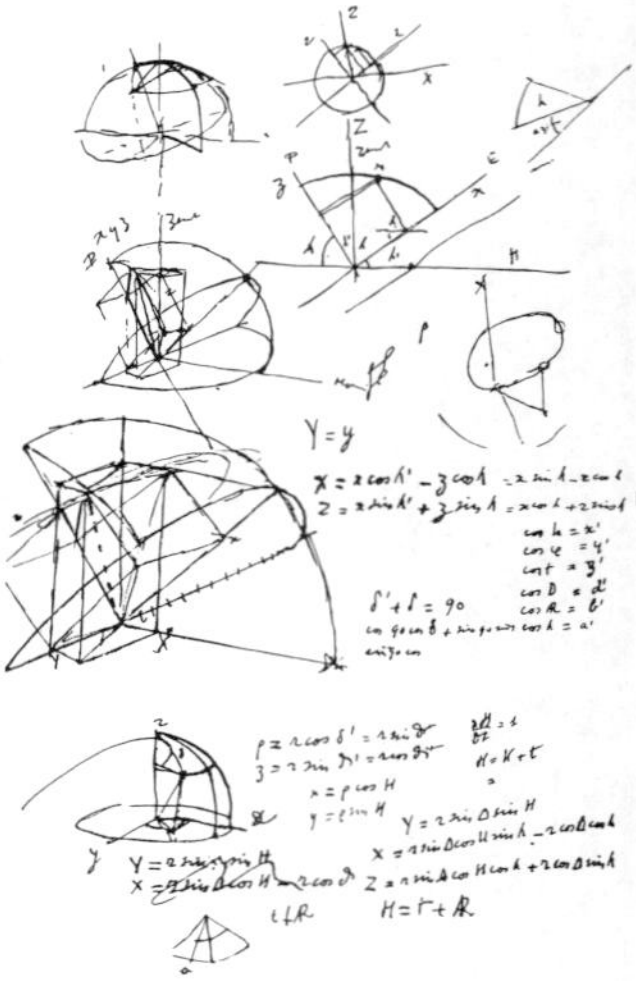

『カイエ』に書かれている数式

化してしまった一時期があった。しかしヴァレリー数学のこの弱点は「もしヴァレリーが必要な訓練を受けていたならば」という留保条件の部分を反映した現象であることに注意してほしい。事実は事実であるが、それほどがっかりすることもないといえるであろう。

　また純粋な数式の他に、思想を展開する必要性から彼独自の数学記号を文章中の随所に付加している。それぞれの記号にはヴァレリー流の規定があり、厳密に使用されている。しかしこれに対しても批判がある。なるほど「あくなき厳密さ」へのヴァレリーの志向と努力は認めるとしても、一種のこの思考式は純粋な数式や論理式ほどの安定した客観性と普遍性を持ちえず、発展的転換を伴う自由な運用ができないではないか、というものである。

　なるほどいちおうもっともな指摘ではある。しかしヴァレリーが数学記号を導入したとしても、それは自己の思考作業をいっそう正確・精密にするためにこれを付加したのであって、思考論理を数式化したのではない。前述の批判はヴァレリーの思考式を数式と完全にイコールとみなすという前提から生まれたものであることをまず指摘したい。

　ヴァレリーの思考法は、知られた部分を大切にし、その限界をきわめる努力はするけれども、そのいっぽうでは不可知の部分は不可知として尊重し、無理な切りすてによる思考の展開を強行することはない。ことに人間の精神を対象としてこれを深く掘りさげたいと意図するとき、量のみを対象とする数学的割り切り方には危険が伴う。割り切ること自体はできようが、割り切っても肝心の探究内容は数式の網から洩れてしまい、得るところはほとんどないであろう。ヴァレリーがこだわったN＋S（いっそう微妙な数 nombre plus subtile）もこの線に沿って解釈すべきであって、ヴァレリーの思考式は記号論理学とは異なるのである。

数学上の洞察

数学の世界では、一八四〇年ごろから、数と図形と大きさにもっぱらかかわる古典的数学概念に対して、新しい近代的視座が開かれはじめる。そして数学の「基礎」についての大論争が一八九五年から一九三〇年にかけて起こり、大勢の数学者をその渦中に巻きこんだ。ディユドネによれば、ヴァレリーはグラスマンやハンケルの論文を読んだはずはないのに、「数学は量の科学ではない」とする考え方、現代の数学者の多数派の考え方を先取りしていたという。

「数学は量の科学であるという古い思想に汚染されている。この思想は二重にいつわりである。数学は科学ではないし、他のものにもまして必然的に量を取り扱ってもいない」とヴァレリーは一九一六年に『カイエ』のなかで断定している。確かにヴァレリーの数学能力とその洞察力をいかんなく発揮した事例というべきであろう。

ヴァレリーが数学記号を好んで使ったことはすでに紹介したが、数字に加えて数学記号を多用するのが近代数学の特徴でもある。彼は数学においての記号使用を非常に重視し、「一般数学概論の組織」と題して主要項目をメモしているが、そのなかに「4° 記号の必要性。記号システムの論理法則」という記述が見いだされる。

ヴァレリーがポアンカレを大いに尊敬していたことはよく知られている。しかしながら彼はこの大数学者の学問的立場、直観主義に対しては敢然として反対する。直観主義は数学の基礎を形成する絶対的存在として自然整数に特権を与える考え方である。ところがヴァレリーは、大数の概念は精神の純粋な構築物であって、感覚的本能のなかにはいかなる基盤も持っていない、したがって直観主義者の専断的決定は心理学的ナンセンスだ、ときめつけるのである。

アマチュアとしては実に確固たる論調である。ヴァレリーがこのように強い姿勢を採りえたのも彼に自己の方法論への揺ぎなき信頼があったからである。アマチュアとしては、とさきほどは書いたが、逆に世間にはアマチュアであればこそ、専門家のように錯綜した末端知識に迷いこむことがなく、ものの本質をずばりと見抜くことができるのだ、という考え方も存在する。確かに優れた素質を持つアマチュアにはそういうケースがありうるのである。この観点からするならば、ヴァレリーは才能豊かな数学のアマチュアであった、と結論することができるであろう。

第Ⅳ章において、ヴァレリーの科学思想は数学的・物理学的であって、ゲーテのそれが博物学的・生物学的色合いが濃いのとは対照的だということを紹介した。これを両巨人の個性の差といってしまえばそれまでだ。しかしもっとこの問題を掘りさげて、その差はいったいどこからくるのかを考えてみなければなるまい。科学の分野にくらい筆者ではあるが、この方面の適任者の説を参照しながら、筆者なりの考えをまとめてみたい。

物理学的視点

数学的だ、という側面は前パートである程度説明しえたと思う。それでは物理学的というのはどうしてなのだろうか。

物理の分野で『カイエ』のなかにもっともひんぱんに登場するのはファラディー、マックスウェルらの学者の名とその電磁場理論に関するものである。これはヴァレリーが生きた時代の生活感覚からすれば、世の中は蒸気機関やガス燈の時代から電燈電信の時代に移りつつあったのであり、その意味合いからして両学者の領域は当時のアラモードだったことが推定される。またヴァレリーは熱力学の理論を好み、これを社会現象や文学の説明に援用している。このように物理学的であるという例証は容易に数多く見いだすことができる。

これに反し、生物学・生理学の分野においては学者の名が挙げられ、関心と敬意が示されるという形をとらず、むしろ現象そのものへの関心という形で示される。たとえば、植物界において、種子が地面にまかれると、発芽することによって突然形態を変えるが、その後は一定したプログラムに従って連続的に成長し、ある時点で成長をストップし、そして枯死する、という過程である。これは動物についてもその過程とシステムは同じであり、ヴァレリーの興味の中心でもあった。

確かに「システム」としての彼の関心は高く、『カイエ』のなかでおこなわれた考察も分量的に数学・物理学に関するものに匹敵するほど多い。もとよりヴァレリーの知性は生物学・生理学上の個々の知識を増加し、ストックするという方向へは向かわない。あくまでシステムの底を流れる基本原理を追求するのであるが、前述の成長過程の考察でも、この過程は一つの閉じられた世界内でのシステムであり、連続と非連続が同居し、それを大づかみに肯定する不可知論的な部分も多く含まれている。対象となる現実を基本原理によって単純明快に裁断してみせるいつものヴァレリーの手際からいえば、ひとあじ歯切れが悪いのである。

「ナルシス断章」や「ナルシスは語る」、あるいは「若きパルク」といったヴァレリーの代表的詩篇の主要なテーマの一つとなっている「血」についての思想などもこの感が強い。すなわち、血は体中をくまなくめぐって体に栄養を与えるが、血はまた血によって養われる、といういい方をしている。ここにも思考が円環形式をとっていることがよくうかがわれる。彼が好んだ自らの尾をかむ蛇の図はその象徴でもある。

このような関心の形態は、たとえば植物の成長過程を一つの連鎖的な全体システムとして外側から観察するという視座であり、私の素人的論評を許していただけるなら、生物を物理学的に眺める態度といえるのではなかろうか。この観点からするならば、ヴァレリーの科学的視点というのは確かに生物学・生理学・医学的というより、数学・物理学的なのである。

ベルナールの医学史分類　ヴァレリーと医学という問題に関してはジャン＝ベルナールの「ヴァレリー思想と生物学・医学の発展」と題する論文が大いに示唆的であると思う。

ベルナールは医学の発達の歴史を四期に分類する。

第一期はヒポクラテスの昔から一九世紀の半ば、一八五八年まで。この期間、医療はひたすら患者の苦痛を和らげ、ささやかなりとも延命を可能にする対症療法に終始する。ヴァレリーの定義によれば、「医学は外側しかわからない機械をなおす技術」でしかなかったのである。

第二期は一八五九〜六五年。このわずか六年間に、それまでに書かれたなん万冊の医学書以上の貢献が人類にもたらされた。

一八五九年、ダーウィンの『種の起源』。

一八五九年から六〇年にかけておこなわれたパストゥールの自然発生を論破する諸実験。

一八六五年のメンデルによる「メンデルの法則」の発見。

ここで初めて医学は根源的な転換とその後の発展を約束された。

第三期は第二次世界大戦直前のスルファミドの発見である。大戦中に英首相チャーチルが重症の肺炎にかかり、ペニシリンのおかげで生命をとりとめたという有名な話があるように、戦後には世界の医療機関は病気の治療にあたって抗生物質を用いる化学療法を大幅にとりいれるようになった。わが国においても、それまで不治の病いとされた結核が特効薬の発見によって激減したことは記憶に新しい。医学界は守りの治療から攻めの治療に転じたのである。

第四期は現在で、今や分子病理学の時代に突入している。医学は人間の生体の分子内にはいりこみ、遺伝を含めてそこから根源的に治療を試みようとする。臓器移植や遺伝子組みかえ等のバイオテクノロジーは医学・生理学・生物学の発展を急激に加速させ、その前には豊饒《ほうじょう》な実りが予想される新しい地平が開けつつある。

この分類による各時期をヴァレリーの年譜に重ねあわせたら、どういう結果が見えてくるであろうか。

ヴァレリーの没年は第二次世界大戦の終結時にあたるが、おそらく彼はペニシリン等の強力な新薬が一般大衆の治療に広く使用され、大きな効果をあげた現実を実感することはなかったであろう。普通の医薬品さえ満足に手にはいらなかった物資不足の戦時中および戦争直後においては、映画「第三の男」をみてもよくわかるように、ペニシリンは非常な貴重品だった。日本でも戦後の混乱期には肺結核が蔓延《まんえん》したが、当時の新薬ストレプトマイシンは高価な薬であって、よほどの金持ちでもなければ入手できなかった。医療保険制度ができ、その後に発見された結核の新薬が保険指定となって、一般人がその恩恵に浴せるようになったのは、ずっと時が経ち、社会情勢が安定してからである。

こう考えてくると、ヴァレリーが生理学・医学、さらには生物学として認識していたのは第二期の時代のものとなり、それ以外のなにものでもなかった、ということになろう。前述した植物の成長過程への考察も第二期の学問レヴェルによく一致している。今日の目からみればいささか単純すぎるようにもみえるが、ヴァレリーが得た知識を基にしては、生物の成長メカニズムはあのような形としてしか捉えられなかったのではあるまいか。

ヴァレリーの位置

一八六五年から一九四〇年にかけて、生物学・生理学・医学の知識は前述のように安定し、細菌学や血清等の諸分野で連続的に発展してきていたが、その根底を揺がすような新しい波は起こっていなかった。彼は一九〇三〜〇五年ごろ、次のように書いている。「もし私たちが解剖学上の諸要素を基本的な部分として捉えるなら、私たちはこれらの要素を知るようにしむけられてしまう。だが私たちが興味をおぼえるのはその本質的な属性であり――法則であって――意味のない図形ではない。」　これが生理学等に対する彼の平均的な見解であり、また同時に不満でもあったのである。

ところが物理学の方面ではアインシュタインの相対性理論やキュリー夫人のラジウムの発見等、

一九世紀的科学の視座を一変させるような新理論が登場する。新しい宇宙観や原子核の問題が探究され、二〇世紀の物理学へと画期的な展開をみせる。一九四五年、すなわち彼の死の年に、ヴァレリーは自分の生涯を振りかえって、自分が目撃者となりえた思想上の大転換、あるいは学問上の大発見を次のように回顧している。「物理学が異常な諸事実を明証あるものにし——レントゲン、キュリー——そしてもっとも大胆な理論を創造したのは私が生きた時代である。」このように彼は物理学上の例を挙げているが、生物学・医学上の発見はなに一つ語っていない。

このようにヴァレリーは科学界の最新の動向に敏感であって、それを彼の思想に反映させていたのである。彼の科学思想が数学・物理学的であるといわれるのはそこに原因があるのであって、まさに時代の所産というべきであろう。

科学哲学者ヴァレリー

覚醒と睡眠についての考察

前述のように、ヴァレリーが科学の領域において彼の知性の明晰性を発揮しやすい分野と、そうでない分野があったことは確かである。しかしそのことは彼が自然科学の不得意な分野に興味を持たなかったことを意味するものではない。『カイエ』の章で強調したように、彼はこの領域においてもあらゆる現象に積極的な興味を示している。しかもいかにも彼らしく、明証性の得られない部分、端的にいえばわからない部分は、そのままはっきりわからないという勇気をもって、未知の世界に挑戦したのである。

知性の境界線厳守というヴァレリーの基本姿勢をもっともよく示す例証の一つとして、彼の睡眠と夢に対する考察を挙げることができよう。『カイエ』のなかでこの主題を追究した部分はかなりの量にのぼる。眠りの夜と覚醒の昼との接点にあたる早朝に起き、『カイエ』を執筆したという条件が、彼のこの探究を助長したとも考えられよう。またその逆の過程、知性のコントロールがゆるみ、そこから離れて睡眠へと移行する一種の意識の死の情況は、意識の限界をきわめたいというヴァレリーの野望からすれば、非常に魅力的なテーマであったことは想像に難くない。「覚醒と睡

執筆中のヴァレリー

眠」、そしてその交替が織りあげるリズムは彼の傑作「若きパルク」のメインテーマであった。

ただし彼が分析のメスをふるったその対象は、「テスト氏との一夜」で眠りにはいっていくテストの描写によって示したように、人間の意識が眠りにはいっていく情況と、その逆コースの目覚めの情況が記述され、分析されているのであって、夢そのものではない。夢の記述はあっても（ヴァレリーは悪夢を見るタイプであったらしい）、意識の壁にこだわり、決していわゆる夢判断に熱中することはなかった。ヴァレリーは覚醒時の意識と夢とを峻《しゅん》別《べつ》し、両者のあいだにむしろ断絶を見ているのである。

したがって彼は覚醒後の夢解釈には懐疑的である。夢判断は夢そのものを判断するというより、覚醒後の意識の思考メカニズムによる一種の文学的創造であると考える。夢そのものと、覚醒後夢と認識されたものとのあいだには、関連性は否定しないまでも、両者の関係ははなはだ不正確なものでしかなく、少なくとも彼の「あくなき厳密さ」の物差しに合わない対象でしかなかった。ヴァレリーがフロイトを認めなかったのはこの理由からである。

フロイトの精神分析の拒否

フロイトの精神分析は二〇世紀の花形思想であったことは読者もよく承知されていると思う。彼の新理論は、これまで深い闇に包まれていた人間心理の奥底に一条の強い光を投げかけたものであり、それは精神病の実際の治療に応用されたばかりでなく、広く学問・文学・芸術に多大の影響を及ぼした。第一次世界大戦直後、ダダイズムを引き継いで起こった芸術運動のシュールリアリズムには、その原動力として精神分析理論の成果があったことが世に知られている。シュールリアリズムは文学・演劇・美術等多くのジャンルにまたがり、しかもインターナショナルな広範囲の芸術運動であった。したがってシュールリアリズムの背後に精神分析があったとすれば、新視座による人間精神の内奥の探検というテーマは、全世界の進歩的知識人の関心の的となったのは当然であろう。

精神分析はまずアメリカ合衆国で大流行し、それが漸次ヨーロッパにもおよんだ。芸術性の高い分野ばかりでなく、大衆小説にも、映画のスリラーものにも応用され、一般大衆によく浸透していった。精神現象の分析をさらに進展させたユングの深層心理学等、その後の各派まで含めると、二〇世紀前半は人間の深層心理の時代、精神分析の世紀といえるであろう。ヴァレリーがフロイトの精神分析を断固として拒否したということは、このような情況下にあっては決定的であった。

すなわちヴァレリーの拒否はその意味で彼をアラモードの思想家にしなかったことは確かである。しかし二一世紀を目前にする今日では、精神分析そのものが方法論としてのかつて威信を失い、衰退の方向にあるといわれている。文芸作品の分析や社会学の理論等に盛んに応用されたこの方法論も、その権威が高まるにつれて教条化し、固定し、柔軟さをなくしていった。いっぽう大脳生理学や精神医学が著しく進歩し、定型化した精神分析の科学的部分をもはや時代遅れのものにしてしまったのである。今日では精神分析は精神分析を信じてこれをおこなうものにのみ有効に適用される、と酷評する人さえもいる。

こう考えてくると、フロイトの精神分析が有力な武器として世人の注目を集めはじめていた時期に、ヴァレリーが確固たる態度でこれを拒否したという事実は、むしろ彼の優れた見識を示すものと考えられよう。怪力乱心を語らず、単純で明快な彼の科学思想と理論は、一見素人臭く素朴にみえながらも、精神分析理論より安定度が高く、長く生き残ることができたのである。

癌《がん》細胞にショックを受ける

もちろんヴァレリーはフロイト流精神分析を拒否したにもせよ、精神活動の科学的研究それ自体を否定しているわけではない。正しい思考の方法を保証するためには思考作用の生理的な面、すなわち大脳の働きそのものを科学的におさえておく必要がある。この点においてもヴァレリーは非常に意欲的だった。

しかし大脳生理学を基本から勉強しなおし、最新の論文を読みあさるというような方法は例によって採らなかった。少数の専門書を精読し、親しい関係にあるその道の大家に直接疑問をただすというやり方で対処したのである。幸い彼がアカデミー会員となってからは、周辺に各専門分野の権威者を容易に見つけることができたし、これが「急所をつく」彼の方法論にもっともよく適合し、したがってまたもっとも効果的だったのである。

ヴァレリーの晩年には医学の神経科は大きな進歩を示しはじめ、一九二〇年代には神経眼科学、神経耳学、神経放射線学、神経電気診断法等々が脚光を浴びるようになる。このころヴァレリーはリュド＝ヴァン＝ボガールと親交を結び、夢と睡眠のメカニズムを含めて大脳の働きについて論じあった。触覚性失認症患者について取り交された手紙が残されている。

ヴァン＝ボガールの証言によれば、ヴァレリーはウィリアム＝ジェームズの古典的著作を読んだ程度だったが、ヴァレリーの考え方には多くの鋭い指摘が含まれており、しかも基本的に正しい、と賞揚している。友人に対する寛容な批評という一面はあるにもせよ、またそのいっぽうで、偉大なアマチュアの正確な指摘に専門家が感じる率直な感嘆の念が表明されていることもまた確かであろう。

二〇世紀も終わりに近づいた現在、生理学・医学は目ざましい進歩をとげている。この現状はヴァレリーの生きた時代とは比較にならない。「医学は外側しかわからない機械をなおす技術」ではなくなり、「内側にはいりこんで根本的になおす技術」の時代に変わりつつある。もしヴァレリーが今日も生きていて、生体移植や遺伝子組みかえの技術を目のあたりにしたら、彼はどのようなことを『カイエ』に書きとめるであろうか。実に興味はつきないのである。このあたりを推測させるものとして、次の事実を挙げてみたい。

一九三〇年、ヴァレリーはリヨンのポリカール教授の実験室でLA・LBと名札のついた試験管のなかで生きつづけている癌細胞を見て非常なショックを受けた。LA・LBという頭文字を持った二人の婦人はもうずっと以前に亡くなっていた。だが彼女たちの癌細胞だけは生き残り、新しい環境に適応して無気味な増殖を続けていたのである。癌細胞はそれ自体に成長の法則を持ち、連続の上に展開する。しかし患者の個体とのあいだには根源的な断絶があり、非連続であるから、個体が死ねば癌細胞も連続を停止し、一つの閉じられたシステムは終結するはずであった。しかし近代医学はこの秩序を乗りこえたのである。頭では予想可能ではあっても、現実にそれを目の前にしたとき、ヴァレリーの驚異と心の動揺がいかに大きかったかは、彼の手記のなかになまなましく表現されている。

哲学的精神の理想像

ヴァレリーの科学思想の本質については、文学者・哲学者の側からばかりでなく、科学者側からのヴァレリー評、有名な原子物理学者ピエル＝オージェのことばを紹介して、本章の結論としたい。

オージェは弱冠二四歳で電子を衝突させて原子内に変化を誘起する「オージェ効果」を発見した

天才的学者であり、次に宇宙線を研究、「オージェ－シャワー」と呼ばれる光電子束を発見した。またヨーロッパ核研究センター、フランス国立宇宙研究委員会、ヨーロッパ宇宙研究協会等で要職を占めた超一流の科学者である。彼はかつてヴァレリーのもとに集まって自由に議論しあった若い研究者たちの一人であった。一九二九年ヴァレリーはペランの実験室を訪れ、「若い彼らが羨《うらやま》しい」と書きとめている。

オージェは、たぶん本人はいやがるだろうが、まさにヴァレリーは科学哲学者と呼ぶべきだろうといい、若い日の想い出としてこう述懐している。

「ヴァレリーは彼の話し相手の科学者が彼に呈示した観察・実験・仮説のもっとも普遍的でもっとも基本的な結論に、常にできうるかぎり直接的に到達した。私や私の同僚たち（たとえばフランシス＝ペラン、イレーヌ＝ジョリオ＝キュリー、エドモン＝ボエル、そしてまた年長のポール＝ランジュヴァン、マリー＝キュリー）にとって、ヴァレリーは科学に適用された哲学的精神の一種の理想像を体現していた。」

オージェのこの批評を本章の結論としたい。

VII

ヴァレリーの政治思想

名声と批判と

名声を高めた「方法論制覇」　政治・社会思想の分野においてヴァレリーの名声を高めたのは、一八九七年一月、イギリスの「ニューリヴュー」誌に発表された「ドイツ制覇」(これは後に「方法論制覇」と改題された)である。前年の九六年三月三〇日、南アフリカに関する記事の翻訳を手伝うためにロンドンへ旅立つ。そしてロンドン滞在中に「ニューリヴュー」誌の編集長で詩人のW=F=ヘンリーから寄稿依頼を受けた。当時イギリスは新興国ドイツの台頭に神経を尖《とが》らせていた。その政治的危機感がこの注文をもたらしたのである。そして二五歳の青年が世に示した解答が「ドイツ制覇」であった。

この論文の要旨は簡単明瞭、しかも事態の本質を明晰についていていた。

一九世紀、イギリスを中心としたヨーロッパの世界制覇を支えていたのは、西欧文明が産んだ科学技術レヴェルの高さとその具体化としての富国強兵である。科学技術は知性を尊重する西欧文明の長い伝統の所産とはいえ、それ自体が客観性・普遍性が高いために、それを産んだ社会や文化から切り離して、いかなる国民国土の上にも容易に移植しうる性質を持っている。したがって、あるレヴェルの人口と生産力と国民の教育水準を保つことのできる国家が、先進国の科学技術を積極的に吸収し、これを合理的にそして組織的に運用して富国強兵を計るならば、きわめて短期間のうちに、その科学技術を産みだした先進国と同等の、あるいはそれ以上の強国となりうる。これがヴァレリーの理論であり、結論であった。

このいかにもヴァレリー的な直截的な理論は、宿願の統一をなしとげ、強大な国力と軍事力を蓄積しつつあったドイツ帝国の現状を説明するには納得しやすい考え方であった。彼のこの明快な政治思想は一〇年足らずして起こる第一次世界大戦を、さらにはナチス‐ドイツの急速な台頭と第二次世界大戦を、そして戦後のヨーロッパ諸大国の政治的凋落《ちょうらく》と米ソ二大国による世界覇権の二極分化という歴史的事実を、正確に予言していたのである。

中国のテスト氏
「鴨《おう》緑《りょく》江《こう》」

ヴァレリーは「方法論制覇」を書く前年に「鴨緑江」を書いている。この小論文は後に『現代世界展望』中に収録された。

「鴨緑江」は「中国のテスト」といわれる作品で、ヨーロッパ人である「私」が友人の中国人の賢人、つまり東洋人のテスト氏と連れだって大河の河口の畔にすわり、東洋と西欧を比較し、論じあうという内容である。

すべての面でヨーロッパ的であるヴァレリーの作品のなかで、東洋の舞台が登場するのはじつに珍しい。東洋文化と西洋文化の比較論を展開する背景としての必然性はあるにしても、もともとこのような東西文明比較論は彼の得意とするところではなかったし、それにまたどうして黄河や揚子江ではなく、鴨緑江でなければならなかったのであろうか。

　鴨緑江は白頭山に源を発し、中国東北部（旧満州）と北朝鮮の国境を流れる全長約八〇〇キロにもおよぶ大河である。しかしヨーロッパでは黄河や揚子江に比べたら知名度ははるかに低い。東西文明論を主目的とするのなら、中国の古い歴史にもっとも所縁《ゆかり》の深い黄河を選んだほうが、はるかに効果的なはずではないか。

　論文執筆時の一八九五年に東洋で起こった政治的大事件、そして地球の反対側につつましく生活していた一青年の耳目を引きつけた出来事とはいったいなんだったのであろうか。それはわが国にとっても歴史に残る大事件、一八九四〜九五（明治二七〜二八）年の日清戦争であった。時あたかも韓国において甲午農民戦争が起こり、清国は朝鮮に出兵する。これに対して日本は居留民保護を名目にして朝鮮半島に兵を送り、二七年七月、豊島沖海戦で大勝し、八月一日に宣戦、平壌で勝ち、鴨緑江を渡って清国領に侵攻、大連を抜いた。この軍事的勝利は朝鮮併合に発展し、中国侵略の源となった。

　この事件はヴァレリーにとってなにを意味したのであろうか。単に極東の一小国が当時「眠れる獅子」と恐れられた清国をうち破ったという驚きだけではない。彼の関心はこうした表層的なトピック性にあったのではなく、彼の着眼点ははるかに深い基底部にそそがれていた。日本はその長い歴史を通じて中国文化圏にあり、中国文化を範としてこれを摂取しながら、独自の発展をとげてきた。ところが一九世紀後半、明治維新によって長年の政策を一変し、中国に代わってヨーロッパ文明を、とくにその優秀な科学技術を積極的に採りいれ、富国強兵をはかった。その効果が日清戦争という具体的な例として現れたと考えられよう。西欧的科学知識と技術とは、それが持つ普遍性客観性が故に、文化的には西欧とはまったく異質だった東洋の一島国にも容易に移植され、異質な土壌の上でもみごとに開花し、恐るべき力を発揮したのである。

この考え方は、ヴァレリーが新興国ドイツの強大化を解明するにあたって用いた論法とほぼ同じであることに、読者はすでに気づかれていると思う。このようにヴァレリーが自己の政治理論の証明を近代日本の政策のなかに見ていたことはじつに興味深い。それと同時に、明治初年、岩倉使節団がアメリカ・ヨーロッパを訪れ、ビスマルクの指導するドイツ帝国から大久保利通や伊藤博文が学びとった富国強兵策（現実には貧民強兵策という形でしか実現されなかった）に一致する点もまた見のがしえない歴史的事実である。明治新政府が採ったこの基本政策はヴァレリーが予想したコースを正確にたどり、日本は軍事力を背景にして絶えざる膨張を続け、最後には日独伊三国同盟の形で世界的規模に発展し、太平洋戦争敗戦に至ってようやくストップするのである。

大きな反響をよんだ「精神の危機」　第一次世界大戦直後一九一九年に書かれた「精神の危機」もまた、前二作と同じ理念から生まれた危機意識の提示である。この論文がまずロンドンの雑誌「アシネイアム」誌に発表され、後に「新フランス評論」誌に載ったという点も、「方法論制覇」成立の経緯とよく似ている。

二〇世紀にはいると、フランス大革命が理想とした健全なブルジョワジー社会の実現は今は遠い夢と化し、世界におけるヨーロッパの覇権はじりじりと内部崩壊をきたしていることを、人びとはすでに実感していた。第一次世界大戦で戦場となったヨーロッパは荒廃し、戦勝国側のフランス、イギリスでさえ、国力の衰退を意識しないわけにはいかなかった。ヨーロッパのかつての富と繁栄はアメリカ合衆国へ移行し、ロシアでは帝政が倒れて共産主義国家が初めて誕生し、やがてそれ自体が脅威を与える存在となっていく。自信喪失の知識人のあいだには、シュペングラーの『西洋の没落』に代表されるような、西欧文明の危機感が強まったのは当然であろう。

この時期にあたってヴァレリーの「精神の危機」はヨーロッパ的知性に対して深い反省を求めると同時に、「ヨーロッパはユーラシア大陸の頭である」、ひいては世界の頭でなければならぬ、と説いたのである。この論文は大きな反響をよばずにはいなかった。心あるヨーロッパ人たちに反省と自覚をうながし、さらにこの思想はヨーロッパ諸国間の対立を排除した、ヨーロッパ全体の知的統合という発想へ導かれていく。

その後台頭するファッショ思想、神秘的で暴力的で反知性的なこの思想に対抗して、良識ある人びとは「ヨーロッパ知的協力機構」を造るが、このとき浮かびあがったのは「精神の危機」であった。ヴァレリーの存在も相対的に大きくなり、彼は同協会の有力メンバーとして、フランス－アカデミー会員として、フランスの知的姿勢を代表する形で発言する機会が多くなった。ヨーロッパ精神を擁護する偉大なる人物としてのヴァレリーのイメージは、ここにおいて決定的に定着したのである。

政治への不信

ヴァレリーが『カイエ』に書きしるした政治に関する考察を読むと、そこには現実の政治と政治家に対する彼の嫌悪感が露骨に表明されている。たとえば「政治は、もっとも汚ない手段を、たとえ勧告はしないまでも、これを正当化するような一つの高尚なきまり文句を見つけるものだ」というような視点からの発言である。『カイエ』の考え方をまともに受けいれるとするならば、ヴァレリーは大の政治嫌い、と断定しないわけにはいかなくなる。

その理由は簡単に推定することができる。すなわち現実の政治活動のなかでやりとりされる議論ははなはだ抽象的であり、不正確であり、これはヴァレリーの思考法の基本、厳密に吟味された言語の使用、という原則に抵触するからである。

私たち一般市民でさえ、政治家の選挙演説を聞いて、そこに厳密な論理性を感じる人は少ないの

講演中のヴァレリー（右端）　左端の婦人はサヴォイ公爵夫人

ではないだろうか。選挙演説のなかでは実現不可能な理想論が美辞麗句をまとって飛び交い、思想相互が矛盾するまま同居していても、演説者はいっこう平気なものだ。そして公約された理想論は本人の当選後に十全な形で実行されたためしがない。私たちはそのいいかげんさに腹を立て、政治不信におちいるか、それとも話されたことばの九割の修飾語をそぎ落とし、一割の真実を探ろうとするのである。

「政治は、通常の作用として、人間を愚かにさせる。」

フィドゥキアの濫用《らんよう》　政治の世界で横行する不正確な言語使用へのヴァレリーの不信と嫌悪感については、第Ⅳ章の「ヴァレリーの言語観」のところでかなり詳しく論じたので、ここでは重複を避けて論じないことにする。しかしこの問題への理解をさらに深めるために、ヴァレリーの言語観から派生した特徴的な用語フィドゥキア fiducia を紹介しておきたい。

フィドゥキアは「信用・信頼」を意味するラテン語で、その派生語であるフランス語のフィデュシー fiducie は信託行為を表す。このことからも理解できるように、人文科学上の諸現象を説明するのに便利で、広範囲に適用されている用語である。経済でいえば、一国の通貨制度等はこの信用の上に成りたっていることはいうまでもない。政治の面に目を移せば、人間の政治・社会制度もまたこのフィドゥキアの基盤に成立していることになるが、ときにはフィドゥキアが独走して、現実とははるかに隔たったところまでに肥大化することがある。政治家はこれを利用して強大なカリスマ的権威、あるいは権力を作りあげることができる。民衆もまた安易にそれに盲従してしまうことは、世界の歴史が多くの実例を示している。現実を正確に見つめ、節度を重じるヴァレリーがこれを肯定できるはずがない。したがってフィドゥキアの濫用が彼の政治嫌いの源に存在していたと考えたい。

理想の政治体制

もっと具体的なレヴェルで論を進めるとしよう。ヴァレリーが政治全般に対して不信の念を抱いていたとしても、それではこんどは彼の理想とする、あるいは少なくとも支持できると考えた政治体制とはいったいどのようなものであったのだろうか。

彼は資本主義も社会主義も支持しない。なぜなら「資本主義も社会主義も人間のすぐれた素質に反対して連合している」存在であるからだ。

それなら独裁政治かというと、これもそうではない。フランス人には珍しくヴァレリーはルイ一四世が大嫌いで、古典文学の黄金時代でさえ「一七世紀――下劣な時代」ときめつけている。なぜなら「ルイ一四世は王国で第一級の人物たちを召使いの状態におとしいれ――自分とは無限の距離を置くことに専心した。貴族の黄昏。隣の家を貧弱にすること」をやったからである。「すべての文学者は召使いとなり」、「一六七〇―一七……年まで思想には見るべきものがない」といっている。

独裁者のなかでヴァレリーが賛美しているのはナポレオン＝ボナパルトである。どんな人間でも自分の好きな歴史上の英雄が必ず一人や二人はいるものだ。彼にとってナポレオンはその一人であったらしい。世俗的に考えれば、ナポレオンは父の故郷コルシカ出身だから、ということになるかもしれない。ただしヴァレリーが尊敬したナポレオンは、自らをローマ皇帝に擬し、観念的な栄光で自己を飾りたてた晩年のナポレオンではない。大革命の成果をじゅうぶんに生かして市民階級を核とした社会を合理的に再組織し、君主国の旧式の傭兵隊に対抗して戦意旺盛なフランス国民軍を編成し、これを指揮してフランス一国で全ヨーロッパと戦ったあの青・壮年時代のナポレオンであり、冷静で正確な現状判断を誤らなかった強力な知性の持ち主としての英雄であった。ヴァレリーの目にナポレオンは、軍人・政治家となったレオナルド＝ダ＝ヴィンチと映っていたに違いない。

資本主義でも社会主義でもなく、また君主政治・独裁政治でもないとするならば、残るは貴族政治しかない。知性の偶像を祭る古代ギリシアの賢人たちによる貴族政治。けっきょくはこのような政治形態が頭に浮かんでくる。この予想線上に、確かにヴァレリーの理想とする政治形態が現れてくる。この問題に関しては、ヴァレリーの次の考察を結論に替えよう。

「答え。

――私の政治上の意見？　私にそんなものはない。しかし私の本能に訊《たず》ねてみるならば――私はすべての政治形態のなかにある矛盾を見いだす。無政府主義から君主制まで。自省してみると――私は貴族政治的で寡頭政治的ということになるだろう。」

オールド‐リベラリストのレッテル　上記のようなヴァレリーの政治思想、すなわち明確な政治上の意見を持たないという発言や、現代社会では実現不可能に近い古代ギリシア的な知的寡頭貴族政治を思いえがくというその姿勢は、第二次世界大戦中そして戦後の社会参画を志す人びとの目には、高いところから社会を傍観する独善者と映り、それがヴァレリーにオールド‐リベラリストのレッテルを貼ることになってしまった。

社会参画に大きな価値を見いだす考え方からすれば、目の前で悪による政治、あるいは誤れる指導による政治がおこなわれているが故に、社会やそこに住む人びとが現実に苦しんでいるのにもかかわらず、情況を改善しようと具体的な努力をせず、ただただ政治は愚かしいものだと口だけで叫んでいる知識人たちは、批難の対象となるべきものであった。

　ことに戦中戦後のフランスの情況は社会参画の思想をもっとも必要とし、この思想がもっとも力を得た時期であった。戦争とナチズムの暴威によってフランス国土は荒廃し、人びとはよりよき生活を求め、その実現にふさわしいよりよき政治を痛切に希求していた。戦勝国側となったフランスにおいても、戦後の復興はわが国同様に焦眉《しょうび》の急だったのである。ペタン元帥を首班とするヴィシー政府の崩壊に伴って右翼思想は一気に退潮し、替って対独抵抗運動《レジスタンス》で耐え抜いた共産主義あるいは実存主義の左翼思想がフランスの主流となり、ヘゲモニーを握るに至った。彼らにとって、政治とはベターな政策制度を選択することであって、情況を超えたベストの形態をいたずらに論じることではなかったのである。

政治的遺書『純粋および応用アナーキー原理』

現実政治の積極的な観察者

社会の変革を積極的に推進するためにあたってはまったく無力な、いわゆる青白きインテリ層にも、これを子細にみればいくつかのタイプがある。

政治はくだらないもの、愚かしいもの、と頭からきめつけ、汚れたものには手を触れまいと、現実社会に背を向けてしまうタイプ。

あるいは政治腐敗の現状が大きくクローズアップされると、これに立腹するあまり倫理的潔癖を強調し、非現実的な古代黄金時代の理想政治の実現を声高く叫ぶタイプ。

しかしヴァレリーのばあい、一見前者に似てはいるものの、本質的な面でこれとは違っていた。彼は単なる社会の傍観者ではなかった。

まず第一に、政治を含めて、世の中の動きには彼はきわめて敏感に反応した。ことに晩年になって社会的地位が浮上するに伴い、政局や経済の動向等、世の大きな流れをいっそう見やすい視座を獲得するに至り、自然に社会へ向ける視野も広がっていった。なにごとにもとらわれない自由な精神の持ち主だったヴァレリーが、両大戦間の激動するフランスの現実に好奇心を燃やさぬはずはない。事実彼は不断の観察を積極的に続けている。彼は冷静で正確な観察者だったのであり、決して社会を斜めから見る傍観者ではなかったのである。

むしろヴァレリーにとっては衰亡と破局に向かいつつあるフランス第三共和国が、さらにはヨーロッパ全体の姿が、彼の明晰な観察眼に鮮やかに浮かびあがってくればくるほど、ヴァレリーはそれに傷つき、深刻に悩んだのである。彼の政治・社会に対する鋭い洞察力と愛する祖国フランスに対する苦悩を生き生きと示した著書が『純粋および応用アナーキー原理』であり、これは自分自身の苦い反省をこめたヴァレリーの後世へ向けての政治的遺書ともみなすことができる。

激動する時代に

この書物はヴァレリーの死後四〇年近くたって、一九八四年にガリマール社から出版された。編集者の注記によれば、原本は一八四ページの小型の手帳で、ヴァレリーは公表・出版を予定しておらず、文字どおりのノートの形で残されていたものである。表題からすぐ理解できるように、本書は政治に対する考察であり、彼の政治思想を知る上で『カイエ』のHP（歴史・政治）の項と並んで最重要の資料とみなされる。

そして今ここでとくに強調しておきたいのはこの書物の書かれた時期である。手帳は一九三九年四月二三日、当時の仏領アフリカのアルジェにおいて（彼はアルジェリア作家協会の招きによりアルジェにきていた）書きはじめられ、一九三八年九月に終わっている。

この時期をフランス史、ヨーロッパ史にあてはめてみることにしよう。手帳が書きはじめられた一九三六年には、
3月7日。ヒトラーのラインラント進駐。ロカルノ条約破棄。

4月26日。フランス総選挙。

6月4日。第一次レオン＝ブルム内閣。フランス人民戦線の勝利。初めての労働者政権の成立。

7月18日。スペイン市民戦争勃発。

11月。日独伊防共協定締結。

そして手帳が終わった一九三八年には、
9月。ヒトラーの圧力に屈して、チェコスロヴァキアがズデーテン地方をドイツに割譲。

9月30日。ミュンヘン協定調印。

翌一九三九年には、
9月1日。ドイツ軍、ポーランド侵入。

9月3日。フランスがドイツに宣戦。

これらの簡単な項目を読んだだけでも執筆時の異常な政治的雰囲気がひしひしと伝わってくるであろう。フランスはもっとも危険な曲り角にさしかかっており、しかも無策に急カーブを曲り損ねて重傷を負う。ヴァレリーのように世界の動きがよく見える観察者にとっては、まさに目をおおう

惨状だったことであろう。

大戦突入直前、国内的には、せっかくの労働者政権も、本来的にインターナショナルな性格を持つ共産党の主張を抑えきれず、長期安定勢力とはなりえなかった。そしてブルム内閣は短命に終わってしまう。これは第三共和国を通じて同じパターンが反覆されるのが見られるのだが、中道諸政党の連立内閣が、それもいつも同じように短命な政権が、その後に続くのである。大戦の危機を控えての内閣としてはまことに弱体であり、挙国一致体制からはほど遠い存在だった。開戦後フランスがあっけなく敗れさったのは、単なる軍事力の格差ばかりとはいえない。

対外的にもフランスはまずスペイン人民戦線援助に失敗する。ヨーロッパに起こった人民戦線の波はスペインにおいて結実し、一九三六年二月、フランスに先立って人民戦線の政府が誕生した。これに対してフランコに率いられた右翼の軍部がクーデタを起こす。これがスペイン市民戦争である。

スペイン人民戦線派は隣国フランスの同質の政権であるブルム内閣に援助を求めた。レオン＝ブルムは心情的には求めに応じたかったが、頼みのイギリスが難色を示したために、ついに表向きの実質的援助ができずに終わった。

連合国側の足並が揃わなかったのに対し、ドイツとファッショ－イタリアは積極的にフランコを支援し、大いに効果をあげ、ますます独伊の結束を固めた。

フランコの勝利によって自信を深めたヒトラーは、つぎつぎに要求を強圧的に突きつけ、それを実現していった。弱腰の英仏はずるずると押しきられ、時の英首相チェンバレンと仏首相ダラディエはミュンヘン協定に調印させられる。第二次世界大戦はすでに目前にあった。

不動の精神

このような社会情勢の激変に対応して、文学者や思想家によくその例が見いだされるように、たとえ一時的ではあっても、ヴァレリーが社会参画の側に転向し、それにつれて思想上の変化を示すということがあったのだろうか。たとえば『純粋および応用アナーキー原理』のなかに、インテリ左翼シンパ的な思想、あるいはバレス的右翼思想、フランスの血と土と伝統に帰一する思想に傾いていく現象が存在するだろうか。

確かにこの激動期の政治的諸事件は素材として彼の思考のなかへはいってきている。しかし思想の基本原理そのものは、そして彼の政治に対する姿勢は、少しも変化していない。この本で展開された根本思想は『カイエ』のHP項と、さらには「方法論制覇」や「精神の危機」とまったく同質のものである。

「《国家》のすべての機能は反自然である。これは国家についての一つの批判ではない」と述べ、「精神活動は国家の敵である」と断定する。

反社会主義、反自由資本主義、反独裁主義についても変わらない。「精神のために当てられる精神の産物の存在は、完成した社会主義体制のなかでは可能ではない」。「社会主義／《福祉》へ導くために利用された欲望」。

そして彼の理想とする政治体制は、彼のヨーロッパ知的協力機構への参加によって示されたように、知的貴族支配《アリスタルキー》である。「《貴族《アリスト》＝制《ノミ》》Aristo–nonie ／私は《民主主義》には賛成しない。それは言説の凡俗化へ導かれ、それを要求するものだ、等々。／狂気へと導かれる独裁制にも賛成できない。／私は貴族支配《アリスタルキー》 aristarchie に賛成する——。」

この本を訳出し、筑摩書房から出版された恒川邦夫氏の注によれば、貴族《アリスト》＝制《ノミ》はその語源のギリシア語 *ἄριστος* は *ἄγαθός*（良い、良質の）最上級であり、*νόμος*（法・慣習）がハイフンによってこれにつけられたものである。貴族支配《アリスタルキー》 aristarchi の archi は「権力」を表す語であるから、これを組み合わせると「最良のものによる法制」となる。いかにも理想論の匂いが強いが、ヴァレリーの立場を考えると、これもまた必然であろうか。

なおこの本の表題 Les principes d'an-archie pure et appliquée についてもヴァレリーの独自の用語法が見られる。すなわちアナーキー anarchie *ἀναρχια* は現代語で「無政府主義」と訳すのが普通である。しかしヴァレリーはわざわざこのことばを二つに分解し、「権力」を表す archie に否定を表す接頭語 an をハイフンで連結する書き方をしたところをみると、「反権力」という意味で使用していることは明らかである。

このように、たとえヴァレリーが目の前に繰りひろげられたなまなましい現象に触発されてこの書物を書いたとしても、ヴァレリーの政治思想とその思考法とは根本的になんら変わるところはないのである。表題にあるように主眼は「原理」に注がれている。ときには現象レヴェルでの現状分析も書きこまれているが、それでも政治参画を意図した具体的政策を叫ぶものではなかった。ヴァレリーの政治に対する立場、いや、彼のすべての現象世界に対する姿勢は常に不動であったのである。

終わりに臨んで

フランス精神の再生を後世に託し

たとえ社会参画の文学者たちからどのように批判されようとも、ヴァレリーが自己の思想と思考法に最後まで忠実であり、精神の姿勢を絶対に崩さなかったところにヴァレリーの真の偉大さがあると私は信じる。

悲惨な現実に目を奪われるあまり、つい自己の冷徹な視座を失い、座右の銘「あくなき厳密さ」を捨てたならば、ヴァレリーの思想全体はがたがたに崩れ、おそらく「方法論制覇」において示したような正確な洞察は得られなかったのではあるまいか。彼は情況の誘惑におちいってベターを唱えることなく、毅然としてベストを主張しつづけたのである。

両大戦間の不安定な平和の時期、ヴァレリーはむしろ非常に権力に近い位置にあった。本人がその気になりさえすれば、おそらくヴィクトル＝ユゴーやラマルチーヌのように現実の政治に参加し、それなりに能力を発揮しえたのかもしれない。しかし彼はそれをやらなかった。序章で紹介したように、ヨーロッパ知的協力機構に積極的に参加したのも、この機構が彼の基本姿勢を曲げることがなかったからであり、また彼がヴィシー政府によって地中海センターのポストを追われたのも、また同じ彼の不動の姿勢が原因だったのである。

再度主張するが、ヴァレリーは目前の悲惨さに決して無関心ではなく、本人も「自分は意地悪な冷酷な性格ではない」と認めているように、むしろ現実の現象に人並み以上に傷つきやすい人間だった。一見非人間的とも感じられるほどの精神の逞《たくま》しさは、脆《もろ》い感性と感情に対する自己防御の壁の役割を果たしていたことはいうまでもない。

『純粋および応用アナーキー原理』にはポール＝ヴァレリーの息子フランソワ＝ヴァレリーによる「ポール・ヴァレリーと政治」と題する論文が付けられている。

フランソワ＝ヴァレリーは、一九一六年生まれのポール＝ヴァレリーの末子である。大学教授資格《アグレジェ》を持ち、ジュネーヴのOECD本部のフランス代表部付大使となった人である。彼は父親の明晰さを遺伝的に受けついでいるかの感があり、偉大な父親の伝記や業績の紹介普及の仕事をはなばなしくおこなっている姉アガート＝ルアール（一九〇六年生まれ）や、さらには兄クロード（一九〇三年生まれ）とは一味違ったパーソナリティーを持っている。フランソワ＝ヴァレリーは上記論文中でポール＝ヴァレリーの政治思想とその位置を冷静にしかも的確に捉え、たんたんとした筆致で明快に解説している。

ポール＝ヴァレリーはそれまで誰にも秘していたこの『純粋および応用アナーキー原理』の草稿となった手帳を、一九四四年の冬、「おまえにとっておもしろいことがあるかもしれないよ」といってフランソワに手渡したという。四四年といえば同年八月一五日にパリが解放され、フランスは戦後の再建を始めようとしていたところであった。しかもポール＝ヴァレリーが亡くなる半年前のことである。彼は子供たちのなかでも同書の分野においてはもっとも明るいフランソワを選び、フランス再建の思いを若い世代に託したのだと私は信じる。フランソワは当時会計検査院の検査官を勤め、二八歳であった。

ポール＝ヴァレリーはフランスが敗れるその直前、一九四〇年六月一五日、『カイエ』のなかに次のように書きとめている。

「ジャン＝タロー（バレスの秘書を勤めた人）の訪問。／彼の話によれば、われわれは武器を置いて降伏せざるをえないことになりそうだという。ウェイガン（フランス軍総司令官）は戦いは絶望的と宣言した。／フランスは当然の報いとして罪を贖《あがな》うのだ。／私はその日まで生きていたくない。／とはいえ私は明日のことを、あるいはさらにその翌日のことを考えないわけにはいかない。――ふたたび造りなおすのだ。――（若い人たちのために一冊の小さな本『再生』を書くこと）」

ヴァレリーの悲痛な思いが私たちにも伝わってくる一文である。敗戦に直面したフランス人の誰もがそうであったように、ポール＝ヴァレリーもまた愛国者として涙をのんだのである。そして『カイエ』で予告したように、『純粋および応用アナーキー原理』を未来を託す若い人たちへの小さな本『再生』の一冊としたと推定することができるであろう。

ヴァレリーは同じこの時期、しきりにゲーテを論じ、未完の大作『わがファウスト』を書いている。『わがファウスト』は時代を反映しているばかりでなく、彼が晩年になって自らの生涯を顧み、ファウスト老博士に自分の姿を重ねあわせたところがあって興味深い。この作品に比較したら『純粋および応用アナーキー原理』はささやかな存在かもしれない。しかし「若い人たちのために一冊の小さな本『再生』を書く」という観点からするならば、前書に比肩する価値を持つものと思う。

ポール＝ヴァレリーは、敗戦、そしてヴィシー政府下の暗い日々のなかで暖めつづけていたこの『再生』の書を、自由な民主主義フランスの勝利が確定した時点で、子供たちのなかでも一番若くて春秋に富むフランソワに託したのである。『純粋および応用アナーキー原理』は彼が若い世代にあてた政治的遺書であった。

大いなる遺産

後世への遺産といえば、『純粋および応用アナーキー原理』一冊にとどまらないことはいうまでもない。五巻の『ヴァリエテ』が、『カイエ』が、そして詩を含めた全著作がそうだといえる。ことにそれらの著作の底を流れる知性への絶対の信頼が、時代の悪たる「安易性」を排した「厳密さ」への志向がそれである。折悪しくヴァレリーが生きた時代は知性への信頼が薄らぎ、安易な末端的科学技術が横行しはじめていた。ヴァレリーはこの傾向に烈しく抵抗する。この点ではニーチェの思想に接近するともいえる。しかしヴァレリーの抵抗は老いた

ヴァレリーの墓　セットの海辺の墓地にある。

樹木を再生させるために腐った部分を取り除くことであって、樹木を根こぎにすることではなかったのであり、この地点でニーチェと袂《たもと》を分かつことになる。彼の基本姿勢はあくまで知性に基づく人間精神の主体性を守りぬくことであった。

ヴァレリーは作詩においても、あるいは批評・論争においても、技術的に優れた手腕を持っていた。したがって彼の華麗なテクニシャンぶりに魅惑され、この面から彼に親しんでいく人が多い。読者がヴァレリーのどの側面に心魅かれようとそれは読者の自由であるし、またそれなりに得るところがあるであろう。しかし知的エリートたちのサロンのなかで、上品でエスプリに富んだ天才として神格化されたヴァレリーからは、もはや新しい血が蘇えることは少ないであろう。私が若い読者に知ってもらいたいのは、一握りのエリートたちが自己の秀才ぶりを他人に証明するために引き合いにだしてくるヴァレリー、老いた知的モンスターではない。そうではなくて、自分が生まれ育った西欧文化を愛し、その精髄たる知性そのものに揺ぎなき信頼を寄せ、世のあらゆる現象に生き生きとして興味を注ぐ若々しいヴァレリー、南欧人特有の率直で素朴で情感あふれる人間ヴァレリーである。この面にこそ汲めども尽きぬ発見の泉があり、読者の精神に新しいヴァレリー像となって絶えず蘇えってくるであろう。

読者は『カイエ』の「人間」の項を読むならば、そこに痛烈なアイロニーや苦い反省が見いだされるにしても、全体を通じて暖かい人間の血が大きく脈打っているのが感じられるに違いない。ヴァレリーは同時代の批評家から自分がモラリストとされていることに驚いている。本人の戸迷いは理解できるとしても、やはりポール＝ヴァレリーはフランス文化や文学の伝統のなかに生きつづける偉大なモラリストたちの一人であり、このヒューマンな視座から見るかぎりヴァレリーは決して難解な知的モンスターではありえないのである。

あとがき

本書は『人と思想　ヴァレリー』という表題が意図する趣旨に忠実に従って書かれたものである。

ヴァレリーはなんといってもまず詩人であり、文学者である。しかし本書は「思想」をメインテーマとしたために個々の文芸作品、とくに詩の紹介と解説、あるいは彼が得意とした文学・美術評論の分野は今回は含まれていない。文芸作品を中心とした「人と作品」を主題とするならば、他の一冊が書かれるであろう。

ヴァレリーは歴史に不信を抱いていた。個人の歴史、その人の生涯に起こったさまざまな出来事をピックアップしながらその人の人間像を描いていく、いわゆる伝記に対しても同じことだった。伝記にはそれなりの意義があることは否定しないが、本人が嫌っていた方法でヴァレリーの肖像を描きだすということは、ヴァレリーを敬愛するものにとっては忍びえないことでもある。客観的史実を問題にするのなら、巻末の年譜だけでじゅうぶんであろう。

そこで、おそらくヴァレリー自身が許容したであろう方法、人間個人の精神史として、すなわち彼の基本思想がいかにして形成されたか、そしてその思想と揺ぎなき精神とをもって、いかに現実世界と諸事件に対処していったか、を中心にしてヴァレリーの実像を描きだそうと試みたものである。

過去の偉大な「人と思想」は現代を生きる人びとの胸に生きつづけてこそその意義がある。ヴァレリーが現代人のなかに生きている姿、ことにその姿から私たち日本人が親しみをおぼえ、多くの示唆が得られ、各自の思想を深めるのに役立つことが多いと信じる分野に力点を置いた。若くて春秋に富む読者は、ヴァレリーがどのようにして若い日の精神の危機を克服し、自己の脆弱な部分を自らの意志によって鍛えなおし、確固とした自我と主体性とを作りあげ、偉大な魅力的な人物となりえたかをよく読みとっていただきたい。そしてそれぞれの人生に意欲的にたちむかっていただければ幸いである。

本書を書くにあたって御指導とお世話をいただいた、共栄学園短期大学学長福田陸太郎先生、清水書院の清水幸雄氏、同編集部の徳永隆氏に厚く御礼申しあげたい。

平成二年　秋

著者

ヴァレリー年譜

西暦	年齢	年譜	背景となる参考事項
一八七一		10・30、ポール=ヴァレリー、南仏の港町セットのグランド-リュー65番地に生まれる。税関監査官の父バルテルミー46歳、母ファニー40歳、8歳年長の兄ジュールと二人兄弟。	5月、フランクフルト条約締結。フランス、アルザス・ロレーヌ地方をプロイセンに割譲。 同月、パリ-コミューンおこる。ティエール、これを徹底的に弾圧する。 7月、マルセル=プルースト生まれる。
七三	2	母方の親族のいるジェノヴァへ、家族とともに初めて旅行する。	ドイツ、文化闘争はじまる。 三帝同盟成立。
七四	3	女中のミスで公園の泉水に落ち、あやうく溺れかけたところを通行人に救われる。	
七六	5	ドミニコ会の学校の11学級（幼稚園）に入学。	
七八	7	10月、コレージュ-ド-セットの9学級（小学校）に入	ベルリン会議。

一八八三	12	学（今日このコレージュは彼の名を校名としている）。 5月、セットのサン＝ルイ教会で初聖体を受ける。	2月、ワグナー死去（一八一三〜）。 4月、マネ死去（一八三二〜）。
八四	13	1月、学校用ノートに初めて詩を書く。 3月、兄ジュールに脚韻辞書を要求。数学が不得手であったため、海軍兵学校受験を断念。もっぱら地中海を眺め、その美しさに酔うことによって気をまぎらわせる。詩作とスケッチに熱中。 10月、リッセ＝ド＝モンペリエを受験して合格する。3学級（高校）に入学。ギュスターヴ＝フールマンと知りあう。 ヴァレリー家、セットよりモンペリエに移り住む。 テオフィル＝ゴーティエ、ボードレール等の文学や、ヴィオレ＝ル＝デュックの建築に熱中。	清仏戦争おこる（〜八五）。
八五	14	ヴィクトル＝ユゴーの作品に開眼。	5月、ユゴー死去（一八〇二〜）。 フランスによるヴェトナム・カンボジアの植民地化。仏領インドシナ成立。
八七	16	3月、父バルテルミー死去。 7月、第一回目のバカロレア試験。歴史の口頭試問に自信がなかったが、合格する。 8月、ジェノヴァへ旅行。	

一八八八	17	7月、第二回目のバカロレア試験に合格する。 11月、モンペリエ大学（今日のポール＝ヴァレリー大学）法学部に入学。	
八九	18	4月、マルセイユの小雑誌に彼の詩「夢」が載る。ユイスマンスの『さかしまに』を読み、マラルメの「エロディヤード」の断章を知る。 11月、学業を中断し、一年志願兵としてモンペリエ一二二歩兵連隊に入隊。	1月、ブーランジェ将軍のクーデタ失敗。 第二インターナショナル結成（〜一九一四）。
九〇	19	5・20、モンペリエ大学創立六〇〇年祭がパラヴァスの浜で催され、その会場で偶然ピエル＝ルイスと知りあう。彼との文通はじまる。 10月、マラルメより手紙がくる。 11月、除隊し、法学部に復帰する。 12月、アンドレ＝ジッド、モンペリエを訪れ、二人で植物園を散歩。このころ、詩作盛ん。	ビスマルク、引退。
九一	20	「ナルシスは語る」を「コンク」誌に発表。 9月、パリへ行く。	2月、ジッド『アンドレ・ワルテルの手記』初版刊行。
九二	21	7月、モンペリエ大学法学部を卒業。 9・14、ジェノヴァへ出発。 10・4〜5、ジェノヴァの伯母の家で「ジェノヴァの危	

一八九三	22	機」おこる。それまでの諸偶像をいっさい放棄し、知性の偶像のみを礼拝することを決意。マックスウェルの電磁気学、ケルヴィン卿の「物質の組成」など、科学書を読む。	5月、兄ジュール、大学教授資格《アグレジェ》を取得。
九四	23	2月、家族の反対を押しきってパリへ出る。ゲ‐リュサック通のアンリ四世ホテルの一室に落ちつく。	12月、ドレフュス事件おこる。ドレフュスに有罪判決。
九五	24	4月、ユイスマンスのすすめで陸軍省の任用試験を受けて合格する。 8月、「ヌーベル‐ルヴュー」誌に「レオナルド・ダ・ヴィンチ方法論序説」を発表。 「鴨緑江」を書く。「ドックス、セルフブック」と題する最初の『カイエ』が書かれる。	3月、画家ベルト＝モリゾー死去（一八四一〜）。 10月、ジッド、マドレーヌ＝ロンドーと結婚。
九六	25	1・10、ヴェルレーヌの葬儀に参列。 2月、美術批評家アンリ＝ルアールの家で画家のドガに出会う。 10月、「サントール」誌に「テスト氏との一夜」を発表。	ヴェルレーヌ死去（一八四四〜）。 ジャリーの『ユビュ‐ロワ』上演。
九七	26	1月、「ニューリヴュー」誌に「ドイツ制覇（方法論制覇）」を発表。 4月、陸軍省に任官。砲兵課に配属される。	5月、ジッド『新しき糧』 10月、兄ジュール、ジェルメーヌ＝デスコリと結婚。

一八九八	27	7・14、ヴァルヴァンの別荘のマラルメに最後の訪問。9・9、「マラルメ死す」の電報を受けて驚愕、呆然。	ファショダ事件おこる。
九九	28	7月、マラルメ夫人の家でベルト＝モリゾーの姪ジャニー＝コビヤールに会う。	ピエル＝ルイス、ルイーズ＝エレディアと結婚。
一九〇〇	29	5月、ジャニーと結婚。7月、陸軍省をやめ、元アヴァス通信社主エドワール＝ルベイの個人秘書となる。	
〇二	31	7月、ヴィルジュスト街の40番地の四階のアパルトマンに引っ越す。	9月、エミール＝ゾラ死去（一八四〇〜）。ジェノヴァの伯母ヴィットーリア＝カベーラ死去。
〇三	32	8月、長男クロード生まれる。	
〇六	35	3月、長女アガート生まれる。	12月、ルイスの『女と繰り人形』初演。
一〇	39	『カイエB一九一〇』。これは一九二四年にファクシミリ版として出版される。	南アフリカ連邦成立。日韓併合。
一二	41	1月、マラルメの作品の版元であったガストン＝ガリマールと会う。同社のブレーンの一人であったジッドは、ヴァレリーの旧詩をまとめて、同社で出版するよう勧誘する。	第一次バルカン戦争。

一九一四	43	7・28、第一次世界大戦おこる。休暇中だったヴァレリーは、軍隊手帳を持ってこなかったことで不安となる。	ピエル＝ルイスの『アフロディット』の初版。6月、マルヌの会戦。ドイツ軍の進撃とまる。8月、ヒンデンブルク、タンネンベルクでロシア軍を破る。10月、イゼール川の会戦。以後、戦線膠着状態となる。
一五	44	召集令状を今か今かと待っていたが、ついに老兵伍長のところにはこなかった。不安な待機に耐えるために、旧詩に手を入れはじめる。8月、「ドイツ制覇（方法論制覇）」がメルキュール-ド-フランス社からパンフレットの形で出版される。	日本、中国に21ヵ条の要求。
一六	45	次男フランソワ生まれる。フランス文化の精華である美しいフランス語を遺産として後世に残すため、長篇詩「若きパルク」を書き始める。	アインシュタイン、「一般相対性原理」
一七	46	4月、ガリマール社より『若きパルク』を出版。同月、レオン＝ポール＝ファルグが「若きパルク」の朗	4月、アメリカ合衆国、参戦。

		読会を催す。ヴァレリーは楽屋裏で不安にかられながら聞く。終わると同時に万雷の拍手。詩人ヴァレリーの名声は一躍あがり、一流文学サロンに招かれ、講演の依頼を受けるようになる。	11月、ロシア革命おこる。
一九一八	47	6月、ドイツ軍最後の大攻勢によりパリに危機迫り、ルベイの疎開先、マンシュ県イール－マニエールへ逃れる。この年、詩作盛ん。 11・11、第一次世界大戦終結。	3月、ドイツ軍の長距離砲のパリ砲撃はじまる。
一九	48	7月、シャンゼリゼのバルコンから戦勝パレードを見る。 『テスト氏』と『レオナルド・ダ・ヴィンチ論』など増補されて単行本として出版。リュシアン＝ファーブルの詩集に序文を書く。以後、序文作家として名声を得る。 12月、NRFより詩集『旧詩帳』刊行。	1月、パリ講和会議。 6月、ヴェルサイユ条約調印。
二〇	49	6月、「新フランス評論」誌に「海辺の墓地」を発表。	1月、国際連盟成立。
二一	50	3月、「ユーパリノス」を建築雑誌の序文として発表。 6月、ナタリー＝パルネイ宅で「蛇」を自身が朗読。	5月、リルケ、ヴァレリーの詩を読み、ジッド宛の手紙でこれを賞賛。
二二	51	2月、エドワール＝ルベイ死去。ヴァレリー失職し、将	九ヵ国条約調印。

来に不安をおぼえる。不眠症に悩む。

このころからヴァレリーを論じた評論が多くなる。たとえば「ディヴァン」誌5月号の「ヴァレリー特集」にはアンナ＝ド＝ノアイユ、アンリ＝ド＝レニエ、ジッド、デュ＝ボス、モーリアック、ヴォードワイエ、ヴィエレ＝グリファン、フランシス＝ド＝ミオマンドル、フォンテナス、ファーブルらが寄稿、賛辞を呈する。

ロンドン、スイスで講演。以後、毎年のように講演旅行をおこなう。


11月、プルースト死去。

ソヴィエト連邦成立。

一九二三　52
6月、詩集『魅惑』刊行。

2月、ブリュッセルの講演に向かう列車のなかでアインシュタインの著書を読む。

5月、ガブリエル＝アノトーからデルカッセの後任としてアカデミー会員への立候補を勧められる。

健康がすぐれず、売文生活に精神的疲労感を強くする。


フランス、ルール占領。

ローザンヌ会議。

二四　53
2月、モナコ大公ピエールの要請により、モンテカルロで「ボードレールの位置」を講演。リルケ、『魅惑』の16篇を翻訳し、送ってくる。

4月、ジュネーヴからの帰途、ミュゾット館にリルケを訪問。リルケ、この日の記念に柳の木を植える。


ドーズ案発表。

		同月、イタリア各地を講演。ローマでムッソリーニと会談する。 6月、ガリマール社より『ヴァリエテ』出版。 10月、アナトール＝フランス死去。フランスの後を襲ってペンクラブ会長となり、以後三四年まで勤める。	
一九二五	54	6月、海軍大臣だった数学者エミール＝ボレルの誘いによって、フランス地中海艦隊の演習に参加。父の故郷コルシカ島のバスティアに立ち寄る。 10月、純粋詩をめぐって、アベ＝プレヴォーと論争。 10・10、アナトール＝フランスの空席をめぐり、アカデミー会員に立候補する。フォシュ元帥、「二人のベラール（対立候補）のあいだの中央突破」作戦をさずける。 11月、アカデミー会員に当選。長男クロード結婚。	日本、治安維持法成立。 6月、ピエル＝ルイス死去。 ロカルノ条約調印。
二六	55	7月、ジュネーヴで開かれたヨーロッパ知的協力機構の会議に出席。 8月、オフィシエ－ド－ラ－レジョン－ドヌール勲章を受ける。	12月、リルケ死去（一八七五〜）。
二七	56	多くの批評家のヴァレリー論の出版が盛ん。大哲学者に祭りあげられて、本人当惑。	

		5月、母ファニー、モンペリエで死去。 7月、長女アガート、ポール＝ルアールと結婚。 11月、アンリ＝ド＝モンテルランからフィリップ＝バレス相手の決闘の立会人を頼まれる。幸い、決闘はおこなわれなかった。	
一九二八	57	2月、ギュスターヴ＝コーアン教授、ソルボンヌで「海辺の墓地」を講演。 7月、ヨーロッパ知的協力機構会議の司会を勤める。	パリ不戦条約調印。 張作霖爆殺事件。
二九	58	8月、ベアーグ伯爵夫人のヨットで地中海を周遊。コルシカ島に寄り、初めてヴァレリー家の祖先の地を訪れる。 11月、アインシュタインの講演を聞き、「大学者のなかでも唯一の芸術家だ」とノートする。アインシュタインをベルグソンに会わせる。 12月、『ヴァリエテII』刊行。	ラテラン協定成立。 3月、フォシュ元帥死去。 10月、世界大恐慌おこる。
三〇	59	4月、インドの詩人タゴールと会談。 8月、『続篇』、『沈黙せるもの』刊行。	1月、ロンドン軍縮会議。
三一	60	1月、フォシュ元帥の席を継いでアカデミー会員となったペタン元帥の入会歓迎演説をおこなう。ペタン感激する。	フーヴァー＝モラトリアム。 満州事変おこる。 12月、イギリス連邦成立。

		3月、『美術論集』刊行。 5月、北欧旅行。ストックホルムでグスターヴ五世に接見。『モラリテ』刊行。 7月、イダ＝ルビンスタインとオネガーの協力を得た楽劇「アンフィオン」をオペラ座で初演。『現代世界展望』。 9月、コマンドゥール＝ド＝ラ＝レジョン＝ドヌール勲章を受ける。ヴァル県選出の上院議員となった旧友ギュスターヴ＝フールマンとドラギニャンで会う。	
一九三二	61	3月、『固定観念』。この春、ソルボンヌ大学やチューリヒ大学でゲーテについての講演をおこなう。 7月、ヒンデンブルクの署名入りのゲーテ賞メダルを受ける。 12月、ブリュッセルで講演。ベルギー国王主催の晩餐会に招かれる。	日本、世界の反対を押し切って満州国を建国。
三三	62	3月、マドリードで開かれた知的協力機構会議にキュリー夫人、ランジュヴァン、ジュール＝ロマンとともに出席。マシア首相を訪問。 5月、モンズイ文部大臣により、ニースの地中海センター理事に任命される。	1月、ヒトラー、首相となる。 日本、国際連盟脱退。 アメリカ、ニューディール政策実施。

一九三四	63	4月、ニースでジッドと会い、ワグナーを論じる。 5月、楽劇「セミラミス」初演。 11月、クラリッジで開かれた夕食会で、チェンバレン首相に続いて演説。	10月、友人ルイ＝バルトー暗殺される。
三五	64	1月、ブリュッセルのフランス大使館の会合でクローデル、ジャック＝イベール、オネガーらと会い、クローデルとのものの見方の違いを痛感する。 6月、リスボンの科学アカデミー会員に推挙される。 7月、母校コレージュ－ド－セットの終業式で講演。 11月、知的協力機構総合委員会の議長に選出される。	1月、ジッドの『ペルセフォン』上演。 フランス、人民戦線結成。
三六	65	1月、『ヴァリエテⅢ』刊行。 2月、『ドガ・ダンス・デッサン』刊行。 4～5月、北アフリカのアルジェ、チュニスに講演旅行。『純粋および応用アナーキー原理』の草稿を書き始める。 11月、ミュンヘンにひるがえるハーケンクロイツの旗の波を見て、その異様さに驚く。	6月、第一次レオン＝ブルム内閣成立。 7月、スペイン市民戦争始まる。 11月、日独伊防共協定締結。
三七	66	5月、コインブラ大学の名誉博士号を受ける。 10月、コレージュ－ド－フランスの講義担当者に任命され、12月に「詩学講義」を開講。このとき受講者が殺	日中戦争おこる。

一九三八	67	到し、入口で揉み合いとなる。 12月、「人と貝殻」。 3月、パリ理工科大学で講演。ジュール＝ロマン家の夕食会の席上、ヒトラーのオーストリア併合の報を聞く。 3・29、兄ジュール死去。 11月、グラン＝トフィシエ＝ド＝ラ＝レジョン＝ドヌール勲章を受ける。 同月、『ヴァリエテⅣ』刊行。	4月、ジッドの妻マドレーヌ死去。 9月、ミュンヘン会談。
三九	68	1月、コレージュ＝ド＝フランスでE＝A＝ポーを講義。 9月、フランス対独宣戦。次男フランソワ召集される。「自分がこれほどまでに情況に影響されているのに我ながら驚いている」とジッドへの手紙で書く。 同月、『メランジュ』刊行。	1月、ヴァレリーのよき理解者・後援者のベアーグ伯爵夫人死去。 9月、ドイツ軍、ポーランド侵攻。
四〇	69	コレージュ＝ド＝フランスの講義で、「フランスは精神に対して責任を持たなければならない」と述べる。 4月、重症の気管支炎にかかる。 5月、家族とともにディナールに行く。 6・17、ペタン元帥の演説をラジオで聞く。	5・15、オランダ、ドイツ軍に降伏。 5・27、ベルギー降伏。 5・27～6・4、イギリス軍ダンケルクから撤退。

		6・22、ドイツ軍がディナールに侵入する。 7月、「わがファウスト」二幕を書く。 9月、パリに帰る。	6・22、フランス降伏。
一九四一	70	1・9、アカデミーを代表してベルグソン追悼文を発表。ドイツ占領下、ユダヤ人に対する迫害が横行していた情況下で、敢然とベルグソンを賞賛する。この行動は諸外国にも深い感動をよぶ。 3月、ヴィシー政府によって地中海センター理事の職を解かれる。 4月、「ドイツ制覇」を批判される。 5月、『テル‐ケル』刊行。 コレージュ‐ド‐フランスの講義と少数の講演をおこなっただけで占領下の陰鬱な日々を送る。	1月、ベルグソン死去（一八五九〜）。 5月、独ソ戦開始。 8月、大西洋憲章発表。 12月、日本軍、真珠湾攻撃。
四二	71	4月、チュニスに逃れるジッドとマルセイユで会う。 7月、ドイツ軍当局から『邪念』出版への用紙配給を拒否される。しかし9月には『邪念』を出版。	
四三	72	10月、ロワイヤル通のクリストフ画廊でエッチングの個展を開く。アカデミーの会合で「木の対話」を朗読。	11月、クローデルの「繻子の靴」上演。
四四	73	1月、コンセルヴァトワールで「ナルシスのカンタータ」を上演。	6・6、連合軍、ノルマンディーに上陸。

		3月、『ヴァリエテV』刊行。 7・21〜22、パリで激しい市街戦を見る。 8・26、フィガロ社のバルコンからド＝ゴール将軍の自由フランス軍の行進を見る。 10月、ド＝ゴールの招待でテアトル－フランセへ行く。 11月、医師会で講演。生理学についての見解を述べる。	8・20、パリ解放。
一九四五	74	1月、「私の永遠の『カイエ』は私のエッカーマンだ」と書きとめる。 3月、地中海センター理事に復職。「ヴォルテール論」。 5・21、冬より体調を崩していたが、この日床につく。 7・20、午前9時に死去。 7・25、ド＝ゴール将軍の指示により、ヴァレリーの国葬がパリのトロカデロ広場で盛大におこなわれる。 7・27、生まれ故郷セットの「海辺の墓地」に葬られる。	5月、ドイツ、無条件降伏。 6月、国際連合成立。 7月、ポツダム会談。

参考文献

●ヴァレリー作品の訳書

『ヴァレリー全集』（第1〜12巻、補遺1・2巻）鈴木信太郎他訳 ―― 筑摩書房 一九六七
『ヴァレリー全集 カイエ篇』（第Ⅰ〜Ⅸ巻）寺田透他訳 ―― 筑摩書房 一九八〇〜八三
『ジッド＝ヴァレリー往復書簡』（Ⅰ・Ⅱ）二宮正之訳 ―― 筑摩書房 一九八六
『純粋および応用アナーキー原理』（筑摩叢書305）恒川邦夫訳 ―― 筑摩書房 一九八六
『ユーパリノスあるいは建築家』佐藤昭夫訳 ―― 審美社 一九七三
『テスト氏 未完の物語』粟津則雄訳 ―― 現代思潮社 一九八七
『ヴァレリー 文学論』（角川文庫 リバイバルコレクション）堀口大学訳 ―― 角川書店 一九八九
『書物雑感』生田耕作訳 ―― 奢灞都館 一九九〇
『世界の名著66 アラン・ヴァレリー』桑原武夫・河盛好蔵編 山田九朗・杉捷夫訳 中央公論社 一九七八

●ヴァレリーを紹介したもの

『評伝ポール・ヴァレリー』村松剛著 ―― 筑摩書房 一九六八
『私本 ヴァレリー』（筑摩叢書314）寺田透著 ―― 筑摩書房 一九七三
『ヴァレリーの詩 若きパルク』井沢義雄著 ―― 彌生書房 一九七三
『ポール・ヴァレリー ジェノヴァの危機をめぐって』山田直著 ―― 慶応通信 一九七四

『ポール・ヴァレリーと精神の誘惑』 マルセル・レイモン著　高橋隆訳 ―――― 国文社　一九七六
（同書は佐々木明訳によって筑摩書房からも出版された）

フランス原書引用参照文献

●ポール＝ヴァレリーの著作

Œuvres de Paul Valéry, *I*, édition établie par Jean Hytier, Pléiade, Gallimard, 1957.
Œuvres de Paul Valéry, *II*, édition établie par Jean Hytier, Pléiade, Gallimard, 1960.
Cahiers de Paul Valéry, Préface de Louis Broglie, 29vol. publiés par le Centre National de la Recherche Scientifique, de 1957 à 1961.
Cahiers, *I*, édition établie, présentée et annotée par Judith Robinson, Pléiade, Gallimard, 1960.
Cahiers, *II*, Ibid. 1974.
Les principes d'an-archie pure et appliquée, suivie de *Paul Valéry et la politique* par François Valéry, Gallimard, 1984.
Lettres à quelques-uns, Gallimard, 1952.
Correspondance Paul Valéry-Gustave Fourment 1887—1930, Gallimard, 1957.
Correspondance André Gide-Paul Valéry 1890—1942, Gallimard, 1955.

●ヴァレリー研究書

Gilberte Aigrisee : *Psychanalyse de Paul Valéry*, éditions universitaires, 1964.

Pierre Auger : *Fonctions de l'esprit*, textes recueillis et présentés par Judith Robinson-Valéry, Hermann, 1983.
Maurice Bémol : *Paul Valéry*, Les Belles Lettres, 1950.
Nicole Celeyrette-Piétri : *Valéry et le moi, des Cahiers à l'œuvre*, Klincksieck, 1979.
Gabriel Faure : *Paul Valéry, Méditerranéen*, Les Horizons de France, 1954.
Edouard Gaéde : Nietzsche et Valéry, Gallimard, 1962.
Edmée de la Rochefoucauld : *En lisant les Cahiers de Paul Valéry* ☆*Tome I à X (1894–1925)*, ☆☆-*Tome XI à XX(1925–1938)*, ☆☆☆*Tome XXI à XXIX (1938–1945)*, édition Universitaires, 1967.
Henri Mondor : *Propos familiers de Paul Valéry*, Grasset, 1957.
Monique Parent et Jean Levaillant : *Paul Valéry, contemporain*, Klincksieck, 1974.
Louis Perche : *Valéry, les limites de l'humain*, éditions Centurion, 1964.
Judith Robinson : *L'analyse de l'esprit dans les Cahiers de Paul Valéry*, Corti, 1963.
Pierre Roulin : *Paul Valéry, témoin et juqe du monde moderne*, la Baconnière Neuchatel, 1964.
F. E. Sutcliffe : *La pensée de Valéry*, Nizet, 1955.
Charles G. Whiting : *Valéry, jeune poète*, Presses universitaires de France, 1960.

これからヴァレリーの著作に親もうとされている読者のために、予約全集版はべつとして、現在書店で入手可能な本を紹介しておいた。

ポール＝ヴァレリーはフランス文学者のなかでもわが国への翻訳紹介がもっともゆきとどいておこなわれ

た人である。筑摩の全集には、ヴァレリーが公刊したすべての作品、および未発表の主な作品のほとんど全部が収録されている。したがって『カイエ篇』を合わせ読めば、ヴァレリーの全貌を知ることができよう。しかしながら個々の作品の単行本は戦前あるいは戦争直後に多く、現在では少ない。詩だけ手軽に読みたいと思っても、かつては『ヴァレリー詩集』(鈴木信太郎訳　岩波文庫　一九六八)等、大手出版社の文庫本に名をつらねていたのに、現在では書店の店頭から姿を消している。

ヴァレリーを紹介した日本人研究者の著書のばあいも同じ事情で、『ヴァレリーの世界』(高橋広江著　生活選書　一九三三)や『ヴァレリーの芸術哲学』(田辺元著　筑摩書房　一九四六)等は古書となり、大きな公立図書館か大学付属図書館でないと読むことができない。

フランスの書については、本文で引用したものを主として挙げた。プレイヤード版のヴァレリー全集Ⅱの巻末には、一九六〇年までのすべてのヴァレリー研究の書誌が付されている。「ジェノヴァの危機」に関しては、拙著『ポール・ヴァレリー　ジェノヴァの危機をめぐって』の巻末の参考文献表を参照されると便利であろう。ヴァレリー研究のフランス書は今なお毎年多数出版されるが、近ごろは外国人研究者の著作が多いのが目立った傾向である。

日本におけるヴァレリー研究論文、日本フランス語フランス文学会、あるいは各大学の紀要等に発表された論文に目を通したいと思う方は、日外アソシエートの『フランス文学研究文献要覧』で調べてみられるがよいであろう。

さくいん

【人名】

【事　項】

【書名・論文名】

ヴァレリー■人と思想99　　　定価はカバーに表示

1991年５月15日　第１刷発行©
2016年８月25日　新装版第１刷発行©

・著　者　……………………………山田《やまだ》　直《ただし》
・発行者　……………………………渡部　哲治
・印刷所　……………………………広研印刷株式会社
・発行所　……………………………株式会社　清水書院

〒102-0072　東京都千代田区飯田橋3-11-6
Tel・03(5213)7151〜7
振替口座・00130-3-5283
http://www.shimizushoin.co.jp

検印省略
落丁本・乱丁本は
おとりかえします。

CenturyBooks　　　Printed in Japan
ISBN978-4-389-42099-4

CenturyBooks

清水書院の〝センチュリーブックス〟発刊のことば

近年の科学技術の発達は、まことに目覚ましいものがあります。月世界への旅行も、近い将来のこととして、夢ではなくなりました。しかし、一方、人間性は疎外され、文化も、商品化されようとしていることも、否定できません。

いま、人間性の回復をはかり、先人の遺した偉大な文化を継承して、高貴な精神の城を守り、明日への創造に資することは、今世紀に生きる私たちの、重大な責務であると信じます。

私たちがここに、「センチュリーブックス」を刊行いたしますのは、人間形成期にある学生・生徒の諸君、職場にある若い世代に精神の糧を提供し、この責任の一端を果したいためであります。

ここに読者諸氏の豊かな人間性を讃えつつご愛読を願います。

一九六七年

SHIMIZU SHOIN

【人と思想】既刊本

老子　高橋進
孔子　内野熊一郎他
ソクラテス　中野幸次
釈迦　副島正光
プラトン　中野幸次
アリストテレス　堀田彰
イエス　八木誠一
親鸞　古田武彦
ルター　小牧治・泉谷周三郎
カルヴァン　渡辺信夫
デカルト　伊藤勝彦
パスカル　小松摂郎
ロック　浜林正夫他
ルソー　中里良二
カント　小牧治
ベンサム　山田英世
ヘーゲル　澤田章
J・S・ミル　菊川忠夫
キルケゴール　工藤綏夫
マルクス　小牧治
福沢諭吉　鹿野政直
ニーチェ　工藤綏夫

J・デューイ　山田英世
フロイト　鈴村金彌
内村鑑三　関根正雄
ロマン＝ロラン　村上嘉隆・村上益子
孫文　横山英・中山義弘
ガンジー　坂本徳松
レーニン　中野徹三・高岡健次郎
ラッセル　金子光男
シュバイツァー　泉谷周三郎
ネルー　中村平治
毛沢東　宇野重昭
サルトル　村上嘉隆
ハイデッガー　新井恵雄
ヤスパース　宇都宮芳明
孟子　加賀栄治
荘子　鈴木修次
アウグスティヌス　宮谷宣史
トーマス・マン　村田經和
シラー　内藤克彦
道元　山折哲雄
ベーコン　石井栄一
マザーテレサ　和田町子
中江藤樹　渡部武
ブルトマン　笠井恵二

本居宣長　本山幸彦
佐久間象山　奈良本辰也・左方郁子
ホッブズ　田中浩
田中正造　布川清司
幸徳秋水　絲屋寿雄
スタンダール　鈴木昭一郎
和辻哲郎　小牧治
マキアヴェリ　西村貞二
河上肇　山田洸
アルチュセール　今村仁司
杜甫　鈴木修次
スピノザ　工藤喜作
ユング　林道義
フロム　安田一郎
マイネッケ　西村貞二
エラスムス　斎藤美洲
パウロ　八木誠一
ブレヒト　岩淵達治
ダンテ　野上素一
ダーウィン　江上生子
ゲーテ　星野慎一
ヴィクトル＝ユゴー　辻昶・丸岡高弘
トインビー　吉沢五郎
フォイエルバッハ　宇都宮芳明

平塚らいてう	小林登美枝
フッサール	加藤　精司
ゾ　ラ	尾崎　和郎
ボーヴォワール	村上　益子
カール=バルト	大島　末男
ウィトゲンシュタイン	岡田　雅勝
ショーペンハウアー	遠山　義孝
マックス=ヴェーバー	住谷一彦他
D・H・ロレンス	倉持　三郎
ヒューム	泉谷周三郎
シェイクスピア	福田陸太郎 菊川　倫子
ドストエフスキイ	井桁　貞義
エピクロスとストア	堀田　彰
アダム=スミス	浜林　正夫 鈴木　亮
ポパー	川村　仁也
フンボルト	西村　貞二
白楽天	花房　英樹
ベンヤミン	村上　隆夫
ヘッセ	井手　賁夫
フィヒテ	福吉　勝男
大杉栄	高野　澄
ボンヘッファー	村上　伸
ケインズ	浅野　栄一
エドガー=A=ポー	佐渡谷重信

ウェスレー	野呂　芳男
レヴィ=ストロース	吉田禎吾他
ブルクハルト	西村　貞二
ハイゼンベルク	小出昭一郎
ヴァレリー	山田　直
プランク	高田　誠二
ラヴォアジエ	中川鶴太郎
T・S・エリオット	徳永　暢三
シュトルム	宮内　芳明
マーティン=L=キング	梶原　寿
ペスタロッチ	長尾十三二 福田　弘
玄　奘	三友　量順
ヴェーユ	冨原　眞弓
ホルクハイマー	小牧　治
サン=テグジュペリ	稲垣　直樹
西光万吉	師岡　佑行
ヴァイツゼッカー	加藤　常昭
メルロ=ポンティ	村上　隆夫
オリゲネス	小高　毅
トマス=アクィナス	稲垣　良典
ファラデーとマクスウェル	後藤　憲一
津田梅子	古木宜志子
シュニツラー	岩淵　達治

タゴール	丹羽　京子
カステリョ	出村　彰
ヴェルレーヌ	野内　良三
コルベ	川下　勝
ドゥルーズ	鈴木　亨
「白バラ」	関　楠生
リジュのテレーズ	菊地多嘉子
リッター	西村　貞二
プルースト	石木　隆治
ブロンテ姉妹	青山　誠子
ツェラーン	森　治
ムッソリーニ	木村　裕主
モーパッサン	村松　定史
大乗仏教の思想	副島　正光
解放の神学	梶原　寿
ミルトン	新井　明
ティリッヒ	大島　末男
神谷美恵子	江尻美穂子
レイチェル=カーソン	太田　哲男
オルテガ	渡辺　修
アレクサンドル=デュマ	辻　昶 稲垣　直樹
西　行	渡部　治
ジョルジュ=サンド	坂本　千代
マリア	吉山　登

ラス=カサス	染田　秀藤
吉田松陰	高橋　文博
パステルナーク	前木　祥子
パース	岡田　雅勝
南極のスコット	中田　修
アドルノ	小牧　治
良寛	山崎　昇
グーテンベルク	戸叶　勝也
ハイネ	一條　正雄
トマス=ハーディ	倉持　三郎
古代イスラエルの預言者たち	木田　献一
シオドア=ドライサー	岩元　巌
ナイチンゲール	小玉香津子
ザビエル	尾原　悟
ラーマクリシュナ	堀内みどり
フーコー	今村　仁司　栗原　仁
トニ=モリスン	吉田　廸子
悲劇と福音	佐藤　研
リルケ	星野　慎一　小磯　仁
トルストイ	八島　雅彦
ミリンダ王	森　祖道　浪花　宣明
フレーベル	小笠原道雄
ヴェーダからウパニシャッドへ	針貝　邦生
ベルイマン	小松　弘
アルベール=カミュ	井上　正
バルザック	高山　鉄男
モンテーニュ	大久保康明
ミュッセ	野内　良三
ヘルダリーン	小磯　仁
チェスタトン	山形　和美
キケロー	角田　幸彦
紫式部	沢田　正子
デリダ	上利　博規
ハーバーマス	小牧　治　村上　隆夫
三木清	永野　基綱
グロティウス	柳原　正治
シャンカラ	島　岩
ハンナ=アーレント	太田　哲男
ミダース王	西澤　龍生
ビスマルク	加納　邦光
オパーリン	江上　生子
アッシジのフランチェスコ	川下　勝
スタール夫人	佐藤　夏生
セネカ	角田　幸彦
ペテロ	川島　貞雄
ジョン・スタインベック	中山喜代市
漢の武帝	永田　英正
アンデルセン	安達　忠夫
ライプニッツ	酒井　潔
アメリゴ=ヴェスプッチ	篠原　愛人
陸奥宗光	安岡　昭男

テーオドル=シュトルム
（1884 年）

シュトルム

・人と思想

宮内 芳明 著

103

CenturyBooks 清水書院

まえがき

詩人テーオドル＝シュトルムは一八一七年に北海沿岸のフーズムで生まれ、一八八八年にハーデマルシェンで亡くなっている。つまりシュトルムは生粋の北フリースラント人、即ち北辺のドイツ人である。

そのシュトルムが一生をすごした一九世紀のドイツは産業革命による社会変革の時代であり、手工業は工場生産に移行し、交通は鉄道時代となり、市民社会も変わってくる。そしてプロイセン国は政治的・軍事的に力をつけ、一八七一年に遂にドイツを統一させた。そのためドイツ文学もそれまでの理想主義や夢幻の世界から抜けだし、政治的・社会的な傾向文学ないしは、穏やかな写実主義に変わってきた。

シュトルムも市民生活の幸福を描くことから出発した写実主義の作家である。しかし、生まれ故郷シュレスヴィヒ・ホルシュタイン地方の独立運動に加担したためデンマーク政府に国を追われ、ポツダムやハイリゲンシュタットでプロイセン国の国家公務員として生活したが、同国の強大な国家権力には共感を覚えず、晩年には『白馬の騎手』という社会小説を書いて世相を批判したのであった。

愛する故郷シュレスヴィヒ・ホルシュタインはプロイセン国の力のおかげでデンマーク支配から脱却してドイツ連邦の一員となったのではあるが、シュトルムは、あくまでもシュレスヴィヒ・ホルシュタインはプロイセンとは異質の国と思い続けたようである。シュトルムの思想の中心にあるのは、これであろう。

今私はこのまえがきをフーズムのシュトルム゠ハウスの二階の研究室で書いている。外の廊下では一日中見学者の足音が絶えない。そもそもこの部屋はシュトルム家のキッチンであったことから誰でも中をのぞこうとして、内側から鍵をかけてあるドアの把手をがちゃがちゃ動かすのである。こうして原稿を書いていると、五人もの小さな女の子たちが駆け込んできて、「お腹が空いたよ！」と騒ぎだし、父親シュトルムが向かい側の書斎から「静かに！」と叱る声が聞こえるような錯覚に陥ることもある。

この家はシュトルム時代そのままに復元され、一年中ほとんど無休で一般公開されているのだが、実によく人が入る。年間三万九〇〇〇人というが、今年はドイツ統一の年ということもあって、もっと多いのではないかと思う。小・中学校や観光バスの団体を始め学生や一般の観光客など千客万来である。その数はフランクフルトとワイマルのゲーテ゠ハウス、同じくワイマルのシラー゠ハウスに次ぐものではないかと想像する。

しかし今日のドイツではもはや昔ほどシュトルム文学は読まれてはないが、ドイツ人でシュトルムを知らない人はいない。誰でも一度は学校でシュトルムの詩やノヴェレ（短編小説）を習うからである。だから全ドイツの各地から北海をめざして陸続と北上してくるヴァカンス旅行の人々が、フーズムの港で車を止めて魚料理を食べ、ついでにシュトルム－ハウスを見学して行くのである。

日本でも第二次世界大戦前後の二十数年間シュトルムは翻訳本で広く読まれたものである。旧制高校や大学のドイツ語の時間ではよくシュトルムの『インメンゼー』などが教材として使われ、翻訳《ほん》本がたくさん出回り、「女学生の友」などにも『みずうみ』や『海の彼方より』などが抒情画とともに紹介されていたのであった。『みずうみ』は岩波文庫だけでも三六万部売ってきたそうである。ところが一九九〇年の今日、日本でもシュトルムの翻訳本はほとんど絶版となり、大学でもあまり教材として使われなくなっている。しかしそれはドイツと同様に日本でもテレビのために文学書が読まれなくなったからであり、シュトルムに共感を覚えなくなったからではない。ドイツでも日本でもシュトルム文学は読んでみれば必ず心情に訴えることには変わりはないと思うのである。

フーズムに滞在すること三か月、改めて見直したこの町の風物は今日でも正にシュトルム文学の世界そのものである。町の中心地の景観とか内港のあたりはシュトルム時代とさして変わってはいない。美しい城公園の秋、そして堤防沿いの広大な干拓地、ゆうゆうと草を食《は》む羊の群れ、空を舞う美しいカモメ、すべてがシュトルム文学の世界である。

さらに私は八月三一日にフーズムの映画館で『インメンゼー』の新作映画を見た。素晴らしく美しいカラー、原作に忠実に淡々と描かれるエリーザベトとラインハルトの恋物語、哀れなジプシー女の人生、幻想的なインメンゼー湖、そして胸を打つラスト－シーンなど、私は本当に感動した。映画館を後にした私は、一緒に見た日本の大学生と二人で晩夏の城公園のベンチでしばし語り合ったものである。

またフーズムでは毎年九月初旬に「シュトルム祭」があり、全ドイツならびに世界各地からシュトルム学者とシュトルム－ファンが参集するが、いつも和やかな集まりであり、まるで今でもシュトルム先生が生きているかのごとき感がある。

私は今からシュトルムという優れた詩人の生涯と作品を紹介しながら、シュトルム文学の世界を散歩してゆきたいと思う。

なお、本書では亡き五木田浩先生のシュトルム詩集（講談社、一九六八年）から先生のご高訳を紹介してゆくことにする。すでに先生の奥様五木田悦子さんと講談社からお許しを得ている。五木田先生は日本におけるシュトルム研究の先駆者であったが、一九七〇年に早逝された。告水と号して俳句にも打ち込んでおられた先生の名訳を鑑賞しながら本書を読んでいただきたい。

目次

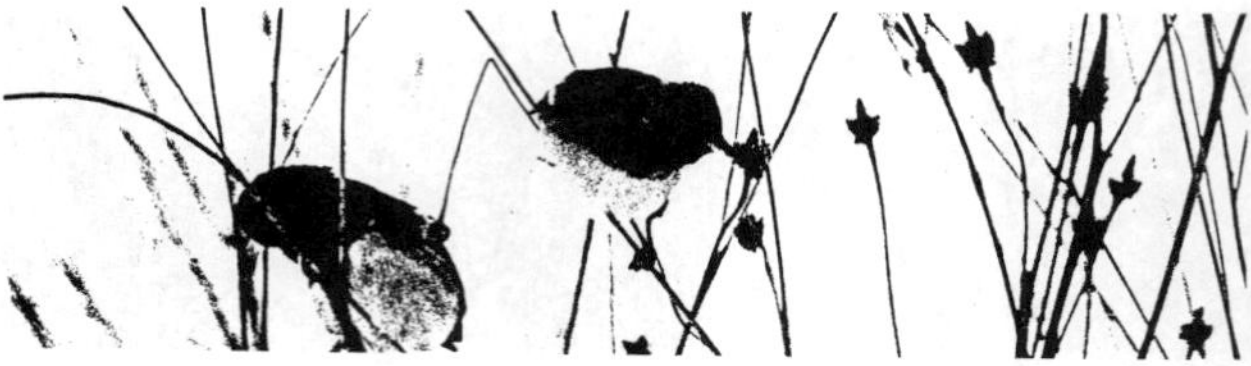

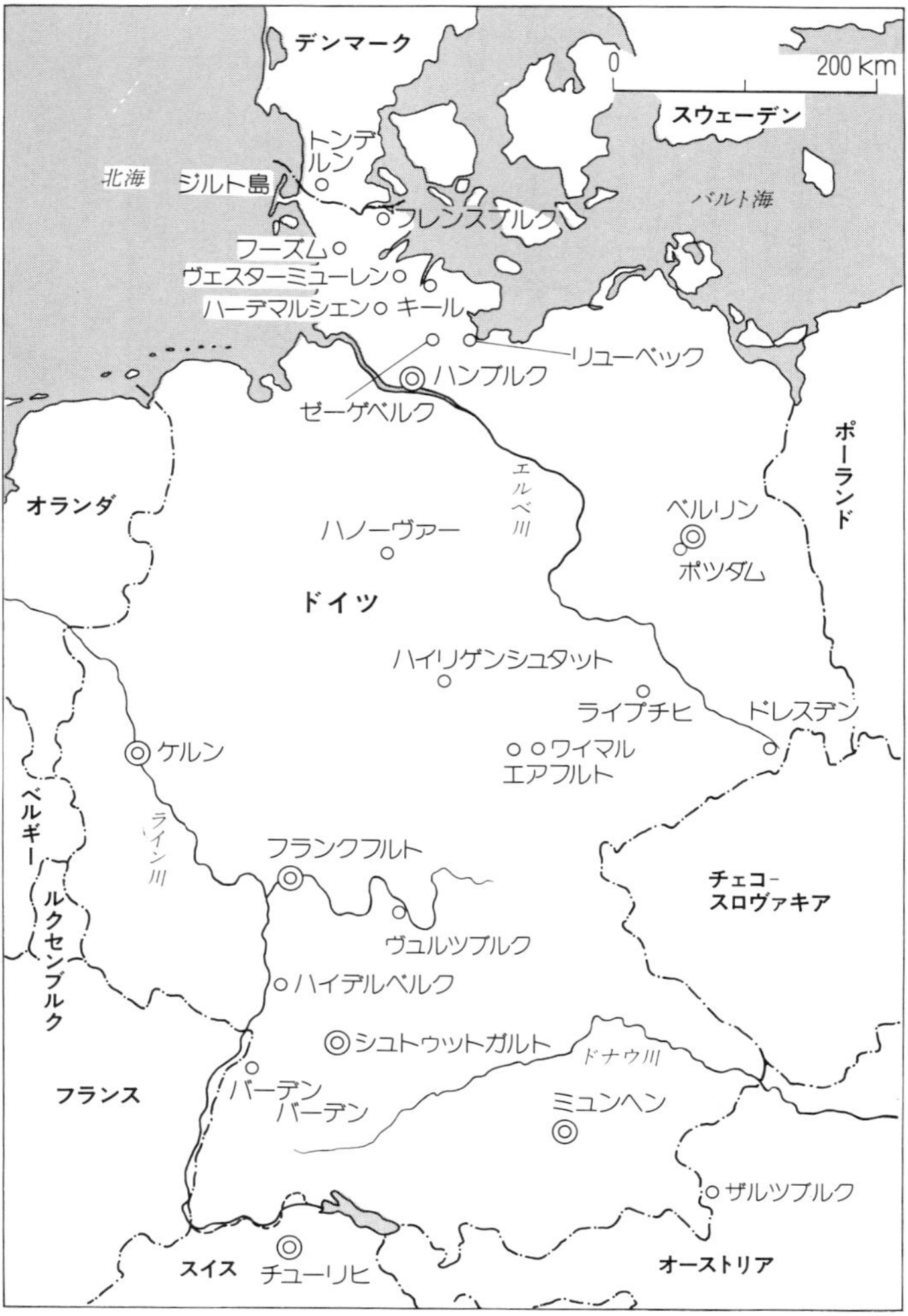

デンマーク
0
200 km
スウェーデン
トンデルン
北海
ジルト島
バルト海
フレンスブルク
フーズム
ヴェスターミューレン
ハーデマルシェン
キール
リューベック
ハンブルク
ゼーゲベルク
ポーランド
エルベ川
オランダ
ベルリン
ハノーヴァー
ポツダム
ドイツ
ハイリゲンシュタット
ライプチヒ
ドレスデン
ケルン
ワイマル
エアフルト
ベルギー
ライン川
フランクフルト
チェコ－スロヴァキア
ルクセンブルク
ヴュルツブルク
ハイデルベルク
シュトゥットガルト
ドナウ川
バーデンバーデン
フランス
ミュンヘン
ザルツブルク
スイス
チューリヒ
オーストリア

シュトルム関連地図

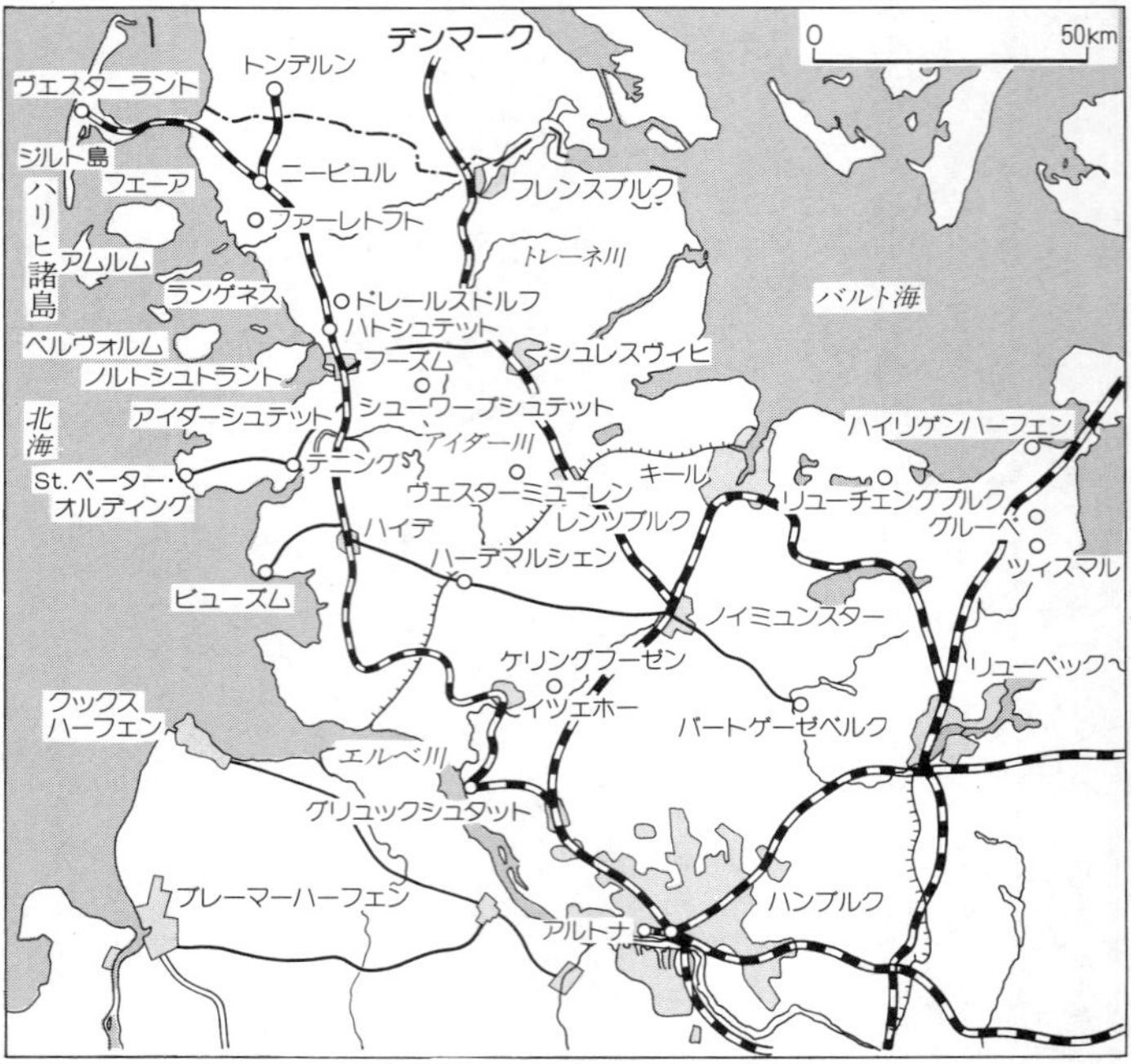

シュレスヴィヒ・ホルシュタイン地方

I

夢多き青春時代

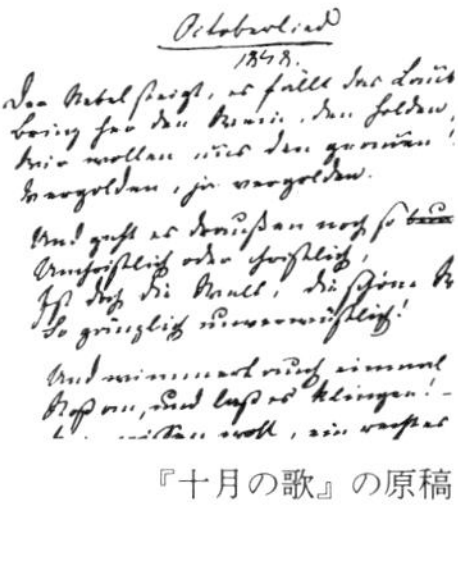
Octoberlied
1848.

『十月の歌』の原稿

生いたちの記

町

灰色の渚《なぎさ》　灰色の海辺
そこに沿うてよこたわる町
霧が重く屋根をおしつけ
静けさをふるわせ　海鳴りが
単調な音で　町をつつむ

森はさわがず　五月になっても
さえずりつづける鳥もいない
ただ雁《かり》が　秋の夜空を
鋭い声で啼《な》いて渡り
渚では草が吹かれるばかり

けれどもぼくの心は
　かたときも忘れない
灰色の　海辺の町よ
若い日の不思議な力が
　おまえの上に
いつまでも　おまえの
　上に微笑《ほほえ》んでいる
灰色の　海辺の町よ

（五木田　浩訳）

テーオドル＝シュトルムといえば『町』というほど有名な、そして最もシュトルム的な詩である。一生涯故郷フーズムを愛した詩人シュトルムが三四歳の時に作った詩である。この詩の醸《かも》しだす北国のムードにのって、シュトルムの生涯を追ってみることにしたい。

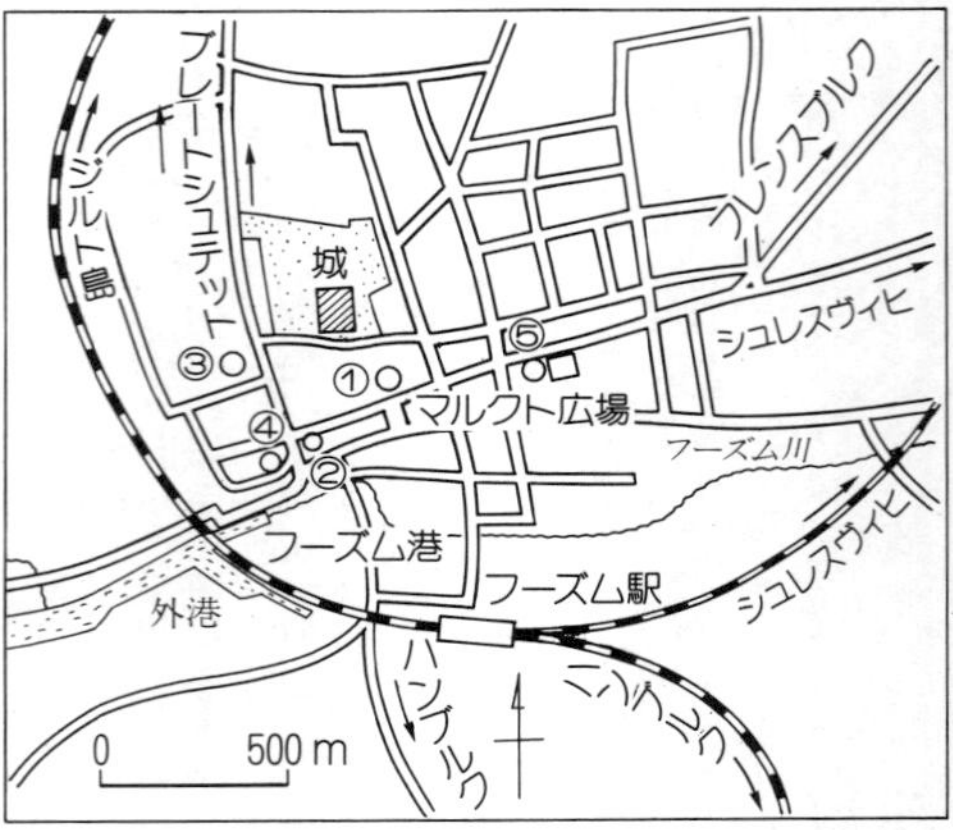

フーズム市街図
①シュトルムの生家　②シュトルムが育った家③結婚して入居した家　④1866年から1880年まで住んだ家（今日のシュトルム－ハウス）　⑤シュトルムの墓

フーズムという町

　ドイツは北辺、北海の港町、海辺の灰色の町フーズムには、バルト海岸のフレンスブルクとシュレスヴィヒから二本の街道がまっすぐにのびてきて、町の入り口で合流し、マルクト広場を通り、左に曲がって港に到達する。フーズムは一四、一五世紀では北海とバルト海とを結ぶ交通の要所であり、一六世紀の初頭まで栄えていた町である。当時はまだ海上交通は盛んでなく、穀物等の物資はユトランド半島を横断する陸路で運んでいたのである。それでも一五世紀にこの町は四〇隻余りの大船を持っていたといわれている。この町には元来市壁はなく、市門もない。市内に城はあるが、これは一五八二年にできたものである。フーズムは純然たる商業都市であった。

　しかし一六世紀になり大航海時代に入ると大型帆船が活躍し始める。商業の主導権はハンブルク港に奪われ、フーズムは衰退し始める。さらに一九世紀初頭にはナポレオンの大陸封鎖政策で、フーズムも止めを刺されることになる。豪商たちの商館も次々に朽ち果て、高さ九五メートルの塔がそびえ立っていたマリア教会も一八〇八年に取り壊された。しかし一八五四年に鉄道が開通するとフーズムも息を吹きかえし、近代的都市に生まれかわる。

マルクト広場のシュトルムの生家（1990年）

シュレスヴィヒ・ホルシュタイン地方は一七七三年から一八六四年まではデンマーク国王の支配下にあり、そのため二〇世紀末の今日でも町の景観はデンマークの雰囲気を残している。一八二九年から一八三三年にかけて再建されたマリア教会もコペンハーゲンの同名の教会とそっくりであるし、中心地を一歩出ると、二ないし三階建てのデンマーク風の小さくて低い家が連なっている。

昔、出船入船で賑ったフーズムの小さな港は今日でも干潮時には完全に干上がり、大きな汽船は身動きできなくなるが、それでも昔と同じ規模で港の機能を果たしている。

北フリースラント地方の春や夏は素晴らしい。凪《なぎ》の日の北海は輝くばかりに美しい。沖合いには浮き島のようなハリヒ諸島が点在し、干潮で干上がった砂州にはたくさんのあざらしを見ることができる。万里の長城のように延々と続く堤防の内側には、広々とした干拓地が広がり、太った緬《めん》羊の群れが牧草を食《は》んでいる。干拓地に続く湿地帯には牧草地と畑が広がっている。さらに「ホルシュタイン＝スイス」と呼ばれる内陸のゲースト（高燥地）と東方の丘陵地帯には湖や広大な畑と森が広がり、夏のリゾート地帯として知られている。東西両側にバルト海と北海を持つシュレスヴィヒ・ホルシュタイン州はバイエルンに続くドイツ第二のヴァカンス地区となっているのである。

フーズムの城公園には春になるとびっしりと美しいクロッカスの花が咲き乱れる。しかし九月になると秋の嵐が始まり、激しい北西風がしばしば何日も吹き荒れる。そして寒い冬がきて、人々は家に閉じこもる。また、北海沿岸は、百年に一度は高潮に襲われ、ハリヒ諸島は家が建っている高台を残して水没する。海岸の堤防は随所で破られて大洪水となり、人間や家畜を飲み込み、田畑を荒廃させる。それは真冬に突然襲うこともある。しかも二〇世紀になるとその回数は増え、一九六二年に津波が襲来した後、一九七六年は一月中に二回も襲われて、南方のハンブルクに至るまで大被害を受けている。しかし、津波はこなくとも、冬のフーズムは寒く、まさに海浜の灰色の町である。

詩人シュトルムの誕生

このフーズムの町で詩人ハンス＝テーオドル＝ヴォルトゼン＝シュトルムは一八一七年九月一四日、激しい秋の嵐の夜に生まれた。父親は同じくシュレスヴィヒ地方ヴェスターミューレン出身の弁護士ヨハン＝カジミール＝シュトルムで、母親はフーズムの豪商ヴォルトゼン家の出であるルチエ＝ヴォルトゼン＝シュトルムである。詩人のファースト‐ネームのハンスとはシュトルム家代々の長男の名であり、セカンド‐ネームのテーオドルとはカレンダーで見つけた愛らしい名で、サード‐ネームは母方のヴォルトゼン家が断絶したことからその姓を受け継いだのである。なお、シュトルムはデンマークの国民として出生している。

シュトルムは七人の子供の第一子であり、長男であった。町の中心地であるマルクト広場に面した「シュトルム‐カフェ」の向かって左側のマルクト九番地の家で生まれた。それから一年後には近くのノイシュタット五六番地に引っ越すが、どちらも港が近い。シュトルムは海風の音や海鳥の泣き声を聞きながら育つことになる。

父親ヨハン＝カジミール＝シュトルムの生家はフーズムの南東約三八キロ、レンツブルクの南西約一〇キロのヴェスターミューレンという小さな農村にある。シュトルム家は先祖代々水車小屋を持つ農家であり、永小作人で、先祖は一七世紀まで判明している。跡継ぎの長男は代々ハンス＝シュトルムを名乗り、シュトルムの父親ヨハン＝カジミールは一七九〇年にハンス＝シュトルム三世の七人の子供の次男として生まれている。シュトルム家は経済力があり、カジミールは頭も良かったので、一三歳の時レンツブルクのギムナージウム（九年制普通科高校）に入る。そこでカジミールはレンツブルク出身のエルンスト＝エスマルヒと知り合い生涯の親友となる。後には息子のテーオドル＝シュトルムがエルンストの長女と結婚するので、親戚ともなるのである。

カジミール＝シュトルムはそれからフーズムの「ゲレールテン－シューレ」（学者学校、即ちラテン語学校のこと）というギムナージウムに移り、その後ハイデルベルクとキールの大学で法律学を学んだ。一八一四年、二四歳の時フーズムに戻り、郡長官フォン＝レヴェツォー家の秘書官を勤めた後、一八一五年に弁護士を開業した。一八一六年にフーズムの名門ヴォルトゼン家の娘ルチエ＝ヴォルトゼンと結婚する。そして一生をフーズムですごすことになる。

カジミールにとってはヴェスターミューレンは生まれ故郷にすぎないが、後に息子のテーオドルは父親の故郷としてことのほか愛着を持ち続け、シュトルム文学とは切っても切り離せない土地となるのである。

テーオドルの母親ルチエ＝ヴォルトゼンの実家ヴォルトゼン家は一七世紀以来フーズムの豪商であり、代々市長や市参事会員を勤めてきた家柄である。家系には代々の婚姻により、フーズムの名門ないしはシュレスヴィヒ地方の名門であるイェンゼン、ペーターゼン、フェッダーゼン、トムゼン等の都市貴族の血が混ざっている。

ヴォルトゼン家の先祖については後にシュトルムが数々の作品の中で記述したり、素材として扱ったりすることになるので、ここでも少しふれておくことにする。

母親の実家ヴォルトゼン家の歴史

ヴォルトゼン家の初代は実業家で、フーズム市長を勤めたジーモン＝ヴォルトゼン一世（一六九八―一七六五）であり、インゲボルク夫人は同じくフーズムの豪商イェンゼン家からきた。二代目のフリードリヒ＝ヴォルトゼン（一七二五―一八一一）はフーズムでは外航船を所有していた最後の大商人で、夫人はフレンスブルク生まれのルチア＝ペーターゼンである。フリードリヒは慈善事業をよく行い評判が良かったが、厳格な人でもあった。フリードリヒは聖ユルゲン墓地に自分と子孫のための墓を作ったほか、長男ジーモン＝ヴォルトゼン二世（一七五四―一八二〇）のために一七七〇年代にホーレ‐ガッセ三番地に立派な住宅兼商館を建てた。この家は現存しているし、その墓もシュトルムの墓として残っている。

次の代のジーモン＝ヴォルトゼン二世は実業家であり市参事会員であるヨアヒム＝クリスチアン＝フェッダーゼンの娘マグダレーナ＝フェッダーゼン（一七六六―一八五四）と結婚し、七人の子ができた。しかし不幸なことに四人の息子は全部病死してしまったので、名門ヴォルトゼン家は断絶し、三人の娘マグダレーナ、エルザベ、ルチエだけが生き残り成人した。この三人の中では末娘のルチエ（一七九七―一八七九）が一番美しくて、心が優しく、評判が良かった。堅信礼を受ける前にはアルトーナの父方の叔母の家に預けられ、そこからアルトーナの女学校に通い教育を受けた。そしてフーズムに帰ってから七歳年上の秘書官ヨハン＝カジミール＝シュトルムと知り合ったので

シュトルムが育った家（1990年）

ある。カジミールは一八一五年に弁護士として独立し、マルクト九番地の家を手に入れてから、二人は一八一六年五月一六日に、皆に祝福されて幸福な結婚をした。

ルチエは一八歳で、芸術と自然を愛する女性であった。しかしヨハン＝カジミールは生真面目な法律家であり、歴史や政治問題には興味があるが、文学にはまったく関心を示さなかった。

ルチエは末娘であったが、最初に結婚したのであった。長女マグダレーナはフリードリヒシュタットの商人ヤーコプ＝シュツーアの家へ嫁に行く。残った二女エルザベはシュトルムが三歳六ヵ月になった時、ゼーゲベルクの市長であったエルンスト＝エスマルヒ、即ちヨハン＝カジミール＝シュトルムの親友と結婚し、ゼーゲベルクへ行き、一〇人の子を産む。その長女コンスタンツェ、即ち自分の従姉妹とシュトルムは後日結婚することになるのである。

シュトルム家に一八二〇年には長女ヘレーネが生まれる。そして一八二一年にシュトルムの家族はホーレ＝ガッセ三番地のヴォルトゼン本家に引っ越し、ルチエの母親マグダレーナと一緒に住むことになった。ジーモン＝ヴォルトゼン二世は前の年に亡くなっていた。

シュトルムの少年時代

四歳の時シュトルムはムッター＝アンベルクの経営する基礎学校に入り、九歳まで躾《しつけ》と基礎教育を受けた。そこでの成績が良かったので、シュトルムは一八二六年、九歳の時に父親の母校であるフーズムのゲレールテン‐シューレというギムナージウムの三年に編入することができた。シュレスヴィヒ・ホルシュタイン地方で初めて宗教改革を行ったヘルマン＝タストが一五二七年に開校したこのエリート‐スクールは、シュトルムの時代では四クラスの学校であった。

当時の記録によると、三年生のカリキュラムではラテン語とドイツ語の時間が多かった。毎週ラテン語が六時間、ドイツ語が五時間、算数と宗教が各三時間、数学、動物のスケッチ、歴史、ヨーロッパの地理、フランス語、デンマーク語、書き方が各二時間、そして祖国即ちデンマーク王国の事情が一時間であった。

シュトルムはこのギムナージウムに一八三五年まで在学するのであるが、この間の学園生活についてシュトルムは後に『お抱え床屋』というノヴェレ（短編小説のこと）などで報告している。しかし一八歳までのシュトルムにはなんら文学的才能のひらめきはうかがえない。またなんらドイツ文学についての教育も受けなかった。『メーリケへの思い出』（一八七六）というエッセイの中でシュ

エマヌエル＝ガイベル

トルムは次のように述べている。

「故郷の古い学者学校では、一八世紀ロココ時代の詩人ばかり扱うヒルトブルクハウゼンで出版された『ドイツ古典派作家』から引用される断片的なもの以外にはドイツ詩についてはほとんど習わなかった。しかし私はシラーのドラマを干し草置き場とか屋根裏部屋で貪り読み、ゲーテの古い詩集を皆で回し読みしたこともあったが、ビュルガーとヘルティーの外に私に影響を与えそうな現代作家がいようとは、一七歳の八年生になるまで知らなかったのである。」

それでもシュトルムは、いつのまにか文学的教育を受けていたのである。物心がついた頃から母方の祖母マグダレーナ＝フェッダーゼンから聞いた多くの祖先の話、近所に住むパン屋の老嬢マグダレーナ＝ユルゲンスという語り部が、子供達を集めては低地ドイツ語で語った幽霊の話、伝説、メルヘン（童話）、そして時の話題などである。後に名作となる『白馬の騎手』のストーリーも、シュトルムは子供の頃にこの女性から仕込んでいたのである。シュトルムは五五歳のときに『レナ＝ヴィース』という題で彼女への追憶の記を書いている。

7歳のベルタ＝フォン＝ブーハン
（1833年）

リューベックのカタリーナ学校

一八三五年にシュトルムは父の意志に従ってリューベックのカタリーネウムという名門高校の最上級学年に編入学する。ここでシュトルムはリューベックの穀物商の息子であるフェルディナント＝レーゼと親しくなる。文学青年レーゼはシュトルムを、実業家たちや領事アードルフ＝ネルティングなどが集まるサロンに案内し、そこで当時既にボン大学に入っていたエマヌエル＝ガイベルが設立した「詩人同盟」というクラブに入部させた。ここでシュトルムの詩才は目覚め始める。レーゼの勧めでシュトルムはゲーテの『ファウスト』を読み、ハイネの『歌の本』に読みふける。シュトルムは休暇で帰省したガイベルとも知り合い、文学青年たちは連れ立って劇場や酒場へ行ったり、近郊へピクニックをしたりした。ガイベルは後に叙情詩人として有名になるが、レーゼは世に名が出ることなく、早世する。しかしこの親友レーゼなくしてシュトルム文学は生まれなかったと言えるほど、レーゼのシュトルムへの感化は大きかったのである。

ベルタ＝フォン＝ブーハンへの初恋

リューベックの時代の一八三六年クリスマスに一九歳のシュトルムはアルトーナまで

行き親類であるシェルフ家を訪ねる。そしてシュトルムはそこへ来合わせた一〇歳の少女ベルタ＝フォン＝ブーハンを見初め、たちまち惚れ込んでしまう。ベルタは幼い時に母を失い、父親は商人で外国生活が多かったため、四歳の時からハンブルクのテレーゼ＝ローヴォールという良家の老嬢に育てられていたのである。この時からシュトルムは二三歳の時に求婚を正式に断られるまで、ひたすらベルタを思い続け、数々の詩を作って彼女に捧げた。この恋は遂に実らなかったが、異国生まれの美女への憧れは、その後もシュトルム文学の重要な要素のひとつとなる。またベルタの面影はノヴェレ『インメンゼー』にほうふつと描かれている。

大学時代

キール大学

親友レーゼは一八三六年からベルリン大学で哲学、考古学、美術史を勉強していた。ガイベルもボン大学からベルリン大学へ転学していた。シュトルムも一八三七年春にカタリーナ学校を卒業し、キール大学に入り、父の意向に従って法律学を学び始める。そして彼は、法律学というものは「特別好きでなくても勉強できる学科」と感じている。大学では父親のフーズムのゲレールテンシューレ時代の恩師であるニコラウス＝ファルク教授のシュレスヴィヒ・ホルシュタイン法の講義などを聞いた。

シュトルムは早速文学サークルを探したが無駄であった。酒と女と決闘に明け暮れる学生ばかりで、シュトルムは幻滅感を味わう。

『熊の子ハンス』

一八三七年、この二〇歳の多感なロマンチストは休暇でフーズムへ帰省した時、妹ヘレーネの女友達である一七歳のエンマ＝キュールと知り合い、またまた惚れ込んで、すぐに求婚する。ところが、たちまち嫌気がさし、翌年取りやめにした。そして思いは再びベルタに向かい、一八三七年にクリスマスに自作のメルヘン『熊の子ハンス』を贈ったのである。このメルヘンは技巧的には稚拙《ちせつ》ではあるが、ストーリーは面白い。

炭焼き夫婦の赤ん坊ハンスは生まれつき力持ちである。ところがある日ハンスは熊に連れ去られ、穴ぐらで熊の子として育てられることになる。二匹の子熊を人間に奪われたこの雌熊は復讐のためにハンスを奪ったのであった。ハンスは大きくなり、親熊の留守中に穴の入り口の大石を押し出して逃げ出し、両親の家に帰る。そしてハンスは旅に出てある豪農の家に雇ってもらうが、あまりの怪力を恐れた主人は、ハンスをだまして古井戸におろし、石を投げ込んで殺そうとする。ところがハンスは無傷であがってくるので、主人は怖くなって金塊を与えて暇をだした。次にハンスはあるお城を訪ね、王女が嫌っている求婚者の大男を倒し、恩賞として王女と結婚する。そして国王となったハンスは年とった親熊を見舞い、最後を見取る。国王夫妻は平和に国を治めてゆくのであった。

ベルリン大学へ転学

一八三八年の復活祭にシュトルムはベルリン大学へ転学した。ガイベルとレーゼの後を追って行ったのであるが、ガイベルは五月にはアテネへ行ってしまう。アテネのロシア公使カタカジ公の執事に採用されたためである。シュトルムは失望したが、レーゼの方はそのままベルリン大学に残って勉強を続けていたので、心強く思った。

さてシュトルムはベルリンにきて法律学を続けたのであるが、レーゼが「マギステル＝アントーニウス＝ヴァンスト」という芸名で監督をしていた学生劇場「テアトロ－アラ－スカラ」に参加する。シュトルムはボードヴィルに出演したり、作曲をしたりした。また二人で本物の大劇場にも通い、当時の有名な俳優カール＝ザイデルマンの演ずるメフィストフェレスに感動した。

その年の夏には彼等は良くベルリン郊外へピクニックをした。ある日、シュトルムは数人の男女の友人達と一緒にハーヴェル湖の島へ一泊旅行をした。シュトルムはその晩ボートを漕ぎ出し、月明りで白く光る睡蓮の花を見た。シュトルムはその花をよく見ようとして、裸になって水に飛び込み、泳いで行ったが、睡蓮の根や茎などが体にからみついて泳げなくなったので、諦めてボートに戻った。この時の体験が後の名作『インメンゼー』の中で描かれている。

一八三八年の秋にシュトルムは北ドイツ出身の学生たちの小グループでドレスデンへ旅行し、王宮のそばの旅館に四週間泊まって、数々の名所旧跡を見て歩き、故郷フーズムの非文化性を痛感した。

再びキールへ

一八三九年に「マギステル＝ヴァンスト」こと親友フェルディナント＝レーゼがベルリンを去りバーゼル大学へ転学してしまう。そこでシュトルムも再びキール

モムゼン兄弟　左がテーオドル、右がティヒョー

大学へ戻ることにした。

そこにはもはや旧友は誰もいなかったが、一年後にガルディング出身のモムゼン兄弟という良い友人達に出会う。兄のテーオドルはシュトルムと同じ法律学を、弟のティヒョーは哲学を学んでいたが、政治、文学、そして郷土愛という点でシュトルムは共感を覚えた。兄テーオドルはシュトルムに一八三八年に出たメーリケの詩集を紹介し、シュトルムはこの時以来メーリケの大ファンとなる。二人は夜更けまでダンテやシェークスピアについて語り合った。シュトルムは専門の法律学そっちのけでハイネ、ゲーテ、アイヒェンドルフ、そしてメーリケなどに読みふける。そのあげく、一八四〇年にシュトルムは「オイローパ」という雑誌にいくつかの詩を初めて発表したのである。

一八四一年にはモムゼン兄弟とシュトルムはシュレスヴィヒ・ホルシュタイン地方の伝説、民謡、メルヘン等を収集し始める。

この四年に及ぶ第二次キール大学時代はシュトルムにとって楽しくしかも実り多い時代であった。女中、洗濯女、縫子、大道女歌手等の貧しい娘たちとつき合うこともあった。後にノヴェレ『大学時代』に登場する少女ローレもこの時代に見かけたお針子である。またハープ弾きのユダヤ少女にキスをしたこともあり、これが『ハープ弾きの少女』という詩となっている。またこの少女は名作『インメンゼー』にも登場する。

この頃シュトルムはたまたま帰省した時、末妹ツェツィーリエの女友達である一三歳の可愛らしいブロンドの少女に会う。その名はドロテーア゠イェンゼン、フーズム市会議員の娘であった。この少女が後にシュトルムの人生と文学に大きな影を投げかけるのである。

多情多感な若き日のシュトルムは、どちらかといえば女性が好きで、惚れやすかった。しかし、まだ初恋の少女ベルタを諦めてはいなかった。一八四二年三月にシュトルムはアルトーナへ乗り込み、ベルタの養母ロヴォール夫人に会い、ベルタとの婚約を懇願するが、良い返事はない。それでもシュトルムは断念せず、せっせと恋文を送り続ける。

大学生活を終える

一八四二年一〇月、シュトルムはキールの上級控訴裁判所で行われた法律学卒業試験に合格し、一一学期に及ぶ長い大学生活を終える。そのとき二五歳になっていたが、これで司法試験に合格し、弁護士として父親の仕事を継ぐ資格を取得したことになった。

ところがシュトルムは哀れにもこの一〇月にベルタとの婚約を決定的に断られる。その理由は、養母がベルタを溺愛していて放したくないことと、シュトルムが非宗教的であること、さらに経済的に見込がないこと等を理由としていた。しかしもっとも大きな理由に、一七歳になろうとしていたにもかかわらず、ベルタに情熱性が欠けていたことがあげられる。ベルタはその後もある医師の求婚も退け、一生を独身ですごしている。

第一次フーズム時代

弁護士生活のスタート

ベルタへの失恋で身も心も疲れ果てたシュトルムは、一八四三年二月にフーズムへ戻ってきた。待ち受けていた父親ヨハン＝カジミールは自分の法律事務所を手伝わせるが、失意の文士風の長男は、謹厳実直な働き者の父親としっくり行かない。そもそも父親は文学や芸術にはまったく関心がなく、長男の文学趣味を軟弱でだらしないものと決めつけていた。さらに息子は大学生活が長びいた上に、多額の借金まで作っていたことが判ると、ますます息子への風当たりが強くなるのであった。

そのためであろうか、その年の三月にシュトルムは近くのグロース街で自分の法律事務所を開き、両親と別居する。家事はクリスチーネ＝ブリックという家政婦がやってくれる。しかしシュトルムは父親と喧嘩別れしたわけではない。父親は息子のためにせっせと弁護依頼人をまわし、援助をした。そして暇さえあれば詩や小説のことばかり考えているシュトルムを見限ったりせず、その後も何とこの長男が四三歳になるまで経済的援助を続けたのである。

それからのシュトルムは弁護士の仕事にうちこむかたわら、上流家庭のパーティーにもよく顔を出した。そして一八四三年二月には、妹ヘレーネの手助けによってフーズムで市民コーラスを作り、一〇人の女性と八人の男性とでスタートした。シュトルムは自ら指揮をして熱心に練習に励み、自分も得意とするテナーで独唱もした。この「シュトルム合唱団」は一九九〇年の今日でも続いているのである。この年にはモムゼン兄弟とシュトルムの三人で編纂した『三人の友の詩集』がキールのシュヴェーアスという書店から出版された。この中にはベルタのための詩などシュトルムの四〇篇の詩が入っている。共著ではあるが、シュトルムにとって詩集の処女出版であった。

後にテーオドル＝モムゼンはベルリン大学古代史の教授となり、一九〇二年にはノーベル文学賞を受け、一九〇三年に八六歳で亡くなる。弟のテイヒョーは文献学者として高校の教授となり、最後にはフランクフルト－アム－マインのギムナージウムの校長を勤め、一九〇〇年に八〇歳で亡くなっている。シュトルムはこの兄弟に死ぬまで敬意を払っていた。

従姉妹コンスタンツェとの婚約

同じく一八四三年の夏にゼーゲベルクから母親の妹の長女であるコンスタンツェ＝エスマルヒが訪ねてきた。父親の旧友エルンスト＝エスマルヒと母親の姉エルザベとの間の長女である。シュトルムと幼なじみの従姉妹コンスタンツェはもう一八歳になっていた。文学青年であるシュトルムは、シュトルム合唱団でアルトを歌うこのまだ少女じみたコンスタンツェに、同い年のベルタの面影を感じたのである。シュトルムは妹ヘレーネ、弟ヨハネスなどと一緒にコンスタンツェを交えて郊外へピクニックに行く。そのうちコンスタンツェの心はシュトルムにひかれていく。シュトルムも彼女との結婚を考え、翌四四年早春に二人は結婚を誓い合う。

これを聞いた父親カジミールは仰天した。これには経済的な利益はなにもなく、しかも生まれてくる子供にも遺伝的な障害も考えられる近親結婚である。父親は猛反対をし、コンスタンツェの父親であるエルンスト＝エスマルヒに当惑した手紙を書いた。「私は近親結婚に反対だが、もしも君が許すなら、結婚は少なくとも一年半ないしは二年先に延ばすという条件をつけてもらいたい」と伝えた。

コンスタンツェの父親の方も同様に驚いたが、娘に対して延期を条件にシュトルムとの結婚を許したのである。もっともこれはコンスタンツェの母親エルザベが即座に大喜びで許したからでもあろう。母親としては、六人もいる娘たちの長女がタイミングよく片づくことを嬉しく思ったのではなかろうか。そこでシュトルムの父親も折れて、息子はそのうちにまた取り止めにすることもあると考えて、黙認することにしたのであった。

コンスタンツェは当時の女性の平均的な教育しか受けていなかったので、シュトルムは毎日手紙を書いて彼女を教育し始める。文学、音楽、宗教はもちろん、交際、夫婦のあり方などを説き、毎日教養を高めるために勉強せよ、ともいう。コンスタンツェは明るくて静かではあったが、ベルタと同様に非情熱的性格であり、これがシュトルムにとっては一番不満な点であった。しかし、二人は二年半にも及ぶ長すぎた春に飽きることなく、遂に一八四六年九月一五日に結婚する。結婚式はゼーゲベルクの市庁舎内のエスマルヒ家で挙行された。シュトルムは前日に二九歳になったところであった。しかしシュトルムの両親や弟妹達は妹ヘレーネの重病のため出席できなかった。

二人はその日すぐにノイミュンスター行きの馬車に乗りフーズムに向かう。新婚の初夜はリックリングという宿場の旅館「リックリングの水車小屋」で迎えた。その翌日フーズムに到着した二人は北町の家に入り、幸福な新婚生活を始める。弁護士の仕事も順調であった。その新婚時代にできた詩をひとつ紹介しよう。新妻コンスタンツェへの愛の詩であり、名作のひとつである。

　ぼくのふたつの目をとじて！
ぼくのふたつの目をとじておくれ！
いとしい両の手をのせて！
ぼくの悩みは　ことごとく
君の手のかげで　ひそやかになる
そして苦しみの波がつぎつぎに
そっと眠りにつき

最後の大波が揺れうごくと
ぼくの心は　きみのことでみちあふれる

翌一八四七年には最初のノヴェレ『マルテと時計』が発表される。シュトルム独身時代の家政婦クリスチーネ＝ブリックの人生録から取材した短い物語である。

『マルテと時計』

女主人マルテはハイ＝ミスで、しかも独り暮らしである。兄弟姉妹たちは皆家を出て、未婚のマルテだけがひとりだけ両親のもとに残り、両親亡き後は、以前の家族の居間を貸して、ひっそりと生活しているのであった。

孤独なマルテの話し相手は、亡き父親が五〇年も前にアムステルダムの古物市で買ってきた置時計である。人魚が両側についているこの時計は気まぐれに勝手な時を打ったり、止まったり、動いたりしている。ところが、この古時計は一家の歴史の立会人である。子供の時からのクリスマスの楽しい賑やかな夕べ、また老いた母親が亡くなる時などの立会人である。マルテは突然始まるチクタクという音に慰められたり、励まされたりして独り暮らしを続けている。

ドロテーアの出現

好事魔多し。シュトルムの楽しい新婚生活には間もなくひびが入ることになる。またまたシュトルムの前に美少女が現れたのである。それは六年前に会ったことのあるドロテーア＝イェンゼンである。その頃一三歳だった少女はもう初々しい一八歳の娘になっていて、シュトルム合唱団で歌っていた。またもや合唱団員の女性である。

シュトルムはコンスタンツェとやっとのことで新婚生活に入ったのであったが、やはり彼女のクールな性格が物足らなかった。その様な時に、はつらつとした若いドロテーアはなんとなくシュトルムの気をひいたのである。ドロテーアもタクトを振る若い弁護士先生に熱をあげ始める。シュトルムも彼女のひたむきなまなざしに気づき、悪からぬ気分となり、やがて二人は恋のとりことなる。フーズム市会議員イェンゼン家の未婚の娘と法律事務所の新婚の若先生との仲はたちまち町中の話題となり、コンスタンツェの耳にも入る。コンスタンツェは半狂乱になって離婚しても不思議ではない。七年目の浮気ではない、二年目の浮気である。新妻にとっては重大な事件だったはずである。しかしクールな彼女はじっと耐え、遂にドロテーアを呼んで、二人だけで冷静に話し合う。そこで彼女はドロテーアに「お友達としてこの家で一緒に暮らしましょうよ」と提案したのである。これは驚くべき話である。まさに妻妾同居を本妻が提案したことである。もちろんドロテーアはそれに同意するはずはない。翌一八四八年二月にドロテーアは他の町で家事手伝いをすることになり、フーズムを出て行った。

妻コンスタンツェの寛大な裁量によって事件は一応解決し、シュトルムも救われたのであるが、シュトルムはそれでもドロテーアのことが忘れられず、七年後の一八五五年に『アンゲーリカ』というノヴェレを発表して、自分の苦しい胸の内をさらけ出す。そしてコンスタンツェが死んでから一年後の一八六六年、シュトルム四八歳の時に、まだ未婚のままでいたドロテーアを後妻に迎えることになる。

これをみると、シュトルムはずいぶん女好きな文士だと思われるかもしれない。しかし、我々は永遠に美しいシュトルム文学の源泉はこのドロテーアにあるといっても過言ではないのである。この道ならぬ恋を源泉として、数々の世界的な詩やノヴェレが、こんこんと湧き出してきたのだった。

ドロテーアに思い焦がれる詩をひとつ紹介しよう。これは一八五二年に発表したもので、後にトーマス＝マンが絶讃し、この詩のムードを名作『トニオ－クレーガー』に利用したことで有名である。

ヒアシンス

遠くで音楽がひびいている　でもここは静かな夜だ
草花が睡《ねむ》い香りをぼくに吹きかける

ぼくはずっときみをおもっていた
ぼくは眠りたい　だがきみは踊らずにいられない

いっときの休みもなく踊りくるい
ろうそくが燃え　バイオリンがわめいている
人の列はわかれてまた結ばれ
だれの顔も上気して　だがきみは蒼ざめている

そしてきみは踊らずにいられない
　みしらぬ腕が
きみの胸にからんでいる
　ああ手荒くしないでくれ！
ぼくには見える　きみの白の衣裳のとびすぎるのが
きみのかろやかな　やさしい姿が

するといっそう甘く夢みるように夜の香りが

草花の萼《がく》からあふれでてくる
ぼくはずっときみをおもっていた
ぼくは眠りたい　だがきみはおどらずにいられない

デンマーク戦争

本書の冒頭に述べたように、大公領シュレスヴィヒとホルシュタインは中世以来、デンマークから独立しようとして戦ってきたのであった。しかしシュトルムはデンマーク国籍で生まれていたので、デンマーク人とドイツ人の間に存在する慢性的な葛藤も、ノンポリ派であるだけに、さして気にもなっていなかった。

ところが一八四六年になって、フーズムの等族議会のデンマーク人議員が、ドイツ語とデンマーク語の対等性を要求したのである。これにはシュトルムも反対する。そしてこの年にデンマーク国王は、シュレスヴィヒ・ホルシュタインとラウエンブルクを含めたデンマーク統一国家の構想を布告する。これに対して北方ドイツ民族は一斉に抗議し、一八四八年にシュレスヴィヒ・ホルシュタインはキールに独自の臨時政府を樹立した。そしてドイツ連邦議会の協力を得て、プロイセンとハノーヴァーの陸軍に出兵を仰いだ。こうして一八五〇年まで続くドイツ・デンマーク戦争が勃発したのであった。ところがイギリスとロシアが政治的に介入してきたため、一八四八年八月下旬にスウェーデンのマルメーで七か月間の停戦協定が結ばれた。

ドロテーア問題が一段落して少し落ち着いていたシュトルムは、今度はデンマーク紛争に巻き込まれ、深刻に悩むことになる。その頃「シュレスヴィヒ・ホルシュタイン新聞」の編集者をしていた親友テーオドル＝モムゼンは、シュトルムに協力を求めてきた。そこで、シュトルムは一八四八年の春から秋まで同紙上で反デンマーク論を書き続けた。

一八四八年のクリスマスに長男ハンスが生まれた。三一歳のシュトルムは父親となり、いよいよ妻コンスタンツェと一体となって家庭を守る覚悟ができた。その直前の一〇月に、シュトルムは不朽の名詩となる『十月の歌』を作る。これは当時の不穏な世相をなげきつつも同胞を激励する詩である。

十月の歌

霧がたちこめ　葉が散りいそぐ
ぶどう酒を酌《く》め？　芳醇《ほうじゅん》な酒を！
灰色の日を黄金色《こがねいろ》に
ぼくたちで黄金色に染めなそう

外がどのように騒ぎくるい

キリスト教徒であろうとなかろうと
世界は　すばらしいこの世界は
みじんも荒らされはしないのだ

ときには心がめいるときも
グラスをあわせ　うちひびかそう！
正しい心のほろびぬこと
それをぼくたちはよく知っている

霧がたちこめ　葉が散りいそぐ
ぶどう酒を酌め！　芳醇な酒を！
灰色の日を黄金色に
ぼくたちで黄金色に染めなそう！

いまは秋　だが待ちたまえ！
いっときでよい　待ちたまえ！

春がおとずれ　空が笑い
世界はすみれにつつまれる

紺碧《こんぺき》の日々が明けてくる
そのときそれの過ぎさらぬ間に
ぼくたちは　勇気ある友よ
たのしもう　みなでたのしもう！

シュレスヴィヒ・ホルシュタイン地方の全住民の四分の三はドイツ語族で、残りの四分の一しかデンマーク語族はいないことを意識した若い世代の人たちは、祖国はもはやデンマークではなく、ドイツであるという共通意識ができあがっていたのである。シュトルムが合唱団を始めたのも、民族意識高揚運動の一環でもあった。

デンマーク戦争での敗北

一八四九年三月に戦闘は再開され、シュレスヴィヒ・ホルシュタイン軍はプロイセン軍の助力を得て、随所で勝利を収めたが、またもやイギリスとロシアの干渉が入り、プロイセンは七月にデンマークと休戦条約を結んで軍を引き揚げ、一八五〇年にはデンマークと平和条約を結んでしまう。そのため、シュレスヴィヒ・ホルシュタイン軍はやむなく自力で戦い、遂に一八五〇年七月にシュレスヴィヒ近くのイートシュテットで決定的な敗北をする。そして一八五一年初めに、ホルシュタインはオーストリアに、シュレスヴィヒはデンマークに占領され、さらに一八五二年五月八日のロンドン会議議定書はデンマーク王朝の主権を保証してしまった。

シュトルムは憤激した。ドイツ人の祖国であると信じていたプロイセンが同胞を見捨てたために苦戦となったのである。シュトルムは一八四九年にはフーズムの反デンマーク派の一員となっていたが、苦戦になるとさらに「愛国救援同盟」の書記となり、捕虜や負傷兵や軍艦建造のための義援金集めもした。そして敗戦後も怒りを数々の詩をもって表した。その中でも有名なのは『一八五〇年秋に』である。九節もあるが、最初の二節だけ紹介しよう。

一八五〇年秋に

そして塔からも城門からも
敵の紋章がみおろしている
かれらは荒々しい拳《こぶし》で三色旗を
十字架や墓標からもぎとっていった

たとえ数日後は乞食となり
わが家と故郷を去る運命《さだめ》としても——
ぼくらは大声で嘆くことはすまい
避けられぬことは生じさせるがよい！

あとの七節はまさに悲憤慷慨《こうがい》である。「やがてはこのドイツの土が大きな王国につながる日がくると思うが、敵と通ずる裏切者がいたことは許せない」と激しい感情をむき出しにしている。

珠玉の名作　このような動乱の最中の一八四九年、シュトルムはノヴェレ『インメンゼー』の初稿を、カール＝ビールナツキ編『一八五〇年版民衆本』で発表していた。これはベルタとドロテーアとの苦しい恋の体験から生まれた短編小説であるが、これが後に世界的な名作となろうとは、シュトルム自身も想像しなかったであろう。ここでまずそのストーリーを追ってみたい。

『インメンゼー』

散歩から帰ってきた老人は自室に入り、椅子に腰掛けて休んでいると、壁にかかっている女

Immensee.

Wiederum waren Jahre vorüber. — Auf einem abwärts führenden schattigen Waldwege wanderte an einem warmen Frühlingsnachmittage ein junger Mann mit kräftigem, gebräuntem Antlitz. Mit seinen ernsten grauen Augen sah er gespannt in die Ferne, als erwarte er endlich eine Veränderung des einförmigen Weges, die jedoch immer nicht eintreten wollte. Endlich kam ein Karrenfuhrwerk langsam von unten herauf. Holla! guter Freund, rief der Wanderer dem nebengehenden Bauer zu, geht's hier recht nach Immensee?

ピーチュ作『インメンゼー』の挿絵（1857年）

性のポートレートに眼が行く。それは昔の恋人エリーザベトであった。老人の回想録が始まる。

小学生の頃、ラインハルトは幼なじみのエリーザベトといつも一緒にあそんでいた。ラインハルトが高校へあがるために故郷の町を去る前日、近くの森へ行くピクニックの会があった。その時も二人は森の中でさまよい歩いてイチゴを探した。この楽しい思い出を胸に秘めて、ラインハルトは都会生活を始める。そして大学にあがり植物学を学ぶ。

クリスマスの夜、学友たちと酒場で酒を飲んでいると、ジプシーのハープ弾きの少女がきて、次のような歌を唄う。

今日《きょう》　今日だけ
わたしは美しい
明日《あす》あゝ明日は
すべて過ぎ去る！
ただこのいっとき
あなたはわたしのもの
死んでゆく　あゝ死んでゆく

わたしひとりで

ラインハルトは下宿に戻って、母からきたクリスマス‐プレゼントを開けてみると、エリーザベトからのラヴ‐レターも入っていた。しかし復活祭に帰省した時、ラインハルトはエリーザベトと二人で山へ植物採集にも行ったが、彼女に少しよそよそしさがあることに気づく。それから二年後、母からきた手紙で、エリーザベトが彼女の母親の希望によって、エーリヒという男と婚約したことを知り、ラインハルトは愕然《がくぜん》とする。エーリヒはやはり幼なじみの旧友であり、資産家の跡継ぎ息子であった。

インメンゼーを訪ねて　さらに数年たったある日のこと、ラインハルトはインメン湖の湖畔にあるエーリヒの屋敷を訪ねる。ラインハルトの到来を知らされていなかったエリーザベトは、驚きながらも快く彼を迎える。彼は客人としてこの家に逗留《とうりゅう》し、エーリヒの畑やブドー山とかホップ畑、アルコール工場などを見学したり、夕方にはひとりで湖畔を散歩したりする。

ラインハルトは民謡や伝説を収集していた。ある日、同好会の友人が民謡を送ってきたので、ラインハルトはエリーザベトと二人で開けて見ていると、次の詩が出てきた。

わたしの母の望みなのです
ほかのお方を選びなさいと
これまで思いつづけていたことを
すっかり忘れてしまいなさいと
わたしの本意《ほい》ではないのです

わたしは母をうらみたい
思いやりなどなかったのです
これまで心を高めたことが
いまでは罪となりました
わたしはどうしたらよいのでしょう！

わたしの誇りと喜びは消え
かわりに得たのは悩みばかり
ああ　この苦しみがなかったなら！
ああ　いっそ物乞いに身をおとし！

枯れいろの野を越えて行けたら！

永遠の別れ　ラインハルトが朗読していると、巻紙の端を持っていたエリーザベトの手がかすかに震えていた。エリーザベトはそっと席を立ち、庭に降りて行った。ラインハルトもひとりで湖畔に出て、睡蓮の花を見つけ、服を脱いで水に入り、泳いで見に行くが、根や茎などが体に絡みつくので戻ってくる。

それから数日後、二人は再び一緒に湖畔を散歩し、何となく気まずい思いをしながらも、ボートに乗って対岸に渡ったりした。

眠れぬ一夜が明け、ラインハルトは早朝にそっと旅立とうとした時、エリーザベトが現れ、「もうこないのね」と言って、静かに彼を見送るのであった。

老人は我に返る。家政婦が灯りを持って入ってきたのである。すっかり暗くなっていた。

日本における『インメンゼー』の受容　このノヴェレは一九五五年頃までの日本の旧制高校や大学でドイツ語の教材としてよく使われていた。これが日本の若者たちを、ゲーテの『若きウエルテルの悩み』と同様に、感動させていたものである。

例えば、詩人立原道造は旧制一高時代に竹山道雄教授に習ったこの『インメンゼー』に感激し、後に『萱草《わすれぐさ》に寄す』（ヒヤシンス叢書）というシュトルムの影響が強い叙情詩集を出している。その詩集の冒頭の詩『はじめてのものに』の最後に「エリーザベト」が出てくる。立原は『インメンゼー』のエリーザベトに憧れ、軽井沢で知り合った女性をエリーザベトとかエリザと呼んでいた。

また夏目漱石はこのノヴェレを『夢の湖』と呼んで、さきほど引用した『今日　今日だけ』（三浦白水訳）という詩を賞賛している。そして明治四〇年には木下杢太郎（一八五五—一九四五）もこの詩を平仮名で翻訳している。杢太郎も旧制一高で岩本禎教授に習った『インメンゼー』に心酔していた。

また翻訳本による日本の若い女性への影響も大きかった。昭和二〇年代から三〇年代にかけて、例えば小学館の「女学生の友」などの少女雑誌には、シュトルムの『インメンゼー』が『みずうみ』として『海の彼方より』などとともにカラーの叙情画つきで紹介されていた。竹久夢二調の情緒あふれる絵筆で描かれるエリーザベトやラインハルトの物語は、往年の女学生の心の琴線を刺激したものであった。叙情画の元祖、竹久夢二（一八八五—一九三四）は一九三三年にベルリンに滞在し、ドイツで叙情画を学んで帰国する。この流れを汲む昭和二〇年代の日本の叙情画作家たちも、ドイツ的ムードを伝承していたと思われる。

『インメンゼー』の評価の移り変り

日本における受容のことはさておき、この『インメンゼー』は『白馬の騎手』とともに、全世界でシュトルム文学を代表する二大作品となったのである。しかしシュトルム最後の作品『白馬の騎手』の厳しい性格とは正反対のこのノヴェレは、とかく絶望と諦めの淡いポエジーとみなされがちであった。ドイツ本国ですらそのように思われていた時代もあった。

シュトルムが八年も住んだことのあるハイリゲンシュタット生まれのシュトルム研究家、マリア＝ヴレーデ女史（一八九〇—一九六九）ですら、少女時代にシュトルムを読んでいたら、高校教授である父親に「シュトルムは軟弱な文学」だと叱られ、本を没収されてしまった、と語っている。

しかし、本作品もよく検討してみると、これは実によくできた作品である。しっかりした枠物語形式、子供達の情景、学生時代のクリスマスの夜の情景、ジプシーの女旅芸人、アンデルセンの『マッチ売りの少女』のような貧しい少女、そして幻想的なインメン湖を舞台にした以前の恋人達の語らい、そして人の胸を締めつけるような別れの場面など、構成の優れた見事な作品であり、読んだあと、あと味のよいノヴェレである。ラインハルトは彼女と別れて旅に出ると、「外界は明るく広がり、蜘の巣にぶらさがった水滴の玉が朝日に輝いていた。彼は振り返らないで、ずんずんと歩く。静かな屋敷はもう見えなくなった。彼の前には大きな広い世界が広がってきた」と感じている。男は失恋をして強くなる、という観念をシュトルムは確認しようとしていたのではなかろうか。

世間は戦争と動乱のさ中で騒々しかったし、自分も反デンマーク運動もしていたが、法律事務所も閉鎖を余儀なくされていたので、シュトルムは詩作の世界に没入して着々と仕事をしていた。そのみごとな成果が『インメンゼー』である。しかし、その頃ほかにも、ノヴェレ『緑の木の葉』とかメルヘン『ヒンツェルマイヤー』などの名作の原稿をこつこつと書きためていたのであった。

一八五一年一月、シュトルム三四歳の時、次男エルンストが生まれる。長男ハンスは後に不肖の子となり、シュトルムをさんざん悩ませたあげく若死にするが、このエルンストは後に弁護士となり、四人の子を設け、その後たくさんの子孫を残すこととなる。

この一八五一年に『夏物語と詩集』の初版がベルリンのアレキサンダー＝ドゥンカー書店から出版されている。三六篇の詩、『白雪姫』のドラマの台本、『広間にて』『小さなヘーヴェルマン』『ポスツーマ』『マルテと時計』などの物語が入っている。そしてこの本はすぐさまパウル＝ハイゼやフォンターネなどベルリンの文士たちの眼にとまり、特に『インメンゼー』によって、辺境の詩人シュトルムは中央文壇にデビューしたのであった。

デンマーク政府から追放される

一八五一年にシュトルムは法律事務所を再開したが、翌五二年に、反デンマーク運動を理由として、デンマーク政府から弁護士としての活動を停止させられた。シュトルムはそれでもなお、父親の名前で事務所を引き続き経営していたが、自分の信念に反してデンマーク政府に奉仕することを恥じ、ドイツ国内のどこかで生計を立てることを考え、一八五二年二月にはブクステフーデとゴータの市長に立候補したが、成功しなかった。

この間にシュトルムの本家では一大事が起きていた。一八五〇年にデンマークの軍事裁判官である男爵がシュトルム本家に同居していたのであるが、この男がシュトルムの妹ツェツィーリエに近づき、妊娠させてしまった。父親は大慌てでこの男に談判し、コペンハーゲンへ乗り込んで、二人を結婚させた。そして子供はフーズムの実家で産ませたが、一年ほどで離婚した。ツェツィーリエはその後精神異常になり、一八六三年に精神病院で亡くなることになる。この事件もシュトルムをしていっそうデンマーク嫌いにさせ、また貴族嫌いにもさせるきっかけとなったのである。

ベルリンでの職探し

一八五三年二月にシュトルムはベルリンへ職探しに行く。『夏物語と詩集』の時世話になった「ドイツ芸術雑誌」の編集者フリードリヒ＝エッガースを訪ねて行ったのであるが、そこでシュトルムは、はからずも有名な詩人たちや文芸愛好家の政治家たちと知り合いになる。エッガースはシュトルムを美術史家フランツ＝クーグラーの家に案内し

ポツダムのブランデンブルク門前の第一シュトルム－ハウス（1988年）

た。シュトルムはそこでフォンターネと高等法院評議員ヴィルヘルム＝フォン＝メルケルに紹介されたのである。後に大文豪となり今日のドイツでもよく読まれているテーオドル＝フォンターネは、その頃は文部省文学課の調査委員をしていた。すでに『インメンゼー』などを読んで、シュトルムの才能を評価していたフォンターネは、メルケルなど文芸愛好家の政治家たちに、プロイセン国法務省でのポストを探してくれるよう頼んでくれた。

その結果、一八五三年一〇月一四日、ゲーゼベルクのエスマルヒ家で家族とともに待機していたシュトルムのもとに、ポツダム地方裁判所判事補として採用するとの辞令が届いた。「無給」という条件ではあったが、シュトルムはすぐに単身でポツダムへ乗り込んだ。そして一二月になって到着した家族とともに、シュトルムは一二月三日、ブランデンブルク門番所の向い側の家に入居した。シュトルム三五歳の時であった。

Ⅱ　判事として、小説家として

『荒れ野をこえて』の楽譜
（ブラームス作曲）

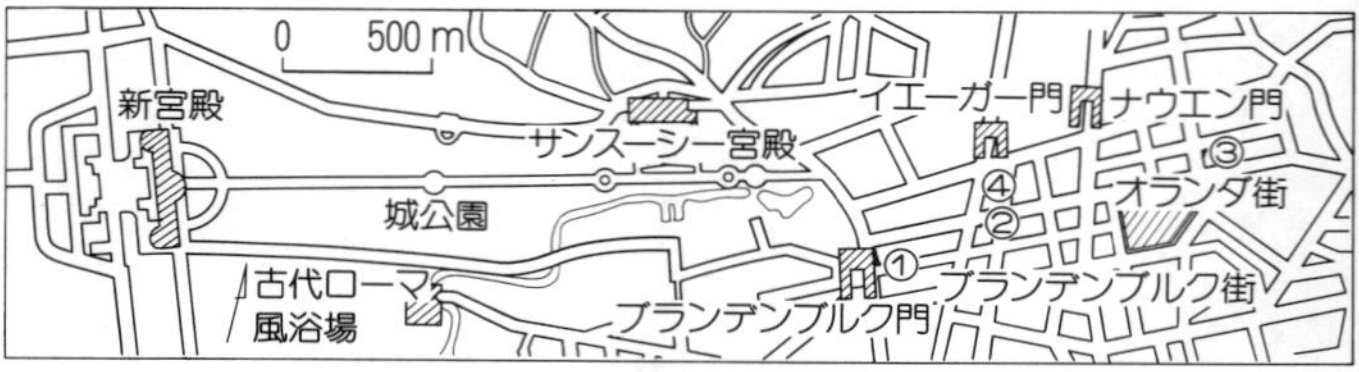

ポツダム市街図

①第一シュトルム－ハウス　②第二シュトルム－ハウス、ヴァイゼン街　③第三シュトルム－ハウス、ベンカート街　④旧地方裁判所、オットー－ヌシュケ街

ポツダム時代

ポツダムの町

ブランデンブルク門の前にあるこの家の二階には、三つの大きな部屋と子供部屋、寝室、キッチン、さらに納戸があった。このような広い家に入ったにもかかわらず、書籍やピアノなどをフーズムに残してこなければならなかったことをシュトルムは残念に思った。この第一シュトルムハウスは今日でも当時のままの姿で、しかも奇麗《きれい》に化粧し直されて残っている。この第一シュトルムハウスの前のメインストリート「ブランデンブルク街」は、今日では歩行者天国となって観光客で賑っている。

さてシュトルム家であるが、親切な家主に恵まれたし、地裁の所長フォン＝ゴスラーも好意的に政治亡命者であるシュトルムとその家族を迎えてくれた。フォン＝ゴスラーはベルタという善良な女中も紹介してくれた。

シュトルムはこうしてポツダムに落着いたが、すぐに気づいたことがあ

フォンターネ

クーグラー

る。当時のポツダムは人口四万のプロイセン最大の軍都であった。そのためどの家の屋根裏部屋にも軍人が下宿していたのである。一七四三年の政令により、すべての民家は屋根裏に二人ないしは四人の兵士を住まわせなければならなかったので、シュトルム家の頭上にもいつも軍人がごろごろしていたはずである。

さらにポツダム市民の男児はすべて職業軍人になるべく基礎教育を受けていた。シュトルムはこれが気にいらない。当時シュトルムには男の子ばかり三人いたのである。四歳のハンス、二歳のエルンスト、そして生後五か月のカールであった。シュトルムが三年足らずでポツダムを立ち去った最大の理由はここにあった。

しかし、シュトルムはともかく、毎日、家から歩いて四分ほどの所にあるポツダム地方裁判所に通い始めた。この地裁は現在も未決拘置所として、当時のままの姿で残っており、一九八八年に著者が訪れたときには窓には全部鉄格子がはまっていた。玄関の上部には「わが町の法廷に国王のご慈悲と市民精神を。一八二〇年」という金文字がついていて、往年の時代精神を表している。

前述したとおり、シュトルムは地裁の無給判事として赴任したのであったが、プロイセン法とプロイセン式訴訟処理法が大変複雑であったため、仕事はかなりきつかった。ましてや弁護士から判事職に転業したシュトルムはまったく未知のプロイセン法に入り込んでいくことになったのである。一八五三年一二月一九日にシュトルムは両親にあてて次のような手紙を書いている。

「……先週の土曜日に、任官後の第一週が終わりました。その土曜日には私は本会議と訴訟委員会相談所に、月曜日には未決囚判事弁論に、水曜日には訴訟委員会の会議に、木曜日には軽犯罪事件の処理に、そして金曜日には刑事問題委員会の審理に立ち会いました。これらの仕事と並行してあらゆる種類の書類を読み、勉強し、そして少しは決裁もしました。どれほど大量の資料があるのかまだ判りませんが、暗闇《くらやみ》は少し明るくなってきた感があります。」

しかし、不遇なシュトルムにとってポツダムでの幸運は予期しないところにあった。ポツダムは詩人としてのシュトルムに中央文壇への門を開いてくれたのである。ポツダムはドイツ文化の中心地である首都ベルリンに隣接している。シュトルムは知人であるクーグラーやフォンターネの推挙によって、一八二七年創立の「シュプレー川上のトンネル」というベルリンの文化人クラブのメンバーとなる。

リュトリ－クラブ

このトンネル－クラブの分派であるリュトリ－クラブが、フォンターネのいう「最初のシュトルム会」であった。リュトリ＝クラブには次の一一人のメンバーが集まっていた。ジャーナリストのテーオドル＝フォンターネ、美術史家のフランツ＝クーグラー、同じく美術史家のカール＝エッガース、ポツダム地裁所長フォン＝ゴスラーの義兄弟であるベルリン最高法院評議員ヴィルヘルム＝フォン＝メルケル、近衛《このえ》将校ベルンハルト＝フォン＝レーペル、パン屋の詩人レオ＝ゴールトアンマー、画家兼著述家フーゴー＝フォン＝ブロームベルク、詩人パウル＝ハイゼ、美術史学教授ヴィルヘルム＝リュプケ、法律家カール＝ツェルナー、そして視学官カール＝ボルマンである。この小サークルは交互に会員の家に集まり、文学や芸術についての講演や雑談を楽しんでいた。やがてそのうちの何人かのグループがポツダムのシュトルム家を訪ねてくるようになった。

それからほどなくして、シュトルムは著名な大詩人ヨーゼフ＝フォン＝アイヒェンドルフに会う。一八五四年二月のある日、ベルリンのクーグラー家でシュトルムはアイヒェンドルフと食事をした。この時シュトルムは三七歳であった。彼は大きな期待と尊敬の念をもってこの老巨匠に会ったのである。これから三年後の一八五七年一月にアイヒェンドルフは亡くなったが、シュトルムの叙情詩にはアイヒェンドルフの影響が強い。この一度だけの出会いはシュトルム文学にとって大きな意義を持っているのである。

リュトリ＝クラブを支えてきたクーグラーも一八五八年には亡くなるが、フォンターネとハイゼとはシュトルムが死ぬ時まで親しく交際し、多大の影響を受けることになる。なおハイゼの夫人はクーグラーの娘であった。

一八五四年にシュトルムは友人フォンターネが編集している「アルゴ文学年鑑一八五四年版」という雑誌に、『緑の木の葉』という新しいノヴェレを発表した。

『緑の木の葉』

語り手は戦場の露営地で戦友の日記を読んでいる。その日記帳の中には一枚の木の葉の栞《しおり》がはさまれており、『緑の木の葉』という詩が書いてあった。そして手記が始まる。

若い兵士ガブリエルは一人で暑い陽を浴びて荒野を歩いて行く。肩に担いだ小銃が重いので、彼は雑草の繁みの中に倒れ込んで眠ってしまう。夢の中で彼は毒蛇と少女に出会う。そして眼を覚ました時、彼が目前に見たのは美しい少女レギーネであった。彼はレギーネと一緒に森の家に行く。そこは彼女の祖父の養蜂小屋であった。ガブリエルはそこで夕食に呼ばれ、老人とおしゃべりをしてから出発する。レギーネは兵士たちが前線に行くために集まっている川の渡船場まで彼を案内して行く。彼女は「どうして戦争に行かなければいけないの」と聞く。ガブリエルは「この大地のため、君のため、そしてこの森のためにだよ。ここに異邦人が歩き回らないようにするためさ。君が理解できない外国語を使う人に出会ったりしないように。つまり我々が生きてゆくために、故郷の純粋で甘くしかも素晴らしい空気がいつまでも今のままであるように戦うのだよ。」そう云って彼はレギーネに別れを告げ、立ち去って行った。

ポツダムの第二シュトルム－ハウス（1988年）
1989年に取りこわされた。

シュトルムはこのノヴェレを、一八五〇年デンマーク戦争が盛んな頃に書き上げたが、ポツダムへきてからフォンターネに頼んで発表してもらったのである。シュトルムは初めはこのノヴェレの結末に『エピローグ』という詩をつけようとした。しかし、これはプロイセンがデンマーク戦争から手を引いたことに対する恨《うら》みを表わす詩であるため、ベルリンの友人たちの忠告を入れて取りさげた。

　このノヴェレはシュトルム唯一の戦争文学であるが、少年時代からなじんでいたヴェスターミューレンの雰囲気がよく表れていたり、荒野や森林の牧歌的な描写は『インメンゼー』と同様に素晴らしい。ヒューマニスチックであり、ロマンチックである。

リュトリークラブの人々　向かって右からボールマン、メンツェル、レーベル、メッケル、エッガース、クーグラー。1855年11月、メンツェルによるスケッチ。

ポツダムでの生活

ポツダムにおける最初の五月がきた。一八五四年五月七日にシュトルムは両親にあてて次のような手紙を書いている。

「裏庭に面した私の部屋は本当に静かです。遠くでガルニゾン教会の鐘がいつも変らぬ『パパゲーノは女の子が欲しい』を奏でています。これは老フリッツ大王の上出来なアイデアですね。私達は今夕食を食べたところですが、一時間前に新宮殿から戻ってきたのです。今日はそこまで子供たちも全員、またベルタもいっしょにひと回りしてきました。デブさんのエルンストが眠くなって『パパ』とか『ママ』とか叫んで人ごみの中に立ち止まってしまうので、ベルタはその度

に戻って行って引っ張ってこなければならず、大汗をかいていました。しかし、サンスーシーは今がすばらしい時期です。すべての噴水が水を吹き上げ、鶯が鳴き、五月の緑が眼にしみるほど美しいのです。……しかしその美しさとは対照的に、皆がいずれ勲章がもらえることを期待して、それだけを望みに辛抱して生活している国家機構におけるプロイセン式人間売買や人間濫用にはへきえきしています。我々の将来は絶望的だと思います。……」

この手紙にでてくるガルニゾン教会の鐘のメロディーはモーツァルトのオペラ『魔笛』のアリアで、日本でも有名であるが、当時のプロイセンの国民はこのメロディーにあわせて、「いつも誠実で正直で」と歌わねばならなかったのである。往年のドイツの名画『嘆きの天使』の厳格な高校ではいつもこの鐘が鳴りひびいたことを思い出す。質実剛健な軍国主義プロイセン国の国策をよく表していて面白い。シュトルムの教会の鐘についての皮肉は、プロイセン批判の表れであり、この手紙の最後の部分の痛烈な批判がそれをよく表している。「人間売買」とか「人間濫用」とは正にその通りだったらしい。国民皆兵といったような政策だから、その後一八七〇年に起きた普仏戦争でも戦死者の家族はことごとく極貧に落ちこんだらしい。そのための孤児院もあるにはあったが。

その後シュトルムは、もう一度だけサンスーシーの城公園の美しさについて手紙に書いただけで、その後はその公園について一度もふれていない。作品でもサンスシー城公園らしき情景が出てくるのは『陽を浴びて』だけである。最初の春には公園に感動したが、それ以降はもう興味がわかなかったかもしれない。美しすぎる名園は必ずしも芸術家のインスピレーションを刺激するものではないのである。

一八五四年七月、シュトルム家はヴァイゼン街六八番地に転居した。この第二シュトルム－ハウスの家賃は年額で第一よりは五〇ターラー安い一三〇ターラーであった。家はもちろん第一よりは劣っていて、子供部屋も小さく、夫婦の寝室も薄暗かった。しかしこの家に、フォンターネ、クーグラー、メルケルなどリュトリ－クラブの面々がシュトルムを訪ねてきたのであった。前ページの挿し絵はベルリンでのパーティーの情景である。残念ながらシュトルムは入っていないが、名画『サンスーシーのコンサート』(一八五二)で有名なメンツェル画伯がスケッチした貴重な絵である。そして、この一九世紀ドイツ文学を記念する家は、写真で見るようにシュトルム時代そのままの姿で残っていたが、一九八九年春に市街地改造計画に従って取り壊されてしまった。

さてそのリュトリ－クラブでは、メンバーにはそれぞれニックネームがついていた。フォンターネはラフォンテーヌ、クーグラーはレッシング、エッガースはアナクレオン、メンツェルはルーベンス、メルケルはインマーマン、そしてシュトルムはタンホイザーであった。

シュトルムとその子供たち　フォンターネの記述によると、この第二シュトルム－ハウスでのシュトルムは、すべてフーズムから運んできた小ランプ、紅茶沸かしとかオランダ製の紅茶ポットなどを大切に飾り棚に並べ、客人たちに賛美の声を望んだそうである。シュトルムはこれらの小道具を自分の詩作の源泉とみなしていたらしい。

また人々はシュトルムの子供の教育方針について批判もした。シュトルムはプロイセンのペダンチシズムとスパルタ教育を笑い、自分の子供にはきびしくなかったのである。フォンターネは自伝『二〇歳から三〇歳まで』の中で次のように書いている。

「……ある晩、我々はシュトルム家でくつろいでいた。デザートのポンチが運ばれて来た時、友人メルケルが突然顔色を変えただけでなく、興奮してテーブルの下を探り始めた。なんとそこにはいたずらの犯人が隠れていた。シュトルムの小さな息子達のひとりが、テーブルクロスの内側に入り込んでいて、我々がいつも敬意を失しないようにと気をつけている小柄な紳士、すなわち最高法院評議員メルケル様のふくらはぎに噛みついたのであった。シュトルムはすぐに子供を叱ったが、厳しくなかったので、帰りの汽車ではいつまでも話の種になっていた。……」

もうひとつエピソードをご紹介しよう。メルケル夫人は一八五五年九月二七日にフォンターネのエミーリエ夫人に次のような手紙を書いている。

「……この間、主人はクーグラーさん、エガースさん、リュプケさん、ツェルナーさんといっしょにポツダムのシュトルム家へ行きました。私は病気のため行かなかったのです。さて、あなたもきっとご存知の『アンゲーリカ』の朗読を聞いていた時、シュトルムさんの小さいお子さんたちが大変な腕白ぶりを発揮したそうです。磨き上げたテーブルの上にはいあがったのです。ところが、お母様は、『テーブルは磨いてあるのにねえ』とぼやいただけだったそうです。」

このようにベルリンの規律正しい紳士淑女たちは、シュトルム家の反権威主義的教育法を手厳しく批判している。これに対してシュトルムは、自らの教育論を『わが息子たちに』という詩を通じて表明していた。一八五四年に作られ、一月一五日にメーリケに書き送られた詩である。

わが息子たちに
真実をけっして隠してはいけない！
それは苦痛をもたらしても
悔恨《かいこん》はあたえはせぬ
だが真実は真珠だから
それを豚どもに投げてはならぬ

もっとも気高い心の花は
思慮あることだ　だが　ときには
黄金の無分別《むふんべつ》も
夕立のように爽《さわ》やかである
故郷のひどい粗野にあったら
顔をそむけず対するがよい

いんぎんなお愛想には
黙って道をあけるがよい

どうしても娘を妻に
ほしいと思わぬところでは
誇り高く身を持《じ》して
その家の客とならぬがよい

たとえどのようなものになるにしても
仕事をおそれず　気をくばるがよい
しかし　お前の魂を
立身出世からは守りぬくことだ

あらゆる種類の俗人どもが
金の仔牛を囲んで踊っていても
しっかりと身を保て！　人生の

最後に頼りになるのは自分だけだ

この詩は後にリューベック生まれの文豪トーマス＝マンを感動させた。若い頃のマンはシュトルムの抒情詩に心酔していたが、特にこの詩の第五節に感動し、これを生涯の人生訓として守り続けたのであった。

シュトルムは首都ベルリンの近くにいて、出世に狂奔する人々同志の激しいせり合いを見ていた。これに反対して自ら死ぬ時まで忠実に守り通すことになる理想的な人生論を、この詩を通じて小さな息子達に教えようとしたのであった。

『陽を浴びて』　一八五四年にシュトルムはポツダムで『陽を浴びて』というノヴェレを書いた。

若き騎兵将校コンスタンチンは実業家の娘フランチスカに求婚している。しかし彼女の父親が軍人を嫌っているので、二人は遂に結ばれずに終わる。フランチスカは兄の仕事を手伝って独身のまま人生を終える。

コンスタンチンとフランチスカが彼女の家の美しい庭で楽しげに語らい、抱擁しあった時から六〇年以上もたったある日のこと、フランチスカが一生をすごしたその同じ家の二階に、フランチスカの親戚の老婦人が座っている。老婦人の孫であるマルチンは修理中の一族の墓の中で発見された小さなロケットを持ってきて見せる。これはフランチスカの肖像画の胸に輝くロケットと同じ物であることに気がつく。しかし老婦人はその蓋を開けようとせず、マルチンに、元の場所に戻して、と頼むのであった。

このノヴェレはシュトルムの母の実家における年代記から取材されたものであり、老婦人はシュトルムの母親で、マルチンはシュトルム自身である。しかし舞台はフーズムではなく、ポツダムとなっている。プロイセン軍の将校とか軍楽隊のパレードなどが、フーズムではみられない大規模なサンスーシー城公園の雰囲気の中で描写されている。このノヴェレの基調は柔らかいが、その中にはシュトルムの確固とした人生観が感じられる。ここにはエレガントな将校が登場するが、この時以降シュトルムはいかなる作品にも軍人を主役として扱ったことはない。この作品でもシュトルムはフランチスカをこの将校と結婚させなかった。シュトルムがプロイセンのミリタリズムに反対していたからであった。

この作品の初版は一八五四年に『マルテと時計』『広間にて』といっしょに『陽を浴びて。三つの物語』というタイトルで、ベルリンのアレキサンダー＝ドゥンカー書店から出版されている。

『アンゲーリカ』

一八五五年にシュトルムは次のノヴェレ『アンゲーリカ』を『緑の木の葉。三つの夏物語』という本の中で発表した。ベルリンのシンドラー書店から出版された本である。

エールハルトは幼なじみのアンゲーリカを愛している。アンゲーリカもまた彼が好きであるが、母親が紹介する若い医師に求婚されて困っている。アンゲーリカはダンスが好きだが、エールハルトは踊れない。ある晩彼女はシティ＝ホールのダンス＝パーティーに行く。エールハルトはシティ＝ホールの玄関下で洩れてくるダンス音楽を聞きながら、彼女を待っている。やがて彼女はひとりで階段を降りてきて、エールハルトを見かけるが、「だめよ、あなたはここで何をするの」と冷たく叫んで馬車に乗って立ち去る。

その後エールハルトはアンゲーリカが若い医者と婚約したことを知ると、あきらめて故郷の町を立ち去る。しかしそれから数年後エールハルトはアンゲーリカの婚約者が結婚式の直前に急死していたことを耳にする。その時、彼は永遠に彼女を失ったことを悟るのであった。

シュトルムはこの作品を一八五五年の前半に書いている。アンゲーリカのモデルはドロテーア＝

イェンゼンである。従ってこの物語はシュトルム自身の道ならぬ恋の物語であるから、シュトルムにとってはつらい仕事であった。しかしシュトルムは七年前に別れたドロテーアのことがどうしても忘れられないので、このノヴェレを書くことによって自分の重い心情を吐きだそうとしたのであった。

南ドイツへの旅

一八五五年六月一〇日に第二シュトルム＝ハウスではシュトルムの長女が生まれた。彼にとっては初めての女児なので大喜びして「リースベト」と名づけた。インマーマンのロマーン『ミュンヒハウゼン』に出てくるリースベトにちなんでつけた名前だ、とシュトルムは父親に伝えているが、フォンターネは『インメンゼー』のエリーザベトにちなんだ名前でしょう、と意見を手紙で述べている。

その年の七月、シュトルムの両親が初めての孫娘の顔を見にポツダムにきた。両親はシュトルムが借りておいた部屋に泊り、ポツダムの名所旧蹟を見物し、二週間後にハイデルベルクに向けて出発する。ハイデルベルクは父親カジミールが四五年前に法律学を修めた曽遊《そうゆう》の地である。三日後にシュトルムは一人で後を追って旅立ち、エアフルトで追いついた。両親はそこで庭園師をしていたシュトルムの弟オットーの家に立ち寄っていたのであった。

シュトルムはそこから両親と妹ツェツィーリエとの四人連れで、アルンシュタットやワルトブル

エードゥアルト＝メーリケ

ク城などを見物して、八月一二日にハイデルベルクに到着し、「騎士屋旅館」に投宿した。この旅館は一八世紀から営業していて今日では日本のツアーの常宿となっているが、残念ながら昔シュトルムが泊ったことはホテルの人も知らない。

そこからシュトルムは詩人エドゥアルト＝メーリケを訪問するため、ひとりでシュトゥットガルトへ行く。シュトルムはメーリケの家に招かれ、歓待される。メーリケはその時五〇歳で病身ではあったが、新作の『プラハへの旅路のモーツァルト』を朗読して、シュトルムを喜こばせた。

それから一日後にシュトルムの両親と妹ツェツィーリエがシュトゥットガルトに到着した。メーリケとその妹クララはシュトルム一族を案内してシュトゥットガルトの中心地を散歩した。マルクト広場のシラー銅像の前で、シュトルムの父カジミールは故郷の農民のような低地ドイツ語でメーリケに話しかける。メーリケの方もシュワーベン訛《なま》りで話したため、お互いにさっぱり話が通じなかったらしい。しかしメーリケはシュトルムに「あなたは本当にすばらしいご両親をお持ちですね」といったのであった。

その晩にシュトルム一族はハイルブロンに向かって出発した。ハイルブロンからは再びハイデルベルクを経由し、マインツからケルンまで船でライン川を下った。シュトルムは一八五五年八月二二日にポツダムの自宅に帰った。

この南独旅行はシュトルムにとっては大きな体験であった。特にかねがね私淑していた詩人メーリケに会えたことは大きな収穫であった。メーリケとアイヒェンドルフはシュトルム文学に大きな影響を与えていたからである。シュトルムは一生の間に三度も大詩人に出会っている。即ち一八五四年にアイヒェンドルフと、一八五五年にメーリケと、そして一八六五年にツルゲーネフとである。

『リンゴの果が熟す時』　一八五六年の年頭にシュトルムは『リンゴの果が熟す時』という短いノヴェレを書いた。

月夜の真夜中、リンゴの木に登ってリンゴの実を盗み取りして袋に落し込んでいる少年がいた。そのうちの一つが誤って地上に落ちたところ、そこに一人の青年が隠れていた。青年は少年の足を捕える。少年は哀願して許しを乞う。そこへ少女が現れる。青年は少女とランデヴーをしにきたのだった。それをさとった少年は木の枝をゆすって「リンゴ泥棒！」と叫び、人を呼んだ。少女はあわてて自宅に逃げ込み、青年も逃走した。少年はリンゴ袋をかついで反対側の隣りの家の庭に入って行った。そこが自分の家だったのである。

第三シュトルムハウスへの転居　一八五六年四月一日、シュトルムの家族はクロイツ街一五番地に引っ越した。この家はフリードリヒ゠ヴィルヘルム一世時代（一七一三―一七四〇）の一七三五年から四〇年までの間にできたオランダ人街のはずれにある。この家も相当古くなってはいるが、今日でも当時のままの姿で立っている。道路から通路をのぞき込むと、シュトルムが自室の窓から眺めた「小さな葡萄の木の園」が見えた。一九八八年八月の時点で、オランダ人街は全面的な補修工事が行われていた。

二つの美しい詩　シュトルムはこのポツダム時代の終わりまでに有名な詩はほとんど作りあげていた。一八五五年には『渚《なぎさ》』ができた。

（フーズムの）渚

海岸湖へ鴎《かもめ》がとび
夕やみが急に濃くなる
濡れた砂州《さす》をこえて
夕映えが照りかえす

灰色の鳥が
水の上をかすめ
夢のように島々が
海の霧にうかぶ

わきたつ泥土《でいど》の
ひそかな音がきこえる
淋しい鳥の叫びが――
前からいつもこうであった

風はもういちど軽く身ぶるい
そしてそれから口をつぐむ
低地にこもっている
数々の声がきこえてくる

次の『さよなきどり』もシュトルムの望郷の詩で、傑作のひとつである。

さよなきどり

さよなきどりが夜どおし
鳴いていたせいだ
そのとき甘美な調べにふれて
その響きとこだまの中で
薔薇《ばら》が急に開いたのだ

あの子はこれまで野育ちだった
それがいま深い思いに沈んでいる
夏の帽子を手にもって
燃える陽《ひ》にじっと耐えている
そしてどうなることか分からずにいる

さよなきどりが夜どおし

1843年のハイリゲンシュタット

鳴いていたせいだ
そのとき甘美な調べにふれて
その響きとこだまの中で
薔薇が急に開いたのだ

この詩は『ヒンツェルマイアー』（一八五五）というメルヘンの中で、ヒンツェルマイアーが唱う歌であるが、独立した詩としても秀作といえよう。

一八五六年に『詩集』の第二版が出た。それは一八五一年の初版本に、『夏の昼下がり』『渚《なぎさ》』『不遇な人生』（後の『姉妹の血』）『月光』『おやすみ』『行軍から』『書類机』『それはツグミ……』（後の『四月』）『日の出前』『一八五〇年秋に』『海辺の墓』『一八五二年クリスマスの夕べ』『友人たちに』『結婚式に、お祝いの行列より』『キスとは何？』などの新しい詩がつけ加えられている。

ハイリゲンシュタットへの転任　その頃シュトルムは既に有給の待遇を受けていたが、収入が少なすぎるので、転勤を希望していた。一八五六年五月から八月までの長期休暇をとってフーズムに帰省していたシュトルムは、アイヒスフェルト地方のハイリゲンシュタットの地方裁判所判事に任命するという内示を受け取った。シュトルムは大喜びでこの話を受け入れた。ハイリゲンシュタットでは弟のオットーが庭園師として生活していたからでもあったが、彼にとってはとくに不愉快なポツダムから逃げ出せることが嬉しかったからである。

しかし、シュトルムのポツダム時代は、彼自身にとってそれほど不幸な時代ではなかった。首都ベルリンの文人達との交友により、彼の創作精神に大きな変化が生じていたのであった。

ハイリゲンシュタット時代

ハイリゲンシュタットの町　一八五六年八月一九日、シュトルムは父親カジミールと二人でフーズムを出発し、ハイリゲンシュタットに向かった。ゲッチンゲンで汽車をおり、馬車で旅を続けた。峠にのぼりそこから見おろしたハイリゲンシュタットの町は、シュトルムに好印象を与えた。御者がそこで「ハイリゲンシュタット」と叫んだとき、シュトルムは眼に涙が浮かぶほど感激した、とコンスタンツェに伝えている。

到着したその日は射撃祭の最中で、夜中までダンス‐パーティーが開かれていた。郵便馬車のラッパの音、そして夜は聖マリア教会の塔守が角笛を吹いて歌を唱う。兵営の町ポツダムと対照的な、中世さながらの小都市であった。シュトルムはフーズムとはまったく違うこの町の雰囲気にいっぺんで惚れこんでしまった。

シュトルムは八月末にいったんポツダムに戻り、家をたたんで九月中旬に家族と一緒にハイリゲンシュタットへ引っ越した。シュトルムは三九歳、妻コンスタンツェが三三歳、ハンスが八歳、エルンスト五歳、カール三歳、リスベート一歳の時であった。女中のオティーリエを加えると総勢七

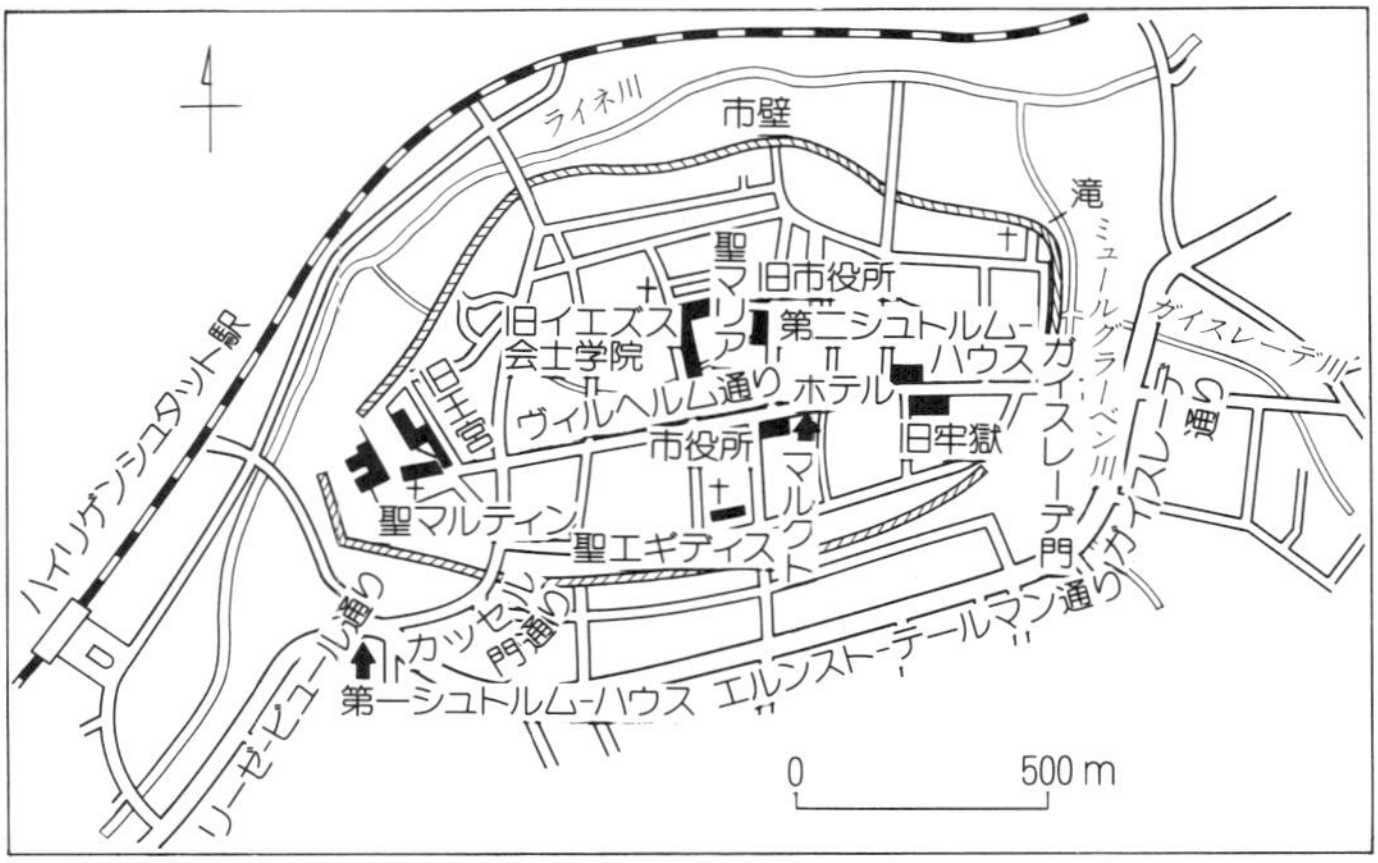

ハイリゲンシュタット市街図

人の大所帯である。新しい家はカッセル門の外にある弟オットーの持ち家であった。

シュトルムが勤務することになった地方裁判所は旧城館の中で、弟の家からカッセル門をくぐり徒歩五分のところにあった。シュトルムは地方裁判所判事として赴任したが、実際は簡易裁判所判事、陪審判事の一員、さらに刑事係であり、裁判官とはいっても、それほど高い地位ではなかった。給料は年俸で六〇〇ターラーしかなく、当時としては年に一、〇〇〇ターラーないと暮せないので、引き続き父親から仕送りを仰がなければならなかった。

ハイリゲンシュタットは当時人口六、五〇〇人ほどの町で、八世紀以来のマインツ司教区であり、東西南北の交易ルートの交差点として栄えてきた。今日でも残っている全長三キロの市壁は一二四〇年に完成したものである。そして一八〇二年にはジュネーヴ条約により、このアイヒスフェルト地方はプロイセン領となる。シュトルムが生活した一八五六年から六四年の頃の産業は、近郊の農業のほか、繊維産業、タバコ工場、手工業などであった。鉄道はシュトルムが去った後の一八六七年にライプチヒからカッセルまでが開通しているから、シュトルム時代はまだ街道の宿場町としても賑っていたことになる。

この町は第二次大戦後は一九九〇年一〇月までポツダムと同様に東独の領域内にあったため、古い建物が大部分そのままの姿で保存され、シュトルム時代とそう違ってはいない。我々文学研究家にとっては有難い話である。

相変らず本職には魅力を感じないシュトルムではあったが、この町へきて生き返ったような気分になった。落着いてからすぐの九月二〇日にはメーリケにあてて、「この町はすばらしい所で、ここに一生住みついてもよいです。ぜひきて下さい」と手紙を出している。またロンドンに行っているフォンターネにも転居通知を送ったところ、フォンターネは翌一八五七年二月にシュトルムにあてて次の詩を書き送ってきた。

おおハイリゲンシュタット、市壁内に本も少なく偉大でもない詩人たちを囲む聖なる町よ。しかしシュトルムとその作品は、クリスマスが近づくといたるところで読まれる。暖炉のそばのまたたく灯りで『インメンゼー』や『ヒンツェルマイアー』などが。おおハイリゲンシュタットよ、この人を守り給え、もっと沢山創作ができるように。

フォンターネは一八五六年から六二年までロンドンに長期滞在をしていた。ドイツ最大の都市ベルリンから当時世界一流の文化都市ロンドンへ行って活躍していたフォンターネは、大都市をきらって前時代的な地方小都市へ都落ちして行って、なおかつ手放しで喜んでいるシュトルムに対し、友情と皮肉をこめて声援を送ったのである。

ハイリゲンシュタットの第二シュトルム－ハウス

第二シュトルム－ハウス

初めてのハイリゲンシュタットの厳しい冬も、シュトルム夫妻のこの町への期待を裏切らなかった。しかし、八か月たった一八五七年五月にシュトルムは市内に住居を移した。もとの家には、後にシュトルムの親友となる郡長ヴッソーの家族が入った。転居の理由は、弟の持ち家とはいえ、大きすぎて家賃が高く、そのうえ町と水場が遠かったからである。水道が普及する以前のヨーロッパでは、自宅に井戸がないと、毎日広場の噴水から水を運んでこなければならなかった。これは女中か主婦、あるいは子供の仕事であった。また、買い物に行くにも市場まで一キロの道を往復しなければならなかった。

新しい住居である第二シュトルム－ハウスには、フーズムに帰郷するまでの七年間をすごしたことになる。この新居はこの町のメインストリートであるヴィルヘルム通りの三〇七番地の大通りに面した、「金獅子館」というかつて旅館であったといわれる建物の二階にあった。筆者は一九八八年九月にこの家を見学した。内装は現代風に改装されてはいたが、間取りはシュトルム時代と変わっていない。シュトルムは、通りに面した二室を夫婦の寝室とリビング－ルームに、裏庭側の一室は子供部屋として使った。子供達が遊んだ中庭も当時とさして変わっていない。

この家と大通りをはさんだ向い側には昔の大きな牢獄がある。当時のプロイセンでは、朝方就労を拒否する男はたちまち牢獄入りになるといった厳しいお国柄であったため、牢獄がやたらと大きかった。当時判事であったシュトルムは職務上牢獄の見張り番として向い側に住み着いたというわけではないと思うが、シュトルム自身、これに何ら不快感を示してはいない。

この家の二階の窓から、シュトルムは正面にイーベルク山、左にデューン山を眺め、また、すぐ下を往来する馬車や旅人、カトリック信者の行列など、どれほど沢山の人生ドラマを見たことであろうか。こうして一八五七年五月からシュトルムにとって充実したハイリゲンシュタット時代が始まる。

ハイリゲンシュタットでの生活　この町での生活に慣れたシュトルムは、一八五七年秋には弁護士シュリューター夫妻とゲッチンゲン近郊のグライヒェン山に遠出をした。コンスタンツェも同行した。馬車で山麓に着いた一行は、金色に輝く太陽を浴びて登山する。そしてシュトルムは一八一九年に出たアルニムの戯曲『グライヒェン山』や一八世紀の詩人ビュルガーを思い出し、感動している。もともと散歩が好きで足が強かったシュトルムは、大いに山野を歩きまわり、大自然を満喫する。特に町をとり囲んでいるイーベルク、エリザベート、デューンなどの山々にはよく登った。またこの年五月には、南西約二五キロにある景勝地ハンシュタイン城とか「悪魔の演壇」などにも遠征している。

　またこのカトリックの町では毎年復活祭には教徒による大行列があり、シュトルムは自宅の窓から興味深く見物をした。無神論者であり、無宗教派であったシュトルムが、このカトリック信者ばかりの町に住みカトリック信者たちと交際してどうして長続きしたのか、不思議な思い

カトリック教徒の行列（1988年）

もある。

「ローマの夕べ」

一八五八年にシュトルムは郡長ヴッソー伯と知り合う。ベルリンから前年に赴任してきてシュトルムと入れ替りでオットーの家に入居していたこの人は、貴族でプロイセン将軍の息子という良い家柄で、しかも教養があった。シュトルムはヴッソー氏とは気が合い、一生つきあうことになる。

ヴッソー伯夫妻

このヴッソー氏とシュトルムを中心にして上流階級の人々が集まり「ローマの夕べ」というサロンが誕生した。フォン＝カイゼンベルク嬢、軍人フォン＝ビューヤン、市長ツア＝ミューレン、検事デーリウスなどがそれぞれ夫婦連れで集まるようになる。ポツダム時代が再現したかたちであった。会場は持ち回りであった。シュトルムはその席上で新作の朗読もした。

「ローマの夕べ」という名は、このサロンの中心的存在であったフォン＝カイゼンベルクという才気ある女性がローマ時代の体験にちなんで名づけたものであった。この女性はフォン＝ヴッソー氏の親戚であるが病身で未婚であった。この女性がローマでどのようなサロンに出入りしていたのか判明しないが、恐らく伝統的なイタリア上流社会のサロンだったのであろう。一八世紀のローマでは、貴族は自宅で定期的にコンヴェルサチオーネと呼ばれるサロンを開いた。おしゃべり、ダンス、室内楽、トランプ、賭博などを楽しむが、パリの社交界とは違って、イタリアでは食事が出ないのが通例であったようだ。

シュトルムがポツダム時代に参加していたトンネル－クラブやリュトリ－クラブは酒と煙草の男の世界であり、大都会のムードであったために、酒も煙草もたしなまず貧乏だったシュトルムは、めったに顔をださなかった。これに反して、この「ローマの夕べ」では、アルコールはほとんど抜きに近いし、知性的な紳士淑女ばかりで、しかもシュトルムの詩や小説に耳を傾けてくれる。その上、後述するシュトルム主催の市民コーラスにこぞって参加してくれるので、シュトルムにとっては自己満足と幸福感に酔いしれる夕べであった。

市民コーラス

一八五八年のクリスマスにシュトルムは父親からピアノを贈られる。フーズム時代以来、五年ぶりで自分の家でピアノが弾けることになったシュトルムの喜びは大きかった。そこで翌年の春に彼は早速に合唱団を設立する。シュトルムは二〇人ほど集まった同好の士を相手にタクトを振り、師範学校のライマン先生にピアノ伴奏をしてもらう。メンバーは貴

市役所（1985年）

族から職人まで各層の人々で成り立っていた。最初は団員の家を交替で会場としていたが、メンバーが増えてくると市役所の二階の大ホールを借用する。練習日は毎週火曜日の晩であり、熱心な人ばかりなので夜中まで続くこともあった。コンスタンツェもアルトで参加した。

シュトルムの稽古はもともと厳格で、団員がちょっと音程を間違えても見逃さなかった。そのために団員と議論を戦わすこともあったそうである。レパートリーにはメンデルスゾーンの『パウルス』のような大曲も入っていて、シュトルムは自ら得意のテナーでシュテファネスの役を歌った。そして声がよくてコーラスに興味があれば、身分を問わず誰でも入会できたので、シュトルムがハイリゲンシュタットを去る一八六四年には、団員は七〇人にもふくれあがっていた。

『豪奢《ごうしゃ》屋敷にて』

この一八五八年にはノヴェレ『豪奢屋敷にて』が完成し、発表されている。没落して行く封建土地貴族の末裔《えい》の娘の悲しい物語である。

北フリースラントのある村にさびれた農場があった。昔は豪農だったので屋敷は豪奢《ごうしゃ》だったが、住人は老婦人と孫娘のアンネの二人だけである。この老婦人が亡くなると農場は以前からの管理人に任され、アンネはこの物語の語り手であるマルクスの家にひき取られる。

アンネは成人すると若い貴族と婚約するが、気位が高い貴族をきらって婚約は解消となる。アンネは体をこわしてから豪奢屋敷に戻って二階に住み酪農の手習いをするが、かえって体を悪くしてしまう。語り手マルクスはアンネへの恋心を抱きつつ静かに見守る。

やがて金持のビール醸造家の息子クラウス＝ペータースが現れ、豪奢屋敷に青年男女を集めてパーティーを開く。クラウスの父親はこの屋敷と農場を買ってクラウスに任せるつもりであった。アンネは自分が相続人でないことを知っており、絶望していた。パーティーで彼女はマルクスと踊り、さびれた園亭に入った時、床板を踏み外し、水中に落ちて死んでしまう。やがて屋敷はクラウスのものとなり、農場は活気を取り戻す。

シュトルムは以前に若い人ばかりで北海沿岸のアイダーシュテット地方に馬車旅行をした時、そこでみかけた荒廃した豪邸のことを覚えていて、これをもとに空想的な物語を作りあげたのである。そしてマルクスという語り手が、淡々と回想を語ってゆく。シュトルムとしては初めての一人称小説である。三人称小説の『インメンゼー』に似た形式で、象徴的手法で暗示的に描かれている

1857年のシュトルム夫妻　ズンデ画伯によるポートレート

が、『インメンゼー』よりは重厚な構成の作品である。重要な作品のひとつである。

来訪する友人たち

シュトルムは多くの友人をハイリゲンシュタットへ招いた。一八五九年九月一五日、シュトルムの四二歳の誕生日の翌日には、幼なじみのクラスメートであるベッカー夫妻がきた。ベッカーも音楽好きなので、楽しい日々が展開した。九月二〇日にシュトルムは義父エルンスト＝エスマルヒにあてて次のような手紙を送っている。

「九月二〇日午前。今ベッカーさん夫妻が帰って行きました。……短かい滞在でしたが、本当に楽しい日々でした。この四日間に私たちは今までの四年分以上も歌を唱いました。というのもこのベッカーさんは相当な音楽家であり、私にとっては最上の伴奏者なのです。私たちは山や森へ行きました。コンスタンツェは山はちょっと無理なのに、一緒に行きました。彼女は短い滞在の客人たちを少しでもほっておきた

ハンシュタイン城

ルートヴィヒ＝ピーチュ

くなかったのです。……」

　このほかにも沢山の友人や知人が家族連れできた。ポツダムからはコンスタンツェの友人ローザ＝シュタイン、画家フェルマン＝シュネー、ベルリンからは画家ルートヴィヒ＝ピーチュ、シラー伝で有名だったエーミール＝パレスケ、また画家ニコラウス＝ズンデ等である。ズンデ画伯は一八五七年五月にきた時、シュトルム夫妻の肖像画を油絵で画いている。シュトルムはズンデ画伯と一緒に南西約二五キロの地点にあるハンシュタイン城や「悪魔の演壇」、また北方のグライヒェン山などへの遠出をしている。これが後にズンデ画伯を含めて『画家の作品』のモチーフとなる。またピーチュ画伯はハイリゲンシュタットが気に入ったらしく、三度もきている。そして『インメンゼー』等のさし絵や表紙絵を描くようになる。

　シュトルム自身も一八五九年夏からは、法廷の夏休みを利用して、故郷北ドイツへ旅行した。フーズムの両親の家、ゼーゲベルクの妻の実家エスマルヒ家は勿論のこと、バルト海沿岸にあるリューチェンブルクの友人ブリンクマン、キール大学法学部教授である従兄弟のフリートリープ、ヴェスターミューレンの父親の実家、ハーデマルシェンの弟ヨハネスの家、ハンブルクでは司教の学友コープマン、シュライデン、アルトーナでは母方の親戚シェルフ家も訪ねた。またハンブルクでは有名な画家オットー＝シュペクターも訪ねている。

このようにシュトルムは社交的であった。憂うつなメランコリーを基調とする作品ばかりを書いたシュトルムではあるが、本質的には社交的で開放的な性格であった。さらにこのハイリゲンシュタットの風土が彼の性格をより明るくし、後半の人生を前もって形成した感がある。

子育ての苦しみ

しかし、シュトルムは夢のような文化的生活ばかりを送っていたわけではない。子供たちの養育と教育にいつも気を使わなければならず、そのためにも収入の少ないのが最大の悩みであった。生活費を父親から仕送りしてもらうのは勿論、夏休みの旅行の費用も父親またはコンスタンツェの両親から借金をしていたのである。

暖房の薪も倹約するので、冬は寒い生活が続いた。一八五九年一二月、コンスタンツェは実家の両親にあてて次のように書いている。

「私たちは今寒さと戦っています。家族全員が二部屋にはいつくばっています。いわゆる茶色部屋にいつも皆がかたまって日を過ごし、夜は六人全員が小さな部屋に寝ます。子供たちはかわるがわるに風邪を引きます。……」

子供たちも高学年になったのでシュトルムは勉強をみてやるようになった。一八五四年ポツダム時代に『わが息子たちに』という詩を書き、格調高き教育論を唱えたが、いまや自分の子供たちに実施する時期がきたのであった。その頃長男ハンスは一一歳、次男エルンストは八歳である。ハンスはすでにこの町のギムナージウムに入り、ラテン語を習っていたので、シュトルムは家でラテン語を教えたが、ハンスの物覚えの悪さにすぐ腹を立ててはなぐりつけたそうである。この長男は後に医師になるが、アルコール中毒症のためいつも長続きせず、父親の悩みの種となり、独身のまま父親より先に病死する。次男は後に弁護士となって成功するが、音楽を専攻した三男カールは才能に恵まれないため成功しなかった。

一八六〇年八月に二女ルツィエが生まれ、子供は五人となる。この年の一〇月二二日は秋晴れの日曜日で、シュトルムは三人の息子たちといっしょにデューン山に登った。この山は町の東方にある高さ二〇〇メートルの山脈で、山頂には展望台がある。この日も恐らくここまで登り、町とわが家を見おろしたことであろう。想像すると、狭い家の中で、赤ん坊が泣くし、日曜日なので皆家にいて兄弟げんかばかりするので、シュトルムが息子たちを連れ出して家を静かにして妻をいたわってやったのかもしれない。

そのような環境では、せいぜいコーラスの指導に出かけて行く位で、得意の詩も小説も書けるものではないが、それでもハイリゲンシュタット時代には一一編のノヴェレができている。しかし詩の方はきわめて少なく、しかも名作はない。

一八六一年一二月一七日付の義父エスマルヒあての手紙は面白く、しかも有名である。

「もうじきクリスマスです。わが家は本当に狭いです。エスマルヒ家の居間ほどのひと部屋と、もうひとつの少し小さい部屋、ここにはコンスタンツェがルツィエといっしょに寝ています。この二部屋で我々は冬を越すのです。我々夫婦と五人の子供と女中とで合計八人です。さらにたいていは夕方まで、三ないし五人の近所の子供が遊びにきています。そのうちの二人には『ひび割れ屋』というあだ名がついています。あちこちのひびから膿《うみ》が出ていることからこういう名前がついているのです。一方ではハンスが宿題をやっています。こちらでは子供たちが遊んでいます。やがてリスベートもハンスも宿題をすませると仲間に入りトランプをやり、『さあ勝負だ』と叫び声をあげます。あまりうるさいので、私はカードを取りあげてストーヴに投げ込んでしまいました（あとで惜しいことをした、と後悔しましたが）。こちらではルツィエが回らぬ舌で何かしゃべったり、歌を唱ったりしています。ママは座って編物をしています。さて地裁判事さんはそばで通告書を書いています。こういう環境の中で、判事さんは二ケ月ほど頭をしぼって『城の中』というノヴェレを書きあげました。……」

『城の中』

　この新作『城の中』はシュトルムのそれまでの傾向とは違った作品である。貴族の女性と、その女性の弟の家庭教師であった平民の男性との恋物語である。

　村はずれの城館には、老閣下と少女アンナとその弟である病弱な男の子、それに親戚の老男爵が住んでいた。そのうち、男の子のための家庭教師が住み込む。平民の青年アルノルトである。しかし男の子は夭折《ようせつ》したのでアルノルトは立ち去る。令嬢アンナは成人して貴族と結婚し、都会に出る。老男爵も立ち去り、老閣下も亡くなる。それから一年後に令嬢アンナが城館に戻ってきた。結婚してできた子供も病死したとのことであった。しかし村では、アンナがアルノルトと不義の仲となったため離縁された、さらに死んだ子も不義の子であったという噂が立つ。

　アンナは自ら回想録をつづり、言い寄る親戚の青年ルドルフに対して身の潔白を訴える。ルドルフはあきらめて去り、別居中の夫も病死する。そしてアルノルトが城館に訪ねてきて二人は結婚し、城館を出ることにする。

この作品はシュトルムが一八五三年にゼーゲベルクの近郊で耳にした話を八年間も暖めてから書き上げた物語である。一八六一年一二月の「ローマの夕べ」でシュトルムが朗読した時、早速に横槍が入った。貴族であるヴッソー氏が、「貴族階級に対する悪意を感じる」と批判したのである。シュトルムの反貴族階級意識は後の『大学時代』や『溺死』に激しく現れてくるのにくらべ、この『城の中』はそれほどではない。しかしこれは、ハイリゲンシュタットのみならずドイツ各地で保守的な人々の間で反響を呼び起したようであった。

出版社も好意的ではなかった。ベルリンのドゥンカー書店とシンドラー書店は単行本の出版を拒否したので、シュトルムはやむなく「あずまや」というリベラルな家庭向雑誌に送り、一八六二年に三回に分けて発表した。店主のドゥンカーは、「高貴な若いレディーと町人ないしは農村出身の家庭教師との恋物語は、それまでにもよく扱われしばしばトラブルを起こしたテーマであるし、ましてや結婚後もその青年と不倫の関係を続け子種までもらったという話となると、折角『インメンゼー』や沢山の叙情詩で世間に尊敬されているシュトルム自身のイメージがこわれるから、発表しない方がよいでしょう」と言ってきっぱり拒否したそうである。

『城の中』が発表される直前に、当時の流行作家フリードリヒ＝シュピールハーゲンの『問題の人たち』という長篇小説が出ていた。ここでも同様な問題が扱われている。主人公オスワルト＝シュタインは自分の身分の低さをなげきながら、一八四八年三月のベルリン市民戦争で死ぬが、『城の中』の主人公ヒンリヒ＝アルノルトは少しも卑下していないし悲劇的な最後をとげてもいない。ヒンリヒ＝アルノルトはまさにシュトルム自身の人生観の表明でもあったのである。

この作品に現れている問題意識もさることながら、私は様式の斬新《ざんしん》性の方をとりあげたい。全体は五章に分かれており、第三章の回想録を中心とし、第二章と第四章がその外枠を形成している。第二章は三部分、第四章も三部分から成り立っている。それにプロローグの役割となっている第一章と、大団円のエピローグを物語る第五章がついていて、全体が見事なシンメトリー構成を形成している。また自由な視点の移動、一人称形式の回想と三人称による物語など、シュトルムは様々な小説技巧を実験的に使っていて、興味深い。

『ヴェロニカ』

『城の中』が出る前の一八六一年にベルリンのシンドラー書店から『三つのノヴェレ』という表題の本が出ている。『おそ咲きのバラ』『広場のむこう側』『ヴェロニカ』の三篇が入っている。いずれもハイリゲンシュタット時代のものであるが、『ヴェロニカ』は特筆すべき作品である。前の二篇は故郷フーズムを舞台としているが、『ヴェロニカ』はまさにハイリゲンシュタットそのものを舞台としている。しかも今日でもなお生き生きとしたノヴェレである。

ヴェロニカは弁護士である夫と、夫の従兄弟である青年との三人で、ハイリゲンシュタット郊外の水車小屋へ行く。彼女は敬虔《けいけん》なカトリック教徒ではあるが、その青年に恋心を抱いている。夫は無宗教派である。悩みを心中に秘めてヴェロニカはランベルトゥス教会へ行き司祭に懺悔《ざんげ》をしようとするが、やめてひとりで町を出て山に登り、展望台から町を見おろす。懺悔が出来なかった自分は教会の掟に従って正当な墓地には葬られないだろうに、と彼女は暗い気持になる。しかし家に帰ったヴェロニカは夫に懺悔をして許され、ほっとするのであった。

ドイツ文の印刷にしても一四ページほどの極めて短い物語ではあるが、シュトルムの宗教観とカトリック教に対する意見がストレートに表れていて興味深い。またハイリゲンシュタット郊外の田園風景と、山上からの町の景観がみごとに描かれている。ハイリゲンシュタット時代の珠玉の傑作である。

ハイリゲンシュタットのシュトルム研究家ゲルハルト゠ヤーリッツは次のように解説している。ヴェロニカが夫や青年とともに訪ねた水車小屋は、町の東南四キロにあるガイスレーデンという村の手前にある。また町の南西にそびえる「エリザベート山」の山頂に向かって十字架の道があり、キリストが十字架を背負って処刑場に向かう一四場面（ステーション）を表わす一四個の石の道標が山頂まで続いている。復活祭の行列は、これらのひとつひとつにお祈りをあげながら登山するそうである。この山の麓に「古城」という岩場がありピクニックの名所となっている。シュトルムも家族と一緒によくきて、道標のひとつに聖女ヴェロニカの姿を発見し、これにちなんでヒロインの名をつけたのであろう。しかしヴェロニカがひとりで登った山はこのエリーザベト山ではなく、東側のデューン山であったらしい。山頂には今日も当時と同じ展望台があり、一九四五年にカトリック教徒たちが建てた大十字架がある。以上がヤーリッツの解説であるが、筆者は四回も現地に足を運び、シュトルムゆかりの地をつぶさに歩いて回った。「現場保存」が良好であることから、シュトルムの心中までのぞいた感がある。ハイリゲンシュタットはフーズムに次ぐシュトルム文学の地なのである。

シュトルムの宗教観

さてシュトルムの宗教観についてここで少し述べておきたい。『ヴェロニカ』が出る頃にシュトルムは『カトリック－ドイツにおける民間信仰』という匿名の論文を書き、雑誌「あずまや」に送ったが、残念ながら掲載されなかった。原稿も残っていないので内容は判然としないが、ハイリゲンシュタット時代の宗教的見聞に基づくシュトルム自身の見解を表明する論文と考えられる。

この論文は出なかったが、シュトルムの対カトリック観はこの『ヴェロニカ』で間接的に表明されている。『ヴェロニカ』ではカトリック教の固苦しさは描かれてはいるが、否定して攻撃しているわけではない。しかし、カトリックの妻を無宗教派の夫が寛容の精神をもって許し、夫婦の愛情こそ至上のものとする思想を表明してこの物語をしめくくっているところは、さすがにシュトルムである。さらりとしかも信念を持って、自分の宗教観と人生観を表明しているのである。

シュトルム文学の核心にあるものはシュトルム自身の敬虔性である。先祖代々の無宗教派でありながらも、人生や社会に対して真面目で敬虔である。シュトルムにとって最も神聖なものは、先祖から自分とその家族へ、さらに子孫へと受けつがれてゆく家族愛の精神であった。これは古代ゲルマン民族の種族愛の伝統的精神といえようか。そしてシュトルムは宗教の束縛性に対してはあくまでも批判的であり、これに対しては作品の中でも攻撃の手をゆるめないようになる。最後の大作『白馬の騎手』の中でも、迷信や妖《あや》し気な新興宗教を痛烈に批判し、自分が取り組んできた妖怪との戦いに最後の決戦をしている。これはすべて自分の堅い人生観に基づくものであった。

平和な生活

一八六二年頃のシュトルムは体調も良く、家庭的にも恵まれ、本職にも実が入ると同時に、創作も順調に進んでいた。この年の五月から七月にかけての手紙に、珍しくもシュトルム家の向い側の牢獄の話が出てくるので紹介したい。

「五月一五日　父上様　わが家は一週間前からてんやわんやの大騒ぎです。監獄の洗濯日が長期間続いているのです。コンスタンツェは向い側の監獄の中で、旦那に無実の罪でここへぶちこまれた、とぐちをこぼす囚人たちといっしょに洗濯棒をころがしています。洗濯女のほかにもつくろいのための裁縫女の一団もいます。……」

またゼーゲベルクへ里帰りしているコンスタンツェへの手紙でも監獄の話が出てくる。

「コンスタンツェへ。ハイリゲンシュタット、一八六二年第二聖霊降臨祭。朝七時、とうとう雨が降りました。涼しくて、すがすがしい空気です。向い側の監獄の開いた窓から囚人たちの重唱が聞こえます。とてもきれいです。……」

今日のもと牢獄（1988年）

この監獄は今日でもシュトルム－ハウスの向い側に建っている。筆者が一九九〇年九月に訪れたときは、建物は自動車修理工場として使われていたが、すべての窓にはいまもって鉄格子がはまっていた。いずれにしてもメインストリートに面した監獄はめずらしい。コンスタンツェがそこの洗濯日に手伝いに行ったのも、夫が判事だったからであろうが、自宅では家事を女中まかせにしているのに、自ら囚人たちと一緒に洗濯とは大変なことだったと思う。コンスタンツェは七人の子を産んだが、このハイリゲンシュタット時代には流産もして、いつも健康とはいえなかったはずである。

しかし、すがすがしい夏の日曜日の朝、表からは囚人たちのコーラスが、裏庭からはにわとりの声が聞こえ、詩才豊かなシュトルムは人生最良の時と感じたことであろう。

この一八六二年六月に『大学時代』が完成し、シュトルムは「ローマの夕べ」で朗読をした。

『大学時代』

舞台はフーズムとキールである。お針子のレノーレ＝ボールガールは貧しいフランス人仕立屋とドイツ人の妻との間の混血児で、異国風のチャーミングな娘に成人してゆく。市長夫人は子供たちのダンス‐パーティーにレノーレも参加させてやる。レノーレは市長夫人から借りた服を着て参加するが、身分の差を感じて恥ずかしがる。しかし幼なじみの青年たちは、大学へあがっても彼女に恋心を抱いていた。そこへ貴公子の大学生が立派な馬に乗り、馬丁を従えて現れ、レノーレを誘惑する。レノーレはすぐに夢中になるが、貴公子の一時のなぐさみものにすぎなかった。幼なじみの大学生フリッツは貴公子と決闘をしたが返り討ちにあい負傷する。絶望したレノーレは海に身を投げて水死する。

『ローマの夕べ』でシュトルムは半分まで、つまり少年達が大学へ入るために故郷の町を出て行くところまでで朗読を中止し、紅茶とケーキとワインを出させて休憩した。ライマン先生は「これは力作ですな」とヴェストファーレン方言で言った。シュトルムは朗読を再開したが、手ごたえを感じた。読み終えた時、一座はしんと静まりかえった。やがて老法律顧問官が「おめでとう。これはセンセーションを起こしますよ」と言った。彼はシュトルムに、自分の一三歳の時の失恋物語を思い出して、涙をうかべながら語ったのであった。

この作品は少々強烈である。シュトルムの貴族ぎらいの思想がよく現れている。「荒くれ伯」と呼ばれている貴公子は傲慢《ごうまん》で憎々しく描かれている。同時にシュトルムは一九世紀のドイツの大学生の放埒《ほうらつ》な有様を慨嘆《がいたん》しているのである。シュトルムは一八三七年から一八四三年までベルリン大学とキール大学に学んだが、当時の大学生活の実態はひどかったらしい。シュトルムの記述によると勉強はそっちのけで、酒と女と決闘に明け暮れる学生が多く、一方の勉強家はいつもガリ勉で陰気でしかもお人好しであり、シュトルムの文学的センスを理解してくれる学友はいなかった、ということである。このノヴェレの中でも、貴公子は講義にはめったに現れないが決闘場とか酒場にいつもいて、ダンス－パーティーではレノーレを邪険に扱う傲慢な男に描かれている。シュトルムは最後に、三人の幼なじみの青年たちが大学町の墓地の片隅にレノーレの碑を立てたことを付記して、このノヴェレをしめくくっている。シュトルムは嫌いな貴族階級に対して感情的に書きまくったきらいはあるが、恐らく自分としても貴族階級に対し小気味のよい打撃を与えた気分であったと思う。

物語の構成は、「ローレ」「アイス－スケート」「城の庭にて」「大学にて」「散歩」「森を訪ねて」「海辺にて」の七つの章に分かれ、語り手自身の回想の形をとっている。『城の中』のような入り組んだ小説技巧は用いられておらず、語り手は淡々として語り続ける。まるで「ローマの夕べ」での朗読のための原稿のようである。

このノヴェレに対し毒舌家フォンターネは一八六二年一二月一三日付の手紙で早速批評をしている。これはディッケンスの『デヴィッド＝カパフィールド』に似ている。ローレはエミリー、フィリップはデヴィッド＝カパフィールド、ラウ伯はジェームズ＝スチーアフォース、クリスチアンはハムに似ていると指摘する。しかしローレの性格描写はディッケンスより上できだし、ストーリーもディッケンスよりは自然でなごやかである、とほめている。ダンス－パーティー、アイススケート、回転木馬、森の家の昼と夜など、それぞれの描写はシュトルムのこれまでの作品では最高の出来である、と絶讃している。

けなしたりほめたりの批評であるが、これに対しシュトルムは、一五、六年前にカパフィールドが出た時に読んだ記憶はあるが、エミリーらしきヒロインのことだけ覚えているにすぎず、ローレのモデルにしたわけではない。この作品はシュトルム風オリジナル文学である。自分がキール大学時代に耳にしたお針子の悲劇をもとにした作品であり、ローレ以外の登場人物はみな私が創作したものだ、と反論している。

またこの作品がメーリケに捧げられたことも興味深いことである。

コーラスの喜び

一八六三年一月に三女エルザベが生まれた。シュトルムは四五歳であった。これで三男三女合計六人の子持ちとなった。

シュトルムが力を入れていた市民コーラスはますます盛んであった。この年の四月に彼は団員一同から表彰され、大いに感激した。一八六三年四月二九日にブリンクマンにあてて次のように書いている。

「最近わが合唱団が私の表彰式を開いてくれました。私とサブ－リーダーである師範学校のライマン先生はラートハウスに団員一同によりうやうやしく迎えられ、明るい照明のホールで荘重な表彰演説のあと、合唱団の感謝の印として、私にはカウルバッハ作の『エルサレムの崩壊』のメルツのガラス張額縁付銅板画が（我々は今ヒラーの同名の曲を練習しているところです）、ライマン先生には、マルクスのベートーヴェンについての大著が一部贈られました。このことは私を大へん喜ばせてくれました。」

一〇月六日付のエスマルヒへの手紙には次のように書かれている。

「……我々自身はたいへん家庭的に生活していまして、大きな集会への招待はすべて断っていますが、コーラスにはよく行きます。そこではヒラーの『エルサレムの崩壊』を約六〇人のコーラス（エルンストのクラスメートは優れたソプラノです）で、クリスマス前に歌います。母上に、バビロニアの軍勢が『軍団はとうとう押し寄せてくる』というくだりや、ユダヤ人たちの『我々は負けて頭をたれて行進する』という嘆きの大コーラスは、いちどお聞かせしたいものです。……」

この手紙でも、シュトルムがいかにコーラスに情熱を注ぎこんでいたか、よく分かる。

メルヘン

この手紙を出したあとでシュトルム一家ははしかに見舞われる。シュトルムも寝ていたが、はたとひらめきを覚えた。小さい子供たちに、ハンスとエルンストへのクリスマスプレゼントであったハウフとハックレンダーのメルヘンを読んで聞かせているうちに、自分もメルヘンを創作する気になったのである。二〇年も前から書きたくてしょうがなかったメルヘンであった。シュトルムは年末から新年にかけて一二日間で『雨姫』を書きあげ、続いて『ブーレマンの家』を書く。第三作の『ツィプリアーヌスの鏡』の構想はすでにできてはいたが、これはフーズムへ帰ってからの一八六五年に完成している。

『雨姫』

『雨姫』は旱魃《かんばつ》に悩む農村の若い男女が雨乞いのために冒険を行い、めでたく成功し、旱天《かんてん》の慈雨と同時に二人は結婚する、というストーリーのメルヘンである。

一〇〇年ぶりの酷暑の夏、日照りで畑が枯れてしまったため貧しい農婦シュティーネは牧場主に借金の返済を待ってくれるように嘆願する。息子のアンドレースと牧場主の娘マーレンは愛し合っていたので、牧場主はいまいましく思っていた。雨が降らないと畑は没収されるし、息子も結婚ができないこととなった。そこでシュティーネは、昔曾祖母がおまじないを唱えて眠っている雨姫を起こして雨を降らせたことを思い出す。ところが呪いの文句が思い出せない。しかし息子のアンドレースは牧場で火男を見つけ、この火男のひとりごとからシュティーネは呪い文句の全部を思い出した。次にアンドレースは再び火男に会って雨姫の住み家を聞き出す。アンドレースとマーレンの二人は柳の木の幹の中に入って地下の世界に降り、再び地上の別世界に出る。するとある枯れた滝つぼに眠っている女を見つけた。呪いの文句を唱えると雨姫は眼を覚まし、方法を教えた。マーレンはひとりで雨姫の指示に従って近くの家へ行き、井戸のふたをそばにあった鍵で開けると中から霧が立って空にのぼり、雨となって降りてきた。雨姫は昔シュティーネの曾祖母に会った話をした。マーレンは雨でよみ返った世界に戻り、二人は村人たちに歓迎され、やがて結婚式をあげるのであった。

メルヘンにしては少しこみ入ったストーリーではあるが、シュトルムのヒューマニズムが表れている。ヨーロッパのメルヘンによく出てくる人間や動物の殺しあいがみられない。しかし日本では神社で雨乞いのセレモニーをするのに対し、ドイツでは、雨姫が寝ているため火男が活躍して日照りが続くのだから、雨姫をぜがひでも探し出して眼を覚まさせようと手段を講ずるところが対称的で興味深い。自然はあるがままの姿で人類の友人として扱おうとする日本人と、自然は人意的に人類の生活にあうように改造すべきである、とする合理性を重んずる西欧人の違いがよく現れている。

さて、本格的なノヴェレを次々に発表して調子が出てきたシュトルムが、どうして突然メルヘンを書き始めたのであろうか。これについてはひとつ手がかりになる点がある。それは一八六三年から再燃していたシュレスヴィヒ・ホルシュタイン地方の帰属問題にシュトルムの心が奪われていたということである。一八六三年にデンマーク政府は両州を正式に合併しようとしてプロイセンとオーストリアの強硬な干渉を受け、一八六四年に両州はプロイセンとオーストリア両国の共同管理地区となる。シュトルムは固唾《かたず》をのんで成り行きを見守っていたのであった。

一八六四年一月四日付の義父エスマルヒからシュトルムにあてた手紙は、一八六三年一二月三〇日にオーストリーとドイツ連邦により、アウグステンブルク皇太子がホルシュタイン公となってシュレスヴィヒ・ホルシュタイン両国の君主となるまでの経過を詳しく伝えている。

「ゼーゲベルクの町にもデンマーク軍の兵士が大勢いましたが、クリスマスの初日にザクセン軍によって追い払われました。すると町中が歓呼の声でわき返りました。……」

そしてエスマルヒ氏は喜んで家にザクセン軍の若い士官を一晩泊める。つまり、この時シュレスヴィヒ・ホルシュタインの住民が念願する独立国がいよいよ実現しそうになったのであった。シュトルムも異境で雌伏《しふく》することまさに十年余、ついに帰郷すべきチャンスがきたことを感じた。シュトルムが家族ともどもはしかで病床に伏せながらもメルヘンを書いた一八六三年のクリスマスは、実にシュトルムにとって激動の時期だったのである。詩やノヴェレを書く心境ではなかったのであろう。

帰郷

一八六四年二月、まだドイツ・デンマーク戦争の最中にシュトルムはフーズムに帰り父親と相談した後ですぐにベルリンに行き、司法省に休暇を申請したが断られる。次にベルリンにいたテーオドル＝モムゼンを訪ねて激励され、辞職する決意を固め、ハイリゲンシュタットに帰ってきた。すると三月八日、期待通りにシュレスヴィヒ・ホルシュタイン自治政府から郡代（一一五ページ参照）に任命する、という知らせが届いた。そして三月一二日にはハイリゲンシュタット地方裁判所勤務退職許可の辞令が下り、その日のうちにシュトルムは思い出深いこの町を立去ることになる。

一八六四年三月一〇日、シュトルムは父にあてて次のような手紙を書いている。

「この数日間で私はへとへとに疲れました。沢山片づけることがあっただけでなく、この町の人たちが私に対して示してくれた愛情のためでした。当地と別れることで私の心はもう張り裂けそうです。どれほどの情熱をもって、いなどれほどの愛情をもって色々な階層の人々が私に好意を寄せ、またいかほどの愛情をもってコンスタンツェが人々に好かれていることか、お父さんにも分からないと思います。昨晩、我々は五年三ケ月も稽古をしてきた『エルサレムの崩壊』のコンサートを開きました。私が最後に五〇人以上の歌手による本当にすばらしい合唱を指揮し、全員の眼が私の指揮棒に注目して、トーン－ウエーヴが最後に感動的に波立って溢れ出してきた時、私は涙をこらえるため、心をふるい立たせねばなりませんでした。私自身も感動しながら歌いました。しかも力強い声で『おまえはきっとそのことを忘れないだろう、私の心がそう云っているもの』という美しいアリアを。

その後は音もない静けさとなりました。フル－コーラスが音を出し切った後には人生の最も幸福なひとときがあるのです。しかし私にとってはこれが最終回でした。今晩は私のための盛大な送別会があります。

火曜日に私はハンスといっしょにフーズムに到着します。私の健康状態は、日曜と月曜の両日、中立的な場所であるシェルフさんの静かな家に泊って休養することを必要としています。

一日早く帰って何週間も病気になっては困りますから。つまり、私は今、力の限界点にきているのです。

母上はご安心なさって下さい。私のやったことは正しかったのです。もうひとつの道はきっと私にはふさわしくなかったでしょう。テーオドル」

こうして一八六四年三月一三日シュトルムは家族よりひと足先に、長男ハンスと二人だけで馬車でハイリゲンシュタットに別れを告げフーズムに向かう。そしてハンブルクのアルトーナからコンスタンツェに次のような手紙を出した。

「コンスタンツェへ。一八六四年三月一四日、アルトーナにて。我々がハイリゲンシュタットを立去る時、窓という窓から人々がハンカチを振って送ってくれました。本当のことを告白すると、我々の生涯の短かくない時期を過したこの古巣を立ち去るので、私は危うく取り乱すところでした。」

いかにハイリゲンシュタットが好きだったとはいえ、故郷フーズムの引きつける力は大きかった。その理由の最大のものは、職業上の不満と、まだ健康であった父母の経済的地盤への魅力であったと思われる。しかし実際に引っ越す時には、送別コンサートで改めてこの町への愛情を強く感じ、感涙にむせんだシュトルムであった。さらにもうひとつある。二〇世紀の今日でもこのシュレスヴィヒ・ホルシュタイン出身の人々は、大半が一生を故郷ないしはハンブルク以北の地域で過す習性があるという。ドイツ北辺のドイツ人は、シュトルムと同様ににぎやかなベルリンとか、言葉も習慣も異なる南ドイツには住みたくないのかもしれない。

北へ、北へといつも私は引きつけられる、というシュトルムの本心を示している有名な詩の第一節をご紹介しよう。

かもめと我が心
かもめは北へ飛んで行く、
我が心も北へ飛んで行く、
二人はいっしょに飛ぶ、
二人はいっしょに故郷《ふるさと》へ。

（著者訳）

この詩は一八三六年、シュトルムの若い頃の作ではあるが、シュトルムの郷土愛の精神をよく表している。日本の「北帰行」の歌の心と似ているではないか。

同館わきに立つシュトルム像

文学博物館「テーオドル＝シュトルム」玄関前のシュトルム協会ツアーの人々（1990年９月10日）

フーズムとの都市提携

ハイリゲンシュタット時代はシュトルム文学の核心をなす時代である。よき友人達に囲まれ、家庭的幸福にも恵まれて、消えかけていた文学の心を取り戻し、故郷とは違った環境における社会的体験によって豊富な材料を仕込み、後日フーズムに帰ってから『画家の作品』『人形つかいのポーレ』『静かな音楽家』等の名作が次々に生まれることになる。

　この重要なシュトルム文学の町は、第二次世界大戦後旧東ドイツ領となっていたため、旧西ドイツの研究家でもほとんど行くことができず、大きな盲点となっていた。しかし一九九〇年一〇月三日、遂に東西ドイツは再統一され、誰でも自由に行けるようになった。一九九〇年九月一〇日にはフーズムのシュトルム協会の会員が七五人もこの町を訪問し、歓迎された。あいにく本降りの雨ではあったが、皆の心は晴れ晴れとしていた。筆者も同行し、この町の旧友たちに「統一おめでとう」と固い握手を交わしたものだった。市当局も特別の計らいで、旧王宮内のシュトルムが勤務した小法廷、市役所の大広間、そして旧監獄の内部までも見せてくれた。さらに東西ドイツの国境にあったため立ち入り禁止になっていた往年の観光名所ハンシュタイン城や「悪魔の演壇」も公開されていた。筆者は両方とも訪ねシュトルムの足跡をたどり、感激したものである。ポツダムにも自由に行けるようになったし、ドイツにおけるシュトルム研究は今後さらに充実することと思う。

第二次フーズム時代

一一年ぶりのフーズム

一八六四年三月一五日火曜日、シュトルムは合計一一年に及ぶ亡命生活を終えて故郷の町フーズムに帰ってきた。一七歳になった長男ハンスと二人で先に帰郷したのである。シュトルムが就任した「郡代」という役職は、町を除いた周辺の郡部と島を含むフーズム地区役場の「主任後見人、警察長官、刑事、民事裁判官」という内容であった。田舎の警察官と裁判官とを兼ねる代官といったところであるが、それほどの権力はない。しかし俸給は年俸で三、〇〇〇ライヒス゠ターラーという高給であった。

それから六週間後にコンスタンツェ夫人が他の子供たちと一緒にハイリゲンシュタットからフーズムへ引っ越してきた。そこでシュトルムは全家族を率いて次の借家に入居した。ズューダー゠ストリート二番地の牧師未亡人の家である。隣の家にはシュトルムの弟である医師エーミール゠シュトルムが住んでおり、その妻はコンスタンツェの妹であった。シュトルムの両親は相変わらず元気で生活していた。さてシュトルム自身は何も分からない仕事についたので、最初は自分自身の常識と感性に頼らざるを得ないことがよくあった。また最初のうちは彼の健康状態はよくなかったが、間もなく仕事に慣れてきた。

一八六四年七月二〇日、デンマークとプロイセンの戦争は終結し、シュレスヴィヒ・ホルシュタインはプロイセンとオーストリアの共同管理地区となった。シュトルムは気分的に落ち着いたので、音楽と詩作のための時間がとれるようになった。この年に彼はフーズムで合唱団を再建した。そして『ブーレマンの家』『ツィプリアーヌスの鏡』という二篇のメルヘンと、『海の彼方より』というノヴェレを熱心に書いた。

友人フォンターネはこの年一八六四年にシュトルムをフーズムに訪ねてきた。ルートヴィヒ＝ピーチュにあててシュトルムは一八六四年秋に次のように書いている。

「ついこの間フォンターネが訪ねてきて一晩泊まってゆきました。とても嬉しいことでした。彼は『十文字新聞』という雑誌の編集者で、とてもつきあいのよい人です。我々は数時間も夢中で話しました。……」

『海の彼方より』

一八六五年一月にノヴェレ『海の彼方より』が『ヴェスターマン‐ドイツ画報』に掲載された。

青年アルフレートは子供の時イェンニという少女とよく遊んだ。イェンニは西インド諸島に住むドイツ人と現地人の女性との間に生まれた混血児であり、ドイツの学校に通学するためにアルフレートと同じ町に住んでいたのであった。それから約一〇年後、アルフレートはエキゾチックな美しいレディーに成人したイェンニに再会した。ところが彼女は母親に会いたくなって西インド諸島へ行ってしまう。アルフレートは彼女と結婚する決心をし、船に乗って島へ行き、イェンニをドイツへ連れ戻してきてハッピーエンドとなる。

シュトルムはこの物語を、ハイリゲンシュタット時代の一八六三年に書き始めていた。このノヴェレの構想はシュトルム自身の体験に基づいている。一八四五年に彼はフーズムで西インド諸島のセント＝トーマス島からきた混血児の兄弟に会っている。それは母親の実家ヴォルトゼン家の親戚の人と現地人との間にできた子供達であった。その頃外地で生活するドイツ人はドイツへ子供を送りドイツの学校教育を受けさせていたのである。トーマス＝マンの母親もそのひとりであった。

そしてシュトルムは一八四六年に『異国の女』という有名な詩を書いている。

異国の女

女の子たちの中に座った／彼女は女の世界に輝く星だった。／この国の言葉で話すけれど、／嘆くようななまりがあった。／しかし美しい女のプライドを持つ唇は／ホームシックの歎きをもらさなかった。／我らの海辺にきたのだが、／南国の蒼白い頬と／弓なりの眉毛《まゆげ》の上には、／まだグラナダの月光がたゞよっていた。／彼女の瞳はいつも輝く故郷の空を／夢見ていた。

（著者訳）

この詩はアリダ＝ヴォルトゼンを見たことによってできたものと想像されるが、まだ実証されてはいない。しかし、シュトルムは晩年にも混血の美人と知り合いになって関心を示しており、若い頃から混血女性を見ると詩的幻想におちいる傾向があったと思われる。それはそうとして、このノヴェレには、再び故郷に戻れて気のむくまゝに仕事ができるようになったシュトルムの明るい人生の喜びが溢れ出ていて、気分が良い。

愛妻コンスタンツェの死

故郷での幸福な生活は長続きしなかった。コンスタンツェが七番目の子ゲルトルートを出産した後、産褥《さんじょく》熱のため一八六五年五月二〇日に亡くなったのである。ハイリゲンシュタット時代に心の底から愛し合うようになっていた最愛の妻の突然の死である。ショックは大きかった。シュトルムは自ら妻の遺体を柩《ひつぎ》に入れ、翌日早朝四時に息子たちや合唱団の人々と一緒に柩をかついで聖ユルゲン墓地のヴォルトゼン家の墓所に運び込んだ。牧師も立ち合わず、もちろん葬送の鐘も鳴らなかった。無宗教主義のシュトルムは自らの信念を貫き、教会での葬儀も行わないので、人々に好奇の眼で見られないように早朝に埋葬したのであった。

その日は素晴らしく美しい五月晴であったそうである。墓地から帰宅したシュトルムは数時間もピアノを弾いて気をまぎらせた。そしてその晩に彼は『深い影』という一連の長詩を書いた。その第一部である五節を紹介しよう。

深い影

墓の中の多くの古い柩のそばに
いま新しい柩がおかれ
そのなかにぼくの愛をさえぎって
いとしい人の顔ばせがかくされた

柩にかかる黒いおおいを
花環がすっぽりつつんでいる
ミルテの若枝を編んだ花環と

イワン＝ツルゲーネフ

白いライラックの花環がひとつ
まだ数日前までは
森で日を浴びていたものが
いまこの土の下で匂っている
すずらんとぶなの緑が

石は閉ざされ
ただその上に格子窓がひとつ
いまは亡きいとしい人は
さびしく一人でその中にいる

おそらく月光のかがよう中で
世の人の憩いの刻《とき》がくるたびに
黒い蝶が羽音をひそめ
白い花のまわりをとびまうことだろう

1866年コンスタンツェ亡き後の家族 向かって左から右へ、シュトルム、次女ルツィエ、三男カール、三女エルザベ、次男エルンスト、長女リスベート、長男ハンス。

バーデンへの旅

コンスタンツェがいない空虚な家には、シュトルムのほかに七人の子供が残った。一八歳のハンス、一四歳のエルンスト、一二歳のカール、一〇歳のリスベート、五歳のルツィエ、二歳のエルザベ、そして生まれたばかりのゲルトルートの七人であった。間もなくヴッソー氏の紹介で、メリー＝パイルというイギリス女性が子供達の養育係としてくる。

シュトルムはこの女性を信頼することができたので、気晴らしのため一人でセンチメンタルジャーニーをすることにした。

友人ルートヴィヒ＝ピーチュはロシアの詩人ツルゲーネフにシュトルムの深い悲しみについて伝えた。するとツルゲーネフはシュトルムを、自分が一八六四年以来滞在しているバーデン‐バーデンへ招待したのである。シュトルムはこの招きを有難く受け、一八六五年九月一日にフーズムを出発した。途中シュトルムはミンデンで女流作家エリーゼ＝ポルコを訪ね、次にフランクフルト‐アム‐マインで旧友ティヒョー＝モムゼンを訪問した。そして九月五日に国際的温泉保養地

ドロテーア夫人

であるバーデン＝バーデンに到着し、そこに九月一三日まで滞在した。
ツルゲーネフの所でシュトルムはツルゲーネフのパトロンであるヴィアルド夫人と知り合う。彼女はフランスのポリン＝ガルシァというプリマドンナであった。彼女の夫ヴィアルドも教養のある人で、毎日シュトルムはツルゲーネフやヴィアルド夫妻と語り合い、サロンでは自ら歌も歌った。ある音楽会ではプロイセン皇后も見かけた。しかし、このようなすばらしい上流社会の雰囲気もシュトルムの重苦しい気分を和らげることはできなかった。
帰り道でシュトルムはハイデルベルクで途中下車し、城山に登った。ハイデルベルクは一八五五年に両親と妹ツェツィーリエと一緒に見物して以来の所であった。その日の晩は再びフランクフルトでティヒョー＝モムゼンの家に泊まった。そしてその翌日は一人で植物園を見学した。次の日は好天に恵まれて、マインツからケルンまで船でライン下りをした。船上でシュトルムは新婚旅行中の若い夫婦と知り合い、楽しい旅となる。ケルンではドームのそばの「北ホテル」という高級ホテルに泊まった。そしてドームを拝観し、オー＝デー＝コロンと沢山の葡萄を買う。シュトルムは一九年前のコンスタンツェとの新婚旅行を思い出し、再び沈みこんでしまうのであった。さらに北に向かって帰る途中、デュースブルクでは幼なじみの友人である牧師ペーター＝オールフースに会い、アルンスベルクでは、そこに転勤してきていたハイリゲンシュタット時代の友人フォン＝ヴッソー氏に会った。

この旅行はツルゲーネフに会ったことによってシュトルムにとっては有意義であった。お互いに作品を独訳版、露訳版で献本してはよく読んでいたからである。またその後のシュトルムの父子問題を扱うノヴェレは、ツルゲーネフの名作『父と子』の影響が大である。

ドロテーアとの再婚

シュトルムが帰宅してすぐに感じたのは、子供達の養育係である通称「マーライ」、即ちイギリス人のマリー＝パイルが子供達に好かれていないことであった。彼女が厳しすぎるようであった。

一八六五年一二月一〇日、ピーチュにあててシュトルムは次のように書いている。

「ともかく私は子供達と一緒の時が好きです。できたらその上、他人ぬきで暮らしたいのです。私は娘の中の一人が成人して我が家を取り仕切ってくれる時を切望しています。というのは、マーライはいかに善良でしかも私を信頼してくれても、いつも馴染み薄いムードが残るのです。つまり、我が家の生活のアコードに合わない音程なのです。――我が家の亡き人がいつもいないので困るのです。小さなルーテは毎日、つまり毎晩切々とママの話をします。彼女はママとの小さなエピソードを次々に思い出します。……」

シュトルムは母親のいない家庭での子供の養育の難しさを切実に感じ、再婚について考え始める。相手はコンスタンツェとの新婚時代に道ならぬ恋をしたドローテーア＝イェンゼンであった。ドローテーアはその頃まだ独身のままで、市長シュトゥーアの家で家政婦をしていた。ドローテーアは熟慮した後、シュトルムの結婚申し込みを受け入れた。そして、コンスタンツェの死後一年の一八六六年六月一三日に二人はハトシュテット教会の牧師館で、シュトルムの旧友であるヘル牧師の仲立ちで結婚式を挙げたのであった。

若い頃のシュトルムとドローテーアとの恋愛については三六ページで述べたからここでは繰り返さない。しかしかつて町中の話題となったこの事件についてコンスタンツェが忘れ去っていたわけではなく、「私が死んだらあの人に子供達の面倒をみてもらってね」とシュトルムに嫌味を言ったこともあるそうだ。「この言質をありがたく受け取ってシュトルムはドローテーアと再婚に踏み切った」とトーマス＝マンもシュトルムの

見学者でにぎわう今日のシュトルム－ハウス（1990年9月）

再婚について批判していて興味深いものがある。

何と一九年もたって往年の恋は結ばれたのであるが、シュトルムはすでに七人の子持ちであった。新婦ドロテーアは早速幼ない子供達の世話に明け暮れることになり、幸福ではなかった。しかしシュトルムにとって、それからのドロテーアとの二二年間の生活は幸福であった。その間に沢山の優れた作品を全力をあげて書くことができたからである。

ドロテーアはシュトルム文学の源泉であった。ドロテーアへの苦しい恋心から『インメンゼー』や『アンゲーリカ』など初期の珠玉の名作が生まれたことを、我々は忘れてはならないのである。

再び政変

ドロテーアと結婚してからの一家は、今日のシュトルム＝ハウスであるヴァッサーライエ街三一番地に転居した。シュトルムは一階の一室を郡代の執務室とした。これは一八世紀に商館として建てられた家であるが、二階建のなかなか近代的な、しかも美しい大きな家である。しかし、郡代という恵まれた地位は長続きしなかった。

プロイセンとオーストリアとの協定が成立し、オーストリア人が引き揚げた後の一八六六年四月一五日、プロイセンのカール＝フォン＝シェール＝プレッセン男爵がシュレスヴィヒ・ホルシュタイン長官に就任する。そして一八六七年一月二四日、シュレスヴィヒ・ホルシュタイン地方は正式にプロイセンの一つの州となる。その結果として自治政府の郡代というシュトルムのポストは廃止となった。
シュトルムはやむなく再びプロイセン政府司法省の区裁判所判事になることにした。しかし、年俸は約三分の二に減ってしまった。そのため彼は自宅の一階を人に貸し、家族は二階に住むことにした。シュトルムは、またしても政治的権力のもとで生活しなければならないという運命を痛感せざるを得なかった。一階は貸す前に塗り替えて新しい壁紙を張り、当時フーズムではまだ珍しかったガスライトをとりつけた。そして自分の家族専用の玄関と狭い階段をとりつけている。

新しい二つのノヴェレ

コンスタンツェが死んでから二年たって、シュトルムは気をとり直して二篇のノヴェレ、『聖ユルゲンにて』と『画家の作品』を書いた。

『聖ユルゲンにて』は、聖ユルゲン養老院に住む老婆アグネスとそのかつての恋人である指物師ハレとの物語である。年をとったハレ親方が五〇年の歳月を経て、昔の恋人アグネスに会うために故郷フーズムに帰ってきた時、アグネスは養老院で死んでいた、というストーリーである。

今日でもフーズムのシュトルム墓所の左側に残っている聖ユルゲン養老院の前を通るたびに、筆者はこのノヴェレを思い出し、これが往年の実話であったような錯覚におち入るのである。しかしこれは実話ではなく、シュトルムが『一八四九年版民衆本』の中の『郷愁』という物語から取材したものであり、彼はフィクションであることを強調している。

シュトルムはこのノヴェレの中で、コンスタンツェの死に遭遇して変わった彼の人生観、即ち諦念と人生の無常観を表明したのである。またシュトルム時代にはすでに取りこわされていたマリア教会の尖塔《せんとう》がフーズムのシンボルとして描かれていて興味をそそるのである。

もうひとつのノヴェレ『画家の作品』の方はドラマチックでしかも面白い話である。

ある医者が思い出話をする。エディー＝ブルンケンという若い画家がいて、マリーというブロンドの少女に惚れ込んでいた。しかしマリーは画家を嫌っている。彼がせむしだからである。ある日、町の若い人達が山へのピクニックをした。その時画家は、自分と決闘までした裁判所の司法官試補が恋のライヴァルであることを痛感し、すぐに町に帰り、下宿も片付けずに行方をくらましてしまった。それから四年経って、医者は別の町でブルンケンに会う。彼はまだ独身であった。医者がマリーと試補が結婚したことを話すと、画家は一枚の作品を見せた。そこには若い男女が、陽のあたる庭園の中で楽しそうに語り合っている。そして奥のベンチでは画家自身と思われる男がひとりで座っているのであった。

レーヴェントロー伯夫妻

画家ブルンケンのモデルはシュトルムの友人であるフーズムの画家ニコライ＝ズンデである。せむし男のズンデはシュトルムの弟オットーの友人であったが、一八五七年五月にハイリゲンシュタットを訪ねてきて、シュトルムとコンスタンツェのポートレートを描いた。シュトルムはズンデ画伯をさそって弁護士シュリュークター氏の馬車でグライヒェン山や「悪魔の演壇」へピクニックをした。この時の楽しい思い出がこの小説となったわけである。「悪魔の演壇」は山頂に一ケ所だけ開けた展望台となっている岩場である。伝説によると、こゝから悪魔が巨大な岩石を下へ投げ落したので山麓のヴェラ川が手前に円弧を作って湾曲したということである。すばらしい眺望だが、いつも強風にあおられる場所でもある。前にも述べたとおり、第二次大戦後は一九九〇年四月まで東西ドイツの国境だったため立入厳禁地帯であった。筆者はドイツ再統一直前の一九九〇年八月にここへ足を運び、登山道を四〇分ばかり登ってこの岩場にあがった。強風にあおられながらも、シュトルムやズンデの姿の幻を見た気がするほど、感激したものである。

なお本作品にはズンデだけではなく、ポツダム時代の友人であるアードルフ＝メンツェルやヘルマン＝シュネーといった画伯たちの影も濃いのである。ともにせむしだったからである。

新しい友人達

一八六七年八月にシュトルムはキールに詩人クラウス＝グロートを訪ねた。グロートは当時すでに低地ドイツ語文学で有名であった。グロート家でシュトルムはグロート夫人の伴奏で歌ったりした。

この一八六七年にシュトルムはシュレスヴィヒに住む若き詩人ヴィルヘルム＝イェンゼン家を訪ね四日間滞在している。イェンゼンは後に有名な作家となるが、シュトルムとイェンゼンとの親密な交際はシュトルムが死ぬ時まで続いたのである。

一八六八年頃にシュトルムはルートヴィヒ＝フォン＝レーヴェントロー伯と知り合う。レーヴェントロー伯は当時は高級官吏であったが、後にフーズム郡長になり、フーズム城の中に居住していた。シュトルムも城内にある裁判所に勤めていたので知り合ったわけである。レーヴェントロー伯はシュトルムが嫌う貴族階級の人ではあるが、とても良い人だったので、家族ぐるみの親しい交際は終生続いたのであった。この長年にわたる二人の交遊は、シュトルム文学にいつも良い影響を与えたため、かなり重要な意義を持っている。

ドドの誕生

一八六八年一一月、ドロテーア夫人の初めての子であるフリーデリーケ、即ちドドが生まれた。シュトルムにとっては八番目の子供であり、五人目の娘であった。ドロテーアは二年半も小さな子供達の世話で精神的な疲労が重なり、ノイローゼ気味であったが、自分の子供ができたことによって精神的に安定するようになる。

こゝでシュトルムをめぐる一つの面白いエピソードをご紹介しよう。一八六八年にシュトルムは自ら主宰する合唱団のコンサートのプログラムのラスト・ナンバーに『この間レーゲンスブルクへ行った時』という有名な学生歌を組み込んだ。これは学生コンパの歌で、ドナウ川の渦巻をボートで乗り切る時、未婚女性の場合は處女でなければ死ぬんだよ、という少し不面真目な内容の歌である。すると女性団員たちはステージでこの歌を拒否して退場してしまった。シュトルムは怒ってすぐさま団長を辞任した。しばらくしてベルリンから音楽の先生が指導者としてフーズムにきたが、事情を知って帰って行った。そこでカスパースという牧師が中に入り、まだ怒っているシュトルムと婦人たちを説得した結果、シュトルムは再び合唱団の指揮をすることになった。ハイリゲンシュタット時代と同様にシュトルムの稽古は厳しかったので、このような事件も起こり得るのであった。

この年一八六八年には初めてシュトルムの六巻ものの全集がゲオルク＝ヴェスターマン社から出た。五一歳になっていたシュトルムの喜びは大きかった。

一八六九年から一八七〇年にかけてシュトルムは『家庭版マチアス＝クラウディウス以来のドイツ詩集』を熱心に編纂し、マウケという出版社から出版した。初版本は七三二ページもある厚手の本で、一五ページに及ぶマチアス＝クラウディウスの詩集を冒頭にし、以下ヘルダー、ビュルガーなど生年月日の順に一二三の詩人の作品が紹介されている。シュトルム自身の詩は『七月』ほか七編だけ入っている。なお序文を読む限りこのアンソロジーはシュトルムの確固たるドイツ叙情詩論の表明を意図した本のようである。

一八七〇年八月、シュトルムは家族と一緒にハーデマルシェンに弟ヨハネスを訪ね、しばらく滞在していたが、普仏戦争が勃発したため、シュトルムはすぐにフーズムへ帰った。シュトルムはもはや戦争は好きでなかった。その頃知人にあてた手紙を読むと、「……共食いをする動物の社会と我々人間も同じかと思うと私は本当に不快です。……」と述べている。しかしプロイセンはフランスを負かし、一八七一年にはドイツ帝国が誕生する。宰相ビスマルクの権勢はますます強大となる。これまたプロイセン嫌いのシュトルムを喜ばせることではなかった。

一八七一年にシュトルムは息子のカールと弟ヨハネスの娘ルツィエの二人を連れてライプチヒまで旅行した。二人をライプチヒ音楽院に入れるためであった。こうしてハンス、エルンスト、カールの三人の息子たちが大学に入ったので、シュトルムはせっせと原稿を書いて学費を稼ぎださねばならなかった。時には借金もしたのであった。

一八七一年にシュトルムは『散文集』という表題で、『お抱え床屋——帰郷』『昔の二人の菓子好き』『ハリヒ紀行』など三篇の短い物語を発表した。

『散　文　集』

「お抱え床屋——帰郷」は面白く、しかも注目すべき作品である。

これはある帰郷者の少年時代の思い出話である。ギムナージウムの生徒だった頃、市役所の屋根裏部屋にプロイセン皇太子と自称する元お抱え床屋が住み着いていた。この男は時々市役所の高い切妻窓から広場にいる人達に予言者的な演説をした。それから長い年月を経て少年が帰郷した時には、この奇人も年をとって、病院で寝ていたのであった。

シュトルムはこの自伝的な物語の中で、不変の大自然、教会に対する批判、そして社会から狂人として葬り去られる哀れな社会批評家の運命を描写している。

『ハリヒ紀行』　シュトルムにしては珍らしく幻想的なノヴェレである。

長い年月の後で帰郷したこの物語の語り手は、船に乗って北海のあるハリヒ島に向かう。夢のように側《そば》には彼の昔の恋人スザンネとその母親がいる。海底には沈んだルングホルト島が見える。やがて着いたハリヒには老人がひとり淋しく暮らしている。その人は政治や社会に背を向け、世間から逃避してきたのであった。語り手はスザンネと二人で海岸を散歩する。そして数年後に彼は再びハリヒに老人を訪ねたが、すでに故人となっていた。老人の遺物の中には女流ピアニストのエヴェリーネと老人が昔バイオリンの共演をした時の回想録があった。

この物語はシュトルムが一八六九年にハリヒ＝ジューデロークへ船旅をした時の回想を基にしている。シュトルムが友人ピーチュ画伯への手紙に書いているとおり、老人はシュトルム自身であるが、その他の登場人物は創作のようである。従って、老人の社会・芸術・思潮に対する批判は、当時のシュトルム自身のものである。コンスタンツェの死後のシュトルムは、政治情勢の激変によっていつも憂鬱であり、当時の社会に対する批判的な気持ちを少なからず抱いていたのである。そのうえこれにはシュトルム文学独自の無常観が表れているのである。『聖ユルゲンにて』や『画家の作品』に続く一連の諦念小説の中のひとつとなっている。

なおこの作品には、ジャン＝パウルの長編小説『ヘスペルス』、ハイネの『北海』、ホフマンの『議員クレスペル』、グリルパルツアーの『哀れな辻音楽師』などの影響があるとされている。

一八七二年にシュトルムは『荒れ野の村にて』という注目すべきノヴェレを書いた。これはシュトルムが郡代であった一八六六年に扱った事件を基にしたものである。

『荒れ野の村にて』

田舎村の若い農夫ヒンリヒは美しい村娘マルグレートに心を寄せていた。ヒンリヒはやがて負債のある父親の遺産を相続したため、一〇歳も年長の女と結婚し、自分の家を立て直そうとした。しかし彼はマルグレートが忘れられず、再び貧乏になるまでマルグレートに贈物を送り続ける。そして間もなく彼は行方不明となり、沼で死体となって発見された。

代官は「白いアルプ」というスラヴ地方の迷信を連想する。マルグレートの父親はドナウ川下流のスロヴァキア人だからである。「白いアルプ」は真夜中に荒野から細い糸になって村に侵入し、寝ている人の口の張りつき、夜明けとともに退散する、とりつかれた人は朝になって発狂する。「白いアルプ」がその人の魂を吸い取り、沼に持って行ったからである。つまり代官はマルグレートが「白いアルプ」に取りつかれてヒンリヒを殺したと疑っていたのである。しかしヒンリヒは恋の病で自殺したことが判明したため、マルグレートの潔白が証明された。それでも代官は前歯の尖ったマルグレートが、スラブの迷信にある吸血鬼のように思えたのであった。

シュトルムはこのノヴェレで故郷の沼沢地の無気味さを描いている。沼のあたりにただよっている無気味な雰囲気はシュトルム文学の一つの重要なテーマである。第二次世界大戦後シュレスヴィヒ地方の沼沢地から次々に三世紀頃の人間の遺体が発見されたことでも実証されたように、古代ゲルマン民族は伝統的に犯罪者を沼沢地で処刑して埋める習慣があったため、人びとは沼を恐れるようになった。『荒れ野の村にて』のようなノヴェレはこのような背景のもとで作られたのである。

なおこの作品が発表されるとすぐに、これはケラーの『ロメオとユリエ』の模作だ、と新聞などで批判されたが、シュトルムはもちろん否定している。『ロメオとユリエ』は純然たる心中事件であり、不気味な超自然的な力は描かれていないのである。

オーストリーへの旅

一八七二年にシュトルムはオーストリアへ旅行して、かねてから招待されていた詩人ユーリウス＝フォン＝トラウン、即ち国会議員ユーリウス＝アレキザンダー＝シンドラーをザルツブルク近郊のレオポルツクローン城に訪問した。

シュトルムは次男エルンストを連れて、一八七二年七月にフーズムを出発した。ハンブルクからはいとこのルートヴィヒ＝シェルフが合流する。ゲッチンゲンから三人はハイリゲンシュタットへ行き、弟オットーの家に泊まる。その晩には合唱団の残党が訪ねてきてセレナーデを歌ってシュトルムをほろりとさせた。次はアイゼナハへ行きワルトブルク城に登る。それからニュルンベルクを経てミュンヒェンに行き、ハイゼを訪ねた後、シュトルムはひとりでザルツブルクへ向かい、そこから目的地であるレオポルツクローン城に到着した。

後世アメリカ映画『サウンド＝オブ＝ミュージック』（一九六五）の舞台となるこの大きな城館での三週間の逗留《とうりゅう》は、シュトルムにとっては夢のような毎日であった。たびたびシンドラーの豪華な馬車でシュトルムはザルツブルク、ゴリンゲン、ライヘンハル、ベルヒテスガーデン、ケーニヒスゼーなど風光明媚な観光地を見物してまわった。

帰り道でシュトルムはキームゼーのプリーンにハイゼを訪ねた後、ライプチヒで三男カールに、また最後にハンブルクで長女リスベートに会ってから、九月末にフーズムに帰ってきた。チロルの高い山脈を仰ぎ見る風景を満喫したこの旅は、シュトルムにとっては得るところが多かった。風土がフーズムとザルツブルクではまったく違うからである。

『レナ＝ヴィース』

一八七二年にシュトルムは『レナ＝ヴィース』という短いノヴェレを書いた。これは故郷の町で一生を送った女性、即ち二二ページでご紹介した語り部の生涯のスケッチである。

レナはパン屋の娘であるが、いつも子供達に『千夜一夜』のシェヘラザードのように面白い民話を話して聞かせた。あるときは「津波の荒れ狂う夜、堤防の上に現れ、災禍が迫ると馬もろとも堤防の裂け目に飛び込む」お化けの白馬の騎手の伝説を語ったこともあった。彼女の両親が亡くなった後、独り暮しをして年をとった時に彼女は不治の病にかかる。牧師が訪ねて行ってキリスト教への入信を勧めるが、彼女は拒否し、悪病の激しい痛みに耐えて、英雄のように死んでいった。

シュトルムは幼い時に親しくしていたこのレナおばさんのことを一生忘れず、尊敬し、感謝していた。『白馬の騎手』もレナから聞いたことがきっかけとなってできた作品であるし、レナはシュトルム文学の源泉のひとつであるからであった。

『今日と昔のことについて』　この随筆集は『散文集』の一編であり、一八世紀と一九世紀初頭におけるシュトルムの母方の実家ヴォルトゼン家の先祖の生活が描かれている。シュトルム時代、即ち今日の生活が描かれる「旅をして」、市参事会員で後には市長を勤めたクリスチアン＝フェッダーゼンの市民生活を描く「曽祖父の家にて」、ホーレ＝ガッセのシュトルムが育った家における祖母マグダレーナ＝フェッダーゼン時代の「祖父の家」、そして年をとった祖母とシュトルム自身を含めた孫たちを描写する「埃《ちり》とがらくた」の四つの章から成り立っている。

その頃のシュトルムは友人たちへの手紙の中で、しきりに自分自身や先祖について書いている。一八七三年八月にはオーストリアの作家エーミール＝クーにあてて、シュトルムは自分の少年時代からその時までの人生録と父方と母方の実家のかなり詳しい年代記を書き送っている。当時のシュトルムは先祖の歴史を書くことによって自分の精神状態と人生の失望感を克服し、力を取り戻そうとしていたのであった。

九九ページでも述べたシュトルムの人生観がここで実証されているのである。まず自分の先祖の歴史をたぐってみて、自分の体内まで流れてきている先祖伝来の精神を確かめ、同時に家族愛の精神を確認し、これを子孫に受け継がせようという人生観である。

『従兄弟クリスチアンの家にて』　一八七三年春シュトルムは『従兄弟クリスチアンの家にて』というユーモラスなノヴェレを書き、一一月に「文学・芸術・社会のサロン」という雑誌で発表した。

若い役人であるクリスチアンは父母が亡くなってからはカロリーネという家政婦と二人で生活していた。カロリーネは忠実な婆やであるが厳しかった。ある日クリスチアンは父親にならって親戚を全部自宅に招待してもてなしをしようと考えた。しかしそれには年をとったカロリーネでは無理である。すると叔父は亡くなった帳簿係の娘であるユリエ＝フェンネフェーダーを推挙してきた。小さくて可愛いいユリエはクリスチアンの家で家政婦として働き始めた。カロリーネとクリスチアンはユリエの働きぶりがみごとなのに感心した。クリスチアンは彼女が好きになり、親戚を招待しての大宴会が成功してから結婚したのであった。

この作品も先祖の年代記から取材したものであるが、これをもってシュトルムの先祖の年代記執筆時代は終わり、次の『三色すみれ』からシュトルムは新しいジャンルのノヴェレを書き始めるのである。

『三色すみれ』

シュトルムは自分自身の体験を基にして一八七三年に『三色すみれ』という心理小説を書き、一八七四年三月に「ヴェスターマン‐ドイツ画報」に発表した。

母親が死んだ後、一〇歳の少女アグネスの家には新しい継母イーネスがきた。若妻イーネスはデリケートなアグネスとなかなか打ちとけない。イーネスはこの家の中で感じる暗い魔力に対して次第に憂うつになってゆく。イーネスの目前には亡くなった先妻のイメージがいつまでも消えない。しかしイーネスに自分の子供ができるとイーネスは健康で明るくなる。アグネスが新しい妹を可愛がり、しかも継母と本当に仲良くなったからであった。

この作品のモチーフは勿論シュトルムのドロテーアとの再婚によって生じた家庭内のトラブルである。舞台は現在のシュトルム＝ハウスである。一階の居間を中心にこの家の内部がこまやかに描写されている。それよりも女心の心理的分析が見事に成功している。発表当時の世間の批評も良かったが、シュトルムの死後にフォンターネは「シュトルム最高の作品」と絶讃しているほどである。

『人形つかいのポーレ』

『三色すみれ』のすぐ後にシュトルムは新しい手法で『人形つかいのポーレ』というノヴェレを書いた。ハイリゲンシュタット時代の思い出から取材した作品である。

これは美術細工師であるパウル＝パウルゼンが物語る彼の人生録である。パウルが子供の頃ある日町に人形芝居がやってきた。ミュンヒェンのテンドラー夫妻にリーザイという小さな娘の一家である。パウルは射撃クラブでの興行を何回も見に行き、リーザイの手引きで楽屋に入り、人形を見ることができた。ところがパウルが立役者カスパーに触った時に機械を壊してしまう。そのため次の芝居『ファウスト』はカスパーの人形がうまく動かなかったため失敗に終わる。叱られたリーザイとパウルは楽屋の大きな箱に入って寝てしまう。それから一二年後、パウルが中部ドイツのある町で修業していた時、偶然にもリーザイに会う。リーザイは無実の罪で逮捕された父親を心配して、牢獄の前で訴えていたのである。父親テンドラーは翌日無罪放免となる。パウルはリーザイと結婚し、故郷の町で彼女の父親と三人で幸福に暮らす。老人は暇つぶしに『美しきスザンネ』という人形芝居を上演したが、町の悪い人達の嫌がらせによって失敗に終わる。老人は失意落胆し淋しく死んでいった。埋葬の時に老人のカスパーの人形が何者かによって墓穴に投げこまれたのであった。

このノヴェレが生まれた最大の動機はシュトルムのハイリゲンシュタット時代での体験である。一八六四年一月のある寒い日の午後、向い側の牢獄の入口で二人の子連れのジプシー女が典獄に犬鞭で追い払われているのをシュトルムは見かけた。亭主が無実の罪で投獄されたのである。外は零下一七度である。シュトルムは三人を家に呼び入れて熱いコーヒーにパンをすすめ、長男のハンスに奔走させて市の救貧院に送り込ませたのであった。

シュトルムはこの忘れ難い体験と少年時代によく見た人形芝居とを組み合わせて一編のノヴェレ

に仕立てあげたのである。そしてシュトルムが描いた人形遣いのモデルは一八一七年四月にフーズムに巡業してきたガイセルブレヒトという有名な人形遣いであった。この人は一七六二年にハーナウで生まれ、一七九〇年頃からドイツ各地を巡業し始めた。一座は一五人ないしは二〇人という大世帯であり、人気スターは「ハンスヴルスト」即ち後世の「カスパー」であった。リーザイの母親がガイセルブレヒトの娘であるとシュトルムは想定していたらしい。シュトルムはこの歴史的な人形遣いについて書いておきたかったのである。

なお作中には『宮廷伯ジークフリートと聖女ゲノフェーファ』『ファウスト博士の地獄行き』そして『美しきスザンネ』の三つのマリオネット芝居が描かれているが、芝居そのものと芝居小屋内外の様子がリアルに描かれて面白い。

『森の片隅』

一八七四年の夏シュトルムは『森の片隅』というノヴェレを書き、『ドイツ展望』の創刊号で発表した。

四八歳の植物学者であるリヒアルトは仕事のために森の中の一軒家でひと夏をすごすことにし、フランチスカという一八歳の孤児を研究助手として森の家に引き取った。リヒアルトは年とった家政婦とフランチスカとの三人で生活するが、やがてフランチスカに愛情を持ち始める。彼は嫉妬のあまり他人を誰もフランチスカに近づけないようにし、結婚の手続きをし、結婚式の準備も整えた。しかしフランチスカは結婚式の前夜に恋人である山番の所へ逃げて行った。リヒアルトは間もなく森を出てまた一人で消えて行った。

シュトルムにしては、中年男が一八歳の少女に結婚を申し込むというモチーフは珍しい。シュトルムは後に『ハーデルスレーフフースの祭』でも同様のテーマを扱うが、そこでは一六歳の少女と妻帯者である騎士とが死ぬまで愛し合う。その作品は、少女が若すぎたために厳しく批判されたが、この『森の片隅』も、フォンターネがシュトルムの死後にあらまし次のように批判している。

「風景描写、情緒や官能性の表現などは『インメンゼー』をはるかにしのいでいる。しかし全体的にはくだらない話であり、非現実的で嫌悪感とずる賢さを感ずる。四八歳の男が一八歳の少女を森の家に連れ込み、雄の雷鳥のように雌鳥に求婚するということは起り得ることである。しかし、こゝではすべてが薄っぺらで、最高に不愉快である。……全体的には人が真似してはいけないし、芸術でも実行してはいけない類いの話の良い見本である。」

シュトルム文学の理解者であり支持者であった大家フォンターネの毒舌は実に厳しい。

これに反してパウル＝ハイゼは内容よりも構成の方に感激し賞賛している。ケラーは「これは秀作でしかも面白い」とエーミール＝クーに伝えている。

父親の死

一八七四年九月一四日の夜、シュトルムの父親カジミールが亡くなった。五七年前にシュトルムが生まれた日であった。長男であるシュトルムをハイリゲンシュタット時代の終わりまで経済的に援助してくれた父親であった。シュトルムは悲しみつつ、兄弟や自分の家族と一緒に父親をフーズムのかつてのヴォルトゼン家の庭園のそばの墓地に葬った。

『静かな音楽家』

一八七五年にシュトルムは『静かな音楽家』というノヴェレを書いた。

貧しい音楽家クリスチアン＝ヴァレンチンは北海沿岸の故郷の町に一人侘《わび》しく暮らしている。彼は知人に自分の人生について物語る。ヴァレンチンは子供の時から父親にピアノを厳しく仕込まれた。その後数年間立派な先生について勉強した後で、彼はある町で音楽教師となる。ある日突然彼は音楽会でピアノを独奏する羽目になる。満員のホールで彼はあがってしまい、演奏に失敗する。彼はすぐにホールを抜けだして、町の北側にある滝にきて自殺を考えるが、アンナという少女に救われる。同じハウスに住む歌の上手なこの少女にヴァレンチンは好意を持っていたのだが、彼はそれから数日後に町を立ち去り、故郷に帰ってしまった。それからさらに十数年経った時、アンナの娘が音楽会でモーツァルトを見事に歌っていた。しかしヴァレンチンはすでにとうの昔に亡くなっていたのである。

ヴァレンチンのモデルは、当時シュトゥットガルト音楽院でピアノを勉強中のシュトルムの三男カールである。ところが不幸にもこのノヴェレはカールの運命を予言してしまった。カールはその後東フリースラントのファーレルという町で音楽教師となり、ヴァレンチン同様に一生独身ですごし、一八八九年に四六歳で亡くなったのである。シュトルムは父親としてカールの能力を知っていて将来を見抜いたのであろうか、あるいは気の弱いカールが自らこのストーリーに従ってしまったのであろうか。

ヴァレンチンが音楽教師を勤めた町はハイリゲンシュタットであり、音楽会場は市役所の大ホール、そして自殺を考えた滝は城壁の外側にある滝である。

なおシュトルムはこのノヴェレの中で、音楽についての博識ぶりを発揮している。音楽好きのシュトルムは意外にも作品の中で自分の知識をひけらかすことは少なかったので、このノヴェレは珍しい。

後に文学史家エーリヒ＝シュミットはこの作品はグリルパルツァーの『哀れな音楽師』と同様に感動的である、と批評している。

『プシケ』

シュトルムは次に『プシケ』というノヴェレを書いた。プシケとはギリシア語で「魂」を意味し、ギリシア・ローマ神話のエロス（アモール）の恋人の名である。

ある夏の日、北海の海水浴場で一人の活発な少女が溺れかけた。少女は男に救われるが、元気を取り戻すとすぐに逃げるようにして家へ帰ってしまった。若い男たちにほとんど裸に近い姿を見られた上、体にさわられたことを恥じたからである。芸術家である若い男は、神話の女神プシケのようなずぶ濡れの少女の姿に感激して『プシケの救助』というテーマで大理石の彫刻を制作し、展覧会に出品した。その会場に少女が突然現れて芸術家と出会う。二人はすぐさま意気投合して結婚を約束したのであった。

シュトルムは新聞で、ギムナージウムの男生徒が溺れかけた少女を救って表彰されたという記事を読んでこのノヴェレを書いたのであるが、当時の社会では、水着姿の若い女性が登場する小説はセンセーショナルだったのであろう。早速「どんな水着を着ていたのですか」という問い合わせがシュトルムのところに来たという話である。それに対しシュトルムは「その時少女は多分きちんとした服装でした」とコメントしている。

一八七五年にはもうひとつ『左隣りの家』というノヴェレができている。

『左隣りの家』

物語の語り手の左側の家には、ヤンゼン夫人という老婦人が一人でひっそりと暮らしている。彼女には、警察署長とその家族などの親戚が同じ町にいるのだが、誰も寄せつけない。ヤンゼン夫人にはかなりの財産があり、夜中にこっそりと金貨の袋を開けて見るのが唯一の楽しみらしい。市役所の書記である語り手は、彼女の希望に従って遺言状の作成に取りかかる。しかしそれができる前に、ヤンゼン夫人はある夜、自分がばらまいた金貨の海の中に倒れて死んでいた。遺産の四分の三が兵隊・海員養老院に寄付された。彼女の住んでいた古い空き家にはよく幽霊が出るということである。

シュトルムは一八七五年五月にフレンスブルクに友人ハルトムート＝ブリンクマンとシュトルムの義兄グスタフ＝ニッセンを訪ねた時にこのノヴェレを思いついている。区裁判事であるブリンクマンがシュトルムに、船長の娘で本屋の後家さんが死ぬまで独り暮らしをした「大通り四六番地」の家について話したからである。シュトルムはさらにビールナッキ編集の『一八四八年版大衆本』とホフマンの『廃屋』を参考にして書いている。

リックリングからゲーゼベルクへ向かう街道（1988年）

一八七五年にシュトルムは『荒れ野をこえて』という美しい詩を作っている。

荒れ野をこえて

荒れ野をこえて　ぼくの足どりがひびいて行く
にぶい音が　土からいっしょについてくる

秋にはなったが　春は遠い――
ほんとうにいつか恵みの時はくるのだろうか？

霧が亡霊のようにあたりに立ちこめ
草は黒々と　空は虚しい

かつて五月にここを歩いたことがなければよかった！
人生と愛――なんと飛ぶように過ぎさることか！

この詩はシュトルムが荒れ野を歌った詩の中では最も有名なものである。何人もの作曲家が作曲したが、ブラームスの曲が有名である。
シュトルムは一八六〇年に一人でリックリングからゼーゲベルクへ行く街道を旅した時、この詩の原案を頭に描いていたらしい。コンスタンツェの死後一〇年経った一八七五年二月二日、亡くなったコンスタンツェの父親エルンスト＝エスマルヒの葬列に加わって同じ道を歩いたシュトルムは、コンスタンツェへの思い出がどっと吹きだしてきて、この詩を作ったようである。

ドゥレールスドルフ教会の少年の絵（1988年）

『溺　死』

村の教会の中の壁に、死んだ小さな男の子の絵がかかっている。側には父親らしき黒髭の牧師の肖像画も並んでいる。これらのいわくありげな絵には昔話がある。

一七世紀の中頃、アムステルダムで絵を勉強した青年画家ヨハネスは懐かしい故郷に帰ってきた。彼はまずお館へ行ったが、学資を出して貰った領主ゲルハルドゥス様は亡くなっていた。しかしカタリーナ姫に会うことはできた。ヨハネスとカタリーナは愛し合っていたのである。その頃、クルトという貴公子が彼女に結婚を申し込んできていたが、彼女は受付けない。カタリーナの兄ヴルフは粗暴な男である。そのヴルフの依頼で、ヨハネスはカタリーナの肖像画を描く。ある夜二人が愛し合ったことがばれて、ヨハネスはヴルフに鉄砲で撃たれ、傷を負ったまま画料をもらって追放される。それから五年後に彼は北海沿岸のある村の教会で、牧師の肖像画を描くことになる。ある日、既に死んでいる魔女が火焙《あぶ》りされることになり、お祭り騒ぎになる。そのため静かになった教会の庭でヨハンネスは偶然にもカタリーナに会う。牧師の妻となっていたのである。二人が抱き合い話をしている間に、二人の間の子供であった男の子ヨハネスが池に落ちて溺死してしまった。事情を知っている牧師の依頼で、彼は亡き子の肖像画を描き、立ち去って行った。絵の下に「C．P．A．S．」即ち「父の罪により水に沈む」と記して。

シュトルムは一八七三年にドゥレールスドルフの教会に義兄であるフェッダーゼン師を訪ねた時、牧師ボニックスの家族の肖像画を見て、このノヴェレの構想が頭に浮かんだ。しかしシュトルムは舞台をフーズムに近いハトシュテットの教会に移している。

構成は重厚であり、見事にできあがっている。カタリーナの結婚生活は謎のようにヴェールがかけられている。さらに恐ろしい魔女の火焙りをめぐるお祭騒ぎが、ヨハネスとカタリーナを引き合わせることになる。実にドラマチックであり効果的である。しかし子供は死に、カタリーナとヨハネスは永久に別れることになる。粗暴なユンカー＝ヴルフは自分の飼い犬に噛み殺されて死ぬ。御屋敷は人手に渡る。すべては滅び消え失せて行く。古代ゲルマン民族的な運命と言えようか。トーマス＝マンの『ブッデンブローク家の人々』やドイツの古代神話などにおける「滅びゆくものの美しさ」を演出したのであろうか。

パウル＝ハイゼはシュトルムに「これはあなたの最高の作品です」とほめたが、今日でもこの作品はシュトルムの中ではベストクラスのひとつとみなされ、中には最優秀作とする学者もいる。

シュトルムが参考にしたのは、クレメンス＝ブレンターノの『遍歴学生の手記』、ケラーの『緑のハインリヒ』の中の『メレートライン』のストーリー、ゲーテの『親和力』等である。

この作品は一八七六年の「ドイツ展望」一〇月号に掲載された。

ヴュルツブルクへの旅　一八七六年八月と一八七七年二月にシュトルムは、長男ハンスの卒業試験を手伝うためにヴュルツブルクへ行った。当時ハンスは二九歳で、医学部で二二学期もすごしていた。つまり怠け者の万年学生であった。シュトルムはシュトレッカー夫人の家に泊めてもらった。夫人の亡き夫は動物学教授であった。シュトルムはそこで夫人の娘の夫であるエーリヒ＝シユミットに初めて会う。まだ二四歳のゲルマニストであったが、既にシュトラースブルク大学の教授となっていた。そして後にはベルリン大学の文学史の教授となる。シュトルムは死ぬまでこの若い学者と親交を結ぶことになる。

シュトルムの曾孫であるイングリット＝バッヒェー女史は一九八二年に『ヴォルトゼンまたは憩いはない』という小説を書き、シュトルムの一八七七年ヴュルツブルク滞在をリアルに描いている。ハンスは喘息《ぜんそく》持ちであるのに深酒を飲んでいた。シュトルムはハンスのガール－フレンドであるソーニアにも会う。そしてシュトルムが医学部の教授達に面会して尽力したおかげで、ハンスはやっとのことで卒業試験に合格し、翌一八七八年にはバルト海岸のハイリゲンハーフェンで医師としての第一歩を踏み出す。これでハンスについてのシュトルムの悩みはしばらく一段落となる。

一八七七年にはシュトルムの友人ヴィルヘルム＝ペーターゼンの仲立ちでスイスの文豪ゴットフリート＝ケラーとシュトルムの間の文通が始まり、一八八七年まで続くことになる。

また一八七七年の夏には、ザルツブルクからユリウス＝フォン＝トラウンがフーズムにシュトルムを訪ねてきた。フォン＝トラウンは北海沿岸の珍しい風景を楽しみ、シュトルムの子供達やシュトルムの老母とも知り合いになった。

一八七八年にシュトルムは『後見人カルステン』というノヴェレを書いた。シュトルムはこのノヴェレでは息子ハンスについての深い悩みと性格遺伝の問題をテーマにしている。

『後見人カルステン』

カルステン氏は町民達の相談役でありまた財産の管理人をして人々に尊敬され、「後見人カルステン」と呼ばれていた。そして晩婚で孤児の美しいユリアーネと結婚する。派手好きなユリアーネは男の子ハインリヒを出産して直ぐに亡くなった。息子ハインリヒは母親の軽薄な性格を受け継いでいた。その後カルステンはアンナという少女を引き取る。アンナは相続遺産をカルステンに預けていたが、善良な子であった。ハインリヒは商店へ見習い店員として入ったが、使い込みをしたりして長続きしない。それでもアンナはハインリヒを心配して彼と結婚する。その後も彼は何回も商売に失敗し、その都度父親は穴埋めをする。そしてある大嵐の夜、ハインリヒは父を訪ね、またもや商売に失敗して明日は破産すると助けを乞うた。しかしカルステンは拒絶する。ハインリヒは大洪水の中に消え失せる。カルステンは自宅を売りはらって息子の負債を償い、町の片隅でひっそりと余生を送ることになる。

舞台はフーズムとその周辺である。シュトルムは『溺死』と同様にここでも遺伝問題を扱っている。『溺死』ではゲルハルドゥス家の先祖の女性の薄情な性格の遺伝であるが、ここでは母親ユリアーネの情熱的性格のそれである。またここでも「一家の凋落《ちょうらく》」がみごとに描かれている。後にシュトルムを尊敬するトーマス＝マンは『ブッデンブローク家の人々』という大作を書く。これについてカール＝ラーゲは「事実ここでは『一家の凋落』が対象となっているので、シュトルムのノヴェレがブッデンブロークスの原型とみなされるのである。両者ともに『家』がテーマとなっている」と述べている。

『レナーテ』

シュトルムは『後見人カルステン』の次に、魔女を扱う『レナーテ』という年代記小説を書いた。

一八世紀初頭のシュワープシュテットでの話である。牧師の息子ヨージアスは小作人の娘レナーテが好きである。その小作人は村人に嫌われている。ヨージアスがハレで勉強中に父親からの手紙でレナーテ親子の不可解な行動について知る。ヨージアスが父親の重病のために帰省した時、レナーテは迷信的な村人たちから魔女のレッテルを貼られ、乱暴な若い男たちに川へ投げ込まれそうになる。ヨージアスは僧服を脱いで若者たちと格闘し、レナーテを助ける。そのためヨージアスは故郷で父の跡を継ぐことができなくなる。レナーテはその後間もなく死んだ。村では日曜日になると魔女が馬に乗ってやってくるそうである。

『溺死』でシュトルムは大衆の魔女迷信について批判したが、ここでも迷信に惑わされる愚かな人々に対して断固とした態度を表明している。

シュトルムは資料として、『一八五〇年版民衆本』の中のH＝N＝A＝ハンゼン師の『昔の宣教師たち』に出てくるヨージアスの記述を用いている。さらにヨハネス＝ラースの『フーズム通信集』（フレンスブルク、一七五〇―五二）、カール＝ミュレンホフの『伝説、童話、歌曲』（キール、一八四五）、J＝ブレーマー『シュレスヴィヒ・ホルシュタイン史』（キール、一八六四）等の年代記を利用している。

アグネス＝プレラー

シュトルムの三男カールは、最後にベルリンでシュトックハウゼンについて声楽を勉強した後で、一八七八年に音楽教師となってオルデンブルク地方のファーレルへ行った。カールはもう二五歳であった。この一八七八年の夏にシュトルムはファーレルにカールを訪ねた。シュトルムはユーリウス＝プレラー氏の家に宿泊する。カールもこの家に下宿していたが、同家の人々に親切に扱ってもらっているのを見て、シュトルムは感激した。なぜならば、シュトルムが昔キールでの学生時代にノルテという家をよく訪ねたものであるが、その頃まだ少女だった令嬢がプレラー夫人なのである。シュトルムはこの家に八日間も滞在した。カールの愛弟子である二二歳の娘、親切なアグネス＝プレラー嬢に、シュトルムは『アグネス＝プレラーに』という次の詩を捧げている。

今日は最後の日。人生をしばし楽しくしてくれた様々のことが、まもなく過ぎ去って行く。若い女性が香しいバラで私に「おやすみ」と挨拶してくれたことほど嬉しいものはない。

（筆者訳）

三つの異色あるノヴェレ　一八七九年にシュトルムは『森水軒』『醸造所にて』『エーケンホーフ』という三つのノヴェレを書いている。

『**醸造所にて**』は不気味なノヴェレである。

一八四四年に強盗殺人犯ペーター＝リークドルンはテニングで処刑され、死体は処刑場の晒《さら》し台に見せ物になっていた。ある日、死体の手の親指が盗まれたという噂が流れ、それと同時にオールトマン醸造所のビールが、七月であるにもかかわらず、ばったり売れなくなる。オールトマン氏は慌てて市長に頼んで検査をしてもらう。その結果、事実は判明した。オールトマン醸造所の醸造釜の中に浮いていた塊は、人間の親指ではなく、ビール酵母の塊だったのである。オールトマン氏の疑いは晴れたが、それでも使用人を巡って捏造《ねつぞう》される噂話のために、ビールは売れない。醸造所は行き詰まる。

このノヴェレでシュトルムは死刑にまつわる迷信を真剣に扱っている。昔のヨーロッパでは、処刑された人間の新鮮な血は癲癇《てんかん》などに良く効くと信じられていたのである。さらに、処刑者の親指が入っている醸造釜のビールは良く売れる、という迷信もあった。

シュトルムはヨハネス＝ラースの年代記からこのノヴェレのモチーフを取材している。恐ろしい処刑に対するシュトルムの好奇心は、一八八八年の最後の断章『死刑執行の鐘』まで続く。刑法の専門家としてシュトルムは、人道的な詩人の観点から、昔の非人道的な恐ろしい処刑法について大きな関心を持っていたのである。

『エーケンホーフ』　これも年代記小説である。

一七世紀の初めに「エーケンホーフ」(樫の屋敷)と呼ばれるお屋敷があった。そこの跡取り娘にヘンニケ殿という公子が婿入りする。夫人は優しくて良い人なのに、ヘンニケ殿は冷酷で粗暴である。夫人は男児を出産した後、間もなく亡くなる。ヘンニケ殿は息子である公子デトレフをある農婦の所へ里子に出し、財産持ちの老嬢ベネディクテ嬢と結婚し、ベネディクテの屋敷に入る。ベネディクテは食生活まで倹約するけちんぼうであった。直ちに二人の男の子が続いて生まれるが、生まれつきの粗暴な子供に成長して行く。ヘンニケ殿が唯一人可愛がるのは、エーケンホーフに住んでいるハイルヴィヒという少女だけである。この少女はヘンニケ殿の私生児のようであるが、少女は彼を嫌っている。かなりの年月の後、成人した公子デトレフがエーケンホーフに現れた。ヘンニケ殿の二人の男の子とは対照的にデトレフは温厚で善良な人間である。デトレフとハイルヴィヒは愛し合うようになる。冷酷無情な父親は、エーケンホーフの相続人であるデトレフを殺そうとするが、デトレフとハイルヴィヒの二人は難を逃れて消え失せた。エーケンホーフは空き家となる。成人した二人の息子たちは貪欲に働き、ベネディクテに先立たれたヘンニケ殿は半身不随になって、何の力もなくなる。その後、公子デトレフとハイルヴィヒについては何の手がかりもない。

シュトルムがこのノヴェレの為に利用した文献は、ミュレンホフの『伝説、童話、歌曲』（キール、一八四五）、ヨハネス＝ラースの『フーズム通信集』（フレンスブルク、一七五〇〜五二）等である。

しかし、シャミッソーの詩『母の亡霊』も重要な役割を果たしている。このバラードでは母親の亡霊が目前に現れるが、『エーケンホーフ』では、肖像画の優しい母のまなざしが息子の命を護ることになる。シュトルムはよく肖像画のふしぎな魔力を利用している。『溺死』では先祖の女性の冷酷な顔つきをシュトルムは隔世遺伝の証拠とみなしている。

この年代記小説は終始不気味という訳ではなく、むしろ現実的である。長男ではないので自分の財産を手に入れようとするヘンニケ殿の生臭い人生録である。そして悪玉と善玉両グループの対立は興味深い。即ち、ヘンニケ殿、ベネディクテ、二人の男の子ヘンノとベンノの悪玉グループ、そしてヘンニケの前妻、公子デトレフ、ハイルヴィヒの善玉グループの対立であるが、善玉のデトレフとハイルヴィヒの二人が悪玉である悪い父親に非人道的に逐われてしまうのは悲劇的である。

母親の死

一八七九年七月二八日にシュトルムの母、ルチエ＝シュトルム、旧姓ヴォルトゼンが八二歳で亡くなった。シュトルムも既に六二歳になっており、それを機会に翌年フーズムを去ることになるので、実り多き第二次フーズム時代はこれで終わるのである。

Ⅲ　創作に専念した晩年

70歳のシュトルム

ハーデマルシェン時代のシュトルム

退官

シュトルムは両親が亡くなったのを機会として長年の勤めにけりをつけて退官し、ホーレ・ガッセ三番地の両親の家と、ヴァッサーライエ三一番地の自宅とを処分し、一八七八年に買っておいたハーデマルシェンの土地に家を建てて隠居することにした。

シュトルムが育った両親の家は一七七〇年頃に母親の祖父が建てたもので、シュトルムにとっては思い出深い家であり、しかもシュトルムには相続して入居する権利があった。しかし、シュトルムは「家の隅々、そしてすべての段階の上にがんばっている幽霊」を怖がって売却することにしたのであった。

両親の家は約二万七、〇〇〇マルクで地籍調査官が買った。一八八〇年二月一二日にシュトルムは息子カールへの手紙の中で、次のように書いている。

「…祖父母の家ですが、二万七、〇〇〇マルク足らずで地籍調査官のイングヴェルゼンさんに売りました。今日私は昼寝する前に、突然子供の頃を思い出しました。事務所の中のおじいちゃんとクラウゼンじいちゃん、台所や地下室や子供部屋の中の三人の女中さんたち、中庭や厩

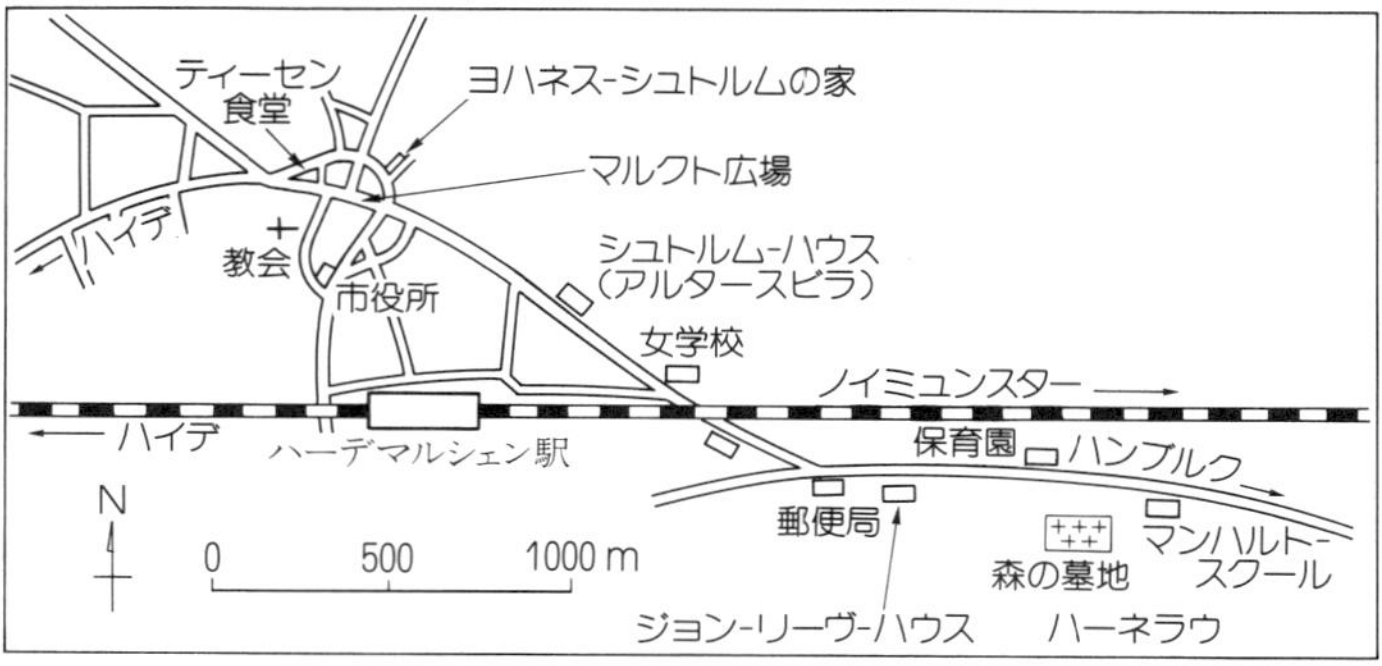

ハーデマルシェン市街図

舎で二頭の太った黒馬を世話している御者、家の中ではおばあちゃんと母が家事をしています。そして我々兄弟姉妹はどうしていたでしょうか。男の子たちはあちこちの段階や部屋とか庭や中庭、あるいは木の上、ときには屋根の上にまで登っていました。それを私は今、色鮮やかに目前に見て、物音や声まで耳に聞こえてきて、やるせない無常感に襲われています。しかし、人生何かをやりとげようとするならば、思い出に酔いしれていてはいけません。前進です！」

一八八〇年一月末にシュトルムは法務大臣宛に区裁判所判事の退職願いを出し、まず四月二三日に家族と家財道具とをハーデマルシェンへ送り出した。ハーデマルシェンには当時すでに鉄道が開通していた。ハーデマルシェンはフーズムからハンブルク行きの汽車に乗ってハイデまで行き、そこからノイミュンスター行きのローカル線に乗り換えて三十分ほどのところにある。

シュトルムはひとりでフーズム城館内のレーヴェントロー家に残り、退職許可がおりるのを待った。やがて辞令が四月二九日におり、五月一日発令となる。一八六四年にハイリゲンシュタットを引きあげる時と同様にシュトルム合唱団の送別コンサートが開かれ、シュトルムは自ら指揮をした。そして、団員たちからクルミの木でできた彫刻つきの譜面台と黒檀と象牙でできた指揮棒が贈られた。

ハーデマルシェンへ移って

シュトルム家のハーデマルシェンでの仮住居は、弟ヨハネスの家から歩いて三分ほどのイム＝クロースター一番地にあった。街道沿いの商店の二階にあり六部屋もあった。そもそも彼がこの地を隠居先に選んだのは、弟ヨハネスが一八六〇年頃からここで材木屋を経営していて、シュトルムはハイリゲンシュタット時代からよく訪ねていたことと、さらにヨハネスの妻がシュトルムの後妻ドロテーアの姉フリーデリーケ＝イェンゼンであったからである。またドロテーアの長兄フリードリヒ＝イェンゼンも近くの町で材木屋を営んでおり、その妻はシュトルムの先妻コンスタンツェの妹であった。

ハーデマルシェンという町はホルシュタイン地方の中央部にあり、鉄道をはさんでハーネラウという町と隣接しているので、今日でもハーネラウ＝ハーデマルシェンと呼ばれるひとつの町となっている。当時はハイデとハンブルクとを結ぶ街道沿いの寒村であった。周囲はなだらかな起伏のある平原で、今日も昔と同様にホルシュタイン牛を飼う大酪農地帯である。シュトルムは「美しく青い森と草原を望む」環境に、なつかしいハイリゲンシュタットの面影を感じてこの地を選んだに違いない。

三六年も続いた裁判所勤めから解放されたシュトルムは、毎日新居の工事現場に行き、趣味の果樹園作りをした。そして仮住居に帰ると一五歳のゲルトルートと一二歳のフリーデリーケとの二人の娘の勉強を見るのが仕事であった。

すでに四月から着工していた新居は七月初めに上棟式が行われた。一八八〇年七月九日付のケラーへの手紙で上棟式について次のように伝えている。

「…先日上棟式が行われ、親方さんが梁《はり》の上に乗って伝統的なすばらしい建て前のスローガンを説え、四人の乙女たちによってさしだされる大きな花環が屋根の骨組みの下に吊るされた時、老いたるピエロである私は胸がぐっと熱くなり、私のような年をとって壊れやすい者がこうして厚かましくも一世紀も住めるような大きな石造の家を建てさせていることに気がつき、ショックでした。……その日の晩は建て前のビールをふるまい、私は左官屋と大工さんとの二人の親方の間に座り、親方や徒弟たちと楽しく語らい、こういう機会にいつも気分よく過せるわがシュレスヴィヒ・ホルシュタインの人々が嬉しくなりました。わが家の女性や娘たちも引っこんではおらず、いなせな若い職人たちと祝賀のダンスをして巡りました。……」

これはまさに日本の建て前のしきたりと同じである。地球の裏側でも同じようなことをやってきたのが人類社会であり、面白い話である。

そしてこの家は、シュトルムが言ったように、一〇〇年経った今日でも堂々として健在であり、現在開業医の医院となっている。しかし当時この宏壮な邸宅を建てるには相当な金がかかったはずである。フーズムの古家を二軒売ってもまだ不足だったと思う。シュトルムの決心のほどがしのばれる。

『市参事会員の息子たち』　引っ越し騒ぎのこの頃にシュトルムは『市参事会員の息子たち』というノヴェレを書き上げ、一八八〇年六月に発表している。

市参事会員クリスチアン＝アルブレヒト＝ヨーヴァースにはクリスチアンとフリードリヒとの二人の息子がいた。父親クリスチアンの死後、二人の息子は遺産相続で対立する。二人の家は、石張りの庭をはさんで隣り合わせに建っていて、庭の中央部には低い石壁があった。家は兄弟で一軒ずつ相続していたが、問題は一〇〇メートルほど離れた所にある庭園である。弟のフリードリヒが金を払ってそっくり譲り受けたいと申し出たため、兄弟は対立し、訴訟を起こして町中の話題となる。

弟は兄に無断で庭の石壁を高く積み上げる。兄夫婦は心を痛め、工事費の半分を職人に払ってやると弟はその金で石壁をさらに高く積み上げさせる。しかし兄は勝訴していた。やがて兄嫁のクリスチーネは実家で男の子を産み、子供を抱いて本家に帰ってくる。クリスチーネの優しい善意が通じてフリードリヒは兄と和解する。庭園は分割せず「ヨーヴァース庭園」という祖父母時代以来の呼名もそのままに存続することになった。

七月の終わりに、兄弟の家族はばあやや老庭師などを交えて、ヨーヴァース家伝統の園遊会が楽しげに行われていた。

この物語は母方ヴォルトゼン家の先祖が一七六五年頃に起こしたトラブルを題材にしている。舞台となった二軒の家と墓地、そして庭園は今日でもそのまま残っている。兄の家と弟の家の間ではもう一軒家ができていて石壁はなく、三軒続きとなっている。墓地とは垣根を隔てて旧ヴォルトゼン家庭園があり、野外博物館である一七世紀の農家と寡婦養老院がある。庭園と養老院とは一九世紀にヴォルトゼン家が市に寄贈したもので、今日では「ヴォルトゼン財団」が管理している。シュトルムはこの現実的な舞台装置を少しの狂いもなく利用した。今日でも、家の窓から入港する船を見ることができる。

シュトルムは愛するフーズムの町と、旧家の内部を写実的に描きだしている。旧家の主《ぬし》であるばあやの説教とか使用人たちの会話。小道具としてのオウム。軽いタッチで無駄のない構成である。またハッピーエンドであることも長所となっている。

なおシュトルム自身の遺産相続であるが、一八八〇年の相続の時、ヨハネス、オットー、エーミールと三人の弟が生存していたが、トラブルはなかったといわれている。またシュトルムの死後も今日まで子孫の間で相続についてのトラブルが皆無であり、美談とされている。

仮住居での生活

一八八〇年六月、リューベックから友人ヴィルヘルム＝イェンゼン（一八三七―一九一二）が訪ねてきた。彼はバルト海のハイリゲンハーフェン生まれの詩人で、シュトルムとは親交があった。大学では医学を修めたが、生涯を作家として過ごした人である。一八八〇年の頃には長編小説を書いていて、すでに有名な文士であった。

二人は工事中の家へ行き、梯子で二階へあがってみたり、新しい庭を散歩したりした。イェンゼンは釘を一本もらって帰り、自宅の仕事部屋の壁に打ち込み、絵を吊した。

シュトルムはその年の秋にドロテーアと一緒にベルリンへ旅行する予定であったが、お流れになってしまう。ドロテーアが子宮ポリープの手術を受け、旅費がそちらへ転用されたからであった。手術は成功した。

その頃のシュトルムの悩みのひとつであった妻ドロテーアの病気はこれで解決したが、長男ハンスについての悩みはますますひどくなっていた。その頃ハンスは船医をしていたが、アルコール中毒のためいつも長続きせず、ハンブルクで借金生活を続け、シュトルムが送金しても焼け石に水であった。しかしその年の一一月には、ハンスがスエズから長い手紙をよこしたといってシュトルムを喜ばせた。しかし、三二歳になるハンスは相変わらずの放浪生活で、結婚する意思もなかった。そしてこれから破滅の道をたどってゆくことになる。

一方、次男のエルンストはこの年の五月に司法官試補になって、北シュレスヴィヒのトフトルントで区裁判事を勤めていたが、トンデルンの師範学校の音楽教授の娘マリー＝クラウゼと婚約し、この年のクリスマスに二人でハーデマルシェンにきた。エルンストはシュトルムご自慢の息子であったし、初々しいマリーもたちまちシュトルムのお気に入りとなる。

一八八〇年のクリスマスは、シュトルムの家に九組の親戚の家族が集まる。次の晩には弟ヨハネスの家でクリスマスを祝った。いないのはハンスだけであったが、シュトルムにとっては幸福なクリスマスであった。

『顧問官殿』

一八八一年二月にシュトルムは『顧問官殿』というノヴェレを書きあげた。

友人アルキメデス＝シュテルノーの父親は堤防工事の技術者で、予算顧問殿とよばれていた。アルキメデスにはフィアという妹がいた。母親はすでに亡くなっていた。顧問官殿は大酒飲みで変人であった。

私は大学へ進んだが、アルキメデスは家に残って父親の手伝いをしていた。何年か経ってから、彼は私の大学へ入学してきた。ところがチフスにかかって下宿で死んでしまう。顧問官殿もフィアも駆けつけてこなかった。私はひとりでアルキメデスを葬り、帰郷して顧問官殿を訪ね、不足金を請求したが断わられた。フィアにも何故こなかったのか聞いたが、泣くばかりで要領を得なかった。

その年の夏、ある夜シュテルノー家に騒ぎが起きる。フィアが子供を産んで母子ともに亡くなったということであった。それから一一年経って私が帰省した時には顧問官殿はもういなかった。事務所もなかった。

このノヴェレには原作らしきものはなかったとされている。シュトルムは怪物的な変人を描きたかったらしい。シュトルムが描いた変人は外にもある。『お抱え床屋』『森の片隅』の学者リヒアルト、そして『左隣りの家』の守銭奴《しゅせんど》老婆ヤンゼン夫人などである。いずれもユニークな変人奇人であるが、このシュテルノー氏が最も強烈である。

今日のシュトルムーハウス（アルタースーヴィラ，1988年）

新居落成

新居は一年がかりでやっと完成し、シュトルムは一八八一年の四月末に入居した。シュトルムは待望の新居を「アルタース－ヴィラ」（老人の別荘）と命名した。彼は四月末日付けのケラー宛ての手紙で次のように伝えている。

「親愛なる友人ゴットフリート、私はこの新居で初めてペンをとり、この手紙を書いています。とりあえず私ひとりで入居し、私の蔵書とがらくたに取り巻かれて、快適な気分で机に向かっています。私の部屋は二階の東北の隅にあり、非常に明るいと思いますが、グリーンのカーペットと重厚なジュートのカーテンが部屋全体に心地よく和やかな明るさにすることでしょう。北側にはひとつだけ狭い窓があり、この窓から手前に迫る森と遠くのギーゼラウの谷の晩秋の眺めを楽しみたいのです。私は今、東側の窓辺で足を組んで坐り、膝の上でこの手紙を書きながら、薄霧に覆われた春の遠景を眺めています。三・四日すると家族が一緒に生活します。……」

五月初旬にシュトルムの家族は揃って入居した。早速ファレルから三男カール、ハイリゲンハーフェンから長女リスベートが訪ねてきた。シュトルムは幸福感に酔いながら文豪らしい生活に入って行く。しかし一六歳の四女ゲルトルートと一三歳の末娘ドドにフランス語と歴史などを教えることは相変わらずであった。

パウル＝ハイゼ

パウル＝ハイゼの来訪

この年一八八一年の八月、詩人パウル＝ハイゼはバルト海岸のハフクルークに滞在した後でジルト島のヴェスターラントへ行き、その後九月一三日から一六日までハーデマルシェンに滞在した。

シュトルムはハイゼに、ジルト島ではシュトルムの友人フェルディナント＝テンニースに会うことを勧めた。その後キール大学教授となるこの若き社会学者は、画家ハンス＝シュペクター、独文学者エリーヒ＝シュミットと並ぶシュトルムの三人の信頼する若き友人のひとりであった。

九月一三日にハイゼはシュトルム家をひとりでひょっこりと訪ねてきた。当時一六歳だったゲルトルートは次のように記述している。

「夏のように暖かい九月のある日、家の人達が皆休んでいた昼下がりに、彼はそっと家に近づいてきて、ハエの羽音しか聞こえないほど静かなベランダに入り込んで来ました。ここで彼は、気持ちよさそうにデッキチェアに寝て平和を楽しんでいたこの家のひとりの娘にまず初めに出会ったのです。それからは楽しい日が続きました。……午後に天気が良ければ森へ散歩に行きましたが、若い人たちは皆遠慮しました。というのも、皆がハイゼをちょっと薄気味悪く思ったからです。しかし帰る時、彼は娘のサイン帖に次のように書いて行きました。『あれは若い人と年寄りの間の愛すべき誠実なマナーでした』と。」

後にノーベル文学賞をもらうパウル＝ハイゼとの交際は、一八五二年のベルリン時代からシュトルムが死ぬ時まで続いたが、二人がその後会ったのは、一八八三年にハイゼが『強者の権利』の上演の時にハンブルクにきた時で、それが最後であった。

ハイゼ、ケラー、メーリケ、そしてフォンターネなどの大作家たちとの長い交際は、どれほどシュトルムにとって有益であったか計り知れないものであった。これらの詩人たちと取り交わされた手紙はすべて知性に満ちていて、シュトルムの天分を証明している。

一八八一年夏に新居を訪ねてきたのはハイゼのほか、詩人ではヴィルヘルム＝イェンゼン夫妻、クラウス＝グロート、ヘルミオーネ＝フォン＝プロイシェン、イルゼ＝フラーパン、それに文学者パウル＝シュッツェ、法律家ヴィルヘルム＝ペーターゼン、社会学者テンニース、画家シュペクターなどであった。

『ハンス＝キルヒと息子ハインツ』　ハイゼが帰った後、シュトルムは一八八一年九月二三日に末娘ドドを連れてキール経由でハイリゲンハーフェンへ行き、長女リスベートの家に一四日も滞在した。ハイリゲンハーフェンはバルト海の要港であり、そこの教会の牧師がリスベートの夫であった。シュトルムはこの娘婿から興味深い話を聞き、これを早速小説『ハンス＝キルヒと息子ハインツ』に仕立て上げる。

港町の商人ハンス＝キルヒにはハインツという息子とリーナという娘がいた。ハインツは大きくなって船員となり、外国へ行ったきり帰ってこない。働き者の父親ハンスは怒り、二年後に届いたハインツの外国からの手紙も切手が貼ってなかったので受取りを拒否してしまう。ハンスはリーナに婿を取らせ、貿易の仕事を継がせる。

それからまた、五年も経った頃、ハンブルクにハインツらしき男が現れ、人々の勧めでハンスはその男を連れて帰る。しかしどうしても息子だと信じないハンスは、金を与えて男を追いだしてしまう。ところがその男はハインツであった。ハインツは昔の恋人ウイープを訪ね、子供の頃ウイープからもらった指輪を見せて二人は話しあったのである。ハインツは二度と帰ってこなかった。老いたハンスは嘆きながら世を去るのであった。

このノヴェレはシュトルム自身の長男ハンスについての深刻な悩みから生まれたものである。船医をしていた頃のハンスがスエズから一八八〇年一一月に長い手紙をよこし、シュトルムを喜ばせたこともあったが、この頃のハンスはバイエルンで医者を開業していた。しかしシュトルムはもうあきらめていたのであった。このノヴェレで頑固な父親ハンス＝キルヒが最後に心身ともに弱々しく崩れ去って行くが、これがシュトルムの当時の心境だったのであろう。

詩人クラウス＝グロートはこれを読んで、骨の髄まで感動し、気を落ち着かせるために夜のキールの町を歩いた、とシュトルムに伝えている。

大クラブ

新居に入ってからの生活は楽しそうである。そしてシュトルムは、厳しい冬を越すために、ハイリゲンシュタット時代の「ローマの夕べ」に似た社交サークルを作った。それは「大クラブ」と名付けられ、ハーデマルシェンとハーネラウの上流階級の人々が二週間ごとにメンバーのどこかの家に集まり、読書会などを開いた。ハーネラウにはマンハルト－インスチトゥートという寄宿舎のある男女共学の学校があり、二代目の校長ヨハネス＝マンハルト氏とは同氏がフーズムでギムナージウムの教授をしていた時からの友人であった。同氏の夫人ヘレーネ＝マリーはイギリス人で、リヴィングストーンの姪である。同氏の父親ヴィルヘルム＝マンハルト氏は同校の創設者であり、初代の校長であった。すでに八一歳の高齢であったが、クラブのよいメンバーであった。

シュトルムはハーデマルシェンでは合唱団は作らなかったが、毎年クリスマスにはハーネラウの保育園でコンサートを開催した。しかし音楽好きのシュトルムは、末娘ドドに毎日一時間も歌を教え、時には父娘でデュエットで歌ったそうである。

シュトルム家では毎日午後四時にはティータイムがあり、ここには家族以外の客人は歓迎されないが、兄ヨハネスの娘であるルチエとヘレーネの二人だけは例外として同席を許されていた。冬はそこで午後六時までシュトルムが朗読をした。そして午後八時に夕食。その後再び家族が集まり、一日の最良の時をすごした。そこではアイヒェンドルフの作品などがよく朗読された。

一八八二年の大晦日にはエーリヒ＝シュミットが訪ねてきて、シュトルム家に一泊した。シュトルムは三男カールとともに一二月三一日の夕刻六時に駅でシュミットを迎えた。文学史家のシュミットはその時まだ二九歳であったが、その頃既にウィーン大学の教授となっていた。五年ぶりの再会であった。シュトルムは元日の朝、二人でハーネラウへ散歩して森の墓地などを訪ねている。この墓地はシュトルムのひそかな散歩地のひとつであった。シュトルムはこの新進気鋭の学者エーリヒ＝シュミットを特に可愛がり、尊敬もしていた。シュミットはシュトルム亡き後も終生シュトルム文学を愛して宣伝に努め、恩に報いたのであった。

また当時キールのギムナージウムの若い教員であったアルフレート＝ビーゼも次男エルンストの

紹介でシュトルムを訪ねてきた。ビーゼは後にシュトルム文学の研究家となり、シュトルム全集も編纂した人である。

一八八三年一月にシュトルムはバイエルン国王から、芸術と学術に対するマキシミリアン勲章を貰った。これは友人ハイゼの推薦によるものであったが、元来反権力主義のシュトルムは大喜びした訳ではない。娘エルザベに「永年勤続の官吏なら誰でももらう赤鷲勲章と同じようなものだが、これは専門家グループに認められたことに基づく勲章なので喜んでもらっておきましょう」と手紙で伝えている。

『沈　黙』

一八八三年にシュトルムは『沈黙』というノヴェレを書いた。

林野貴族の未亡人フォン＝シュッツにはルドルフという一人息子がいる。ルドルフは大学を出て、林野官である伯爵家に勤め始めた。ルドルフは少年時代に神経症で入院していたことがあるので、母親はひどく気を使っていた。母親はホームドクターと相談の上、息子と二人で保養所へ休暇静養に出かけ、牧師館に滞在する。ルドルフはそこで牧師の娘アンナと親しくなり結婚する。ある日、かつて狂犬に嚙まれたことのある男が突然発狂して暴れだし病院に収容されたというニュースが出た。ルドルフは愕然として落ちこんでしまう。ある朝彼は小銃を持って一人で森へ行く。しかし思いなおして自殺はしなかった。ルドルフは元気を取り戻したし、アンナは男の子を産み、めでたし、めでたしとなる。

次男エルンストの結婚　一八八三年六月に、シュトルムは家族と長女リスベート夫妻ならびに生後一〇ヵ月の子、すなわち唯一の孫娘、合計七人で北シュレスヴィヒのトンデルンへ行き、次男エルンストの結婚式に出席した。エルンストはその頃トフトルントという町で判事をしていた。結婚式はトンデルンのクリストゥス教会で挙行され、郷土史研究家でもある七二歳のカルステン師によって執り行われた。シュトルムは、不本意ながらもマキシミリアン勲章と赤鷲章をつけて列席した、とケラーに伝えている。

その夏の終わりにシュトルムはトフトルントに新婚のエルンスト夫婦を訪ねた。息子夫婦は城館のような家に住んでいたので、シュトルムはひそかに怪談を体験したいと思ったが何も起こらなかった。その家の大きな木立のある庭でのティータイムで、シュトルムはハインリヒ＝ザイデルの『オデッセウス』を朗読した。

『グリースフース年代記』　シュトルムはその頃既に名作『グリースフース年代記』にとりかかっていた。この物語の語り手は古文書を判読しながら、少年時代に見たことのあるグリースフース家の廃虚のルーツを探ろうとする。

一六六〇年頃、この屋敷には貴族がヒンリヒとデトレフという双子の息子達と三人で住んでいた。デトレフは僧院学校からライプチヒ大学にあがり、言語学と法律学を修める。兄のヒンリヒは生まれつき気性が荒く、学校へあがらずに成人した。やがてポーランド戦争でこの地方も荒廃した時、ヒンリヒは村人のベルベという娘とその父親を救い、グリースフース家の塔屋に住まわせる。その後ヒンリヒはベルベと愛し合うようになるが、父親は身分の差を理由に結婚に反対のまま死亡する。二人は結婚する。父親の遺言状が開封されたが、金と土地は兄弟二人に公平に分けられていたが、屋敷はデトレフの物になっていた。ヒンリヒは怒って裁判所へ訴える。すると弟は兄の結婚の解消を裁判所に願い出た。翌年地裁はヒンリヒの結婚が無効であることを通告してきた。ベルベはショックで早産し、ヘンリエッテという娘を産んで死亡する。怒ったヒンリヒはデトレフを刺し殺して行方をくらませる。

ヘンリエッテは修道院で育てられて成人し、スウェーデン軍の大佐と結婚し、ロルフという息子を産んだが三年後に死亡する。大佐はロルフと二人でグリースフースの館に移り住む。すると一七〇二年に見知らぬ老人が現れて猟区監督となり狼退治をする。狼が全部いなくなると老人は屋敷を立ち去って行った。ロルフはこの老人が自分の祖父であることに気づく。

一七一三年一月に再び戦争が起こり、ロルフもスウェーデン軍の少尉として従軍し、この地方に進軍してくるが、夜半に川岸でロシア軍に襲撃されそうになり、逃げるため馬を一頭必要としていることが屋敷に伝わる。急を聞いて馳け付けた老ヒンリヒは自ら馬に乗って川に向かったが間に合わず、老人もロルフも死んでしまった。大佐はひとりでスウェーデンに帰って行き、無人の城館は朽ち果ててしまう。

シュトルムは毎日四ないし五時間かけ、五ヵ月もかかってこのノヴェレを一八八四年の初夏に書きあげている。モチーフはケリングフーゼンで眼科医をしているユリウス＝マンハルト氏が提供した。同氏がイタリアに滞在していた時現地のある貴族から聞いた話である。その貴族領の近くにひとりの世捨て人が住んでいて、毎年領地の中に数日間住んでいた。この世捨て人には何か訳があるらしく、兄弟殺しとかそれと同種のことをやった人という噂であった。シュトルムはこの話をメイン・モチーフとし、これをシュレスヴィヒ・ホルシュタイン風に仕上げたのである。舞台はフーズムの北方約七キロの所にかつて実在していたアレヴァット城である。この城館は灰色であったので土地の人々は「グリース－フス」（灰色の館）と呼んでいたそうである。今日ではもはや跡形もないが、そこに建っている一八世紀初頭にできた農家の正面に「グリース－フス」の遺物である一六六四年のワッペンがついている。

なお『大佐』とか『見知らぬ老人』といえば、メルヘン『ツィプリアーヌスの鏡』（一八六五）で既に登場していた。城に住みついた陸軍大佐が幸福と禍の鏡を悪用して災難を引き起こしたのである。しかしこのノヴェレではスウェーデン軍の大佐は善人であり、見知らぬ老人は城の庇護者であった。

シュトルムはこの作品を古文書風に仕立てるために二部に分けている。そして今度は自信をもって友人達に批評を乞うている。エーリヒ＝シュミットの世話によって一八八四年二月一六日にその第一部がウィーンでゾンネンタールという名優によって朗読された。フォンターネは一八八四年一〇月二八日の手紙で「家族ともども感涙にむせんだものです。貴君最高の作品です」と言って絶賛している。ハイゼ、ケラー、イェンゼンもともどもこれを称賛している。後に一九二五年にはサイレント映画が作られ、好評であった。

ベルリン旅行　一八八四年四月、念願のベルリン旅行が実現した。シュトルム夫妻は四月一四日にハーデマルシェンを出発してハンブルクへ行き、知人シュライデン氏の家に一週間滞在してからベルリンへ向かった。六月八日付けケラーへの手紙に旅程が記されている。

「……六週間の旅でした。家内とともに帰りはベルリンからシュヴェリーンへ回り、ハンブルクを経てフーズムにも寄りました。かつて私が遊学し、さらに近くのポツダムに一八五二年から三年間を過ごしたベルリンには一八年も行っていませんでした。そこには学者、詩人、高官、実業家などの知人が大勢います。それが今回はさらに増えたので抜けだすのが大変でしたが、やっとのことでフーズムでの弟の銀婚式に出ることができました。ベルリンでは五月一二日に大勢の著述家たちが私の歓迎会を開いてくれたことはあなたも新聞でお読みになったことと思います。しかし私はこの会を辞退したかったのです。ここだけの話ですが、ベルリンの文士たちは本当は私に好意的ではないからです。……しかしこの会はとても気分の良いものでした。私の最も古い友人テーオドル゠モムゼンが好意的なスピーチをしてくれたうえ、家内のために乾杯をしてくれました。……」

この歓迎会にはフォンターネも出席していた。畏友フォンターネとの出会いはこれが最後となった。もちろん画家ピーチュやハイリゲンハーフェン時代からの親友ヴッソーの家にも逗留《とうりゅう》し旧交を暖めている。シュトルムにとってもベルリンはこれが最後であったが、親友たちに囲まれて楽しい四週間を過ごしたのである。しかし前述の手紙に書いてあるとおり、シュトルムはベルリンにひしめいている文士たちの冷たいムードを知っていたのである。彼は終生文化の都ベルリンを嫌い田舎町フーズムやハーデマルシェンにしがみついたのも、そのためであった。

フォンターネのシュトルム論　フォンターネはシュトルムの死後一〇年経った一八九八年に『二十歳から三十歳まで』という自叙伝を書き、その中に二四ページほどのシュトルム論がある。その中で、シュトルムが一八六二年、つまり四五歳の時ハイリゲンシュタットからベルリンへきた時のエピソードが出てくる。

その時フォンターネはシュトルムとベルリン市内をよく散歩した。ある日二人はティーアガルテンを散歩した。話題はいつものように「純粋な叙情詩はどうあるべきか」であり、リュッケルト、レーナウ、メーリケなどについて語り合った。やがて昼の一二時になりブランデンブルク門を通り抜ける時、二人は朝食をとる気になった。フォンターネは近くにある自宅へ行こうといったが、シュトルムは「カフェー・クランツラー」へ行くという。フォンターネは呆れる。シュトルムの服装は公園の散歩には結構だが、「クランツラー」向きではない。リンネルのズボン、絹のように黄色く光る珍しいリンネルのチョッキ、緑色のジャケット、旅行用の帽子、それにショールといういでたちであった。そのショールたるや、老人向きの長くてしかも弾力性のまったくない代物であり、それを首にぐるぐる巻き、その端は片方は短く、片方は長くて、それぞれにタッセルがぶら下がって揺れていた。

二人がウンター・デン・リンデンを歩いてクランツラーにつくと先客の近衛騎兵将校たちが笑う。フォンターネが恥ずかしくなって「帰ろうよ」と言うが、シュトルムはずんずん入って行って、ニーベルンゲン物語のブルンヒルトのように堂々としたマダムにメニューについて詳しい説明を求めた。そしてカウンターの向かい側で表のガラス窓の側に立ちはだかり、メーリケ論を再開した。話しが乗ってくると、シュトルムのショールがぶらんぶらん揺れた。三〇分後に店を出た時、フォンターネはほっとしたそうである。

フォンターネのシュトルム論は全般的には淡々として概して好意的ではあるが、こういう毒舌も出てくる。これについてトーマス＝マンは次のような意見を述べている。

「フォンターネは親しさのあまりシュトルムのことを『フーズム狂』と呼んで田舎者の単純性を笑ったりしたが、本当はシュトルムの高い実質を見抜いていたからこそ、腰の重い友人に対して極力注意して『世の中へ出るがよい』とは勧めなかったのである。」

これはまことに尊敬すべき卓見である。

この後シュトルムはキール大学から名誉哲学博士の贈与について打診される。一八八四年七月一三日エーリヒ＝シュミットへの手紙にこの件について次のように書いてある。

「……私は同意しました。これは『ハンス＝キルヒと息子ハインツ』によるものだと思います。……」

ところがこれには反対する教授がいたため、お流れとなってしまった。

一八八四年の夏、つまりベルリン旅行のすぐ後、シュトルムは『昔二人の王子ありき』という愛らしいノヴェレを一気に書きあげた。

『昔二人の王子ありき』

一八七〇年代のシュトゥットガルト音楽院にマルクスという名の混血児がいた。父はシュワーベン人で母親がフランス人であった。マルクスとクラス－メートのフランツとこの物語の語り手である北ドイツ人のワルターの三人は仲好しであり、時々ドイツ民謡の『露のしずく』を三重唱で歌うことがあった。

ある晩三人は雑談にふけった後、急に思い立ってカンシュタットを通ってヴァイブリンゲンまで夜の散歩に繰り出す。金はほとんど持っていなかった。朝の三時に三人は空腹で歩けなくなり、田舎村のパン屋の戸を叩いて入り込み、焼きたてのパンに塩をつけて腹いっぱい食べ、三人で『露のしずく』を合唱すると代金は辞退された。次に隣村へ行きマルクスの顔見知りの居酒屋に入りオレンジ－リキュールを飲んでからまた『露のしずく』を合唱すると、今度は村の婚礼に出演を頼まれる。しかし本当は『露のしずく』しか歌えないので理由をつけ、コーヒーを御馳走になって退散する。

マルクスにはリネレという恋人がいた。向い側の家に住む指物師の娘である。マルクスは友人たちとリネレの窓の下で『昔二人の王子ありき』という民謡を歌う。それ以来このメロディーが友人たちの間のコール＝サインとなる。しかしマルクスは失恋する。リネレが身分の違いを理由に去って行ったからであった。マルクスは絶望し、兵営の番兵に絡《から》んで警察に留置される。そして釈放後もマルクスはますます荒んで、遂にピストル自殺をしたのである。

この物語は『マルクス』という題の下に一八八四年一二月にシュトゥットガルトの「岩から海まで」という雑誌に掲載された。単行本としては一八八八年にベルリンのペーテル兄弟社から「わが息子カール＝シュトルムに捧ぐ」という献呈の辞つきで出版された。

シュトルムは息子カールの話をもとにしてこのノヴェレを書いたのであった。カールは一八八四年夏のある夕方、ハーデマルシェンの家のテラスでシュトゥットガルト音楽院時代の友人の自殺事件について語った。シュトルムは前半はほとんど息子の話のとおりに書く。後半も大筋はそのままに書き、すばやく書きあげて八月二七日にメーリケ夫人に原稿を送って、シュワーベン方言の訂正を依頼している。

この作品では、一九世紀ドイツの自由奔放な学生生活や音楽を愛するドイツの国民性、さらにドイツと隣国フランスの国民感情の違いなどが軽いタッチでみごとに描かれている。また今日でも歌われているドイツ民謡『昔二人の王子ありき』のもの悲しくも美しいメロディーが、後半のバックグラウンド―ミュージックとして巧みに流れている感がある。二〇世紀の今日でも新鮮味のある作品といえよう。

リリエンクローンとの出会い

一八八四年五月にシュトルムは詩人リリエンクローンに会っている。ケリングフーゼンの眼科医ユリウス＝マンハルトの別荘ヴィラ‐フェアンズィヒトに二人は招かれ夕食をともにした。ただ一度きりの出会いであった。リリエンクローンは次のように書いている。

「私は彼に会った。ディナーで彼の隣に座ったのである。ところが彼は最初に赤ワインの壜《びん》を倒してこぼしてしまった。すると女の人たちがわっと集まってきて片づけ、あとは再び順調に運んだ。彼もそれをまったく気にしなかった。」

デトレフ＝フォン＝リリエンクローン

リリエンクローンはキール生まれの詩人で、一八八二年から八三年まで北海のペルヴォルム島に役人として駐在した後ケリングフーゼンに定住していたのであった。同郷の詩人としての二人は一八七七年から文通してはいたが、この時一度だけ会って食事をともにしたことは興味深いことである。リリエンクローンがペルヴォルム島で作った詩は北海の狂暴性をみごとに歌いあげている。

東側のバルト海岸生まれのリリエンクローンは西側の北海沿岸生まれのシュトルムの海に対する情念を十分に理解していたことと思われる。
　またこの一八八四年の九月には先妻コンスタンツェの姪である女流画家マリー＝フォン＝ヴァルテンベルクが訪ねてきてしばらく滞在し、シュトルムのポートレートを油絵で描いた。上半身を等身大に描いたもので、シュトルムが、自分にそっくりだとすっかり気に入った絵である

ビスマルク賛歌

　一八八五年二月六日、知人のアルデンホーヴェンにあててシュトルムは次のように自分と家族の近況を伝えている。

「私は六九歳で力がだいぶ弱ってきました。午前中だけが私の時間で――必ずしもいつもそうではありませんが――その他の時間は胃痙攣《けいれん》が起きるために仕事ができません。良い時間は自分の仕事のために使わなくてはいけません。文学批評のような慣れない仕事をすると、すぐに痛くなって苦しむのです。」

　私達の愛する詩人にはこの頃すでに胃癌による死の影が忍び寄っていたのである。しかし彼はまだそのことに気づかず、一八八八年七月に死ぬまでの約三年半の間に三編のノヴェレと二編の小品を書いた。
　この頃シュトルムは宰相ビスマルク賛歌の作詞を断ったことを明らかにしている。一八八五年四

月九日シュトルムはヴィルヘルム＝ペーターゼンへ次のように書いている。

「ハイゼの『ビスマルク－リート』はもちろん詩としては無価値ですが、全合唱団が人間的な精神を歌いあげたことは本当によいことです。こういう仕事を神が私に与えなかったと考えるのは間違いです。私はそれを断ったのです。八ないし九ケ月前にベルリンから大コーラス用に作曲される予定の大ビスマルク賛歌の作詞を依頼されたのですが、気が進まなかったのです。私自身はそっととっておきたい私の能力を、人々は全部絞り出したいのでしょう。……」

結局この賛歌はハイゼが引き受け、一八八五年三月二八日、ビスマルクの七〇歳の誕生日の四日前に、ヨーゼフ＝ギーアルという人の作曲で全ミュンヘン合唱連盟の演奏による発表会が開かれた。シュトルムは大詩人として有名であったからこそ今をときめくドイツの世界的な大宰相の賛歌を依頼されたのであるが、もとよりプロイセン嫌いのシュトルムである、そういう自分の主義に反する時局迎合的な仕事を引き受けるはずはなかった。

ジョン＝リーヴ　一八八五年の春からシュトルムは『ジョン＝リーヴ』というノヴェレを書いていた。彼がよく散歩するハーネラウの、彼の家から五分ぐらいのところにある、街道沿いの新しい家を毎日のように観察しているうちに小説のストーリーがまとまったのである。

街道沿いにできた赤い煉瓦造りの家にはまったく人影がなかった。人伝てに聞こえてきた話で、その家にはリーヴェと呼ばれるよそ者の老紳士と、年をとった家政婦と一二歳になる少年との三人が暮らしていることがわかった。少年は近くにある上流階級のための私立学校に通っているが、もう何回も叱られたことのある問題児である。

やがて老家政婦は亡くなりひっそりと墓地に葬られた。それは少年の祖母であったことも判明してきた。そしてこの物語の語り手はリーヴェ氏が自分の旧友ジョンであることを思いだした。船長ジョン＝リーヴで、別れてから一八年も経っていた。語り手はリーヴ家を訪ねて行き、話を聞いた。

ジョン＝リーヴ氏は、語り手がハンブルクの高校時代に同じ下宿に住んでいた。女家主は船員の後家さんで、一二歳の娘がいた。その昔ジョンはリック＝ガイヤースという若い船員と一緒に外航船に乗り組んでいた。リックは堅物のオールド－ミスに惚れ込んで結婚し、アンナが生まれる。しかしリックは人が変わってしまった。数年後ジョンはケープタウンで飲んだくれのリックに出会う。リックはまだ若いうちに船長を辞めてハンブルクに戻るが、ある夜運河に落ちて水死してしまった。未亡人は夫が残した家を下宿屋にして娘と二人で暮らしていたのであった。しかし大きくなったアンナはある若い男爵に誘惑されて子種を宿され、男児を産む。絶望したアンナは亡父の後を追って運河に飛び込んで水死する。するとジョンはアンナに子供の頃から酒を飲むことを教えたことに責任を感じ、父なし子の男の子とガイヤース夫人を終生世話することにし、ハンブルクの家を売って田舎に家を建てて引っ越してきたのであった。生まれつき粗暴であった少年リックは祖母が死んでからは良い子になり、船員学校へ進学し、後に船長に昇進したのであった。

この作品の舞台となった赤壁の家は一九九〇年の今日でもなお健在である。また少年が入った「上流階級のための私立学校」とは前述したマンハルト‐スクールのことである。飲んだくれの船長とはシュトルムの長男ハンスを、男爵に子種を宿されたアンナはシュトルムの妹ツェツィーリエを指しているのであろう。

この作品は、粗暴な少年がいつの間にか良い子になって船長にまで昇進するというちょっと不可解な筋であり、シュトルム自身も認めているようにこれは傑作とはいえないであろう。しかし新築の家を見てすぐさままったくのフィクション小説を仕上げる才能には感心させられる。またこのノヴェレの中で、ジョンは語り手に対して「あそこのお医者さんですか」と尋ねているが、それから一〇〇年後の一九八八年のもとシュトルム‐ハウスには医者が住んでいて開業していることも興味深い話ではなかろうか。

『ハーデルスレーヴフースの祭』

この一八八五年にシュトルムは『ハーデルスレーヴフースの祭』という異色あるノヴェレを書いている。

一四世紀の北シュレスヴィヒのドルニング城に住む騎士ロルフ＝レムベックは父が選んだ未亡人の貴婦人ヴルフヒルトを妻に迎える。ヴルフヒルトは戦争で傷ついて帰ってきた先夫を毒殺した女であった。そのことを何も知らないロルフは若い頃にパリとプラハへ留学して『トリスタンとイゾルデ』など中世文学に心酔している文学青年であった。

さてドルニング城の東方一マイルの山の上にはハーデルスレーヴフースという城があり、そこには城代ハンス＝ラーヴェンストルップの家族が住んでいた。ところが一三四九年にペストに襲われ妻と二人の息子や娘達が死に、城代とその末娘のダグマルの二人だけになっていた。そこへある日夫婦で領地内を馬で検分していたロルフは、単騎でハーデルスレーヴフース城に近づき、一六歳の少女ダグマルを見初めた。それからの二人は城内の庭でランデヴーを重ねるようになる。まさに『トリスタンとイゾルデ』の実演である。ダグマルの父親はそれに気づいて怒り、ロルフが登って城内に忍び込むポプラの大木を切り倒させる。それを知るとダグマルは絶望して病死してしまう。怨念に怒り狂った父親はロルフの城に乗り込みロルフを娘ダグマルの結婚式に招待した。当日ロルフがハーデルスレーヴフース城を訪ねると案内された広間はダグマルの葬儀の式場であった。ロルフは悲しみのあまりダグマルの遺体を抱き上げ、剣士たちに追われながらも塔に登り、遺体を抱いて投身自殺をしたのであった。

これはシュトルムとしては異色ある作品である。彼は晩年にたくさんの年代記短編小説を手がけたが、宮廷叙事詩の世界を近代的短編小説の手法で再現してみたのは、この作品と『エーケンホーフ』の二つだけである。二つとも世界文学の大作としては成功していないが、本作品は検討する値打ちがある。

登場人物のうち父親の騎士クラウス＝レムベックだけは実在した人物であるが、息子ロルフとその他はすべてシュトルムのファンタジーの産物である。

ヴィルヘルム＝ペーターゼンは一八八五年一二月初旬に手紙で厳しい批判をした。これに対してシュトルムは

「……貴殿の批評は教師のように口うるさいとは思いますが、私はいつものようにご批評を甘受いたしましょう。例えばヴルフヒルトが官能的でありすぎること、またダグマルとロルフの最初のなれ染めの場面が不充分であることなど、私の人間描写に弱点があること、これは貴殿のおっしゃるとおりです。私の表現法が昔よりも古典的になったというのは貴殿の間違いです。私は疑古文的スタイルを使ったりしませんし、自分でも不可解な言葉はひとつも使ってい

ません。……文化史的短編小説はもう時代遅れと申されるが、私はそういう小説を書いたのではありません。一六歳の少女を恋する女として描いたことについて、一体どこが間違っていますか。ゲーテのミニョンはもっと若いではありませんか。ダグマルを不良少女として描いたとすれば、これは貴殿の方が正しいのですが。……」

と反論している。

この批判の焦点は、一六歳の子供である少女が所帯持ちの中年男と不義密通の末に情死したことをシュトルムが美化したと人々に思われたことにあるようだ。古代ゲルマン民族が厳罰をもって禁じた不義密通である。ここで筆者はシュレスヴィヒの州立博物館に展示されている紀元二世紀頃のミイラが、妻子ある男との姦通罪で処刑された一六歳位の少女であることを思いだす。それから一八〇〇年後の一九世紀シュトルム時代のドイツ人の道徳感はどのようなものであったのであろうか。

なおこの作品は『ネカータール地方の伝説』という本の中の一編であるハインリヒ＝ヴェンツェルの『婚礼について』という物語詩にヒントを得たことをシュトルムは認めている。シュトルムは異国ともいえる南独ネカー谷地方の伝説を北方ドイツに舞台を移し変えて中世騎士物語風にアレンジしてみたのであった。

一八八五年の冬から翌年春にかけてシュトルムは『桶屋のバッシュ』というノヴェレを書いている。

『桶屋のバッシュ』

堅実な働き者の桶屋職人ダーニエル＝バッシュは五〇歳にもなってから結婚し、長男フリッツが生まれ幸福な家庭生活が続いた。ところがフリッツが六歳の時、妻リーネが死産をして母子ともに亡くなってしまった。

フリッツはいたずら小僧であったがまだ少年の頃に桶屋の見習いとしてアメリカへ渡った。時はゴールド－ラッシュであった。やがて風の便りにフリッツが殺されたという噂がダーニエル親方の耳に入る。年老いて孤独な親方は池に飛び込んで自殺を図ったが、二人の若者に救われる。その後間もなくフリッツが元気で帰国し、立派に父親の後を継いで成功した。しかしフリッツの結婚式の朝、ダーニエル親方はひっそりと息を引き取ったのであった。

これは珍しくプロレタリア階級の物語で、シュトルムの後妻ドロテーアの弟の体験談がもとになっている。オットー＝イェンゼンがシカゴで黒人といっしょに最低の仕事をして、やっとのことでドイツへ帰ってきたという体験談である。アメリカでの事情は悪く、帰国の旅費ができたら帰る人が多いということであった。この話を聞いて、シュトルムはひとつ書きたくなったのであろう。それにしても、六八歳にもなった詩人の創作意欲は旺盛なものである。

『影法師』

一八八六年にシュトルムは『影法師』というノヴェレを書き「ドイツ文学」という雑誌で六回に分けて発表した。

山林監督官夫人クリスチーネには暗い過去があった。父親は前科者で通称ジョン＝グリュックシュタットといい、市長の好意で労務者をしていた。彼は、貧しい娘ハンナと結婚し、クリスチーネが生まれた。ジョンは真面目に働き、少し暮らし向きも良くなるが、世間の眼は冷たかった。それに生来の粗暴な性格は改まらず、夫婦喧嘩が絶えず、遂に誤ってハンナを殺してしまう。

ある日ジョンは路上で昔の刑務所での仲間に偶然出会うが、すぐに追い払う。しかし警官は悪意をもって、ジョンがまた悪企みをしているといいふらす。そのためジョンは完全に職がなくなり、親子は極貧の底に落ち込む。そして遂に真冬に薪も食べ物もなくなり、ジョンは幼い娘に乞食をすることを勧める。自分は畑へ馬鈴薯を盗みに行くが、古井戸に落ちたらしく行方不明となってしまった。クリスチーネはジョンが部屋を貸していた老女に育てられ、その後は牧師夫妻に引き取られる。そして牧師の息子である今の山林監督官と結婚し、幸福な人生に恵まれたのであった。

シュトルムが一生描いてきたのはドイツの中産階級の人々であって、どん底生活に喘《あえ》ぐ不幸な人々を主役に据えたのは、これが初めてであり終わりでもあった。弁護士や判事としての長い人生でシュトルムは多くの人生悲劇を見てきたが、こうしておそらく実話であったと思われる話を本格的に小説に取り込んだのも珍しいことである。しかしこれは実に力のこもった感動的な作品である。そして『インメンゼー』のような淡いポエジーはもはや跡形もない。

ワイマルへの旅

一八八六年四月末にシュトルムは三女エルザベと二人でワイマルへ旅行した。エルザベをワイマルの音楽学校へ入れるためであった。

この旅行についてシュトルムは六月八日にペーターゼンにあてて次のように報告している。

「私は一六日間をワイマルですごしてから、イエナに一日、ゴータとエアフルトに三日ずつ、そしてカッセルに二日、ハイリゲンシュタットに四日滞在しました。そしてハンブルクでは『ホテル-ゲルマニア』という立派なホテルに一泊しました。ワイマルでは何軒もの良家に招かれ、エッベも連れて行きました。娘のピアノの先生は息子カールのシュトゥットガルト音楽院時代の旧友です。娘は良い家に下宿しました。私はワイマルで三回も宮廷の昼や晩のパーテ

1886年の記念写真　向かって右から左へ、シュトルム、ドロテーア夫人、メードさん、メルク氏、同夫人、エリザベート＝ハーゼ、コンスタンツェ＝ハーゼ、後ろがゲルトルート＝シュトルム、その左がハーゼ夫人とドド＝シュトルム、立っているのが三男カール、左はじはメードさん。

ィーに招待されました。到着した日にも招待されましたが、やむなく断わりました。その外いたる所で歓迎されたのです。あなたもシュレスヴィヒ・ホルシュタインの詩人がこのような待遇を受けたことにご満足のことと思います。」

五月三〇日にシュトルムはハーデマルシェンに帰り「やっぱり我が家が一番良い」と友人達に伝えている。なおシュトルムはワイマルで五月二日のゲーテ協会の総会に出席し、講演会と懇親会、それに国民劇場の観劇会に出席し、ゲーテの『パレオフロンとネオテルペ』と『パンドラ』を鑑賞している。

一八八六年九月一四日の誕生日には兄弟の外、レーヴェントロー伯も祝いの席にいた。六九歳であった。ところがシュトルムは一〇月二日に肺炎になり、肋膜炎を併発して長患いとなった。一八八七年一月一二日にシュトルムはケラーに宛てて口述の手紙で詳しく報告している。

「……次々に病気が起こり、私は何度も黒い湖の際に行ったようでした。私の末の弟を含めて三人の医者が診てくれました。お蔭様でだんだん良くなっています。……」

またシュトルムの病気を重くしたのは長男ハンスの死であった。アルコール中毒のためハンスは医師としての仕事もうまく行かず、さらに肺炎にかかってバイエルン州のヴェルトという町で一人で寝ていて、妹達が看病に行ったりしていた。最後には弟エルンストが行って兄をアシャッフェンブルクの市立病院に入院させたが、入院中の一八八六年一二月五日に三八歳で亡くなった。シュトルムは病気のために行けないので、エルンストが行って兄を葬ってきたのである。実に二〇年も父親を悩ませ続けた不肖の息子の悲劇的な最後は、シュトルムに決定的な打撃を与えたのである。

しかしシュトルムは再起し、病床で娘ゲルトルートに『告白』というノヴェレを口述する。そして春の訪れとともに起きあがり、自分で書きだした。そして「我が家の庭では樅の林の中に巣食っている小鳥たちが昨日美しい声で鳴きました。そこで私はザイデル大自然歌手大観を取りだし、『イワヒバリ』の章をじっくりと読みました」と詩人ハイリンヒ＝ザイデルに手紙を書いている。ザイデルは建築技師であった詩人で、当時は流行作家で『豪気なヒューンヘン』というユーモア文学のシリーズで売り出し中であった。ドイツ文学には珍しいユーモア作家と謹厳実直なシュトルムが親しくつき合ったことは面白い話である。

『告　白』

病の床で書きあげたノヴェレ『告白』は安楽死を扱った作品である。

医師フランツ＝イェーベは子宮癌の激痛に苦しむ妻の頼みに負けて、遂に安楽死をさせてやる。ところが、その頃に届いていた医学雑誌で手術によって救う方法があることを知り愕然とする。彼は良心の呵責《かしゃく》に耐えかねて旧友に告白をしてから医院を人に譲り、アフリカへ行ってしまった。それから三〇年間フランツは東アフリカで原住民の医療に一身を捧げて死んだのであった。

シュトルムが重病の後でこのような小説を書いたのは、おそらく医師であった長男ハンスを追悼するためであったと思われる。ハンスが不幸な一生を送ったのも、あるいは父親が再婚したことに原因があったかもしれない。シュトルムはひとり思い悩んで息子へのはなむけにこの作品を捧げたのであろうと想像するのである。しかし一八八八年にベルリンのペーテル兄弟社から単行本で出た時、「愛する娘ルチエに捧ぐ」という献呈の辞があるのが不可思議である。

その後も胃の圧迫感が続くのでシュトルムは主治医のブリンケン博士を問い詰めたところ、胃癌だ、と言われてショックを受けた。一八八七年五月一〇日に息子のカールにあててそのように書いている。すると五月下旬に弟の医師エーミールが娘婿であるキール大学医学部の教授グレーヴェケ博士をハーデマルシェンまで連れてきて、ブリンケン博士の許しを得てから診てもらった。そして、この病気は癌ではなくて大動脈拡張であるという嘘の診断をしてもらった。シュトルムはこれを信じてすっかり喜んだ。

まやかしの診断

一八八七年六月二日、シュトルムは汽車に乗ってバルト海岸のグルーベへ行き、そこの牧師館に娘リスベートを訪ねた。そしてそこから三〇分ほどの所にあるローゼンホーフの農園の家に二五日まで逗留し、落ち着いて懸案の大作『白馬の騎手』を書き始めた。その農園の経営者である州議会議員フェッダーゼン氏の曽祖父はシュトルムの曽祖父と兄弟であったことを知ったシュトルムは大喜びした。それは二人兄弟で、兄は市会議員で弟はフーズムの市長であったのである。

六月二五日にシュトルムはローゼンホーフを出てハンブルクへ行き、友人シュライデンを訪ねた。そして七月に入ってから帰宅した。さらに八月の初めには娘のルチエと若い友人フェルディナント＝テニースとの三人でジルト島のヴェスターラントへ旅行した。三人は現在はデンマーク領となっているホイアーから船でジルト島のムンクマルシュに渡り、馬車でヴェスターラントへ行き、そこで一週間滞在し、知人に島内を馬車や船で案内してもらった。島では嵐も体験したので、シュトルムはそこで北海沿岸の風物をよく見直して『白馬の騎手』執筆のための取材をしたことと思われる。

最後の誕生祝賀会

一八八七年九月一四日はシュトルムの七〇歳の誕生日であった。その前日の九月一三日にはキールでシュトルムの誕生祝賀会が催された。シュトルムは病気のため欠席したが、シュタンゲという教授とアルフレート＝ビーゼが祝辞を述べ、南独フライブルクからはるばるやってきたヴィルヘルム＝イェンゼンが自作の詩を朗読した。次にシュトルム歌曲集が歌われた後、キールの弁護士ハインリヒ＝ブラントが作った祝祭劇がアマチュア劇団によって上演された。そして最後にキール合唱団の男性コーラスによって名作『十月の歌』が歌われた。

なおこの日にはベルギーのブラッセルでも祝賀会が催されたそうである。

一方ハーデマルシェンでは一三日に村人たちが忙しげに働いた。シュトルム家、すなわちアルタース＝ヴィラから祝賀会場となるティーセン旅館までの街道には八つのフラワー＝ゲートができた。そして一三日にはシュトルムの子供や孫たちが全員到着した。

当日一四日の早朝、まだ暗い頃、本降りの雨の中、六時半に消防団の鐘がセレナーデを奏でた。一〇時には客人たちが訪ねてきて、たちまち家中が花園となった。詩人ではヴィルヘルム＝イェンゼンだけがきた。パウル＝ハイゼは欠席したが自作の絵を一枚送ってきた。

祝賀会ではまず最初にアルフレート＝ビーゼが祝辞を述べ、シュトルムが北ドイツ人の個性を最も深く、しかも正しく表現したことを賛えた。

詩人への贈り物は、まずパウル＝シュッツェ著の『シュトルム伝』で、ベルリンのペーテル兄弟社社長エルヴィン＝ペーテル氏から贈呈された。この新進の学者シュッツェは急病のため欠席していたが、それから二日後に大出血のために亡くなったのである。またキールの女性グループはフレンスブルクの有名な木工所で作られた芸術的な樫の木作りの机を贈った。さらにフーズム市は名誉市民の伝達状を贈呈した。

午後三時に正式な誕生祝賀会が始まった。ティーセン旅館の食堂には六八人の客人が宴席に着いた。ヴィルヘルム＝イェンゼンが心を込めた祝辞を述べ、次にシュトルムがかなり長い答辞を述べた。詩人としての長い人生を回顧する内容の答辞であったらしいが、原稿は半分しか残っていない。

祝宴が終わってシュトルムと客人たちがシュトルム家へ戻る時、街道沿いのすべての家の窓は花で飾られ、ろうそくの火が輝いていた。さらに夜になると村の子供たちが総出で松明の火をかざして行進し、さらにハーデマルシェン合唱団が歌を唄って行事は終わった。

感動して元気が出たシュトルムは『白馬の騎手』を書き続ける。一八八七年一〇月二〇日シュトルムは、ハイゼにあてて次のように書いている。

「私のいわゆる『白馬の騎手』は九二枚まで清書しました。次の日曜日に私はハイデへ行き、友人で堤防のことをよく知っている検査官エカーマン氏を訪ねて話を聞こうと思っています。少年ハウケ＝ハイエンは九二枚目で堤防監督になりました。今この堤防監督を妖怪に変身させる技術が必要となっています。しかし私はこのテーマを一〇年前に扱うべきだったと気にしているところです。……」

一八八七年のクリスマスはシュトルムにとって最後のクリスマスであった。三男カールのピアノ伴奏で娘たちが『聖しこの夜』を唄った。するとシュトルムは南独バイエルンで一人淋しく眠っている長男ハンスを思い出し、涙をぼろぼろ流して「もう唄わないで」と言ったのであった。

一八八八年一月六日シュトルムはカールと末の二人の娘と一緒にフーズムへ行き、レーヴェントロー伯の誕生会に出席した。さらに前年からフーズムで開業していた次男エルンストの誕生会にも出た。

シュトルムは元気でハーデマルシェンに帰ってきたが、フーズムにホームシックを感じたらしい。二月五日にレーヴェントロー伯やイェンゼンにあてて次のように書いている。

「……私はフーズムへ帰りたいのです。ハーデマルシェンには本しか相手がいません。フーズムならばコメディーも見に行けるし、私のコーラスを指揮することもできます。フーズムに住めば私は名誉市民だから、一〇〇〇マルクほどの住民税も助かります。……」

しかしそれから胃の痛みがまた始まり、一日の三分の二は苦しむようになる。それでも頑張って一八八八年二月九日、遂に『白馬の騎手』が脱稿した。原稿はすぐにベルリンのペーテル兄弟社に送られ「ドイツ展望」の四・五月号に掲載された。

『白馬の騎手』

シュトルムが最後の力を振り絞って書き上げた中篇小説『白馬の騎手』は傑作であり、百年後の今日もなお世界文学の名作としての輝きを失っていない。これはドイツの小中学校の国語の教科書に必ず出てくるほど有名であり、国民に親しまれている名作である。

夜になって海岸の堤防の上を、嵐をついてただ一人馬に乗って急ぐ旅人がいた。すると突然向こうから白馬に乗った幽霊のような男がすれ違って行った。旅人は怖くなって土手を降りて明かりがついている宿屋へ入って行った。そこには堤防監督の外大勢の人たちが詰めていた。旅人はそこで『白馬の騎手』の伝説を聞くことになる。

一八世紀の中頃、この北海ぞいの村にハウケ＝ハイエンという利口な少年がいた。向学心が強くしかも働き者なので、堤防監督官の家で働くことになった。堤防監督官にはエルケという娘がいた。下男頭はオーレ＝ペータースという体格の良い若い男であった。ハウケはオーレにいじめられながらも肉体労働に励むが、書記の仕事も命じられることになったので、ますますオーレの風当たりが強くなる。オーレはエルケに恋心を抱いていたが、諦めて他の女と結婚したのでハウケが下男頭になった。

ハウケは父親が死んだので遺産を相続し、これを元手にして自ら堤防監督になる意思を持つようになる。宿敵オーレも遺産相続をして力をつけ始めていたからであった。そして間もなくエルケの父親である堤防監督官が亡くなる。埋葬の後の会食で堤防監督長官と牧師と老堤防委員とが話し会った結果、まだ二四歳のハウケが堤防監督に推挙された。エルケは進んでハウケと結婚し、エルケの父親の遺産をハウケに贈ることによってハウケは大地主となり、名実ともに堤防監督官の資格を持つことになった。

若い堤防監督ハウケは生真面目に堤防の修理を進めて行くので、オーレを含めた高地・低地の地主たちはぶつぶつ不平を鳴らし出す。それを耳にしてもハウケはかまわず新らしい堤防を構築するための計画案を長官に提出した。

ある日ハウケは行きずりのスロヴァキア人からみすぼらしい白馬を買って連れ帰る。召使の少年はかつて海岸で白馬の亡霊を見たことがあるので、気味悪くなってハウケの家を逃げ出し、オーレの家の下男となる。

遂に新堤防の構築命令が下り、ハウケの提案通りに海面の傾斜が緩い堤防を造成することになる。村人たちは苦い顔をし、仕事と費用をめぐってそれぞれの思惑が交錯し、ハウケは憎まれ者になるが、工事を始めさせる。そしてハウケは、元気で立派になった白馬に乗って監督をして回る。

エルケは結婚後九年目に女の子を産んだ。エルケは産褥熱《さんじょくねつ》にかかって死にそうになるがハウケの必死の看病で治って元気になる。しかし娘ヴィーンケは知恵遅れの身障児であった。

翌年の一一月ハウケは現場で人夫たちが小犬を埋め込もうとしているのを見つけ、口論の末小犬を救い出し、家に抱えて帰る。人柱の代りに動物を使おうとする古来の因習に対して、ハウケは絶対に反対であったからである。三年かかった新堤防は見事に完成し、新低地は平和な農地となった。ハウケは自分の理想とする楽土が実現したことを喜ぶ。

一七五六年の秋、ハウケは堤防の水門の脇に弱い場所があるのに気づき修理工事をしようとしたが、オーレを初めとして誰も賛成しない。ハウケも皆の言う通り、そのままでも大丈夫かなと思って放置した。ところがその年の一〇月に激しい津波が襲って、その場所が決壊したのである。ハウケは嵐のさ中を白馬に乗ってひとりで堤防を見回っていると、旧堤防の問題の場所が遂に決壊し始めた。ハウケは後悔するとともに責任を感じた。するとそこへエルケが娘と一緒に馬車できて、決壊口に馬車もろとも落ち込んでしまったのである。ハウケはもはやこれまでと、家族を追って大洪水の中へ白馬もろとも飛び込んで消え失せたのであった。

話が終わった時、嵐は静まり、月が出ていた。翌朝旅人はハウケ＝ハイエン堤防を馬で行き、町へ向かって行った。

白馬の騎手の伝説は本来は主として東欧のものであり、シュトルムは一八三八年にダンチヒで出版された文芸雑誌の「幽霊騎手」という記事をもとにしてこの物語を書いたのであった。着想は既に一八四三年、つまりシュトルム二六歳の時から持っていたようである。

死を予感したシュトルムはこの作品の中で七〇年の人生の総決算をした。北フリースラント人の社会、つまり北海沿岸人独特の社会構造、無知な大衆の頑迷固牢な因習、根強い迷信、新興宗教、そしてそれらと同様に強大な海の暴力、即ち一六ページで述べたような北フリースラント地方独特の激しい気象状況など、いずれも個人の力では如何ともし難いものである。以上のことをシュトルムは言いたかったのであろう。ところが一〇〇年後の一九九〇年の今日、世界的な自然保護運動と、相変わらずの人間社会の葛藤などにより、この作品が一向に時代遅れになっていないのである。まことに優れた傑作といえよう。またこの作品は大作家シュトルムの人生ドラマの最後を飾る壮大なフィナーレでもあった。

ハイゼは一八八八年五月二日、シュトルムへの手紙で次のように褒《ほ》めている。「……力強い作品です。私は心から感動しました。今日はゆっくりと落ち着いて読みましたが、まるで自分が妖怪の白馬に乗って走っているかのように、一気に読みました。おめでとう！」

この作品は一九三四年、一九七八年、一九八四年と三回映画化されている。いずれも『白馬の騎手』というタイトルである。一九三四年版はナチス時代の白黒映画であるが、今日でもフーズムの人たちには最も評判の良い映画である、監督はクルト＝エルテルで、ハウケをマチアス＝ヴィーマン、エルケをマリアンネ＝ホッペという往年の名優たちが演じている。次の一九七八年版は、監督はアルフレート＝ヴァィデンマン、ハウケはジョン＝フイリップ＝ローというアメリカ人が演じた。これはフーズムではアメリカ風であるとして不評である。しかし我々日本人が見る限り、悪くはない映画である。一九八四年版は旧東独とポーランドとの合作でつくられた。監督はクラウス＝ゲントリース。「幽霊騎手」の伝説に従ってグダニスク（旧ダンチヒ）近郊のヴァイクセル川の堤防やバルト海の海岸などでロケをしている。これも北フリースラント風でないという理由でフーズムでは不評であったが、今日では認められている。カラーも美しく秀作の文芸映画といえよう。

『死刑執行の鐘』

『白馬の騎手』を書き上げた一八八八年二月にシュトルムはすぐに次の『死刑執行の鐘』というノヴェレに取りかかったが、一〇ページほど書いて、力尽きてしまった。

シュトルムの墓　後方に見えるのが聖ユルゲン養老院
（1988年、シュトルム没後百年祭の時の写真）

昔死刑囚が刑場に向かう時、つまり強盗殺人犯や魔女や子殺し女などが町外れの御仕置き場へ車打ち、火あぶり、絞首などの刑を受けに行く時、教会の鐘楼から特別な鐘の音が響いたそうである。高さが六〇センチほどの小さな鐘だったそうであるが、もはやこれを知っている人は少ない。

ある夏の日の午後、フランツとマイケという少年少女が町外れへ花を摘みに行き、小高い丘の上の処刑場跡で血のように真っ赤な不死花を摘んで帰る。すると少女の祖母は、教会の境内やあそこの砂山で花を摘んではいけないと言って、花を火の中へ放り込んでしまった。

原稿はここで中断している。一体どのようなノヴェレを書こうとしたのであろうか。これは正に永遠の謎である。シュトルムはまず昔死刑執行の時に鳴ったという小さな鐘のことを無闇に知りたがり、エーリヒ＝シュミット、アルフレート＝ビーゼ、そしてワイマルにいた娘エルザベなどに、調べたり人に聞いたりしてほしいと問い合わせている。ところがどこからも捗々《はかばか》しい返事はもらえないまま、少しだけ書きかけて中断してしまったのであった。

大詩人の未完の遺作としては、なんとなく不気味な断片である。恐らくシュトルムは死期が近いことを悟り、死者の世界の深淵をのぞき見て、恐怖におののいて、あえてこのような物語を書こうとしたのではなかろうか。そのためであろうか、このフラグメントはシュトルムが死んでから二五年も経った一九一三年になって初めてゲルトルート＝シュトルムの『シュトルム伝』第二巻の巻末に発表されたのであった。

城公園内にあるシュトルムの銅像

シュトルムの最後

シュトルムの精神力は強く『死刑執行の鐘』を娘ゲルトルートに口述筆記させたが、さすがに力尽きて寝ついてしまった。六月末、庭のバラが咲いた。六月三〇日にシュトルムは庭に出たが、これが最後であった。七月一日と二日、ゲルトルートはアンデルセンの『オズ』を読んで聞かせた。三日にシュトルムはドー夫人に「心残りだ、心残りだな、いとしいドーよ」と言った。これが最後の言葉であった。一八八八年七月四日午後四時半、ドー夫人、エルンスト、カール、リスベート、ルツィエ、エルザベ、ゲルトルート、ドドなど全員が見守る内にシュトルムは息を引き取った。七〇年前の誕生日と同様に嵐の日であった。

七月七日、柩は汽車でフーズムへ運ばれた。樅の木で飾られた列車がフーズム駅に着いた時、駅にはシュレスヴィヒ・ホルシュタイン州知事、フーズム市長ほか大勢の人が出迎えていた。柩は聖ユルゲン墓地に葬られた。鐘の音は響いたが、弔辞もなく、牧師も立ち会わなかった。これはシュトルムが生前指示したとおりであった。

シュトルムの思想

ここでシュトルムの思想をまとめてみたい。

一、**無宗教派であること** シュトルムは父親の家系に従って無宗教主義を貫き、結婚式も教会であげなかったし、妻コンスタンツェの埋葬、そして自分自身の埋葬式にも牧師を立ち会わせなかったほど徹底していた。もっとも北方ドイツは元来ほとんどがプロテスタントであり、カトリック教徒は少ないが、無宗教派もかなりいたのである。しかしシュトルムには独自の敬虔性という生活信条があり、先祖から自分、そして自分から子孫に流れて行く血の流れを尊重し、家族愛、種族愛という古代ゲルマン民族的性格の持ち主であり、小市民として真面目なつつましい生活を続けたのである。

二、**権力主義への反発心** シュトルムはデンマーク統治の時代に生まれたため、宿命的に反デンマーク主義者であったが、ポツダムへ亡命してからは今度は強力な官僚主義に反発して反プロイセン主義者になる。そして強大な国家権力や国民感情の圧力には抵抗出来ないものと痛感する。これらは北海の持つ狂暴性と同様に抗し難いものとし、シュトルム文学独特の諦念のムードとなって表れるのである。

三、**不遇な生涯**　シュトルムは本来弁護士であったのに反デンマーク運動をしたために弁護士の免許を停止され、ポツダムへ亡命してからは不慣れな判事という官職を一生勤めることとなる。これをシュトルムは不遇な人生と思い続ける。そしてもちろん判事としてもシュトルムは出世しなかった。さらに趣味で始めた文学の方も、首都ベルリンでの活動を嫌って終生北辺の町フーズムにしがみついたので、これまた地方文学派であり、死後もなお郷土文学派などといわれて差別されていたのである。

四、**郷土への帰属意識**　一八七一年までのドイツは統一国家ではなく、大小三五の領邦と四つの自由都市からなるドイツ連邦であった。従ってシュトルム時代のドイツ人はそれぞれの郷土を生活の場所と心得て、独自の文化と生活環境を作ろうと努力していた。特に北方ドイツの人達は、同じドイツの国内でも、地理的風土、言語、食べ物、風俗習慣などが異なる他の領邦へ行って生活することは、必ずしも楽しいことではなかったらしい。シュトルム自身も苦労したあげく帰郷したのであった。言い換えてみれば、シュトルムも、自分の住む所、骨を埋める所は自分の国シュレスヴィヒ・ホルシュタインしかないと信じていたのであろう。統一国家である今日のドイツでも各州には独自の政府があって、昔の領邦時代の体制が残されており、特にシュレスヴィヒ・ホルシュタイン州の人々は、二〇世紀末の今日でもほとんどの人が郷土を離れず、ハンブルク以北で生涯をすごすようである。シュトルム文学は今でこそ世界文学としてもてはやされているが、かつて日本でもシュトルムは郷土文学と言われていたのは、こういうドイツ特有の事情に由来するとみてよいであろう。

五、**批判精神**　しかし不遇な人生から生まれた数々の作品には随所に社会批判がみられる。最も強烈な社会批判は最後の作品『白馬の騎手』であった。それは何と二〇世紀末の今日にも当てはまるものであり、注目を浴びているのである。富国強兵政策の厳しいプロイセン国で、楽でない生活を強いられたシュトルムが頭に描いていた理想社会は、現代ドイツのデモクラシーだったという説もある。

あとがき

日本最初のシュトルム評伝である本書が生まれるにあたっては数々の人々にお世話になった。先ずはご推薦くださった恩師星野慎一先生、お引き受けくださった清水書院の清水幸雄氏、同書院編集部の徳永隆氏、月成満氏、内容を細部に渡って検討してくださったハーデマルシェンのマックス＝ズーア先生、さらにフーズムのシュトルム協会会長カール＝エルンスト＝ラーゲ教授、シュトルム研究所所長ゲルト＝エヴァースバーク氏、以上の方々に厚くお礼申し上げたい。そして一九九〇年度の海外派遣研究費を出して下さった日本大学本部、またこれまでにも度々フーズムへ行く旅費を鈴木奨学金から支給して下さった日本大学松戸歯学部の滝口久前学部長に感謝する次第である。もうひとつ、日本シュトルム協会の優れたゲルマニストの諸先生方のご協力とご指導にはどのくらい感謝しているかわからない。

一九九一年六月

宮内芳明

シュトルム年譜

西暦	年齢	年譜	参考事項
一八一七		九月一四日、フーズム、アム‐マルクト九番地に生まれる。父親は弁護士ヨハン＝カジミール＝シュトルム、母親はフーズムの豪商ヴォルトゼン家の出であるルチエ＝シュトルム。	ゲーテ六八歳。ワルトブルク祭にドイツ各地の大学生が集結し、民族主義・自由主義の気勢をあげる。
二一	4	ホーレ‐ガッセのヴォルトゼン家に引っ越す。秋にマダム・アンベルクの幼稚園に入る。	5・5ナポレオン死去。
二六	9	町のラテン語学校に入学する。	アンデルセン『即興詩人』（一八二五）
三三	16	初めての詩『エマ』を書く。	ドイツ関税同盟締結。
三五	18	秋にリューベックのカタリーネ学校に入学。友人フェルディナント＝レーゼやガイベルに感化されて、ゲーテの『ファウスト』やハイネ、アイヒェンドルフの詩を読むようになる。	ニュルンベルク〜フュルト間にドイツ最初の鉄道が開通。
三七	20	キール大学法科に入学。秋にエンマ＝キュール＝フォ	浦賀に米船モリソン号入港。

		ン＝フェーアという女性と婚約したが、翌年解消する。メルヘン『熊の子ハンス』と詩をベルタ＝フォン・ブーハンという少女に贈る。	
一八三八	21	ベルリン大学に移り、ザビーニのローマ法、ガンスの自然法、ホーマイヤーの私法などを聴講する。秋にドレスデンへ旅行する。	ダゲールが写真術を発明。
三九	22	秋に再びキール大学へ戻り、テーオドルとティヒョウのモムゼン兄弟と知り合う。	
四〇	23	数篇の詩を発表する。シュレスヴィヒ・ホルシュタイン地方の伝説、メルヘン、民謡を収集し始める。	プロイセン王フリードリヒ＝ヴィルヘルム四世即位。アンデルセン『絵のない絵本』アヘン戦争。
四二	25	一〇月にベルタに婚約を拒否される。キールで司法試験を受けて合格する。	
四三	26	二月にフーズムへ戻り、父親の法律事務所を手伝う。三月にグロース街一一番地で自分の弁護士事務所を開く。春先に合唱団を設立する。一一月にモムゼン兄弟と『三人の友の詩集』を出版し、自作の詩四〇篇を発表する。	ワグナー『さまよえるオランダ人』

一八四四	27	一月にゼーゲベルク市長の娘である従姉妹のコンスタンツェ＝エスマルヒと婚約する。七月にブレートシュテットの「北フリースラント人の祭」に参加する。	モールスが発明した電信が実用化される。
四六	29	九月一五日、ゼーゲベルクでコンスタンツェとの結婚式を挙げる。	デンマーク王がシュレスヴィヒ合併を主張して全ドイツを怒らせる。
四七	30	一八歳の少女ドロテーア＝イェンゼンとの恋愛に悩む。最初のノヴェレ『マルテと時計』	メリメ『カルメン』
四八	31	ドロテーア、フーズムを去る。三月にはシュレスヴィヒ・ホルシュタインとデンマークとの紛争が始まり、シュトルムは「愛国応援同盟」の書記を引き受ける。一二月二五日に長男ハンスが生まれる。詩『十月の歌』『復活祭』。ノヴェレ『広間にて』	フランス二月革命。三月、ドイツ中小諸邦、ベルリンで暴動。ドイツ・オーストリア三月革命。四月、プロイセン軍デンマークに侵入。フランクフルト国民議会開会。八月、プロイセン軍デンマークから引揚げる。
四九	32	『インメンゼー』。メルヘン『小さなヘーヴェルマン』	
五〇	33	七月、シュレスヴィヒ・ホルシュタイン軍はイトシュテットでデンマーク軍に敗れる。一一月、メーリケとの	

		文通が始まる。詩『一八五〇年一〇月に』	
一八五一	34	一月三〇日、次男エルンスト誕生。ベルリンのドゥンカー書店から『夏物語と詩集』を処女出版する。メルヘン『ヒンツェルマイヤー』	フランス大統領ルイ＝ナポレオンのクーデター。ドーヴァー～カレー間に海底電線。
五二	35	反デンマーク派のシュトルムは弁護士活動を禁止され、職を求めて一二月にベルリンへ行く。フォンターネなどの文士たちと知り合う。自分だけの『詩集』を出版する。『町』『ヒアシンス』が特に有名。	ナポレオン三世即位。グリム兄弟『ドイツ語辞典』に着手。
五三	36	フォンターネ、ハイゼと文通を始める。七月一〇日、三男カール誕生。九月、再びベルリンへ行く。一一月にプロイセン国判事補の職が見つかり、一二月に家族揃ってポツダムに引っ越す。ポツダム地方裁判所の無給陪席判事補となる。	クリミア戦争はじまる。ペルリ浦賀来航。
五四	37	ノヴェレ『緑の木の葉』『陽を浴びて』。詩『わが息子たちに』	テーオドル＝モムゼン『ローマ史』。日米和親條約。
五五	38	七月一〇日、長女リスベート誕生。ノヴェレ『アンゲーリカ』	ハイゼ、『ララビアータ』で有名になる。パリ万国博覧会。
五六	39	ベルリンのシンドラー書店から『詩集』の第二版を出	クリミア戦争終結。

		す。『岸辺の墓』『渚』が有名。七月、ハイリゲンシュタットの地裁判事の辞令をもらい、九月に引っ越す。	
一八五七	40	ノヴェレ『リンゴの熟す時』	ネアンデルタール人の頭骨が発見される。
五九	42	ノヴェレ『豪奢屋敷にて』 三月にハイリゲンシュタットで合唱団を設立する。アンソロジー『ヨハン＝クリスチアン＝ギュンター以降のドイツの恋愛詩集』	ワグナー『トリスタンとイゾルデ』 ヴィルヘルム＝グリム死去。 イタリア統一戦争はじまる。 ダーウィン『種の起源』
六〇	43	次女ルチエ誕生。ノヴェレ『遅咲きのバラ』	リンカーン、アメリカ合衆国大統領に就任。 ショーペンハウアー死去。
六一	44	ノヴェレ『広場の向こう』『ヴェロニカ』	電話の発明。 統一イタリア王国成立。
六二	45	ノヴェレ『炉端にて』『大学時代』『樅の木の下で』	ビスマルク、プロイセン国宰相に就任。 フォンターネ『マルク＝ブランデンブルク旅行記』
六三	46	一月二四日、三女エルザベ誕生。シュレスヴィヒ・ホルシュタイン地方に反デンマーク運動が起こる。	フリードリヒ＝ヘッベル、ヤーコプ＝グリム死去。

一八六四	47	一月にプロイセン・オーストリー連合軍がデンマークに侵入、戦争が始まる。二月、シュトルムはフーズム地区の郡代に任命され、三月一五日、フーズムに帰郷する。七月二〇日、終戦。シュレスヴィヒ・ホルシュタインはプロイセンとオーストリーの共同管理地区となる。メルヘン『ブーレマンの家』	ユーゴ『レ・ミゼラブル』。ロンドンに地下鉄が開通。万国赤十字社創設。蛤御門の変。四国艦隊が下関を砲撃。
六五	48	五月四日、四女ゲルトルート誕生。五月二〇日、妻コンスタンツェ病死。九月、バーデン＝バーデンにツルゲーネフを訪ねる。詩『深い影』。ノヴェレ『海の彼方より』。メルヘン『ツィプリアーヌスの鏡』	アメリカ南北戦争終結。リンカーン狙撃される。メンデル『遺伝の法則』トルストイ『戦争と平和』
六六	49	プロイセンとオーストリーの間で戦争が起きる。七月、シュレスヴィヒ・ホルシュタインはプロイセン領となる。六月、ドロテーア＝イェンゼンと結婚する。	大西洋海底電線が開通。
六七	50	一〇月、ヴァッサーライエ三一番地（今日のシュトルム・ハウス）に転居。ノヴェレ『聖ユルゲンにて』『画家の作品』	オーストリー・ハンガリー二重帝国成立。ノーベルがダイナマイトを発明。明治天皇が即位。

一八六八	51	プロイセン領となったため、郡代の仕事を取りあげられ、区裁判所判事となる。一一月四日、五女フリーデリーケ（通称ドド）誕生。ヴェスターマン書店から初めてのシュトルム全集が出る。	江戸幕府滅亡。マルクス『資本論』第一巻発行。ショールズがタイプライターを発明。日本、年号を明治に改元し、東京に還都。
七〇	53	普仏戦争勃発。アンソロジー『家庭版マチアス＝クラウディウス以来のドイツの詩集』	シュリーマンがトロヤ発掘開始。
七一	54	『散文集』（お抱え床屋‐帰郷、昔の二人のお菓子好き、ハリヒ紀行）	ドイツ帝国成立。ニューヨークで地下鉄が開通。
七二	55	ノヴェレ『荒れ野の村にて』八月、ザルツブルクへの旅。	パリ・コンミューン成立。新橋～横浜間に日本最初の鉄道開通。
七三	56	続編『散文集』（レーナ・ヴィース、今日と昔のことについて）	仏が対独賠償金を皆済。
七四	57	上級判事となる。九月一四日、父死す。ノヴェレ『三色すみれ』『従兄弟クリスチアンの家にて』『人形つかいのポーレ』『森の片隅』	低地ドイツ語文学のフリッツ＝ロイター死去。ドイツに経済恐慌。

一八七五	58	ノヴェレ『静かな音楽家』『プシケ』『左隣の家』。詩『荒れ野を越えて』	メーリケ死去。
七六	59	ノヴェレ『溺死』。八月、ヴュルツブルクに長男ハンスを訪ねる。	バイロイトに祝祭劇場開場。
七七	60	二月、再びヴュルツブルクへ行き、ハンスに医師国家試験を受けさせて成功する。同地で若き日のエーリヒ＝シュミットに会う。三月、ケラーとの文通が始まる。エッセイ『メーリケの思い出』	ドイツに農業恐慌。エジソンが蓄音機を発明。西南の役。
七八	61	ノヴェレ『後見人カルステン』『レナーテ』。七月、ファーレルに三男カールを訪ねる。	ベルリン会議、露土戦争の後始末。
七九	62	ノヴェレ『森水軒』『醸造所にて』『エーケンホーフ』。七月二八日、母死す。	エジソンが白熱電灯を発明。
八〇	63	五月一日付けで退官。ハーデマルシェンへ引っ越す。ノヴェレ『市参事会員の息子たち』	米国で鉄道大建設時代（一八九〇まで）。ベルリンのアンハルト駅落成（詩人ハインリヒ・ザイデルの設計）。ケラー『緑のハインリヒ』
八一	64	四月三〇日、完成した「老人の別荘」に入居。九月、ハイゼが訪ねて来る。ノヴェレ『顧問官殿』	ドイツ人の海外移住が最盛期となる。この年だけで二一

一八八二	65	ノヴェレ『ハンス・キルヒと息子ハインツ』。 大晦日にエーリヒ・シュミットが訪ねてくる。	万人。ほとんどがアメリカへ。 ビスマルク、独・墺・露間に三国同盟を成立させる。 ベルリンに電灯による街灯がつく。 コッホが結核菌を発見。 ワグナー最後のオペラ『パルチファル』
八三	66	ノヴェレ『沈黙』 マキシミリアン勲章を受賞する。	ダイムラーが自動車を発明。 マルクス死去。 ニーチェ『ツァラツストラ』第一部発表。 ツルゲーネフ死去。
八四	67	五月、夫婦でベルリンへ行き、フォンターネ、テーオドル＝モムゼン、フォン＝ヴッソー、ピーチュなどに会う。ノヴェレ『グリースフース年代記』『昔二人の王子ありき』	森鴎外ドイツに留学のためベルリンに到着。
八五	68	ノヴェレ『ジョン＝リーヴ』『ハーデルスレーヴフースの祭』	レセップス、パナマ運河を起工させる。

一八八六	69	五月、ヴァイマルへ行き、ゲーテ協会の例会に出席する。一〇月から翌年二月まで病気。一二月三日、長男ハンスが死ぬ。ノヴェレ『桶屋のバッシュ』	バイエルン国王ルートヴィヒ二世水死す。
八七	70	ノヴェレ『影法師』『告白』 八月、ジルト島に滞在する。断片『ジルト島物語』	ベルリン〜ハンブルク間に電話開通。 北海・バルト海運河の工事が始まる。
八八	70	ノヴェレ『白馬の騎手』。断片『死刑執行の鐘』 七月四日、胃癌により自宅で死去。七〇歳。七月七日、フーズムの聖ユルゲン墓地に葬られる。	ドイツ皇帝ヴィルヘルム二世即位。 森鴎外、ドイツを去って帰国。

参考文献

●シュトルムの著作の邦訳書

『湖　畔』三浦白水訳 ―― 独逸語発行所 一九一四
『みずうみ』他（文庫）関　泰祐訳 ―― 岩波書店 一九三六
『白馬の騎手』他一編（文庫）茅野蕭々訳 ―― 岩波書店 一九三七
『みずうみ』他（文庫）高橋義孝訳 ―― 新潮社 一九五三
『シュトルム選集』（全八巻）関　泰祐 他訳 ―― 清和書院 一九五八
『みずうみ・人形つかい』他一編（文庫）国松孝二訳 ―― 角川書店 一九五九
『大学時代・広場のほとり』他四編（文庫）関　泰祐訳 ―― 岩波書店 一九五八
『シュトルム詩集』吉村博次　訳 ―― 弥生書房 一九六六
『シュトルム詩集』五木田浩　訳 ―― 講談社 一九六八
『シュトルム全集』（第二巻）柴田　斎　訳 ―― 村松書館 一九八四

●シュトルムに関する邦文参考書

「西欧叙情詩の一波動――シュトルムと日本の詩人たち」（『国文学　解釈と鑑賞』一九六八年七月号）―― 至文社 一九六八
「シュトルムの場合」（『作家の生き方』）高橋建二著 ―― 読売新聞社 一九七三
「シュトルムの青春」（『愛の孤独』）石丸静雄著 ―― 沖積社 一九八五

「シュトルムの詩形式における古いものと新しいもの」石橋道大著　他一〇編
（『シュトルム文学論集』日本シュトルム協会　編）――――三修社　一九八九

●独文参考書

Theodor Storm: Sämtliche Werke in 4 Bänden. Deutscher Klassiker Verlag. Hrg. von Dieter Lohmeier und Karl Ernst Laage. 1988.

Theodor Storm: Sämtliche Werke in 4 Bänden. Hrg. von Peter Goldammer. Aufbau Verlag 1982.

Theodor Storm: Briefe in 2 Bänden. Hrg. von Peter Goldammer. Aufbau Verlag 1984.

Theodor Storm in Bildern. Eine Bibliographie. Hrg. von Karl Ernst Laage. Westholsteinische Verlagsanstalt Boyens & Co. 1988.

Charlotte Göhler: Ein Leben für die Graue Stadt. Verlag Heinrich Möller Söhne GmbH & Co. KG. 1987.

Peter Goldammer: Theodor Storm. Eine Einführung in Leben und Werk. Philipp Reclam jun. Leipzig 1974.

Karl Ernst Laage: Theodor Storm, Leben und Werk. Husum 1980.

Hartmut Vincon: Theodor Storm in Selbstzeugnissen Bilddokumenten. Rowohlt 1972.

さくいん

【人名】

【シュトルムの作品】

シュトルム■人と思想103　　定価はカバーに表示

1992年6月15日　第1刷発行©
2016年8月25日　新装版第1刷発行©

・著　者　……………………………宮内《みやうち》　芳明《よしあき》
・発行者　……………………………渡部　哲治
・印刷所　……………………………広研印刷株式会社
・発行所　……………………………株式会社　清水書院

〒102-0072　東京都千代田区飯田橋3-11-6
Tel・03(5213)7151～7
振替口座・00130-3-5283
http://www.shimizushoin.co.jp

検印省略
落丁本・乱丁本は
おとりかえします。

CenturyBooks

Printed in Japan
ISBN978-4-389-42103-8

CenturyBooks

清水書院の〝センチュリーブックス〟発刊のことば

近年の科学技術の発達は、まことに目覚ましいものがあります。月世界への旅行も、近い将来のこととして、夢ではなくなりました。しかし、一方、人間性は疎外され、文化も、商品化されようとしていることも、否定できません。

いま、人間性の回復をはかり、先人の遺した偉大な文化を継承して、高貴な精神の城を守り、明日への創造に資することは、今世紀に生きる私たちの、重大な責務であると信じます。

私たちがここに、「センチュリーブックス」を刊行いたしますのは、人間形成期にある学生・生徒の諸君、職場にある若い世代に精神の糧を提供し、この責任の一端を果たしたいためであります。

ここに読者諸氏の豊かな人間性を讃えつつご愛読を願います。

一九六六年

社長　清水梅八

SHIMIZU SHOIN

【人と思想】既刊本

老子	高橋　進
孔子	内野熊一郎他
ソクラテス	中野　幸次
釈迦	副島　正光
プラトン	中野　幸次
アリストテレス	堀田　彰
イエス	八木　誠一
親鸞	古田　武彦
ルター	小牧　治 泉谷周三郎
カルヴァン	渡辺　信夫
デカルト	伊藤　勝彦
パスカル	小松　摂郎
ロック	浜林正夫他
ルソー	中里　良二
カント	小牧　治
ベンサム	山田　英世
ヘーゲル	澤田　章
J・S・ミル	菊川　忠夫
キルケゴール	工藤　綏夫
マルクス	小牧　治
福沢諭吉	鹿野　政直
ニーチェ	工藤　綏夫

J・デューイ	山田　英世
フロイト	鈴村　金彌
内村鑑三	関根　正雄
ロマン=ロラン	村上　嘉隆 村上　益子
孫文	横山　英 中山　義弘
ガンジー	坂本　徳松
レーニン	中野　徹三 高岡健次郎
ラッセル	金子　光男
シュバイツァー	泉谷周三郎
ネルー	中村　平治
毛沢東	宇野　重昭
サルトル	村上　嘉隆
ハイデッガー	新井　恵雄
ヤスパース	宇都宮芳明
孟子	加賀　栄治
荘子	鈴木　修次
アウグスティヌス	宮谷　宣史
トーマス・マン	村田　經和
シラー	内藤　克彦
道元	山折　哲雄
ベーコン	石井　栄一
マザーテレサ	和田　町子
中江藤樹	渡部　武
ブルトマン	笠井　恵二

本居宣長	本山　幸彦
佐久間象山	奈良本辰也 左方　郁子
ホッブズ	田中　浩
田中正造	布川　清司
幸徳秋水	絲屋　寿雄
スタンダール	鈴木昭一郎
和辻哲郎	小牧　治
マキアヴェリ	西村　貞二
河上肇	山田　洸
アルチュセール	今村　仁司
杜甫	鈴木　修次
スピノザ	工藤　喜作
ユング	林　道義
フロム	安田　一郎
マイネッケ	西村　貞二
エラスムス	斎藤　美洲
パウロ	八木　誠一
ブレヒト	岩淵　達治
ダンテ	野上　素一
ダーウィン	江上　生子
ゲーテ	星野　慎一
ヴィクトル=ユゴー	辻　昶 丸岡　高弘
トインビー	吉沢　五郎
フォイエルバッハ	宇都宮芳明

平塚らいてう　小林登美枝
フッサール　加藤精司
ゾラ　尾崎和郎
ボーヴォワール　村上益子
カール=バルト　大島末男
ウィトゲンシュタイン　岡田雅勝
ショーペンハウアー　遠山義孝
マックス=ヴェーバー　住谷一彦他
D・H・ロレンス　倉持三郎
ヒューム　泉谷周三郎
シェイクスピア　福田陸太郎・菊川倫子
ドストエフスキイ　井桁貞義
エピクロスとストア　堀田彰
アダム=スミス　浜林正夫・鈴木亮
ポパー　川村仁也
フンボルト　西村貞二
白楽天　花房英樹
ベンヤミン　村上隆夫
ヘッセ　井手賁夫
フィヒテ　福吉勝男
大杉栄　高野澄
ボンヘッファー　村上伸
ケインズ　浅野栄一
エドガー=A=ポー　佐渡谷重信

ウェスレー　野呂芳男
レヴィ=ストロース　吉田禎吾他
ブルクハルト　西村貞二
ハイゼンベルク　小出昭一郎
ヴァレリー　山田直
プランク　高田誠二
ラヴォアジエ　中川鶴太郎
T・S・エリオット　徳永暢三
シュトルム　宮内芳明
マーティン=L=キング　梶原寿
ペスタロッチ　長尾十三二・福田弘
玄奘　三友量順
ヴェーユ　冨原眞弓
ホルクハイマー　小牧治
サン=テグジュペリ　稲垣直樹
西光万吉　師岡佑行
ヴァイツゼッカー　加藤常昭
メルロ=ポンティ　村上隆夫
オリゲネス　小高毅
トマス=アクィナス　稲垣良典
ファラデーとマクスウェル　後藤憲一
津田梅子　古木宜志子
シュニツラー　岩淵達治

タゴール　丹羽京子
カステリョ　出村彰
ヴェルレーヌ　野内良三
コルベ　川下勝
ドゥルーズ　鈴木亨
「白バラ」　関楠生
リジュのテレーズ　菊地多嘉子
リッター　西村貞二
プルースト　石木隆治
ブロンテ姉妹　青山誠子
ツェラーン　森治
ムッソリーニ　木村裕主
モーパッサン　村松定史
大乗仏教の思想　副島正光
解放の神学　梶原寿
ミルトン　新井明
ティリッヒ　大島末男
神谷美恵子　江尻美穂子
レイチェル=カーソン　太田哲男
オルテガ　渡辺修
アレクサンドル=デュマ　辻昶・稲垣直樹
西行　渡部治
ジョルジュ=サンド　坂本千代
マリア　吉山登

ラス＝カサス	染田 秀藤
吉田松陰	高橋 文博
パステルナーク	前木 祥子
パース	岡田 雅勝
南極のスコット	中田 修
アドルノ	小牧 治
良寛	山崎 昇
グーテンベルク	戸叶 勝也
ハイネ	一條 正雄
トマス＝ハーディ	倉持 三郎
古代イスラエルの預言者たち	木田 献一
シオドア＝ドライサー	岩元 巌
ナイチンゲール	小玉香津子
ザビエル	尾原 悟
ラーマクリシュナ	堀内みどり
フーコー	今村 仁司 栗原 仁
トニ＝モリスン	吉田 廸子
悲劇と福音	佐藤 研
リルケ	星野 慎一 小磯 仁
トルストイ	八島 雅彦
ミリンダ王	森 祖道 浪花 宣明
フレーベル	小笠原道雄

ヴェーダからウパニシャッドへ	針貝 邦生
ベルイマン	小松 弘
アルベール＝カミュ	井上 正
バルザック	高山 鉄男
モンテーニュ	大久保康明
ミュッセ	野内 良三
ヘルダリーン	小磯 仁
チェスタトン	山形 和美
キケロー	角田 幸彦
紫式部	沢田 正子
デリダ	上利 博規
ハーバーマス	小牧 治 村上 隆夫
三木清	永野 基綱
グロティウス	柳原 正治
シャンカラ	島 岩
ハンナ＝アーレント	太田 哲男
ミダース王	西澤 龍生
ビスマルク	加納 邦光
オパーリン	江上 生子
アッシジのフランチェスコ	川下 勝
スタール夫人	佐藤 夏生
セネカ	角田 幸彦

ペテロ	川島 貞雄
ジョン・スタインベック	中山喜代市
漢の武帝	永田 英正
アンデルセン	安達 忠夫
ライプニッツ	酒井 潔
アメリゴ＝ヴェスプッチ	篠原 愛人
陸奥宗光	安岡 昭男